天堂太遠
人間正好
桔子樹◎著

內容簡介：

這年頭，好男人要嘛已經結了婚，要嘛就有男朋友。

如果一個男人到了三十二，他沒有結婚也沒有男朋友，甚至從來沒有過男朋友和女朋友，那他一定有生理缺陷。

如果沒有生理缺陷，就一定有心理缺陷，如果哪裡都沒有缺陷，那就只剩下一個解釋，他是個火星人。

苗苑從來沒有想過她有一天會跟火星人談戀愛！

這年頭，二十出頭的女孩子總有數不清的怪想法。

她們一會兒惱了一會兒高興，一會兒乖得像貓咪，一會兒哭著說分手。

陳默覺得小女孩都是來自外星球的生物，他從來沒有想過有一天，他會與她一起在地球生活。

他是一個狙擊手，在沉默中靠近目標，一槍見血從不落空，他是天生的軍人，曾經他唯一的愛人是一杆修長的槍。

她是一個蛋糕師，指尖上流淌著牛奶與蜜糖的芬芳，溫婉嬌柔，笑意盈盈，像新生的薔薇。

當冰冷的槍口遇到柔美的薔薇花。

當甜蜜的奶油融化生澀血痕。

生活，讓不可能的人相愛。

前題記：

好吧，我只是想說，如果你看膩了以世界五百強為男主角的小說，也看夠了以擁有神秘血統和離奇身世為女主角的小說，更看過了太多太多不知源起的勾心鬥角、不明緣由的愛恨情仇……不知道你現在是否還有興趣坐下來聽我講一個通常意義上的好男人和通常意義上的好女孩在一起的故事。

在這個世界上，男人常常很死狗（註1），女人卻是一隻貓。

註1：死狗：這裡是形容有些男人比較難搞的意思。

目錄

引子

理智與情感

那一天。

這世界上所有的故事都會發生在那一天，那一天其實平平無奇，可是回頭看，卻總覺春光明豔，秋色宜人，而同時你也早已經忘記了那一天到底是什麼樣子。有時候回憶很美，那只是因為讓你擁有回憶的那個人很美，比如，那時候苗苑甚至覺得只要陳默對她笑一笑，她就會看到這個世界開滿了花。

那一天，在那個人還沒有出現的時候，一切都是尋常的：天空是古城裡一貫的晴朗，帶著青灰的底色，苗苑工作的咖啡廳在古城東南邊的一角，隔開一條街就是武警支隊（註2）的駐地，清早會看到那些新兵們出來跑圈，苗苑和沫沫曾經跟老闆開玩笑，說把店開在這裡，是不是就圖個放心？

老闆聞著咖啡香一臉的陶醉，說，那是！板磚還沒拎起來，人民子弟兵就能來解救人民了。

苗苑就和沫沫一起沒心沒肺地笑。其實開咖啡館又不是開酒吧，哪來那麼多拎板磚的（註3）。

週六的下午，太陽暖融融的時刻是咖啡館裡生意最好的時候，大幅的玻璃窗裡照進來金黃色鬆軟的陽光，空氣裡飄浮著蜂蜜蛋糕的氣息。

這家咖啡館裝潢風格與別家不一樣，陽光清冽，沒有那種咖啡因愛好者所鍾愛的黯淡色調，名字也取得簡單，叫做：人間。

老闆說，天堂太遠，人間正好。

苗苑站在「人間」櫃檯後面融化巧克力，透明的玻璃碗浸在熱水裡，從水浴鍋底冒出來的氣泡讓玻璃碗輕輕地搖晃，苗苑用手裡的不銹鋼勺攪拌著深褐色的液體，巧克力甜蜜醉人的氣息氤氳開來，在空氣中跳動，躍躍欲試。

沫沫拿著點菜單進來做意式濃縮，隨手沾了攪拌器上的一點奶油含進嘴裡。

「唔？」她詫異地皺起眉頭。

「好吃嗎？」苗苑眉開眼笑。

「像冰淇淋一樣。」沫沫扔下咖啡杯找勺子，挖了一勺。

「這是動物奶油打發的，和我們平常吃的植脂奶不一樣。」

「動物的啊！會不會胖……」沫沫緊張了。

「妳以為植物奶油就吃不胖？試試這個。」苗苑神秘兮兮地把手邊的酒瓶遞過去。

沫沫聞一下，酒香綿甜。

「梅子酒，我老爸泡的得意之作。」苗苑快樂地揚著眉毛，用小碗倒出一點點，試探著咽下一小口。酸、甜、一點點辣，微醺而醇厚，彷彿無數活躍的因數在舌尖上跳動，絕對是會讓女孩子喝到迷醉的瓊漿，果然是好物。

「妳又要搞什麼了？」沫沫端著餐盤出去。

「回來給妳看。」苗苑得意地眨眨眼。

水浴鍋裡的巧克力順滑得像一汪絲，加入奶油，加入乳酪，深褐的色澤被破碎開，攪出大理石的花紋，然後慢慢融合，苗苑把酒液緩緩地加進去，空氣中飄浮的氣味變得複雜而迷亂，好像狂歡，苗苑感覺到異常的興奮。

泛著絲光的巧克力液拉成一道細韌的絲線融入打發好的奶油裡，打蛋機盡職地工作著，發出嗡嗡的聲響，苗苑給奶油碗外面的冰水裡又加了一些冰塊。這是一個快樂的時刻，她的手很穩，玻璃碗傾斜在適當的角落，苗苑帶著一種虔誠的心情等待著她的作品，就像在等待一個新生的嬰兒。

「怎樣？」苗苑緊張地看著沫沫，打發好的奶油看起來脆弱而綿軟，像一朵哀傷的雲。

沫沫眨了眨眼睛，面無表情地又眨了眨眼睛，她在搞氣氛，苗苑撲閃著大眼睛緊張兮兮的樣子很好玩，她很想多逗她一會兒。然而大門上的風鈴就在這個瞬間響了起來，銅鈴是老闆從大研古城帶回來的，音質悠遠，苗苑下意識地從沫沫身後探出頭。

這一秒鐘和下一秒種在剎那間變得不一樣了。

想知道什麼叫一見鍾情嗎？

問苗苑就再合適不過了，國小時那個借她半塊橡皮擦的同桌，初中時會寫一手漂亮粉筆字的數學課小組組長，隔壁高中永遠穿著白襯衫和紅色外套的高大學長……

人間總是充滿了奇蹟，在某一個瞬間你忽然決定要對某人心動，可能是因為一點微笑，一個低頭，或者一點挑眉。這完全是沒有任何理由的事，然而在你大腦中的某一個腦區卻忽然開始瘋狂地釋放神經遞質，讓血液中的多巴胺（註4）濃度在一瞬間超過了頂點，這種變化讓身體開始變得暖洋洋的，輕飄飄的，彷彿踏在雲端。

理智於是困惑地問情感：我這是怎麼了？

情感羞澀地回答：你戀愛了。

是的，苗苑心想，我戀愛了！

眼睛裡冒出一顆又一顆粉紅色的心。

註2：武警：擔負國家賦予的國家內部安全保衛任務的部隊。

註3：板磚原是中國北方話，指一種體形碩大、質地較糙的牆磚。網路興起後，網友們在論壇中常有各種正面或負面的精彩互動，因此會以虛擬的磚頭為攻擊和自衛的武器。在此延伸為抗議或鬧事之人。

註4：多巴胺（Dopamine）（C6H3（OH）2-CH2-CH2-NH2）為一種腦內分泌物，屬於神經傳導物質，主要負責大腦的情慾、感覺，將興奮及開心的資訊傳遞，也與上癮有關。

第一章 暗戀悶騷男

陳默是一個軍人，狙擊手，少校軍銜。他曾經服役的部隊有些冷門，駐地在任何公開的地圖上都找不到，任務檔案查閱時需要相關密碼，掛靠在某軍區名下直屬，頂著一個比較奇怪的番號，他們是和平時期少有的那一群仍然需要直接面對死亡的軍人。陳默擁有著與他的姓名相似的個性，這讓他在那個半與世隔絕的地方如魚得水。

他喜歡那裡。

十八歲考軍校，二十二歲畢業，二十三歲的時候他爭取到了進入那支部隊的機會，現在他三十一歲，職務是副中隊長，正是最當年的時候，經驗與體能平衡得最巔峰的時期，然而現在他卻在考慮如何離開。很多時候，人們的生活可以與世隔絕，人們的身分卻不能，父親的一場大病讓他不得不去面對一個現實：他還是某人與某人的兒子！

現在某人與某人要他回家去。

於是，他的隊長夏明朗在某個猝不及防的時刻，收到一份異常凌亂的請調報告。當時的夏明朗三十四歲，身上兼任著副大隊長的職務，正準備年底正式交權讓陳默提正。看著那份請調報告，夏明朗把自己關在辦公室裡抽了一夜的菸，第二天另一位副中隊長陸臻去上班的時候，屋子裡跟失了火沒兩樣。而與此同時，和陳默同寢的方進跑過來報告說，默默不見了，夏明朗揮揮手說，找吧！

這是一個很大的基地，在灰白色調的大樓周圍是一片又一片功能各異的訓練場地：叢林追擊、城市反恐、四百米越野障礙、長縱深移動靶靶場、超遠距離狙擊訓練場……

夏明朗在狙擊訓練場找到了陳默，他是順著子彈的聲音找過去的，超音速的子彈切開空氣時會發出尖銳的嘯音，像是死神的喟嘆。陳默趴在地上仰望他的隊長，陽光直直地從夏明朗身後刺到他眼睛裡，讓他的雙眼有種莫名的酸軟，過了很久很久之後陳默才明白，那原來是想哭的感覺。

夏明朗迎面踹了他一腳：「你他媽知不知道，你把我全盤的計畫都打亂了！我本來以為你至少還能再待五年！！」

陳默躺了一會兒說道：「我擔心我爸活不了五年。」

夏明朗在他身邊站了良久，慢慢坐下，陳默陪他坐下來，荒涼的山崗上兩個灰黃的背影肩並肩地坐著。

過了很久，夏明朗說：「我小的時候，有一次看報紙，說有一個唱歌的，好像是什麼勞模（註5）表彰的，反正就是一個唱歌的，她有一次要上一個什麼晚會，上臺之前她家裡人打電話給她說她兒子病了，很危急，讓她回去看看。然後當然是猶豫啊，痛苦啊……不過，最後她就毅然決然地上臺了，因為她不能辜負她的觀眾。」

陳默安靜地看著夏明朗，此時此刻那張一貫生動的臉上表情仍然豐富，他看起來似乎已經不生氣了，雖然陳默並不明白這是為什麼。

「這事我記了很久，一直記得，我當時就想啊，我要是她的兒子，我這輩子都記得她，我一輩子都不原諒她。這叫什麼事？樹典型樹得連人性都沒了？」夏明朗笑一笑，伸手攬過陳默的肩膀：「反正在我看來，放十萬個觀眾的鴿子也比不上回家看自己快死的親兒子重要，不就是唱首歌嘛，誰還缺了誰不行了？所以，行……我同意了，你走吧！」

「隊長？！」陳默啞然。

「放心，咱缺人還沒缺到這份上，這麼大個地方還不缺你這麼個戰士，可是你爹就你這麼一個兒子，我放你走。」夏明朗撐著陳默的肩膀站起來，背著手，一步步走下山樑，沒有人能看到，當時的夏明朗眼中有淚光，然而，那並不全是傷感和遺憾。

八年的時光足夠讓兩個陌生人結出某種緊密的聯繫，更何況他們是戰友，同在生死之線上踩過。

夏明朗仍然清晰地記得七年前陳默第一次參加實戰任務，QBU88式（註6）一個彈匣裡有十顆子彈，陳默的運氣不好，堵到了匪徒潰退的方向，於是他一槍一槍地把不同的子彈射入不同的心臟與眉心，一個彈匣幾乎全打空。88狙並不是一種上好的槍，即使是像陳默那樣出色的神槍手也需要在四百米的距離內才能打到這樣的精準度，夏明朗可以想像當時陳默看到了什麼。

回去之後整個心理小組如臨大敵，可是陳默從沒登門拜訪過，幾次心理評估的報告都是正常，正常，正常得幾乎不正常。

從那之後夏明朗就認定，陳默這小子生來就應該幹這一行，沉默冰冷，克制鎮定，目標明確，天生的兵器。而現在這個兵器說他要回家了，他父親病重，他擔心錯過最後的時刻，夏明朗在痛心之餘莫名地鬆了一口氣。

雖然沒有任何人在他面前表達過類似的暗示，可是陳默堅持認為這是一種背叛，起初他試圖讓自己走得一無所有、損失重大，但夏明朗在陸臻的幫助下很完美地操作了他調走的流程。

幾個月後，陳默順利考入某軍事院校攻讀函授軍事史學碩士學位，並藉此轉入武警部隊。陳默老家西安，父母在這個城市中仍有一些人脈可用，一個特種部隊出來的，在讀的碩士，陳默成為了整個武警總隊都想爭奪的香餑餑（註7），於是，到最後他的職務與待遇都相當好，好得讓他心懷愧疚。

回到家鄉的城市，回到父母的附近，回到平淡的生活，陳默從他的天堂跌落人間，開始新的生活。

那天陳默走進人間咖啡館的時候什麼都沒感覺到，即使這裡曾經是家鄉，即使他重新回到這個地方已經快有大半年，但是對於這塊土地他仍然很陌生，長期的特種部隊生活已經把他體制化了，從裡到外。老媽說他應該儘快過一點正常人老百姓的生活，他對此很反感，但是並沒有合適的理由反對。

三十二歲，說得俗一點叫老大不小，說得嚴重點是不孝有三無後為大，說得猥瑣點就是，今天中午剛搭檔不久的指導員成輝勾著他的脖子對他說：「兄弟，找一個吧，你這個年紀還單身，看著總讓人覺得有點不放心。」

「為什麼不放心呢？」陳默轉過頭冷靜地看著成輝，緊抿的嘴角和平靜無波的眼神讓他看起來有些捉摸不定。

成輝乾笑了一下，沒多說什麼。

陳默發現老成孤身離去的背影似乎帶著點蕭瑟的意味，他低頭默默地思考難道自己剛才又有什麼很難溝通的地方了？沒有啊……陳默無辜地列舉著。

他回答了。

他看著對方的眼睛說話了。

他還用了語氣助詞。

所以，他媽的，還要他怎麼樣？於是陳默淡定地轉身離開了，可是轉身之後他莫名地想到了過去，在十冬臘月裡做雪地潛伏，陸臻哀嚎著說，天哪，他絕對不要和陳默一組，天已經夠冷了，看到陳默氣溫還能再降三度。

陳默非常認真地分析對比，誠懇地認定他現在與人交往的熱情程度已經是以前的無數倍，然而他在對比的同時不自覺地想到了方進，想到了陸臻，想到了徐知著，想起他所有出生入死的兄弟，他想起臨上車前夏明朗拍著他的肩膀對他說：回去了有好有壞，可如果有什麼事，這裡永遠是你的家。

一個剛剛下崗哨的士兵向著陳默迎面走來，陳默在行走中隨意地回了個禮，士兵在放下手掌之後才反應過來他們新來的冷面死神隊長居然在笑，他驚恐地轉過頭去看陳默，不提防一頭栽進了花壇裡。

陳默就是帶著這樣回憶往事的溫柔笑意走進人間的，苗苑站在櫃檯後面呆呆地看著他，武警的新制服妥貼地包裹著他的身體，深綠色的布料切裁出俐落的棱角讓他看起來如此的高大威武，完全滿足了一個女孩在少女時期對英俊這個詞的所有幻想。

沫沫在苗苑的石化期英勇地挺身而出引著陳默走向了一個靠窗的沙發座位，她把menu留下，倒了杯檸檬水過去。回到櫃檯的時候，破石而出的苗苑拉著她的胳臂把臉貼到她的胸口亂蹭。

「好帥好帥好帥……妳有沒有看到，怎麼會這麼帥……」苗苑做兔斯基（註8）狀亂撲騰。

沫沫閉上眼睛回憶了一下陳默的臉，呃……這個基本上，帥嘛，有點，可是……至於嗎？

「妳難道不覺得他帥到飛起嗎？」苗苑激動地控訴。

哦……基本上，沫沫點了點頭：「還不錯！」

「沒品味！」苗苑丟出一個鄙視的小眼神，抄起點菜單，用最優雅的步調走到陳默面前。

啊，不是吧……

沫沫撫額，姑娘，妳確定妳現在不需要緩緩妳那x級的HC射線嗎？我怎麼覺得那個男人會被妳射得全身雞皮疙瘩暴起，有如遭遇放射性物質呢。

她很緊張！

陳默在苗苑走近的第一個反應便是，她很緊張。

臉上有不自然的笑容，眼球震顫，手指發抖，咬字過分清晰，陳默幾乎是條件反射地欠起身來看她，視線在瞬間籠罩了苗苑的全身，而同時讓自己的身體處於一個隨時可以攻擊的狀態。

苗苑頓時結巴了起來，七零八落地問道：「先，先生，你要……要喝點……什麼嗎？」

陳默愣了兩秒鐘，忽然笑起來，這只是一個小姑娘而已，或者是因為剛開始上班，還在擔心應付不了顧客，所以看到誰都緊張惶恐。陳默認命地知道自己會給身邊人帶來壓力，現在大概又是自己某個不經意的眼神讓她覺得害怕了。他於是盡力調動自己最溫柔的笑容與最溫和的聲音，緩慢地說道：「我先看一下。」

苗苑安靜地站在他的身邊一動不動。

陳默微微掃了她一眼，他看到這女孩在瞬間流露出兔子似的受驚的眼神，不禁在心底嘆了一口氣，有點不好意思地解釋：「我不喝咖啡……」

「啊……」苗苑脫口而出。

這種失望太誇張了，幾乎會讓人有負罪感，陳默猜度：難道真的是新手，或者是生怕自己要走會被老闆罵？

「我不喝咖啡，有沒有別的飲料可以推薦？」陳默合一下手掌，盡量讓自己的牙齒能露出來，極限了，極限了……

「熱巧克力喝嗎？我們有一個套餐。」苗苑很小聲地建議。

「好的！」陳默乾脆地拍板，妳再不走我真的要翻臉了。

苗苑像夢遊一樣地回去了，陳默看了錶，無聊地等待著他的相親對象，他有點頭疼地按了一下眉心，回想起他媽手上像撲克牌似的那麼一大疊照片。不過偶爾出來看看姑娘大概也是應該的，至少可以讓成輝看自己的眼神正常點，雖然他總覺得自己其實挺正常的。真的！

苗苑幾乎是把自己扔進櫃檯後面的，沫沫抓著點菜點拽住她，說：「哎喲，閨女，妳慢點。」

「幫我撐著！」苗苑手忙腳亂地把巧克力塊扔進水浴鍋。

人間的熱巧克力是十三元一杯，這樣的價錢註定了它不可能是煮的，它只能是現泡的，可是苗苑認定陳默應該在她手上喝到最好的熱巧克力。碎亂的巧克力塊在玻璃碗裡緩慢地融化著，苗苑把整塊的蜂蜜蛋糕切開成塊，對半剖開一刀，把剛剛調好的巧克力奶油填進去，抹平修邊裱花，最後撒上粗顆的栗子粉，沫沫在旁邊嘖嘖地：「妳這得賣多少錢？」

苗苑眼巴巴地哀求：「別說出去！」

「敗家啊！」沫沫在她耳朵上擰了一下，苗苑揉著微紅的耳尖傻乎乎地笑，像巧克力一樣甜蜜而溫暖。

現在這塊巧克力蛋糕看起來和櫃子裡放著的例份巧克力方塊並沒有任何分別，於是誰都不知道她在裡面放了什麼，她融化了松露巧克力做底，加了最好的奶油和乳酪，那裡面還有她老爸的傳世經典，以及她一顆砰砰亂跳的少女心。

苗苑用刀把蛋糕移到白瓷碟子裡，她的手很穩，沒有任何的波動，做這些事會讓她心情平靜，她在融化調製好的熱巧克力裡加入奶沫，然後用一根牙籤在上面勾出樹葉的圖案。

精益求精，為我們喜歡的人做事，總是怎樣精心都會覺得不夠。

「趁熱喝。」苗苑把餐盤收在胸前，小聲地提醒。

陳默點了點頭。

一分鐘之後，陳默敏銳地感覺到這姑娘的視線從來沒有離開過自己，他困惑地從遙遠的角落裡把人找出來，苗苑遠遠的指著他的杯子用口型說：「趁熱喝！」

這姑娘簡直有點過分敬業了。

陳默用力閉一下眼睛，把杯子拿起來喝了一口，很甜，極致的滑膩，像絲一樣的觸感滑過喉間，陳默有些疑惑地舔了舔上唇，苗苑抱著點菜點緊張地看著他，然而一個身材高挑的女子坐到陳默桌前擋住了她所有的視線，沫沫走過來拉苗苑的衣角，聲音小小：「人家有女朋友了。」

苗苑失望地抿了一下嘴角，萬般失落地：「好像是的。」

從開始到結束，這一次的戀愛經歷為三十分鐘！破紀錄的淒慘！苗苑把頭靠到沫沫的肩膀上說：「親愛的，我失戀了。」

沫沫沉默地摸了摸苗苑的額頭，心想，沒發燒啊！

註5：勞模，為勞動模範的簡稱。在大陸地區，勞動模範是工人階級的優秀代表。

註6：QBU88*：88式狙擊步槍，為95槍族的成員，全槍長 920 mm，全槍重 4.1 kg，有效射程 800 m，彈匣容量 10 rds。

註7：香餑餑：餑餑是一種糕點、饅頭或用雜糧製成的食物。香餑餑引申為非常熱門、很受歡迎、非常搶手的人或事物的意思。

註8：兔斯基：是中國傳媒大學動畫系04級大三學生王卯卯（MOMO）創作的一套動畫表情。兔斯基，就是那隻耳朵細細長長、臉長得死樣怪氣、轉動著兩根麵條般的手臂做著搞笑動作的兔子。

2

王正楠，二十八歲，身高一百七十，體重五十五公斤，執律師執照，在法院工作，父親是市委組織部長，算得上是後臺過硬。陳默在照面第一眼腦海中就映出了對方的全部資料，背景是他媽給的，打在一張A4紙上，身高體重是他剛剛瞄的，當時陳默看著那份像簡歷似的資料就有一種奇異的穿越感，好像照片上笑容明豔的女孩不是他正在尋找的愛人，而是一個對手，一個彼此之間防備警惕，你爭我奪的對手。這個女孩家世過人，條件優越，果然很像是他媽會放在第一個讓他見的人。

陳默發現他很難壓抑他的視線不下意識地跑到對方的眉間和心臟附近轉，看到這些關鍵點完全暴露在他的控制範圍，這會讓他心安。

這次絕對不是我又變態了，陳默心想，是這個女孩子的氣勢太過咄咄逼人。

陳默喜歡觀察對手，如果時間允許，所有的狙擊手都喜歡觀察對手，因為這會讓他們的射擊有更高的精準度。

他看到王正楠一落座就交叉起雙腿坐得很深，脊背完全貼在椅背上。這是一個很自信的坐姿，證明對方有完全控制全域的慾望，或者說預想。他看到她翻看menu時盯著紙頁上的某一個污漬看了很久，然後皺起眉，堅決地翻過了那一頁，這說明她的個性並不隨和，執著細節，並且沒有經歷過困苦。他看到那姑娘臉上細緻的粉底和小煙薰眼影，雖然從技術的角度應該已經足夠精密，可是在這樣的近距離，以陳默精細的視力看來，他其實還真的挺想拉著她去洗洗眼睛的。

陳默喜歡那種一眼就能讓他看清眼神的人。

當然，陳默在匆匆一眼就得到全部資訊的同時，清晰的感覺到這姑娘在審視他，不過他也確定對方應該看不出什麼來。

如果說愛情也是一種病，王正楠總覺得自己應該早就成良醫了，來來去去的招式就這麼多，三十六計七十二變，其實今天她願意出來看看陳默的理由很簡單，年輕的武警少校，母親是社保處的處長，父親在稅務局工作，這樣的家境的確不錯，但是並不足以打動王正楠挑剔的眼光。

真正讓她覺得心動的是陳默之前的經歷，她聽說陳默曾經在軍區特種部隊裡任過職，這年頭什麼都假，軍官的水準也良莠不齊，可是一個家庭出身正常良好的傢伙居然會選擇考軍校做特種兵過苦日子，這讓她覺得很好奇。在這個男人的血性越來越淡薄的年代裡，女人們本能地渴望著接近英雄。然而在見了面之後，她忽然開始覺得心裡沒底，陳默的態度太奇怪了，或者說，沒有態度，她覺得自己眼前就是一道牆，打什麼過去都會被吸收掉，連痕跡都不剩下。

王正楠在聽了太多是、不是、不知道、很難說……之後終於按不住性子探身過去問道：「你是不是討厭我？」

陳默注意到她的腿已經平放，腿尖變轉了方向，指向大門口，她想走了。

「不是。」陳默說。

「那你喜不喜歡我？」王正楠問。

「不喜歡。」陳默說。

「為什麼？理由呢？」王正楠很生氣，她從來沒有被人這樣當面甩過，這讓她覺得簡直是侮辱。

「沒有理由。」陳默安靜地看著她。

理由？討厭一個人需要理由，喜歡一個人也需要理由。可是我不喜歡妳，還得有理由？誰能給他一個一定要在三十分鐘之內喜歡上誰的理由？

王正楠一拍桌子，怒道：「你有毛病。」

人間的咖啡桌都是獨立的小圓桌，根基不穩，王正楠那一下拍得重，桌子直接就要倒，咖啡杯往旁邊滑，陳默眼明手快地擋住。王正楠站起身發現陳默完全沒有想要挽留的意思，咬牙轉身就走。

真見鬼，她決定最近幾週都不要再見軍人了。

「走了……」苗苑錯愕地看著門口。

「飆了？」沫沫拿著點菜單走回櫃檯。

「分手了？」苗苑費解地猜測著，接過點菜單開始做咖啡。

「不會吧……」兩位姑娘不約而同地把視線投向陳默，陳默敏銳地感覺到有人在看他，轉過頭，看到苗苑好像嚇了一跳似的指著他的杯子。

這姑娘也太敬業了吧，陳默無奈，看來這家老闆手段很厲害。

巧克力已經涼了，馥鬱的濃香凝結在一起，黏稠之極，滑過口腔的觸感讓味蕾戰慄，太濃烈，幾乎像是一種刺激，讓人喘不過氣來。陳默一口氣喝光了所有，他向苗苑點點頭示意，可以了，別再看著我了。

苗苑連忙走過去問道：「你還要點什麼嗎？」

「不用。」

「味道……還可以嗎？」

陳默想起初始的香濃滋味，誠懇地點頭：「很好。」

苗苑馬上笑了起來，青春總是好的，年輕的女孩子自己就帶著陽光，微笑的模樣有如春曉，苗苑興高采烈地走開了，陳默看她樂得就像是心裡開出了花，莫名地，也跟著感覺心情挺不錯。如果一句稱讚就能讓人高興成這樣，那的確不應吝惜。

「他說很好喝！」苗苑一腳深一腳淺地躲進櫃檯裡。

沫沫摸她的額頭，果然發燒了。

苗苑躲在櫃檯的一個角角裡偷偷摸摸地看著陳默，他女朋友剛剛摔門而出，可是他現在看起來卻非常的鎮定，安靜如山的男人，苗苑嘆了口氣：真順眼啊，怎麼看怎麼順眼。那姑娘怎麼捨得扔下他就這麼一個人走？

沫沫湊過來說，「看上了啊？」

苗苑蹲著踹她，「看上不行啊！」

「人家有女朋友哎！」

苗苑捧著玻璃心：「我看看不行啊！」

下午的陽光很好，陳默就那麼在窗邊坐著，看樹葉一片一片掉下去，他請了半天事假，目前還沒到時候，懶得回去。

當然，他也沒在想什麼，他只是在發呆，現在的生活比起以前就像是在度假，而這個假貌似會長久地漫無止盡地度下去，像這樣大把的不知道如何消耗的時間讓他覺得有點空虛。

空虛，陳默苦笑了一下，心想他都學會這個詞了。

鄭楷老大轉回地方的時候倒是很樂呵，大概就是因為他有家有業的緣故吧！生活會讓人們變得忙碌而瑣碎。

你已經離開了，陳默小聲地對自己說，所以努力適應吧！

陳默始終感覺到有人在看著他，纏綿的視線，斷斷續續飄乎不定，陳默從櫃檯的角落裡把苗苑的眼睛給揪了出來，苗苑尷尬地對著他笑笑，指了指他的桌前。陳默低頭看到一塊小小的深褐色的蛋糕，最普通的樣式，每家每戶都會有的那種巧克力方塊。陳默拿起叉子挖了一塊放進嘴裡。

苗苑緊張地用力閉了一下眼睛又睜開。

可是……

陳默偏過頭，有些意外地用叉子把蛋糕撥開，綿軟的糕體之間夾著像奶昔一樣的褐色漿液，濃香醉人，不是單純可可的那種飽滿的香氣，還有另外的綿長氣息，有一點點辣，略帶刺激的感覺，醉人的甜蜜。

是酒！

陳默對所有具有興奮性的氣味都非常的敏感，所以他從不喝酒也不喝咖啡。

陳默下意識地舔了舔下唇，攪了一塊奶油放進嘴裡。入口即化，綿延滿溢的口感讓人如同墜入夢鄉，巧克力香濃的暖意在這個初冬的季節恰到好處地溫暖人心，很多男人都排斥甜食，然而甜是我們生命最初最溫柔最接近於幸福的記憶。

只有被刺激過度的味蕾才會用苦澀和辛辣代替甜蜜。

苗苑看到陳默臉上露出輕鬆的近乎於溫柔的笑意，心滿意足地轉過身去。

方形的戚風蛋糕切邊分層，填入打發好的秘製巧克力奶油，修邊，整形，篩上一半可可粉。把三根牙籤的尖端綁在一起，在可可粉上踩出小雞爪印的效果。而另外一半淺色的部分，苗苑猶豫了一下，用本色的奶油寫上了兩行字。

天堂太遠，人間正好。

苗苑瞇起眼睛看效果，長長緩緩地呼出一口氣，用蛋糕刀把成形的蛋糕移到白瓷盤裡，放進玻璃冷櫃的最上層，最精心的作品，總是希望有更多人看到的。

陳默走的時候留意了一下冷櫃，他沒找到他吃的那種、那種常規的方塊蛋糕都放在櫃檯裡面的冷藏櫃裡，不會專門拿出來做展示，於是他注意到了天堂與人間。苗苑誤以為他是想要，便結結巴巴地解釋著這是給店裡週年慶做的蛋糕，非賣品。

她沒有從陳默臉上找到失望的神色，便有些失望。

陳默點了點頭，推門離開，門上的風鈴聲像來時一樣的清悠悅耳。

苗苑覺得這個下午果然很美妙。

在這個世界上，有人看著新生的嬰兒痛哭，因為知道他們總會老去，臉上生出皺紋變得圓滑世故；也有人看到筆直的坦途而悲傷，因為知道往前走總會出現岔口……

可是我們仍會一次又一次地愛上誰，有時候求不得，有時求到了自己卻淡了，有時候你還想維持別人卻要離開了，我們被傷害，同時也傷害人，視線卻仍然一次次地不受控制。

或者，愛上一個人是本能，如果心裡沒有牽掛，它會自己去找。

所以我們仍然會有戀愛的感覺，只不過已經明瞭，所有的愛情終將會消失，所有的愛人到最後都會分離，凡人無可抵禦那漫長時間之變。

於是，那又怎麼樣呢？

苗苑在那個黃昏滿室的咖啡與可可的香氣中快樂地吹著口哨，就是因為不長久，所以才要在它消失之前好好享受呀！

晚上的週年慶搞得很熱鬧，各個分店的店員們都湊在一起，苗苑的新發明備受好評，老闆樂呵呵地捧著蛋糕說，「小苗，考不考慮量產？」

苗苑轉了轉眼珠，給出一個非常離譜的價錢。

老闆捧著破碎的玻璃心離開了。

小小的一點私心，這個蛋糕在出生的時候印上了那個人的記號，於是就希望永遠永遠只讓他一個人吃到，至少在他與她而言還是那麼特別的時刻。一個特別的人會讓生活充滿樂趣，這就像如果我們愛上了一朵生長在一顆星星上的花，那麼仰望星空的時候你就會覺得快樂，好像所有的星星上都開著花。

苗苑跟同事們告別，一步一跳著走回自己的出租屋，她努力把路邊的一塊小石子踢回家，夜晚乾淨清冷的空氣撲到臉上，讓人鼻子發酸，這是一個陌生的大城市，苗苑張開手臂轉身，看著這暮色深深中的萬家燈火。

起初，因為這個城市太大太古老，生活在一個小小的角落裡的苗苑對這塊土地沒有任何的融入感。

她在想，我為什麼要留在這裡呢？這裡有什麼特別呢？我為什麼不能離開呢？

但是今天，一切都變得意義，如果你在一個城市裡有了一個特別的人，那麼遙望萬家燈火的時候就會想微笑，想像他在某一個視窗的背後，某一盞燈的前面。

今天，他好像跟他的女朋友吵架了，只希望巧克力能讓他覺得快樂一點。

因為那可是能讓探險家們都眼睛發亮的、最接近於愛情滋味的，神賜予的美味啊！

在那個週六之後的好幾天，陳默都沒有再出現，不過苗苑仍然持續著好心情，戀愛的感覺會讓空氣染上粉紅色，那一瞬間多巴胺的刺激在人的身體裡留下長久的痕跡，然後慢慢淡去。

加了砂糖的蛋黃在手下打得發漲，Mascarpone（乳酪）已經放到了適合的溫度，苗苑把蛋黃糖液和乳酪混合在一起，細膩的奶油慵懶地在木勺之下翻滾，被攪拌器拉近彼此的距離，直到親密無間。聽熟客說最近店裡提拉米蘇的品質大漲，苗苑微笑著抿起嘴角，那是因為……

提拉米蘇，請帶我走啊！

不知道他和他的女朋友和好了沒，如果沒有的話……苗苑把咖啡酒液抹在手指餅乾上，然後虔誠地祈禱：親愛的姑娘，如果妳已經不愛他了，請狠狠地甩掉他吧，我會幫妳安慰受傷的靈魂的，請千萬不要有負罪感，不要勉強跟他在一起啊！

酥鬆的手指餅乾在吸飽了咖啡酒之後變得綿軟，苗苑把它們切成小塊排進透明的塑膠杯中，然後把攪拌好的乳酪漿倒進去。

最近她做任何食物都會有超水準的發揮，大概是因為心裡有愛的緣故。

苗苑知道那是一場吉光片羽的邂逅，在我們的生命中有一些人會忽然之間闖進來，然後忽然之間又離去，他們留下一些美妙的痕跡讓我們回味不已。

還有誰記得暗戀的感覺嗎？

總是偷偷地在看著那個人，注意他說的每一句話，每一個表情，看見他就開心，聽到他的聲音就心跳加速。為他的一個背影癡迷半天，不敢直視他的雙眼，聽他喊自己的名字，就會感覺血流加速。

每天下午放學之後下樓衝得特別快，只為了站在校門口多看一眼那個連名字都不知道的身影。聽說一見鍾情是一種緣分，可遇而不可求，苗苑常常遺憾她的青春期在近乎於全是女生的師專中度過，現在算是上帝補給她最後一點青春的尾巴嗎？

苗苑聽到門鈴響，抬起頭，她看到上帝在那個人身後狡黠一笑。

神說：親愛的，你要相信我，我還想給你更多！

陳默非常直接地走到櫃檯前面對她說：「熱巧克力。」

苗苑呆呆地點了頭，然後轉身一頭紮進裡間的工作室。

「幫我頂著！」她一邊手忙腳亂地把巧克力塊往玻璃碗裡放，一邊高聲招呼著沫沫。

沫沫搖頭嘆息：「妳說，養個女兒有什麼好，倒貼敗家。」

可是，沒有酒！

苗苑在工作間裡急得團團轉，她老爹的家傳經典被她帶回了租屋，可是無論朗姆還是咖啡甜酒都無法代替那種口感。

苗苑把熱巧克力拿過去給陳默。

「蛋糕，暫時沒有了。」她看著他的眼睛，試圖從那裡面看到失望或者不失望。

「好的！」陳默平靜地點頭。

窗外的陽光還是那麼好，陽光下人們瞳孔的顏色呈現出一種不純粹的黑，苗苑心想，那真像巧克力，濃鬱的，飽滿而富有光澤的顏色。

他失望嗎？不失望嗎？

或者說，妳希望他失望嗎？苗苑，妳希望他是失望的！

「幫我頂一下！」苗苑把奶油倒進冰水浴的碗裡打發，披上外套衝出門去。

沫沫無奈地嘆了口氣，陳默聽到門鈴驚跳著響起，他沒有轉頭，不過從餘光中看到那個女孩急匆匆地撞了出去。

還是個小姑娘吧！冒冒失失的，陳默心想。

苗苑把酒拿回來的時候看到陳默對面有一個窈窕的背影，驚鴻一瞥而已，她沒來得及細看，奶油已經打好了拿下來了，沫沫不懷好意地看著她，苗苑小心翼翼地賄賂：「我等下給妳吃好東西行不行？我給妳吃很好很好的東西。」

沫沫說：「我不要很好很好的那些，我就要這個！」

苗苑哭喪著臉，沫沫很得意地告訴她，原來這個女人已經不是上週那個，苗苑錯愕地停下手，卻剛好看到那位姑娘頭也不轉地摔門而去。

這個這個……於是……

「他應該是在相親！」沫沫很肯定地說。

苗苑吃驚地張大了嘴。

星星上的花，是的，我喜歡小王子。

3

連續第二次，有人在三十分鐘內拍案而去。陳默看到窗外的秋葉已經快要落盡了，僅存下的那些在風中輕揚，要過很久才會落下一片。自然，他繼續開始發呆，今天的熱巧克力在一開始就喝完了，趁熱喝果然味道是會好很多，可是那種黏住喉嚨彷彿喘不過氣來的刺激感也不復存在。

有人說，如果一個人不理你，那可能是對方的錯，如果十個人都覺得你有問題，那應該就是你自己有問題。

陳默不打算去關心自己是不是有問題，他只知道今天的事會很快地傳到他老媽的耳朵裡，然後，他幾乎有點好奇，下次，她會給他派個怎樣的女人。

這是一場較量，不動聲色，沒有火光，但是緊張壓抑，可是從小到大他們一直這樣相處。

他記得很小的時候，老爸總是說，別惹你媽，那時他膽小，還會退縮。

再然後就不退了，他爸於是很無奈，說：兒子，退一步海闊天空。

是嗎？你怎麼知道退一步是海闊天空而不是萬丈懸崖？陳默覺得在他的血管裡一定流淌著大量的他媽媽的血，所以他們才會有相似的強硬個性。自然，做兒子的不能跟媽媽明刀明槍地來，於是……他記得陸臻曾經說過，陳默是這個世界上最冷的暴力狂。

不過這次算起來倒真的不是他的錯，那個女人坐下來的第一句話便是：「我將來是要出國的。」

陳默幾乎有點好笑地看著她，回答：「我將來是不會出國的。」

於是兩個人都鬆了口氣，都是被家人逼著出來相親的人，會有一點同病相憐的革命情感。陳默本來以為他會在這個城市裡交到第一個女性朋友，可是話題很快被引向了不可挽回的地方。

學金融的碩士，過分驕傲，過分相信市場與經濟的力量，喜歡宣揚先進的民主人權，喜歡自稱納稅人。陳默記得他們當年做反恐預案的時候曾經給所有人分過類，而這些人實在是最叫囂卻最不需要特別關心的一群。因為他們幾乎沒有信仰，極難收賣，所以不會真正為任何事業而犧牲。

至於忠誠嘛！

陳默頗為無聊地看著那個女人一臉嚴肅地向他闡述什麼叫國家機器與政治工具，她說你們說到底，也不過就是為政治服務的，是個絕對效忠的工具。戰爭就像下一盤棋，失去哪個棋子無所謂，重要的是這盤棋要贏，下棋者就高興慶祝，而你偏偏就是一個棋子，當然，人有各種各樣的追求，如果你認為你很自豪，你儘管自豪吧！

「不是的！」陳默在想，我最近真是太無聊了，我居然還會去反駁她，這實在太正常人了。

「不是什麼？那你說你們效忠誰？」

「人民。」

她露出了然而不屑的笑容：「人民？人民這個詞太虛幻了，它根本就不存在。」

陳默垂下眼，說：「妳走吧，我不想再看到妳。」

她愣了一下，卻換了另外的表情笑道：「你這是在幹嘛？至於嗎？這麼小氣，我們只是表達不同的觀點。」

陳默抬頭瞪了她一眼，說道：「走！」

一瞬間的心寒，從頭一直冷到腳底，女人幾乎有些哆嗦地拿起包，頭也不回地走掉。

人民嗎？什麼是人民？

陳默看到窗外的不遠處的人工湖邊有一群老太太在跳扇子舞，樹下有人在看書，而更遠的地方一群中學生剛剛補完課放學。人民嗎？當然，就是他們，可是也不僅僅是這些，他們有很多很多人，他們工作學習、考研究所、出國留學，他們戀愛結婚、生子又離婚，他們被爭取、被利用、被保護、被犧牲。他們漫無目的，盲目生長，他們在暴力面前軟弱無能隨波逐流，然而到最後，他們仍然能夠選擇歷史的方向。

他們就像是泥土，一直被踐踏卻總能開出鮮豔的花。他們存在著，所有看似偉大的會留下名字的人都將死去，只有他們永遠活著。

所以，妳看，人民這個詞一點都不虛幻，只是說給妳聽，妳也聽不懂。

陳默心想，他會永遠記得夏明朗說過的那句話：我們選擇拿起槍，只是因為不想看到哪一天，自己的母親早上醒來，會聽到真實的爆炸與槍聲。就是那麼簡單的一件事而已。

苗苑看到陳默獨自靜坐，氣溫已經降下來了，陽光不復往日的力度，可是落到他的身上還是暖暖地勾出一個長長的影子，好像他能從天地間裁出一片來給自己，自成一派的感覺。

很乾淨，非常乾淨！苗苑看著他刺短的黑髮和俐落的制服，心中萌動。

這年頭男人的品味都壞掉了，他們用瀏海和五顏六色的頭髮來張揚自己，他們穿著不舒服也不妥貼的衣服，在身上鑽出各種各樣的洞，掛上一串又一串的金屬飾品。他們不會明白一個男人平靜而安定的樣子有多麼動人。

苗苑小心翼翼地把蛋糕放到他桌子上，她非常努力，不讓自己發出任何的聲響，陳默沒有轉頭，只很輕地說了一聲：「謝謝，麻煩妳了。」

苗苑一時驚訝：「打擾到你了。」

「沒有。」

「我……我以後會小心點。」苗苑紅著臉。

陳默轉過頭看了她一眼，非常誠懇地說道：「真的沒有。」

苗苑頓時被電到，只覺得血往頭上湧，不得已暈乎乎地先逃了。

好吧，陳默看著那道慌張的背影覺得有點想笑，人民大概還包括這樣的，冒冒失失慌張的小姑娘，她們什麼都不懂，可是單純溫暖，笑起來非常可愛，值得守護。

其實無論苗苑怎麼小心都沒有用，當她走近的時候陳默自然會知道，不同的腳步聲代表不同的人，而微醺的可可氣息代表著熟悉的食物，所有這一切的資訊他不必回頭都可以知道，因為這曾經是他賴以生存的本能。

鄭楷說回到地方待久了，感覺就會變鈍，可是陳默覺得他不會，他覺得這樣挺好的，他喜歡這樣。有時候陳默認為他天生就是幹這行的料，雖然最初的時候考軍校只是為了要離開專制的家庭，可是最後他在那裡發現了自己人生的方向。

在這個世界上有無數的路，總有一條是與別的所有的不一樣的，最適合的道路，有些人找到了，有些人沒有。

就像這世界上有無數的人，總有一個是與別的所有的都不一樣的，最適合的人，有些人找到了，稱他們為愛人。

苗苑在櫃檯與卡座之間來來去去，偶爾回頭的時候拿捏好角度往那個方向看一眼，她看著陳默一口一口把自己獨家調製的蛋糕吃乾淨，心裡便覺得暖暖的，幾乎有點軟。

在接下來的兩週裡，苗苑看著陳默連續又相了兩次親，一次比較正常，那姑娘堅持了一個小時之後，禮貌地離開，雖然看那表情應該也不會有下文。另外一位聊得久了點，苗苑去收盤子的時候聽到她說，我男朋友BLABLABLA……

苗苑登時一囧，覺得這年頭的爹媽真是不可靠。

這城市說大不大說小不小，沫沫在多方打探之後，終於從她刑警表哥的閒聊中捕捉到了斯人的蹤跡。陳默，特種大隊出身，貨真價實的特種兵，王牌狙擊手，軍事和訓練的技能都很可觀，現在轉到武警部隊，支隊領導都相當器重，投放在最精銳的大隊裡，就指著他帶隊拿名次搶第一。

好～～帥！

苗苑眨巴眨巴眼睛，釋放出X級的萌射線！

「得得得，像他那種大叔，妳萌一下就算了，妳別真的犯傻撞過去啊！」沫沫看著那雙水水的桃花滿溢的眼睛就覺得不可靠。

苗苑臉上一紅，首先爭辯的是：「他哪裡像大叔啊！」

「這年頭三年一代溝。」沫沫鄭重地提醒她。

苗苑傻了眼，真的，好多好多溝，好多好多溝……

「而且吧，我跟妳講，他們部隊的都是火星人，上回我哥給我介紹了一個小排長，我去唱KTV他都不樂意，說我搞聲色活動，妳真的別不信，我……說，ㄚ頭，他會讓妳覺得自己不在地球上的……」沫沫看著苗苑明顯已經神遊的視線，無奈地搖了搖頭。要不怎麼老一輩人就愛養小子不愛生ㄚ頭呢，這生個閨女就是靠不住啊！

一開始陳默聽到哨兵打電話說有人找還以為是誰，可是轉過拐角看到一道瘦長的側影，眼眶裡就莫名地暖了一分。陸臻一手插在大衣的口袋裡側著頭抽菸，陸軍的制服與武警有微妙的不同，這種差異讓撲到陳默臉上的寒風變得更加尖銳。

我的兄弟們！他在想，雖然現在的這些同樣都是兄弟，可是一起流過血，一起熬過死的到底不一樣。

陸臻遠遠地看到他就誇張地招手，把菸頭捏熄了扔進路邊的垃圾箱。

「哎喲，瞧瞧……陳隊長……」陸臻張開手，笑得陽光燦爛，有如永遠的五月。

陳默不自覺走得近了點，陸臻略有些意外，在他的記憶中陳默從來不會主動與任何人有身體上的接觸，可是很快的他就反應了過來，勒上陳默的肩膀用力拍了拍：「好久不見！」

「嗯！」陳默覺得這天真冷，凍得人鼻腔發酸，他低了頭問道：「有事？」

「那我不是北上嘛，隊長讓我隨路給你捎個東西。」陸臻笑嘻嘻地指著腳邊的紙盒子。

「你北上去哪裡？」

「呃，北京！某所，不好說。」

「什麼東西？」陳默看著他，好順路。

「哎喲，陳隊長，你等會驗貨，咱先找個地方坐一下成不？這風吹得，你當在抗嚴寒訓練啊！」陸臻彎腰把盒子給抱了起來，陳默想了想，帶他去人間咖啡館。

這是苗苑第一次在非週六的下午看到陳默，那簡直就像一個意外的禮物，讓她驚喜不已。

陳默領著陸臻坐到他習慣的位置，陸臻四下裡看了看，笑：「長品味了啊，都會上咖啡館喝咖啡了！對了，你不是不喝咖啡嗎？」

苗苑剛好把menu遞過去，陳默直接讓給了陸臻，輕聲道：「熱巧克力。」

陸臻嗤的一笑出聲，相當紳士地轉頭看著苗苑的眼睛，說道：「Espresso（註9）。」

他看到苗苑臉頰紅紅，滿眼羞澀的小眼神，笑瞇瞇地又加了一句：「小姑娘，做得好喝我才會再點哦。」

苗苑哦了一聲，笑容極甜。

陸臻對這個電力很滿意，想我關在深山老林裡闊別江湖多年，功力還在，魅力沒丟，可喜可賀。

苗苑回去和沫沫竊竊私語咬耳朵。

「我覺得那個人好帥啊！笑起來真好看！捧臉^_^」

「還好吧，還是陳默比較帥。」

「切，妳說陳默哪裡比他帥，眉毛鼻子眼睛嘴……？」

「人還能切成一塊一塊地比啊，我覺得他有氣質，氣質明白不？氣質！」苗苑握拳。

……

「什麼東西？」陳默拿腳尖碰著紙盒。

陸臻詭笑，把盒子打開露出裡面兩個白毛團子。

「哦？」

「富貴（註10）上個月生了，隊長讓我帶一隻走，順便給你也捎一隻。」陸臻笑得眉飛：「看出來了吧！那是隊長向咱們表達殷切期待呢，咱們兩個，生是基地的狗，死是基地的死狗！」

陳默彎腰看，拿手撥拉著：「哪個是我的？」

「一公一母，自個挑。」

陳默挑了隻小公狗捧在手上：「就這個吧！」

「剛好，我喜歡漂亮姑娘。」

苗苑正巧端了咖啡和巧克力過來，一眼看到了，噫了一聲，滿臉溫柔的驚喜。

陸臻調戲小朋友：「可愛吧！」

苗苑猛點頭：「牠叫什麼名字？」

陸臻一愣，轉頭去問陳默：「打算取個什麼名？」

陳默想了想，不自覺抿起嘴角來笑：「侯爺。」

陸臻差點就把咖啡給噴了出來：「你小心他過來揍你！」

「他不敢。」陳默慢吞吞地：「他也就敢打打你。」

陸臻望天磨牙，心想，你等著！

於是陸臻撇著嘴萬般遺憾似的抱怨：「哎，我本來還指著你這隻狗叫馬路（註11）呢！」

陳默莫名其妙。

陸臻忽然就樂了起來，笑得像花兒似的：「因為我打算管這丫頭叫明明啊！」

陳默仍舊茫然，倒是苗苑一下子笑了出來，陸臻如獲至寶：「你看看，沒文化了吧，人家小姑娘都比你懂。」

「可是，這倆不是一窩生的嗎？」苗苑犯愁：「那亂倫吶。」

陸臻登時傻了眼，陳默不明所以，可是仍然笑倒，苗苑被陳默那抿起嘴角的樣子萌得心頭小鹿亂撞。

陳默看到陸臻從口袋裡把菸拿出來撥拉，猶豫不決地看著他，似言又止的樣子，於是意外：「什麼時候開始抽的，有癮了？」

陸臻笑得有些勉強：「早有了，你沒發現罷了，離開了就是有點想，能沾沾味道也好。」

陳默頓時就惆悵了，擺了擺手，說：「你抽吧。」

陸臻笑：「那你的眼睛？」

「無所謂，現在也沒那麼講究了。」

兩個大老爺們坐在一起回首往事，四十五度仰望天空，讓咬牙與切齒逆流成河，這種場面怎麼著都有點膩歪，可是如果你真的當過兵，那就會知道老戰友相見是個什麼感覺，埋汰著，抱怨著，感慨著，懷念的。

熱辣辣的一杯，苦辣酸甜的刺激。

陸臻揮了揮手，又活絡了：「兄弟，聽說轉正了。」

放。」

「啊！」陳默不太關心這個。

「那就好，那就好，就是可惜了楷哥，一世隊副。」

「那不是有隊長嘛！」

「就是啊，」陸臻一拍大腿：「夏明朗那小子，佔著茅坑不放，到你那時候就更惡劣了，佔兩個茅坑不放。」

陳默探身過去拍拍他的肩膀，說道：「沒什麼，我爹現在身體不好，離他近點，我安心。」

「也對！」陸臻眼珠子一轉，笑出兩排漂亮的小白牙：「那什麼，地主之誼，咱倆今天不醉不歸。」

「你要我不醉不歸還不容易嗎？」陳默無奈。

苗苑送了蛋糕上去，意外地看著陳默生鮮活色地拍桌子，眉梢揚起，好像是生氣了，其實是在笑。

「小姑娘，妳偏心哈，為什麼我沒有？」陸臻拉著苗苑打趣。

「這個……他點的是套餐，您要加一份嗎？」

陸臻眉開眼笑：「好啊好啊！」

苗苑從冷藏櫃裡給陸臻拿了一份出來。

「你原來喜歡吃甜食啊！」陸臻攪著自己的蛋糕，像發現新大陸似的看著陳默。

「挺好的啊！」陳默對自己的品味並沒有太明確的認知，確切地說，他不太關心這個，覺得好吃就吃，不好吃就不吃。

「就這，就挺好了啊！」陸臻嫌棄地一扔叉子：「還不如基地食堂呢。」

陳默沉默地把最後一口放進嘴裡，慢慢咀嚼，忽然明白這傢伙其實比自己更捨不得離開那個地方。

苗苑覺得那個下午那角落裡一直有陽光在，金黃色毛茸茸的一團，飄飄忽忽的，細軟而溫暖。年輕的陸軍中校與同樣年輕的武警少校面對面坐在一起，臉上揚著笑，眼中閃著光，青春正好，壯懷激盪。一個笑起來很燦爛，幾乎看不清眉眼似的，只有一雙眼睛閃閃發亮。另一個只會把嘴角抿起一點點，可是苗苑卻覺得他的快樂並不會更少一點。

陸臻悄悄拉陳默的衣角：「哎，發現了嗎？那姑娘為什麼總看你？」

陳默想了想：「大概是看你蛋糕沒吃完吧！」

陸臻略一歪頭，把剩下的蛋糕全部填進自己嘴裡。

「晚上得請我去吃好的啊！」

「行！」陳默看天色不早，收拾著東西起身：「要吃什麼隨便。」

「那我住哪兒？我告訴你啊，五星級起步，軍區招待所我可是住膩了啊！」陸臻笑眯眯的。

「行！」陳默異常乾脆。

陸臻出門的時候又注意到苗苑的視線，他於是轉身擺擺手：「拜拜，小姑娘。」

陳默便隨著他微微向苗苑點了一下頭，算是告別。

苗苑臉上一紅，覺得耳朵尖上都有點熱。

註9：「Espresso」是一個義大利咖啡語單詞，有on the spur of the moment與「for you」（立即為您現煮）的意思。

註10：富貴是一隻可蒙犬，陸臻買的，是發財的媳婦，當然發財也是一隻可蒙犬。
註11：馬路和明明，是一本話劇《戀愛的犀牛》裡的男女主角。

4

陳默不知道是否他媽忽然對他灰了心，又或者這個城市裡的社交圈子就這麼大，他一連折了四個精英女孩，消息傳開讓他母親的聲譽大減，反正就是那個週末老爸打電話過來只是說回家吃飯，午飯時他媽看他的眼神比往常更冷了一點，卻沒有再多說什麼。

陳默想起他們其實從來都不常交談，他們兩個之間的交流維持著最精簡的程式。

這個，我覺得你應該去做一下。

然後，好，或者是不好！

一個回答，說出再無改變，他們之間的交流總是像石頭那樣碰撞著，每一下都硬生生的，陳默看到他的父親總是看著他們無奈地苦笑或搖頭，可是大家對此都已經有些無能為力了。那天吃過午飯離開的時候，陳父拉著陳默的手臂說：「你媽媽也是關心你，你別怪她。」

陳默說：「我知道。」

我如果不知道，又怎麼可能讓她在我面前說應該或者不應該呢？陳默心想，這已經是我最大的妥協了。

下午還有很長的一段時間，習慣性地請了假，現在幾乎有點無處可去，陳默低著頭，把自己裹在大衣裡慢慢地走。其實那天陸臻是夜裡十一點多的車直接去北京，那個傳說中的比基地更為神秘的部門已經對他嚴陣以待，他們將用比當年的夏明朗更為挑剔的目光來審視他是否有留下的資格。於是什麼五星級酒店不過都是開開玩笑，陳默原本打算帶陸臻去西安飯莊裡吃這個城市最貴的菜，可是陸臻站在門口笑得極為沒心沒肺，他說：「兄弟，鮑參翅肚的咱上輩子就吃膩了，我聽說你們這裡有一個回民小吃街？」

陳默於是只能再開車帶他去大麥市。

夜市才剛剛開始，炭火在深沉的夜色中氤氳著牛羊肉腥鹹的鮮氣，整個街市便是再紅潤油亮也不過的人間煙火。

陳默和陸臻走在路邊買小攤點上的烤肉吃，兩串羊肉兩串羊脊，一路走過去，陸臻一邊吃一邊嘀咕，不夠味啊不夠味。陳默不自覺地就想起當年陸臻和方進兩個為了一塊烤羊肉打架，在草地上摔來摔去，隊長坐在紅紅的火光後面笑罵：「有肉吃都堵不上你們的嘴！」

恍若昨日。

陸臻的酒量大，量大的人都不太喜歡喝啤酒，陳默卻是約等於沒有量，而且他也不喝碳酸類的飲料，於是一個喝白酒一個喝白水，不明就裡的一眼看過去，倒是一樣的豪邁。月明夜深，陸臻的臉色越喝越白，羊肉泡饃的湯上面飄浮著鮮豔的碎辣椒，兩個人都吃得頭上冒煙。

「飽了！」陸臻抱著肚子笑得極滿足。

陳默擦擦嘴，把桌上的鋼釺收起來拿去還，還有不長不短的一段時間，陳默先去隊裡帶上了陸臻的「明明」，不自覺開車帶著陸臻去了古城牆。這是個古老的城市，這些年變了很多，而只有這一段還在書寫著永恆。城牆根走著些晚上出來溜彎的老人，遠遠的有幾聲秦腔傳過來，直入雲霄的蒼涼。

風大，陳默看到陸臻把自己裹在大衣裡一步一步地往前走，走著走著就不笑了，夜色清寂中他聽到陸臻小聲地哼著歌，細膩柔美的調子，可是真的聽清了，才知道完全不是那麼回事。

「也許我告別，將不再回來。你是否理解，你是否明白……」

陳默深深地吸了一口氣，脆冷的空氣撞進鼻腔裡，酸溜溜地發麻，他看到陸臻背靠著千年的古城牆仰起頭，明亮的眼睛在夜色中凝著水光。

「……也許你倒下，將不再起來。我是否還要永久地期待……」

陳默走過去挨著他，輕聲哼了兩句：「……也許我長眠，再不能醒來，你是否相信我化作了山脈……」

「陳默。」陸臻抽了抽鼻子，笑嘻嘻的：「我這人是不是特別沒出息？」

「不會。」陳默伸過手去把陸臻的頭按到肩上。

也許你的眼睛，再不能睜開……你是否理解我沉默的情懷。

如果是這樣，請不要悲哀，共和國的土壤裡有我們付出的愛。

如果是這樣，你不要悲哀，共和國的旗幟上有我們血染的風采。

……（註12）

陳默記得那天夜裡陸臻趴在他肩上悄無聲息地哭，他說：我怎麼這麼沒用呢？我現在就開始難受了，陳默，你想不想他們？

陳默……陳默……你想不想他們？

陳默用力閉了一下眼，茫然四顧，卻發現不知不覺已經走到了「人間」的大門口，他推開門走了進去。

沫沫聽到門鈴響下意識地說歡迎光臨，陳默四下一掃沒有看到苗苑，就對著沫沫說道：「熱巧克力。」

沫沫點頭，手裡的攪拌勺叮叮噹噹地敲在杯壁上，過了一會兒，她泡了一杯熱巧克力，從冷藏櫃裡拿了一份蛋糕出來。其實陳默還沒有開始吃就已經發現不對了，嚐一口只是為了確認一下。沫沫遠遠地看著他，心想，我數到十，如果你發現，我就告訴你一個秘密。

可是陳默只是略微皺了一下眉，習慣性地把自己面前的食物全吃光，如果你曾經餓到胃裡在滴血，就會本能地不浪費任何可以吃的東西。沫沫有點洩氣，然而像她這種女孩子有時候更容易被失敗激起血性，她忽然鼓起勇氣坐到陳默對面去。

「你有沒有發現今天蛋糕有什麼不對？」

「這個也不一樣。」陳默敲了一下杯子：「你們換廚師了？」

「我們沒有換廚師，只是給你吃的東西一直和別人不一樣。」沫沫很激動地說道。

陳默驚訝地挑起眉。

沫沫帶著一種隱密的興奮感在講述，基於好朋友的立場，她完全美化了苗苑的花癡行為，將此包裝為一個少女對想像中的英雄人物的仰慕，這種仰慕是純潔的，透明的，無慾無求的，所以它理應得到更多的讚賞與關注。

所以，陳默，你難道不應該要回報她一下嗎？

沫沫拐著彎說了很大的一段話，而陳默很冷靜地從中提取了精華所在。他忽然覺得這很有趣，做為一個男人他有自尊心，做為一個軍人他有榮譽感，再冷漠的男人也會喜歡被一個年輕可愛的小女孩所仰慕迷戀，這真的很長臉。

沫沫把苗苑租屋的地址抄在一張點餐單上留給陳默，陳默把最後一點熱巧克力喝光，捏著紙條走了出去。沫沫興奮得心頭小鹿亂跳，舉手之勞，完成一個奇蹟般的相遇那會有多美好？

苗苑在床上翻來翻去地煎烙餅，這個城市的冬天冷得生硬，與她生長的家鄉不符，入冬之後苗苑的身體幾次反覆，終於一下子病倒了。身在異鄉為異客，平常時分不怎麼感覺得到的寂寞孤涼，在生病時就變得異常明顯。苗苑長籲短嘆地哀怨著她昨天其實應該當機立斷地去醫院打點滴，如果她不是那麼拖拖拉拉對自己的身體抱著不切合實際的美妙幻想，她現在應該就已經好了，她應該笑眯眯地站在人間的櫃檯後面，而陳默應該也已經到了。

她不無哀傷地想像著，不知道她今天早上抱病過去做好的那塊青梅巧克力蛋糕品質是否還能過關？要知道感冒會讓人的味覺退化，而陳默，不知道你是否可以嚐出那其中的不同？你的蛋糕師今天舌頭麻木，嚐不出美味。

她躺在床上胡思亂想，忽然又低低地笑了出來。

苗苑，實際一點，如果他今天能發現妳的缺席，就已經足夠歡喜了，做人不應該要求太多。

沫沫打了電話過來問她現在在哪裡。

量。

苗苑毫不客氣地撒著嬌，強烈要求人民群眾發揚互助友愛的精神，要為革命先驅的身體健康大業貢獻力量。

沫沫嘻嘻地笑，說，大禮，我給妳送了大禮。

苗苑警惕著：妳又偷吃了我什麼東西？我跟妳講啊，我藏在櫃子裡的BLABLABLA。

沫沫在電話的另一頭笑得喘不過氣來。

苗苑卻忽然聲音軟軟地問道：「陳默今天來了嗎？」

沫沫道：「來了。」

苗苑哦了一聲，又問：「今天的姑娘長什麼樣？」

「今天沒姑娘。」沫沫的聲音裡帶著笑。

「哦……」苗苑越發地哀怨了起來。

篤篤篤。

篤篤篤。

敲門的聲音十分的齊整。

「誰啊！」苗苑在裡間應了一聲，發現自己的喉嚨是啞的，發不了高聲，苗苑披了衣服站起來，猜度著難道是房東提前來收房租了？

在苗苑的記憶中，那個冬日的下午陽光好得像七月，純潔的透明的玻璃一樣的陽光潑天撒地，而當她打開門的時候，正好看到的就是這樣的陳默，深綠色的軍裝在陽光裡起了一層毛茸茸的金色的霧，於是面目反而模糊。

苗苑目瞪口呆地看著他。

那個地址不算太好找，偏街陋巷的越走越深，陳默摸到門口的時候甚至有點猶豫不決。他試探著敲了敲門，門內傳來低低的一聲，他聽清了，於是放心站在門口等。

門開得有點莽撞，陳默看到光線捲著灰塵一起撲進昏暗的房間裡，一個頭髮蓬亂的女孩子瞇著眼站在門後。

「哦……苗苑是……」陳默試著往裡走。

砰的一聲，大門被緊緊地甩牢。

陳默迅速地往後跳了一步，驚愕，還好我是練過的，要不然大概鼻子不保。

苗苑背靠著大門呼吸急促，怎麼回事？？

做夢了？撞邪了？我還沒睡醒？我的怨念生成妄來找我了？？

苗苑用力在自己大腿上掐了一下，嗞……疼的！她用手背試了試自己額頭的溫度，好熱，於是……天哪！

苗苑再次回身小心翼翼地把門打開一條縫……

陳默看到門縫後面露出一隻烏溜溜的大眼睛。

「妳的同事，告訴我妳生病了。」陳默說道。

大眼睛眨了眨，砰的一下，門又關上了。

「我，我先梳個頭……」門內慌慌張張地傳出來一聲。

陳默抿嘴一笑，這個要求似乎也挺合理。

苗苑覺得自己一下子就沒病了，殺進浴室的速度幾乎是平常的三倍，如果不是擔心陳默在外面等著不耐煩，她甚至都有勁給自己洗個澡。

陳默終於被人讓進屋，發現房間裡收拾得還挺整齊，只是老房子年久失修，空氣裡總有一點散不盡的煙塵氣息，古老而軟舊。苗苑紅著臉跟在他的身側，手足無措得厲害。

如果妳剛好生病，剛好在最脆弱的時刻思念著那個人，而他卻出現了，為著妳！

那是什麼感覺？

苗苑覺得這一刻極度不真實，每一腳都踩在雲裡，飄飄忽忽的，心裡塞滿了粉紅色的香草棉花糖。

「別招呼我了，妳去床上躺著吧。」陳默看著苗苑暈乎乎茫然的樣子就覺得好玩。

苗苑點點頭，乖順地爬到了被窩裡。

「發燒？」陳默在床邊的椅子上坐下，看到苗苑一張蘋果臉燒得通紅，眼睛水亮。

苗苑點頭，語言功能暫時喪失。

這女孩一點也不咄咄逼人，仰著臉看著自己的樣子像一隻溫柔的貓，沒攻擊性，沒有惡意，沒有任何掠奪的企圖，這樣的人讓陳默覺得很放心。

「妳同事跟我說妳生病了，她讓我幫她來看看妳，她哥跟我認識，是刑警大隊老秦。」陳默組織語言把自己為什麼會出現在這個地方做了點背景介紹。不過看起來這似乎一點也不重要，苗苑的眼中仍然沒有焦點，傻乎乎地看了他半天，才慢慢說出一個字：「噢！」

然後低下頭，連脖子都開始發紅。

氣氛陷入冷場，陳默不擅言詞，不知道還能說什麼再繼續，他看到床邊櫃子上放著一個紅潤的蘋果，便拿起來問道：「吃嗎？刀在哪？」

房間裡開著暖氣，乾燥而溫暖，陳默進門之後把常服的扣子解開了，苗苑因為不敢抬頭看他的臉，便不可避免地看到了他腰上掛的鑰匙還有紅色的軍刀。

陳默順著她的視線低頭，眉心略微皺起了一點點，說道：「這刀不乾淨。」

「噢！」苗苑很鄭重地點著頭，從床頭上放的卷紙裡找出了水果刀，雙手托著遞了過去。

陳默忽然覺得很好笑，幾乎就想伸手過去摸摸她的頭，可是看著那張一本正經的小臉，又覺得太像在欺負小朋友，所以只是把刀接了過來，用拇指試試刀鋒，還挺利的，大概是新買的。

苗苑非常認真地看著陳默削蘋果，起初是因為她不能看陳默的臉，這個距離太近太刺激了，她擔心自己會暈過去，可是很快地她發現陳默削蘋果的手藝更刺激，他削得極快，果皮極薄而且不斷。櫃子上有乾淨微波爐盒子，陳默把蘋果削完，飛快地切了幾刀，刀鋒沿著蘋果核切進去一轉一撬，果肉均勻地散落下來。

苗苑震驚地看著他，心裡絕望地嘀咕著，大哥，你為什麼還要來招我。

「吃吧。」陳默沒找到牙籤，把水果刀扔在盒子裡一起遞過去。

「你……專門練過啊？」苗苑嚼著果肉，完全嚐不出味道。

「嗯。」

「為什麼要練這個！」苗苑心想，花癡姑娘一級啊！

「無聊。」無聊時的消遣，順便練習刀感和手指的靈活度。

苗苑心裡默默地滴著血，深切地感覺到這種無聊的時候就給人削蘋果的好男人真的是好萌好萌。

苗苑於是問道：「你今天不相親啊？」

「嗯。」

「想，想找個什麼樣女朋友呢？」苗苑低著頭，只差把自己埋到微波爐盒子裡去密封起來。

「順眼就好。」

「那你，覺得我……我還順眼嗎？」苗苑鼓起十二萬分的勇氣，眼巴巴地看著陳默。

陳默驚訝地略一挑眉，苗苑的氣洩得太快，頭低得太急，沒看到陳默旋即換上的淡淡笑意。

「還，還可以吧！」陳默說道。

唔？！苗苑眼前一亮。

陳默忽然想起既然大家都覺得他實在是老大不小了，應該要找個女朋友，好好相處，有機會就成個家，那麼，為什麼非得費那麼大勁去搜索一整副撲克牌呢？

眼前這個姑娘就挺好啊，至少他已經看過她很多次，看習慣了，挺順眼。

至少他還嚐過她的手藝，很不錯，挺好吃。

至少這姑娘看著挺喜歡他，沒有一開始就跟他討論尖銳話題，國計民生，以及，陳默你什麼時候能升職，什麼時候會轉業，你有沒有房有沒有車，什麼時候會有房，什麼時候會有車……

反正怎麼看，這姑娘都比他媽給他介紹的那些人更可靠，愛情是什麼樣子的，我們將來應該跟什麼樣的人一起生活，陳默承認自己的經驗不足。然而，即使以他相對不足的經驗看來，反正也不應該會是從彼此防備、小心試探、互相敵視的兩個人之間產生的。

如果說生活是另一個戰場，有些人是自己人，有些人是敵人，所以……我們總應該要跟自己人一起過日子吧。

陳默想了想，把手機拿出來：「我能給妳拍張照片嗎？」

「啊？為什麼？」苗苑莫名其妙。

「我媽逼著我相親，每個星期給我拎個人過來，我也有點煩了，不過她今天說如果我能自己找一個，她就不管我的事了，所以我得拍張照片給她看看，妳，不反對吧？」陳默很認真地看著苗苑的眼睛，專注而誠懇。

「噢……那個，那個……」苗苑覺得自己快暈了，頭頂上在冒著熱氣，靈魂嘰嘰咕咕地偷笑著飄散而去。

「行啊！」苗苑用力握一下拳：「當然沒問題！」

舉手之勞而已嘛！日行一善吶！我是好人苗苑嘛！

可是，可是……苗同學，請不要迴避不要否認，其實妳在偷笑對不對？其實妳快爽死了對不對？打發了好啊，快點把媽媽打發掉！就是說嘛，不要再去找那些不可靠的姑娘來相親了，這麼好的男人就是應該要留下讓我慢慢追！

「噢，那什麼，我要不要去化個妝！」苗苑忽然緊張起來。

「不用，現在就挺好的。」陳默對好角度按下快門。

他在誇我好看！苗苑羞澀而興奮地紅著臉。

「那，那什麼，你看我幫你這麼大一個忙，你是不是應該要請我吃飯？」苗苑心頭小鹿亂撞。

「可以，想吃什麼等妳病好了我帶妳去。」陳默心想這姑娘進入狀態真快。

噢！耶！苗苑在心裡興奮地握拳，如果你請我吃飯，下次我就可以請你吃飯了啊，再下次……苗苑同學快點好起來，快點投身到偉大的追求帥哥的革命事業中去吧！

革命是什麼，革命就是請客吃飯啊……呀！

註12：此段為歌曲《血染的風采》的歌詞。

第二章 跟火星人談戀愛

人逢喜事精神爽，再加上苗苑覺得自己只要看著陳默就全身發熱，沸血橫流，當然那更有可能是因為她全身穿戴整齊地讓人給騙進了被窩裡，當場就被捂出了一身的汗。於是暈乎乎的一身透汗出完，她便奇蹟般地覺得自己的身體好多了。

陳默只有半天假，小坐了一會兒，發現自己真挺尷尬的，那姑娘更尷尬，就出門在巷口的小飯館裡給苗苑買了一份晚飯囑照她晚上多吃一點。基本上陳默對照顧病人的概念還停留在吃飽穿暖的社會初級階段，而同時廣大人民群眾也很認命地認為對於這位老兄，我們不能要求太高，好在苗苑是個容易自我滿足的姑娘，以致於晚上吃飯的時候心裡美得不得了，差點就把辣椒給嗆到了肺裡去。

第二天一大早，沫沫看到苗苑生龍活虎地出現在店門口，頓時驚訝得說不出話來，乖乖，愛情的力量果然好偉大！

沫沫以四十五度仰望蒼天，讓她的熱淚順流成河。

苗苑羞羞澀澀地彆扭著，挨著去蹭蹭沫沫的肩膀：「晚上請妳吃飯哈。」

沫沫眼角一飛，對暗號似的：「搭上了！」

苗苑臉紅得更深，幾乎能滴下汁來，悄沒聲地點了點頭。

「什麼感覺？」

苗苑望天：「估計，就跟周董親自去妳樓下唱情歌差不多。」

「哇，這麼誇張？來，具體地形容一下，進軍到哪一步了？」沫沫藉工作掩護悄悄湊近。

「交換了電話了，然後呢，他答應請我吃飯。」

沫沫不屑地噫了一聲。

「慢慢來，慢慢來……不要著急，不要著急……」苗苑拿著手指在頭頂上畫圈圈。

沫沫斜眼：「妳慢慢做和尚吧！」

苗苑不急不惱，把奶油倒進攪拌器裡開始打。

手機安安靜靜地睡在口袋裡，被體溫暖得熱乎乎的，苗苑一想到陳默的手機號碼就在自己的電話薄裡臥著，心裡就覺得特別安定。現代社會就是有現代社會的好處，古時候一見鍾情一拍兩散十年生死兩茫茫，你說要是個有手機什麼的，哪裡來那麼多的怨女孤男啊！

有些事就是這樣，即使你不去做，想想也是好的，就像那些收藏了千古名器在家的收藏家一樣，幾千萬一個罐子你說買回家是能當吃還能當穿呢？也就是看著心裡美。

基本上，苗苑同學現在對陳默的手機號碼也是一樣的心情，就算是不打，想想也覺得開心，老闆過來巡店看到苗苑愣了半晌，心想這姑娘莫不是發燒發傻了？挺聰明一丫頭，怎麼一臉傻笑呢？

於是傻笑聰明丫頭便樂呵呵地往老闆面前一蹭，神叨叨很專業地說道：「老闆，入冬了。」

老闆點頭，對啊，挺冷的。

「冬天是個機會！你看啊，節日一個一個的就來了，感恩節，耶誕節，元旦……」

老闆繼續點頭，心想，怎麼了？

「所以我們要抓緊時間推新品，趁著年節……」苗苑雙眼放光，閃閃發亮。

老闆大喜，一拍巴掌：「太好了，就是喜歡妳這種充滿了幹勁的樣子，這才對啊，年輕要有點創新精神！沫沫，好好跟人家小苗學學！」

苗苑嘻嘻一笑，沫姑娘堅貞不屈地投出了鄙視的一眼。

這是什麼行為啊，這是赤裸裸的以公養私，這是挖社會主義牆腳，薅社會主義羊毛（註13）！

苗苑與她對視一眼，火花四濺中傳遞出一個意思：別多嘴啊？吃人的嘴短！我會讓妳的嘴短起來的。

沫沫眼珠子一轉，脆生生地對著老闆說了一聲，哎！

老闆樂呵呵地走了。

就像小時候過年最好的一顆巧克力糖總是要留到最後才吃那樣，苗苑一天裡對著手機看了又看，終於撐到收工關門的時候才給陳默打了第一個電話，可惜了，沒人接！苗苑失望了一會兒，心中轉過千百個心思，很黯然地把手機放到口袋裡，冷冰冰的，有點硌。

夜晚的古城，安靜得蒼涼，苗苑用大圍巾把自己的頭都裹起來，手上戴著大大的翻毛手套，抱成一團頂風前行。

手機鈴聲在寂靜中響得很安然，幾乎是有些優美的，苗苑聽完了前奏才反應過來是自己的手機在響，笨拙而費勁地把那個小東西從口袋裡折騰出來，就著燈光一看，差點沒失手給砸了。

黑白分明的兩個字——陳默，在螢幕上閃啊閃的。

苗苑開心地咬著凍得發木的嘴唇，接起來用最柔情的聲音說了一句：「喂？」

「剛才隊裡熄燈，在點名，手機放辦公室裡沒聽到。」陳默的聲音一如既往的平靜，可是苗苑莫名地就感覺人的聲音也是有溫度的，屬於陳默的那種，就是不多不少剛好的四十一度，溫溫的暖人心。

苗苑有點不好意思，說：「我其實沒事，就是想告訴你我病好了。」

陳默噢了一聲，說：「我今天都忙忘了，也沒問問妳生病怎麼樣了。」

苗苑笑笑的瞇起眼：「你等會兒還有工作嗎？我沒打擾你吧！」

「沒了，休息了。」陳默想了想，索性一五一十地詳細介紹了一下自己的作息時間，什麼時候在幹活，什麼時候能休息，什麼時候妳找我一定是找不見的，什麼時候我能有空等妳電話。

苗苑聽到等電話那三個字心口一跳，即使明知道人看不見，還是很頑強地在寒風中紅了臉，囁囁地問：

「那我以後可以常常給你打電話嗎？」

陳默聽出那聲音底氣不足，便笑了：「當然可以啊！我一般到十點就完全有空閒了。」

苗苑興高采烈的，抬起頭，看到滿天的星星都在向她眨眼睛。

陳默掛了電話，呆了幾秒鐘，心裡很怪，說不出是什麼滋味，或者這就算是在談戀愛了？每天晚上有個人會打電話跟你說一些與自己完全不沾邊的事，開始要學會牽掛一人，記得她生病好沒好……

陳默把手機頂在指尖上轉了半天，按出一排號碼撥了過去。

陸臻的聲音永遠都帶著三分笑，熱熱鬧鬧地從千里之外撞過來：「喲，稀客！」

「啊，有空嗎？」陳默倒在椅背上。

「有啊，我還沒正式進入保密狀態呢，公事私事？隨便聊。」

「私事。」

「陳默，我沒聽錯吧，你也有私事？」

陳默頓時一囧，陸臻等了一會兒沒聽到回應，誠懇地道歉：「默爺，我錯了還不行麼，什麼事兒您開口！這麼說一半吞一半的，勾得我心裡癢。」

「我，有女朋友了。」陳默本以為對面會有一聲驚叫，可是等了一會兒沒想到居然沒有，冷嗖嗖的空白時段過去之後，陸臻幽幽地說了句：「陳默，歡迎回到地球。」

於是，陳默自己先笑了。

「有這麼誇張嗎！？」

「絕對有，要不然你試試把這消息告訴咱們隊裡，我敢保證方進明天就能殺過去。」

「別啊，你別又招他，八字還沒一撇呢！」

「這倒是，」陸臻同情的：「就他那急性子，搞不好明天殺過去就直接催你們圓房了……說給你三月，整個兒子出來給我玩哈！」

陳默沒答話，默默地囧著，於是陸臻華麗麗地想岔了，一聲驚叫：「陳默，你不會是已經圓房了吧！」

陳默登時就汗了，拍桌子吼：「你想什麼呢？」

「哦，哦，沒，沒啥，我這人就這德行，飽暖思淫欲，您別跟我一般見識！」陸臻心想這回玩大發了，默爺害羞了，他嘴裡道歉，卻滿心邪惡的笑：「那個，陳默啊，你找我到底有什麼事呢？」

「哦……也沒什麼。」陳默一時啞了，他其實還真沒什麼事，那只是一種衝動，想要找個人傾訴的衝動。

陸臻心下了然，唉，你說這是個什麼事，在隊裡那幾年，尤其是楷哥走了之後，整個隊裡雞毛蒜皮的心理活動大家都趕著邀請他參與一把，你說咱也就是長得齊整了一點，招人待見了一些，做人八卦了一點，也不用這樣啊！

陸臻得瑟瑟地思考著要怎麼從陳默那個悶葫蘆裡套到更多的詞。

「那姑娘是幹什麼的？」陸臻決定從周邊開始。

「做蛋糕的。」

「哦，不錯，好工作，那長得怎麼樣？有楷嫂漂亮嗎？」

陳默回憶了一下鄭楷那豔光四射的老婆，再回憶了一下苗苑那小貓似的眼神，嘆了口氣：「怎麼能跟嫂子比呢！」

「倒也是哈，鄭老大那是撞了邪的狗屎運。」陸臻自覺失言。

「不過其實也挺漂亮的。」陳默不自覺搭了一句。

「嗯，自己瞧著好就成，脾氣怎麼樣？」

「挺乖的，」陳默想了想：「很愛說話，比較囉嗦！」

「好啊！」陸臻一拍大腿：「陳默，有眼光，我就覺得你應該要找個這樣的！」

陳默遲疑：「你真覺得這樣的好？」

「絕對的，你想吶，兩個炮仗放到一起就得炸了，兩塊木頭湊一塊兒生蘑菇啊？我家鄉有句老話，一塊饅頭搭塊糕，你現在這樣正好。」陸臻一激動就話嘮，連珠炮似的說完了擦擦汗，心想要我這麼上心幹嘛呢？

陳默於是陷入了沉默的思考，陸臻那沒頭沒腦的肯定給了他絕大的信心，他忽然覺得這個事幹得的確不錯。

「陳默？」

「嗯？」

「我跟你說啊，現在外頭的小姑娘脾氣可大，你得哄著點，讓著點，別一個不高興就不理人……」陸臻一頓：「不對，你要不高興就得殺人了，應該說，不要你覺得還沒有高興，就不說話，明白麼？這話怎麼說這麼費勁呢……反正領會精神，聽我的就沒錯。」

陳默訕訕地：「說得好像你多有經驗一樣。」

「總比你有經驗，不識好歹。」陸臻磨牙不已。

陳默含糊應聲，陸臻還想逮起來再說教兩句，陳默已經堅定乾脆地掛了電話。

陸臻氣呼呼地對著電話直瞪眼，心想，你要敢跟你女朋友來這手，你保準玩完！我要是生氣了，就不提醒你！氣歸氣，一張笑臉卻是怎麼也繃不住。

他於是無奈感慨：陸臻啊陸臻，人家找女朋友結婚生小孩，要你這麼高興幹嘛呢？關你什麼事呢？是啊，按說是半點不關他的事，可是，偏偏就是擋不住樂得心裡美孜孜的。

陸臻拎著電話筒躊躇著，一排數位滾瓜爛熟地在腦海裡閃過，沒來由的就看到夏明朗異常欠扁地對著他樂：你看哈，這種事怎麼就淨找你呢？我就說嘛，自己長了張知心大姐的臉，也不能怨上帝吧！

靠！

陸臻的心頭呼地一下就長了草，重重地把話筒給扣了回去。

「行了，收工了，」陸臻站起來對著外間大聲招呼：「今兒心情好，出去攤上吃宵夜，我請啊！」

「噢！耶！」呼呼啦啦一下子熱騰騰的人氣都湧了過來，陸臻便覺得心裡安定了。

不管人們是不是願意，冬天還是這麼熱熱鬧鬧地來了，天冷了，人心反而熱，一個個包得像個粽子似的，大街上都擠了幾分，鼻頭和臉都凍得紅紅的，怎麼看都透著喜慶。苗苑最近戰鬥的熱情極高，她訂了個計畫一週試一個新品，差不多週一週二生意不好的時候研究方子，試吃，週二週三開賣，週四週五結合一下成本問題訂個價，週六就可以正式上櫃了。

苗苑把一個輪迴的終止固定在週六，因為週六是陳默會出現的日子。

她現在每天晚上在九點四十分的時候給陳默打一個電話，剛好就是她收了工回家的那一段路程，起初的時候她還在靦腆，可是慢慢地發現陳默這人實在是話不多，於是只能嘰裡呱啦地單方面作戰，好在陳默的嘴巴緊，耳朵卻很溫柔，從來也不嫌煩。

她說得興起，一股腦兒地把自己這邊所有的近況都倒得乾淨。說店裡好玩的顧客，說每日的見聞，說我最近試的新品大家都說很好，說……陳默啊，你禮拜六過來嗎？我請你吃蛋糕？

苗苑沉默著，心懷忐忑地等待。

陳默說：「好啊！」

苗苑看到家門就在眼前，戀戀不捨地說再見。

我被馴養了！

苗苑抱著被子在床上滾來滾去，她想到了巴甫洛夫的那條狗，她覺得自己現在就是個條件反射的模型。每天晚上九點鐘的時候她就會開始期待，甜蜜的焦慮的，看著客人一個個離開，看時鐘一格格走過，熟客有時會打趣她：姑娘啊，怎麼最近看我們結帳就這麼開心？

苗苑低頭笑，臉上紅紅的。

其實還沒開飯呢，只是在搖搖鈴啊，這隻可憐的笨狗已經在口水滴嗒了！

我是笨狗，那你是什麼呢？苗苑用手指戳著手機螢幕上模糊的身影。

我喜歡你，而你卻不知道！

你說你這叫什麼？

你就是傻瓜啊！

於是笨狗把傻瓜的相片放在枕頭旁邊，做了一個有關於笨狗及傻瓜及巴甫洛夫條件反射模型的夢。

註13：對假公濟私的一種調侃說法。

2

陳默心知這將是他人生中的第一次約會，因為如果要再往前倒，那就得去追溯漫長的人生歲月了。十年前？十五年前？好吧，不得不承認他高中的時候也不怎麼風流。

可是第一次約會應該做什麼呢？吃飯，逛街，看電影？說實話陳默對此也挺頭疼的，於是按苗苑的願望略做安排，他實在覺得謝天謝地挺好的，就像陸臻說的，誰知道現在的小姑娘心裡想點什麼呢？還不如聽她說的做。只不過陳默覺得如果去店裡，苗苑很明顯還要去招呼別的客人，那麼，他坐那裡乾等著似乎也很傻。於是陳默在深思熟慮之後，帶了幾頁紙，準備過去給年底的總結先打個草稿。

苗苑這次準備的是香橙巧克力舒芙蕾，小小的一個半圓形切塊，頂面微焦，中間仍然濕潤地閃著細膩的巧克力光澤，一小堆打發的鮮奶油像雲一樣從切塊上滑下去，上面裝飾了兩片薄荷葉。苗苑用了一點香橙白蘭地提味，口感綿軟細膩極為濃鬱，因為實在有些太甜了，飲品配的是伯爵紅茶。

苗苑坐在陳默的對面，眼神是緊張而期待的，陳默忽然覺得自己壓力巨大，很擔心這輩子都沒有裝腔作勢過的臉部肌肉會不能聽從理智的派遣硬生生擠出一個好味的表情，所幸第一口放進嘴裡之後陳默便心底一鬆，因為，不用演了，是真的很好吃。

「好吃嗎？」

「嗯！」陳默點頭，把嘴角沾著的一點碎屑舔進去。

嗚……苗苑很無恥地發現自己居然臉紅心跳，算了，遁了！

她匆匆丟下一句，好吃就好，一溜煙地忙開了去。

陳默沉默了三秒，由衷地感覺到現在的小姑娘果然都挺怪的，他小心地吃光了所有的蛋糕，把稿紙拿出來開始寫。

苗苑中途走過來幫他添了一次茶，伯爵紅茶的苦味很溫潤調和，陳默發現原來他的舌尖還是可以適應這個世界上的很多食物的，他其實並不如自己原來想像的那般諱忌良多。

晚飯，它奏是（註14）個問題啊！

陳默在心裡猜度著苗苑今天叫他過來，難道就只是為了請他吃一塊蛋糕？

晚飯啊，晚飯，你真是個問題！

苗苑看著陳默埋頭，一本正經地寫啊寫，覺得，難道他今天不打算請我吃飯？

苗苑抬頭看鐘，沫沫敲敲手腕提醒她，要去趁早，否則不給妳頂班，苗苑深吸一口氣竄到陳默身前：「陳默你餓了嗎？」

你要是餓了，大不了我請你吃晚飯成不？苗苑不無心酸地想著。

「想去哪裡吃呢？」陳默欣慰地抬頭，把筆帽合上，妳再不說，我的總結就得寫好了。

「呃……我們去吃羊肉泡饃吧！」苗苑興致勃勃地提議，於是陳默難得地驚訝了。

陳默最初一直在思考第一次請女朋友吃飯應該去哪裡，可是想了半天也沒得出什麼結論，於是他打算徹底地放權，隨便苗苑想去哪裡吃都成，為了等會不要捉襟見肘，他今天中午出門的時候還專門拐去ATM取了五百塊錢，然後這姑娘熱情洋溢地看著他說：我要吃羊肉泡饃！

陳默試圖從她的眼神中找到一點戲謔的意思，然而未果，也就是說這是個真實的請求，她真心實意地打算要讓他請她去吃羊肉泡饃！於是陳默嘆了口氣，心想，好吧，恭敬不如從命。雖然苗苑一直號稱她是個外地人，所以要吃最正宗的本地食品，所以言下之意，她想去吃陳默小時候吃過的童年回憶，可是陳默還是開車帶著她去了同盛祥（註15），畢竟他小時候喜歡的那家店實在是太拿不上檯面，也太髒了點，上次帶陸臻過去的時候，連他都不敢把袖子往桌上放。

正是晚餐的時候，同盛祥裡面人聲鼎沸的，各地的口音都是全的，陳默點了兩份泡饃本打算再點些炒菜，苗苑很吃驚地瞧著他，說，「你要是怕吃不飽我可以分給你一點，我一碗吃不掉的。」

陳默想了想，就算了，其實這地方的炒菜挺貴的，也不怎麼好吃，關鍵是，也不怎麼好吃。

兩個碗，四個饃，對半撕開了用指甲一點點地掐，苗苑說：「你等會有急事嗎？」

陳默說沒有。

於是苗苑眉開眼笑地說，「那我們慢慢掰吧！」

掰饃這種事如果不急，兩個餅子可以掰半個小時，苗苑心裡得意洋洋，為什麼要吃羊肉泡饃？因為可以掰嘛！雖然平時在電話裡也聊天，可是畢竟不像現在這樣，活生生一個人在面前，會說會笑的。

外面天夠冷，裡面就夠熱，同盛祥裡氤氳了羊肉的香氣，四下裡飄著白煙水氣看什麼都像是隔了一層，有點不真實的距離感，人很多，很熱鬧，人們大聲吆喝著說話，兩耳裡灌滿了大江南北的繁雜口音。陳默心想，他本應該是不會喜歡這些的，他這些年來的訓練都是教導他怎樣享受寂寞的，他可以孤身一人在曠野寂靜的雪堆裡待上一天一夜，只為了分辨一個目標開一槍，而那個目標甚至不一定會出現。

曾經他對於幹這種事非常的得心應手，可是現在……他看到苗苑笑眯眯的半低頭費勁兒地掰著饃，臉頰被蒸氣蒸出淡紅的血色，她的眼睛亮亮的，說著一些很好玩但是並沒有任何實際意義的話題。

陳默忽然覺得心裡有點軟，人間煙火，的確，的確是要這樣才是更正常的生活。

饃掰完了，陳默收起碗去加湯煮，苗苑探頭過去看了一眼，驚嘆，呀，你怎麼掰個饃都掰得這麼均勻呢？五毫米的小塊，一個個都長得差不多，陳默自己看看也覺得挺好笑，習慣了，當兵太久，習慣這些有規則的東西，做什麼都會不自覺給弄得整整齊齊的才順心。

「一看我掰的這個就一定不如你的好吃。」苗苑很羨慕的。

陳默噢了一聲。

煮好回來，陳默挑了一碗推過去給苗苑，饃粒均勻細緻，苗苑一口就嚐出來不是她自己掰的，心裡得意地晃啊晃的。我看中的男人，人品真道地！

接下來的這些日子裡苗苑一直在惋惜，你說現在也沒個什麼居委會（註16），給評個擁軍模範標兵什麼的，要不然她鐵定得上榜啊！苗苑最近腦子不動手指都會自己想動，倒倒這個加加那個隨便烤一烤都是美味，沫沫迎風流淚，說：女人啊，妳的名字叫愛情！

苗苑只是笑，懶得答理她。

年末了，陳默在隊裡搞比武，苗苑突發奇想說我給你烤一批蛋糕做獎品吧！陳默覺得這沒啥，就答應了，苗苑用大紙盒子裝了整整五個巧克力雪梨派拿過去，可是她還是錯誤地估計了一個大隊的人數，烏鴉烏鴉的一片人頭，坐得整整齊齊的，本來是沒打算搞得那麼膈應（不舒服），真的只讓優秀的士兵吃，別人就管看著，可是切到後來怎麼也不夠，還是留下了一堆黯然流口水的。

有些戰士嘴甜，大聲吼著謝謝嫂子，苗苑大驚，轉頭去看陳默，卻只看到他專心跟別人說話，臉上平平淡淡的，沒有太多反應，又有人要起哄的時候，指導員就站起來說話了。

苗苑回去拉著沫沫的胳膊直搖：妳說他應該知道了吧，知道了吧……他一準知道我喜歡他了，要不然誰閒著沒事對他這麼好啊！可是他為什麼就沒點表示呢？

沫沫慎重地思考：「你有沒有聽說過一種男人叫三不，不主動，不拒絕，不負責！」

苗苑傻眼：「不會吧！」

「那你找個機會逼他一下唄！」

苗苑低頭躊躇不已。

要是真撞上三不，那就只能認命是自己的眼光太黑，可是苗苑怎麼看陳默都不像，或者，真的是老男人架子大，做人太靦腆了太不主動，苗苑心想，就真的逼一下吧！

行就行，不行就不行，看到底是不是你碗裡的菜，不行也就只能拔了心裡那一把草。

苗苑謀劃著，只覺得自己怎麼就這麼心酸呢？

苗苑挑了個日子，趕在了吃飯時間前面打電話，等了一會兒沒人接，心都涼了！好在心口降到零度之前陳默給撥回來了。

「晚上有空嗎？」苗苑抽抽鼻子，這不是裝的，她是真糾結。

「沒有！」陳默答得倒是乾脆。

「啊……」苗苑絕望了。

「妳有事找我？」陳默猜度著。

「嗯！」苗苑點頭，她覺得她就快哭了，就快就快要哭了。

「那我去找人幫我頂一下。」

苗苑的眼淚在空氣中神奇地蒸發了。

「妳現在在哪兒？」陳默拿著手機去找成輝。

「就在你們隊門口。」苗苑在武警大隊的牆外閒逛，把圍牆上的牆皮摳得噗落噗落掉了一地。

「那妳找個沒風的地方等著，我馬上過來。」

苗苑看著自己的手機愣了幾秒鐘，長籲一口氣，摸摸胸口，就是說嘛，我黨我軍多年的經驗教訓告訴了我們，一切反動派，都是紙老虎！要勇於，敢於，拿起武器做戰鬥！槍桿子裡出政權！

苗苑正揮舞著雙手表決心，陳默從大門口裡跑出來就看到一個小小的人影在風裡指手劃腳的。

真有勁啊，這麼冷的天！陳默感慨萬千。

「什麼事？」

苗苑臉上一僵，轉回身的時候已經把那些囂張氣焰都收回了，她用特別期待特別委屈的小眼神看著陳默，聲音軟軟地說道：「我今天過生日，你能陪我去吃個蛋糕嗎？」

「妳今天過生日啊！」陳默一陣懊惱，完了，他什麼都沒準備呢！

前兩天，他的前任隊長大人專門打了個電話來教導他，但凡是媳婦，那都要哄，而且要哄得有水準有重點，所以你可以在一年三百六十三天裡忽略她，可是有三天，你一定要好好表現，那就是：情人節，耶誕節，還有她的生日。反正陸臻那小子的主意不頂用，聽我的就對了，我可看好你啊，默老弟！

陳默心想，您再看好我也沒用了，我註定要錯過第一次表現機會了。雖然他也沒想過他能怎麼表現。

苗苑的計畫遠比想像中來得順利，陳默甚至沒有回去加一件大衣，直接穿著常服就跟著她往回走了。

「不會冷嗎？」苗苑把自己縮在羽絨服裡抖。

「沒事！」真的，這麼點風算什麼呀，常服裡面還有毛衣。

身體真好！苗苑驚嘆。

苗苑屋裡的暖氣已經開好了，小房間裡收拾得特別整齊，陳默不自覺就想到他第一次過來差點讓人給砸了鼻子的慘劇。這是個一室一廳的小平房，牆面上的石灰是新掃過的，不過掃得挺粗糙，可以看得到白漆下面的陳年水漬，淡淡的映著一層，像抽象派的山水，地面上鋪了厚厚的塑膠地毯，踩著很軟，足以隔絕地氣。

房間裡沒有太多的裝飾，一個不大的碎花布沙發和一個同樣小巧的木質茶几，陳默被安排坐在沙發裡。他看著苗苑小心翼翼地從冰箱裡拿出一個蛋糕。小小的，圓圓的，周圍的一圈上貼著長條型的小餅乾，上面撒滿了深色的可可粉，白色的糖粉在可可粉上拓出樹葉和玫瑰的花紋。

苗苑屏息凝神地走近，把蛋糕放到茶几上。

提拉米蘇，帶我走！

希望這個暗示足夠明顯，如果這還不夠的話，苗苑決定在蛋糕吃完之後把提拉米蘇的故事再說一遍。

「吃飯了嗎？」苗苑問道。

陳默搖頭，這個蛋糕的一切氣息都被封閉著，他只聞到了淡淡的可可粉的味道：「妳不吹蠟燭嗎？」

苗苑得意地笑笑，做戲當然有全套！她關了燈，細小的燭火在黑暗中跳躍，瞬間有了一種恍如真實的感覺，不知道是否可以預支下一個生日的願望：我喜歡他，我想跟他在一起！

生日蠟燭燃燒得特別快，燭淚滾落了一點下來，沾上了深色的可可粉。

苗苑把蠟燭拿掉，遞了一個勺子給陳默：「一起吃吧！」

她不想切開蛋糕，與人分食同一個提拉米蘇有一種特別的意味。雪亮的銀勺劃開細膩的可可粉，穿過嫩黃色的奶油和浸透了咖啡酒的手指餅乾。

剎那間，各種各樣的氣息釋放到空氣中，酒的醇、咖啡乾爽的香氣、可可的焦苦，還有Mascarpone特有的細膩甜香。

陳默起初覺得酒味有點重，可是很快的咖啡香和濃鬱的奶油味把酒氣包裹得順滑無比，來自天堂的滋味在舌尖上流淌。

「好吃嗎？」苗苑咬著勺子，眼中有永恆的期待。

「好吃！」陳默有一瞬間的恍惚，永遠鋒利的眼神變得柔軟，這就是他的未來嗎？

未來是這個女孩做各種各樣的蛋糕給他，用這樣期待的眼神看著他，然後……

似乎真的沒什麼不好！畢竟他的青春已經過去了，那段雖然艱苦卻壯闊的人生已經過去了。每個人都有自己的頂點，擁有那種像煙花那樣輝煌耀眼的，足以劃破夜空中所有濃黑的時刻，他們流汗，他們犧牲，他們痛哭然而他們自豪。

可是那樣的時光總會過去，我們要開始習慣平凡的生活，更漫長的踏實的日子。

「怎麼做的？」陳默輕聲問，他忽然想知道這些美妙的東西是怎樣產生的。

苗苑的眼睛發亮，她用一種近乎於自豪的口吻向陳默介紹流程，乳酪要怎麼攪，蛋黃要一個一個加進去，餅乾不能直接浸到酒裡，要用小刷子蘸著，一遍遍地刷……

這是一項漫長而瑣碎的工作，需要大量的細緻與耐心，所以心裡需要懷著滿滿的愛。

陳默記起當年他最愛的消遣，他喜歡把他所有的槍都拆散了堆到一塊大毛氈上，JS 7.62mm，QBU88，黑星92，然後一個一個零件細緻地擦，最後閉上眼睛，把它們組裝起來，在做這些事情的時候他會感覺到一種絕對的寧靜，怡然自得，自成一派。

所以當時要離隊陳默什麼都不想要，只是問可不可以帶著槍走，回答當然是不行的，方進說我幫你收著，你把名字寫上，以後再也不許別人用。陳默心想他是真的不如夏明朗，槍永遠只有自己的那把可以打出最高精度，不像隊長，隨便拿一把出來試試就能用。夏明朗說陳默這人沒多少感情，所以專一，那夏明朗呢？

陳默搖了搖頭，把那些浮光掠影的片段都搖散。

苗苑發覺了陳默的走神，聲音黯然地變低：「很無聊哦？」

「不會，很有趣，自己喜歡就好，不用關心別人是不是覺得有意義。」

苗苑臉上一紅，把一大口蛋糕填進嘴裡，年輕的富有朝氣的臉，血氣很足，嘴唇是鮮粉色的，沒有唇膏的遮蓋，薄薄的一層粘膜之下幾乎可以看到血液在流動，會讓人想要碰碰看，是否如想像的一般甜蜜與柔軟。

陳默驀然間覺得心跳得有些快，眼前的物體起了虛邊，血液加速，他有些尷尬地低頭，讓自己專心在食物上。好吧，有些事知道應該要怎麼做，可是如何說開始，如果她拒絕，要怎麼去應對，陳默覺得他心裡有點亂。

陳默吃得很專心，幾乎就有些生猛，苗苑哭笑不得，一邊自豪著自己的手藝果然又進了一步，一邊黯然神傷於這個男人的遲鈍與不解風情。

提拉米蘇耶！提拉米蘇耶！

你這到底是想不想要帶我走嘛！

苗苑眼睜睜看著最後一塊蛋糕被陳默捲走，眨巴眨巴眼睛靜默了三秒鐘，終於還是換上甜蜜的微笑，說道：「陳默，妳知道提拉米蘇的故事嗎？」

「嗯？」

「據說，二戰時有一個軍人要上戰場，他的妻子就把家裡所有的能吃的東西都做在了一個蛋糕裡讓他帶走，於是那個士兵每次吃到蛋糕的時候都會懷念自己在家中的妻子，後來那個士兵回到家鄉，他的妻子告訴他……」苗苑盡量讓自己的聲音聽起來富含感情。

「等一下！」陳默忽然打斷她：「妳，這個東西放酒了？」

「哦，有，有放……」苗苑懊惱，關鍵時刻啊，你給我打岔？故意的？

「放了多少？」

「三分之一杯！」苗苑莫名其妙。

「具體一點！」

「大概80ML多一點。」

陳默用力閉了一下眼睛，再睜開，盡量收束視線讓自己的注意力集中，然而未果，於是頹然道：「我醉了！」

苗苑愣了一分鐘，驚得跳了起來：「啊！？」

不會吧！

「你你，你現在怎麼樣？」苗苑繞到陳默身邊。

「我酒精過敏，找個地方讓我躺一下，沒事的。」陳默覺得這簡直不可思議，難道真的像鄭楷說的，在地方上待久了感覺就會退化，居然會喝到醉了都沒發現，又或者，他對這姑娘沒戒心，不會防備她給他的任何東西。

苗苑慌慌張張地把陳默領到房間裡，把被子移開讓他躺下去，燈光下極近的距離才看出來陳默的瞳孔果然有點散，視線沒有焦點的感覺，茫然無依。苗苑完全沒想過居然會有這種離奇的砸鍋事件，坐在床沿上哭笑不得，陳默合上眼，按著她的手掌說道：「放心，很快就好！」

苗苑欲哭無淚，我就沒見過有誰喝醉了是很快就好的！

酒勁很快地發出來，陳默的臉上漸漸顯出血色，眉心皺起，不太舒服的樣子。苗苑心想這真是對人意志力的絕大考驗，再待下去就得犯錯誤了，算了，還是先出去冷靜一下！她把外面的東西都收好，玻璃碟子洗了三遍，動動僵硬的手指，覺得應該是冷靜好了，去浴室裡絞了條熱毛巾做道具，再一次回到床邊。

燈光調得很暗，乾燥的空氣裡有浮塵在飛舞，而陳默就那樣安靜地睡在那裡，苗苑覺得她的心臟跳得軟軟的。

為什麼呢？

為什麼你總是莫名其妙地出現在我面前，讓我以為可以得到。

苗苑伸出手指從陳默的眉峰劃下去，按到嘴唇上。

註14：奏是：就是。
註15：西安民間有這樣幾句流傳已久的話：「提起長安城，常憶羊羹名，羊羹美味嚐，唯屬同盛祥」。
註16：為中國大陸地區城市街道、行政建制鎮的分區即「社區」的行政管理機構，屬於城鎮居民的自治組織。

3

苗苑神遊了許久，猝然驚醒，下狠心用力推推陳默的肩，試著叫了一聲：「陳默？」

陳默彷彿暈睡，合著眼，沒有一點反應。

苗苑忽然鬆了口氣，一直緊繃繃的肌肉一點點的鬆弛下來，心跳得越來越緩，連呼吸都變得柔順，苗苑脫了鞋趴到陳默身邊去。

也好！苗苑探出一根手指，在離開陳默的皮膚一釐米的地方描畫他的輪廓。雖然預想中的目的沒有達到，可是現在這樣也很神奇，不是麼？一直都看著他那麼乾淨的樣子，好像很生疏，離得很遠，不像個真人，乾乾淨淨的好像什麼都不會被他帶在身上似的，可是現在他就這樣躺在自己身邊，呼吸平靜而安然，就像是屬於她的。

苗苑忽然笑了笑，側著臉枕在自己的臂彎裡，用手指輕輕戳他的臉，聲音小小地嘀咕著：「我喜歡你，你知不知道？知不知道啊？你這個傻瓜！我第一次看到你就喜歡你，我從小就喜歡穿軍裝的男人，可你是我見過穿得最好看的。你知不知道那天你一進門，軍裝制服，乾淨禁慾，笑得那麼軟，有禮貌不多話……哇噻，萌點全中，我就知道這是老天專門派來剋我的，可是……你喜不喜歡我？」

苗苑撐起上半身仔細地看著陳默的臉，這房間裡很安靜，安靜得幾乎可以聽到自己心跳的聲音。

陳默的鼻子很挺，線條乾淨俐落，他的嘴唇很薄，所以抿緊的時候就會有點單薄嚴厲的樣子，而此刻，輪廓模糊在昏黃燈光造出的陰影裡，失去陽光下犀利的棱角。苗苑舔著嘴唇，陳默現在這種妳可以隨便親的樣子，讓她心裡蹲了隻暴躁的松鼠，它在發脾氣瘋狂地撓著爪子，抓得她心癢難耐，苗苑終於閉上眼睛，毅然決然地壓了下去。

哦，其實她只是在想，再怎麼說，你是男的我是女的，你堂堂少校，我一個弱女，你總不可能去告我強姦！

陳默的睫毛略動了動，張開又合起，只是一閃而過的眼眸中帶著茫然與無奈。

自然，他是醒著的，就是因為喝醉才要醒著，這是一種訓練過的本能。只是苗苑最初的那個動作太親密，他怕這姑娘會難堪，於是決定繼續裝下去，可是……現在……

苗苑輕輕地蹭著他，像一隻小貓在舔食心愛的食物，動作輕柔而細緻，柔軟的嘴唇如陳默想像中那般甜蜜，帶著淡淡的酒味，還有沒融化乾淨的乳酪甜香，像剛剛吃過的那個蛋糕，甜蜜而醉人。

陳默在猶豫是不是應該抱住她加深這個吻，可是略一偏頭，苗苑彷彿受驚似的離開了他，陳默於是閉上眼睛，專心裝睡。

算了，不要嚇壞她。

苗苑驚魂不定地看著陳默，等待了良久之後終於確定陳默是真的醉暈過去了，拍拍胸口，安慰受驚的小心臟。

「你敢嚇我！咬死你！」苗苑亮出牙齒嚇唬陳默。

陳默在朦朧中看到，心想，姑娘你要真咬下來，我就不得不醒了。

可是牙齒落到皮膚上的感覺卻是異常的輕和軟，沙沙的在臉頰和脖子上遊走，呼吸飄浮在耳側，軟軟的，溫熱的感覺。好像一隻小小的野獸趴伏在它的獵物上，牙齒幼軟得還咬不住東西，卻嫌自己吃沒夠。陳默終於忍無可忍地翻了個身，他有點悲哀地發現這姑娘可能還不如他有經驗，至少她不知道幹到哪一步實在就應該要停手了，要不然，再裝下去，就太假了。

苗苑畢竟還是怕驚醒他的，更何況壞事做盡，也應該收手了，否則樂極生悲了總是不好。她在陳默身上加了一層毯子，倚在床頭上隨便摸了一本書看，眼前的字都在活蹦亂跳，一個一個都認識，可是連起來卻已經看不懂。

冷不丁一行字撞進她的眼底：「民主主義消失也好，這個世界還原成原子也罷，我只要他在我身邊半夢半醒地看書。」

苗苑怔了半天，回過頭看了陳默一眼，嘆口氣，從床底又撈了另外一本，這次的書很無聊，苗苑看著看著視線就朦朧了。陳默聽出苗苑的呼吸有變化，慢慢坐起身來。苗苑被驚醒，迷濛著半夢半醒的睡眼抬頭：「唔？你醒了？」

陳默點頭。

「真不好意思，店裡咖啡甜酒牌子不正，我就用了自己的白蘭地。」苗苑低頭揉眼睛。

「沒關係！」陳默看她低著頭，眼神迷迷茫茫的有些委屈的意思，這讓他想起她剛剛在他耳邊的低語，她說：我喜歡你，你不知道，你這個傻瓜……她說，陳默，你喜不喜歡我？

陳默心想我大概真是做得不好，否則也不至於讓人家姑娘這麼難過，心口驀然湧過一層熱血想要湊過去吻她，又覺得這個時間這種場合，似乎實在又有些企圖不良的味道，於是夏氏明朗隊長的教誨又在他耳邊滾了一周。

「妳耶誕節會有空嗎？」陳默問道。

「耶誕啊……」苗苑眼睛一亮，又猝然暗了下去：「沒有空啊！」

逢年過節那就是服務行業最忙的時候啊！

「你要請我出去玩嗎？」

陳默點頭：「妳想去哪裡？」

苗苑彎起眼睛笑了，看樣子，醉了他一醉……還真開竅了，苗苑決定下次的白蘭地要放半杯。

「什麼時候啊？聖誕肯定是沒空的，不過聖誕之前我可以請假啊……」苗苑滿懷期待地看著陳默。

陳默覺得欣慰，聲音更溫柔：「什麼時候都可以！」

「那……那就明天吧！」趁熱打鐵，趁勝追擊，趁帥哥心軟拿下他！苗苑略有心虛：「那個，什麼，越往後拖我越忙……」

陳默算過值班表，答應得很乾脆。

「那我先走了，明天過來接妳！」陳默看看錶，時候也不早了，賴著不走企圖更不良，剛才出去的時候成輝那眼神看他就不對，回去太晚，他擔心就連門口的哨兵都會送他一臉的意味深長。

可是，可是陳默……你什麼時候開始關心哨兵的眼神了呢？

果然是墮落了，陳默仰天長嘆。

苗苑於是忙不迭地跟在後面說是要送他，可是門一開，狂風夾著碎雪直挺挺地撞了進來，苗苑凍得一縮，躲到了門邊，瑟瑟地抖。

「這天……我去給你找把傘。」

「不用了，我跑回去就行了。」陳默伸手按住她，收回手的時候終於把手掌按到她頭髮上揉了揉。

苗苑縮著身子抖了抖，也不知道是不是凍的，她看著陳默深綠色的背影在寒風中迅速地跑遠，幸福地撫了撫嘴唇，覺得這個社會真是和諧啊……握拳！

雪下了一夜，苗苑早上起來看到整個西安城都白了，趴在窗子上瞇起眼嘀咕：「看這雪下的，跟不要錢似的。」

清早天破曉的時候，雪停了，天空中沒有一絲雲，藍得通透，古城的天空永遠都帶著一點蒼冥的底色，苗苑很少看到這樣明亮的天氣，只覺得心曠神怡，呼吸噴在窗玻璃上氤出一層白氣，她伸出食指笑瞇瞇地在上面畫了個笑模樣。

陳默到得很早，那大概是習慣，好在苗苑起得也早，於是慶幸她沒有讓人給堵在床上，原本是想要化點妝的，可是想到最初陳默說她素顏就挺好看，就只抹了一層蜜粉，用了一點唇彩，第一次出去約會，還是保守些來得好，苗苑對自己的那點小心思藏得還是相當好。

陳默穿的是便裝，苗苑最初看到就有點失望，不過出去玩穿那麼扎眼的一身也是不好，只能調整心態從另外一個角度去欣賞，慢慢的，又有了一點越看越帥的意思，大概肩寬腿長的人穿什麼都好看，一色一樣的外套在他身上也比別人好看得多。苗苑退了一步去看陳默的背影，又覺得似乎也不光光是身形的問題，還有氣勢，陳默的背永遠都拔得那麼直那麼挺，動作不急不躁，看著就讓人安心。

苗苑嘆一口氣，對自己的眼光很滿意。

遊樂場的大門要十點多才開，陳默先帶了苗苑去吃早飯，對啊，嘆氣，遊樂場。

話說昨天夜裡苗苑謀劃了一晚上，思考今天要去哪裡玩，陳默這頭驢子她最近順毛也算是順出了一些門道，估計他是不會去費那個腦子想的，十之八九到時候就是一句：妳想去哪裡？

苗苑決定她還是要先想好。

可是去哪裡呢？

這年頭，連KTV都是聲色場所了，還有什麼地方夠純潔？這大冷的天總不能去古城牆上懷古做蒼涼狀吧，那可真是要念天地之悠悠，獨愴然而泣下了。苗苑思來想去，回憶她未成年的時候和小男生約會都去哪裡玩兒呢，終於讓她想到了一個八歲到八十歲都通殺的純潔無比的場所：遊樂場。

果然，當她說出那三個字的時候陳默的嘴角抽了抽，苗苑原本無比期待地希望陳默會嫌棄這個地方太老土，沒想到陳默還是一百零一遍地對她說了一個好字。苗苑黯然地嘆了一口氣，覺得這孩子脾氣太好，好得讓她都有點沒著沒落的。

一路上苗苑本想坐公車，擠來擠去的也是個情趣，可是陳默抬手就叫了一台的士，苗苑悶悶不樂地坐了。到了大門口一看，哇噻，那叫一個人潮洶湧，敢情這大冷的天大家都到這兒來尋找熱血來了，苗苑的心情頓時就變得很澎湃，可是那澎湃的心情在她的手無數次假借擁擠的人潮碰到陳默的手背上之後，就變得細水長流了。

陳默很自覺地去排隊買了票，苗苑略略提起了一些勁，畢竟還是孩子氣重，有得玩總是開心的。

於是陳默就很默默無語地聽著身邊這位一路的鬼哭狼嚎驚聲尖叫，從雲霄飛車上下來，苗苑興奮得滿臉通紅，裝作不經意地抓住陳默的手說：「好玩不？刺激嗎？」

陳默很有分寸地點了點頭，心中波瀾不驚。如果一個人曾經在四十米高的懸崖上倒吊過一個晚上，曾經一連做過一百個大回環差點讓自己飛出去，曾經在風輪車上轉得連胃裡最後一滴血都要吐光，那麼……像雲霄飛車和海盜船這種級別，也實在是無聊了點。

苗苑看著陳默那淡定的表情感到很失望，這傢伙，這傢伙……嘿！什麼時候能有點正常人類的表情呢？你到底喜歡什麼，你要說嘛，你不說我怎麼你想要幹嘛呢！真是的，急死個人！

苗苑低氣壓地往前走，陳默不知道為什麼這姑娘好好的又不高興了，一邊回憶著自己的言行舉止一邊跟在後面。苗苑忽然站定，指著一個方向說：「我喜歡那個兔子！」

陳默抬頭一看，不遠處是連片的棚子，熱熱鬧鬧的圍著一大群人，棚簷大多都掛著一排毛絨玩具，其中就有幾個咧著大白牙的毛兔子，從大到小，各個碼的都有，最大的那個足有半個人那麼大。

「行啊！妳想要個多大的？」陳默低頭掏錢包。

苗苑臉上浮起一點笑：「不是買的，要做遊戲贏的。」她心裡嘿嘿地得意，給你找點事幹，省得你成天的心不在焉！

玩遊戲？陳默兩眼一黑。

猜硬幣？

搖頭。

彈彈子？

搖頭。

……

搖頭再搖頭，苗苑幾乎絕望，大哥，你真的不是出來耍我的嗎？

砰砰砰，幾下脆響傳來，陳默轉過頭眼睛便是一亮：「那個我能玩！」

呼，好吧！

苗苑都懶得關心那到底是什麼，跟著陳默就過去了。

其實這是一個再簡單不過的擲沙包的遊戲，棚子裡搭了幾層木架子，每層架子上都放著一排紅色的小木頭柱子，砸中了就有獎，多中多獎。陳默走近了一看才發現這家棚子裡其實沒有苗苑喜歡的那種大毛兔子。陳默一陣歉意正想走，苗苑連忙下死勁拖住了他，隨手指了一個什麼玩意兒說道：「我要這個！」

這個啊！陳默囧囧地看著那個醜娃，心想這丫頭的口味跳躍還真大。

守攤兒的小老闆看出門道，湊過來做生意：「玩吧！哥們，五塊錢，十個沙包，你砸中了一個就有獎，就你媳婦兒要的這個，打中三個你就能拿走！挺簡單的，特別好中……你看著哈，我給你示範一下！」

小老闆手裡托著個沙包掂了掂，一揚手，一個沙包呼嘯著飛出去，木柱應聲倒地。

「哇！」苗苑眼睛亮亮地鼓掌。

隔壁攤上的一哥們不屑地撇著嘴。

「打中三個是吧！」陳默付了錢，把沙包拿起來試了試份量。

「對嘍，三個！」小老闆埋頭給陳默數沙包。

「行了，別麻煩了，你給我三個就行了。」陳默站直了瞄一下距離和角度，小老闆詫異地抬起頭，陳默第一個沙包已經脫手飛了出去。

撲……通……

兩下，分分明明，小老闆連忙回頭看，頓時就傻了。

中了，當然是中了，可這不是中不中的問題，瞎貓碰死耗子，十個沙包任誰也都得中上那麼一個兩個的，重點是，陳默打中的那個，剛剛好，就是第一排第一個！

不是那麼邪吧！

小老闆心裡哀嘆著，可偏偏就像專門為了要敲碎他的玻璃心似的，風聲呼嘯著，第二團黑影也竄了過去，撲通兩聲落地。

剛剛好！

第一排第二個！

小老闆呆呆地回過頭去，只聽著背後兩聲響又落了地，這回不用看了，保準是第一排的第三個。

陳默正好收工，低頭誠懇地與小老闆對視：「兄弟，那個……那個……東西。」

可憐那醜娃實在是醜得厲害，陳默端詳半天也沒看出來那是個什麼玩意兒，只能稱之為東西，小老闆還沒回過神，直愣愣與陳默對視著，竟無語而凝噎。

好吧，他只是在想，額滴神（我的神啊！）啊，哥們你真的不是專門來玩我的？

苗苑怯怯地拽陳默的袖子：「陳默，你能全打中嗎？」

「行啊！」這種距離還打不中，他就得去靶場上跑圈玩了。

「那陳默……」苗苑正躊躇著，旁邊釣魚攤的小夥子一步竄了過來把陳默拽走，扭頭拋給苗苑一個詭秘的笑臉：「借妳男朋友用下子哦！」

苗苑一頭霧水地看著陳默與那人親切交談，期間各各回頭看她一次，沒來由的背上的寒毛就乍起了一層。

在她身後，木樁攤的小老闆眼睛死死地盯著那邊私聊的兩個人，咬牙切齒地蹦出一句：「日你先人……」

陳默和釣魚小夥子聊完，走回去給小老闆遞了十塊錢：「再給我二十個沙包。」

小老闆一聽連臉都白了，扯著陳默哀求：「哥們，你別耍我咧，兄弟我在這兒擺個攤做生意也不容易，你媳婦兒要看上啥，你就拿走，你就別玩了行不？」

釣魚小夥子馬上怪聲怪氣地接話：「喲，你這話說的，你開門做生意還不讓人玩咧？」

「楊寧！老子……」小老闆怒髮衝冠，就想抹袖子。

陳默眼看這兩人要打起來，連忙按住小老闆說道：「我不要你東西，借你這攤辦個事。」

小老闆掙扎不過，自認晦氣，哭喪著臉給陳默數了二十個沙包。

這一整塊全是遊玩的人，這裡一鬧，大家都擠過來湊熱鬧，苗苑不明就裡，呆呆地站在旁邊看著，釣魚小夥子走過去擋在她面前，眼角笑笑的：「都別走，等會兒一起看！」

架子上的木樁又擺齊整了，陳默用視線計算了一番，手腕一揚，沙包飛出去一個木樁就落了地，人群裡發出哄的一聲歡呼……可是慢慢的，這歡呼聲越來越響，然後又越來越弱，到最後歡呼聲沒有了，全是抽冷子的抽氣聲。

苗苑被人擋著視線心裡急得抓心撓肝的，扯著釣魚小夥子的袖子就想探出頭，最後一響，圍觀的人群都是那種抽冷子抽出來的歡呼聲，靜默了兩秒之後，便是一陣嗡嗡的議論。苗苑一著急，手下用了死勁把人往身後撥，一個不小心就跌了出去，陳默連忙伸手撈住了她。苗苑被他攬在腰上，心裡還來不及蕩漾，頭一抬，整個人都傻了。

眼前的木架子上，堪堪的，空出了一個心形，硬生生用沙包打出來的，原來剛剛陳默就是在幹這個。

「喜歡嗎？」陳默在她耳邊問。

苗苑眨眨眼，又眨眨眼，眼淚沒能眨回去，就刷的一下滾下來了，抽著鼻子說：「喜歡！」

「妳喜歡就好！」陳默不太喜歡做人群的焦點，衝釣魚小夥子點了點頭算是打招呼致謝，就這麼攬著苗苑撥開人群走了。

小老闆目瞪口呆地立在一旁，瞧瞧陳默那邪人的背影，又瞧瞧圍觀的群眾，瞧瞧這個再瞧瞧那個……忽然臉上換了一堆熱情的笑，高聲吆喝著：「哎，哥們，都來玩一下吧……挺簡單的，特別好中……你看看，剛剛那位哥們一下子給打下多少！十塊錢十個沙包，來練練啊，整出朵花兒啥的，你媳婦兒心裡都要美死咧！」

釣魚小夥子苦笑著搖了搖頭，趕在小老闆把木樁碼回去之前用手機拍了張照片。

苗苑走出去兩百米才醒過神，呀的驚叫了一聲：「我忘記把它拍下來了！」她捧頭，懊惱無比。

陳默就那麼站在她身前，笑容淡淡的：「又不是什麼難事，妳喜歡下次再給妳弄一個。」

苗苑幾乎想跺腳：你不懂！

她心想，我怎麼會撞上這麼一號主呢？一口甜一口鹹的，你到底是要怎麼樣嘛你？！

陳默見她好好的怎麼又毛了，眼睛一轉，才發現他們已經走到了廣場的中心處，眼前一大排的全是打電子槍的攤子，五顏六色的棚簷上滿滿的掛著的正是苗苑一開始說要的長毛兔子。陳默猜測大概是他剛才砸完了木樁沒問人要獎品，所以苗苑不高興了，連忙攬著苗苑的肩膀轉了個朝槍棚的方向說道：「妳不是要那個兔子嗎？我幫妳贏回來。」

苗苑悶悶地點了頭，她真想現在就把陳默拖下來問問，你到底對我是個什麼想法吧！可是現在這人聲鼎沸的，討論這種話題，實在不夠唯美。陳默看著她不聲不響地跟在自己身後，埋頭絞手套，絞得死緊。

陳默在心裡嘆息，心想女人果然是一種讓人費解的生物。

他猜想苗苑不高興大概就是因為剛剛那個心沒讓她拍個照，當然獎品可能也是個重頭因素，女孩子嘛，總喜歡個小毛團小玩意兒。陳默深呼吸，告訴自己別這麼不耐煩，應該的，他沒看過豬跑也吃過豬肉，平心而論這姑娘算脾氣好的了。

迎面最大的那個攤子上玩的是電子槍，平地上挑起很高的一幅布，上面掛滿了五顏六色的小汽球，如果打中了背後的機關裡就會彈出一根小針來把汽球紮破，劈裏啪啦的特別喜慶，像過年似的。

陳默拉著苗苑擠進去，張口便是：「老闆，給我來兩百發子彈。」

老闆聽著一愣，轉而眉開眼笑：「好！」

又撞上不惜血本給女朋友贏獎品的冤大頭了！老闆眺望自家簷上掛著的毛團，心中暗自得意，不得不說，打全場子，就咱家的毛團最招人了。

老闆遞上槍，講解完怎麼開槍怎麼瞄準，正打算向陳默說明獎懲制度，陳默隨手一指最大的那隻兔子：「那個怎麼算的？」

「哎喲，這個可就難咧，這先是要打夠五十發才能給的，然後五十發裡面也得中個四十七發什麼的，要不然我這兒不好辦呀。」小夥子說得極誠懇。

陳默點了點頭，抬手就是一槍，沒中。

不過，一槍之後，陳默發現這槍的樣子是照著M16仿的，當然仿得非常不成個樣子，另外這槍沒膛線沒準星，什麼都沒有，事實上它就完全沒有子彈，就不是一把槍，只是一個鐳射發射器，所以沒有子彈拋物線，沒有風速沒有仰角，這是最簡單的射擊，打直線。

陳默在開第二槍的時候，找到了接收器的範圍大小。普通遊客都以為整個汽球都是接收範圍，其實當然不是的，要不然開門就不用做生意了，直接趕著賠錢吧！

五槍之後，陳默開始了連擊，啪啪啪一路掃過去，汽球爆裂的聲音連成了片，五顏六色的碎膠片像雪片一樣紛紛落下，槍攤的老闆驚得瞠目，臉上一層層地白下去，而苗苑在陳默打完了一橫兩豎之後，忽然明白了陳默這次是要玩什麼。

於是，一個臉上越來越白，一個越來越紅……

周圍所有的人都被吸引了過來，連花了錢玩槍的也不玩了，全圍上去看陳默打。

第一個「苗」字出現的時候全場歡聲雷動，苗苑聽到身邊有人很激動地討論：就是這人，就這人，剛剛在那邊砸沙包來著……

牛……太牛了……

哎呀，他女朋友得多開心啊，這哥們追妞追的，這也是一技術活兒啊……

苗苑站在旁邊聽，整個人都像踩在雲裡，看什麼都是虛的，飄飄忽忽的一點也不真實，陳默一口氣打出來「苗苑」二字，看看旁邊的計數牌還富餘了幾十發子彈，他打得興起，在旁邊又多打出一顆小小的心。

這次是顆實心的，圓滾滾的，只是最後的邊角還差了一點點，沒子彈了。

「好了！不生氣了？」陳默還了槍，手掌按在苗苑的頭頂上。

苗苑仰起臉來看著他，唇色鮮紅，目光晶亮。

「妳不是要拍照嗎？快點！要不然一會兒人就給補上了。」陳默推她，心想這姑娘怎麼一下又傻了。

苗苑呆呆地把手機拿出來，終於有人發現了她的存在與身分，幾個壞小子便開始起哄：親一個，親一個……到最後全場都是亂叫囂的，如此良辰，如花美眷，情投意合的故事世人都是愛看的，親切善良熱情友好的關中人民最喜歡把有情人送做堆。

苗苑見這麼多人都在給她打氣，隨手把手機塞到一個人手裡，掂起腳攬著陳默的脖子在他嘴角輕輕碰了碰。

陳默似乎有些驚訝，卻低下頭對她笑得很溫柔。

在我們的生命中，總有那麼一兩個片刻，你被扔在人群裡卻忘了周圍的一切，在最鼎沸的人聲中聽到自己的心跳聲，撲通撲通的跳動。

於是忽然明白，原來我還活著，原來活著可以遇到你，如此美好！

4

陳默找老闆要獎品的時候老闆都快哭了，拉著陳默的手淒涼地問：「兄弟，你不會再玩了吧！」

苗苑兩眼粉色桃心，扭著衣角說：「你給我們一個最大的就成，給那麼多我們也帶不走。」

老闆鬆了口氣，從後面抱出個跟苗苑差不多大的長毛大兔子，這兔子掛在鉤子上時看著也還好，距離拉近了才發現體格如此驚悚，苗苑一看就徹底地被震撼了，傻乎乎地張開雙手去抱，一個沒估算好，被兔子的份量帶著一頭往前栽過去。陳默忍著笑拉住她，苗苑靠在陳默胸口笑得又溫又軟又甜蜜。

這麼大個兔子實在是沒法拿，到最後還是商量著先寄在了老闆那兒，對於陳默不想繼續玩下去這件事，該老闆千恩萬謝，所以二話沒說就把兔子扣下了，只說哥們你走的時候別忘了。

親也親過了，禮物也到手了，什麼叫圓滿，這就叫圓滿啊！

苗苑滿心蕩漾地在陳默身邊跟了幾步，故意把手套脫了讓手指冰得涼涼的，上前一步把手指放入陳默的掌心，陳默果然停下來看她：「冷嗎？」

「不冷。」苗苑笑著搖頭，她不無得意地想著，我總算是知道了老男人要怎麼勾搭了，對於這種悶聲不響的死狗男人，妳就不能指著他自己主動啊！

陳默把苗苑的手指握在掌心裡搓了搓，苗苑說：「我還是挺冷的。」陳默看了她一眼，握著她的手放進了口袋裡，苗苑馬上笑得一臉奸計得逞的小樣兒，手指窩在陳默口袋裡動了動，笑眯眯討好似的：「陳默，我們去坐摩天輪吧！」

這要求太合理了，陳默當然沒有拒絕的餘地。

小小空間，兩個人，緩緩地升起，於是這個城市就被踩在你腳下，這個時候應該要做點什麼呢？

姦情啊！苗苑雙手握拳。

她記得幾年前她看過一本書，男主角們的感情就是在一個摩天輪的水晶籠子裡得到昇華的，想想看，在一個城市的上空，當星辰倒影與街燈連成一片，人們在虛空之中擁吻，那是多麼純粹，多麼極致的一種浪漫啊！

苗苑雙手扒著玻璃窗死死地看著窗外，前一天夜裡整個西安城都被蒙了一層雪，白茫茫無邊無際的一片，單純而美麗。午後的冬陽暖融融地照亮了天際，明晃晃的光線落到雪地上又折上去，碎成一片光霧。

那種踩在雲端的感覺又來了，不真實的美麗。

苗苑能感覺到陳默就貼在她身後，他的呼吸很輕，幾乎沒有聲音，卻揚起了她腮邊的髮。他們在一寸一寸地升高，苗苑焦慮地等待，她在期待著陳默把她的臉扳過去，然後重重地吻上她的唇，她在期待一個吻，撫平她所有的焦躁與不安。

可是摩天輪在她的焦躁中轉過了最頂點，苗苑聽到自己的心臟在重重地跳，呼吸急促得厲害，心肺之間有尖銳的痛感，她幾乎是有些哀怨地轉過頭，陳默垂下眼簾與她對視。

似乎永遠都會平靜的眼眸，像水一樣，細微揚起的波紋也不知道是真的，還是旁觀者的錯覺。

風動，幡動，還是我苗小和尚的心在動？

苗苑有些絕望地半咬著嘴唇，她在想，我好像真的看不出來，我其實一點也看不出來他心裡想什麼。

她想要閉上眼，或者陳默就會醒悟過來，像電視裡演的那樣湊過來吻她，可是如果他不呢？

苗苑微微偏過頭，試著往前探，陳默彷彿受驚似的略退了一下，於是兩個人都頓住了，苗苑委屈地抿起嘴角，她感覺到潮意正在從她的眼眶中漫出來，她快要哭了，真的，真的，快要哭了，然而陳默忽然俯下身，吻住了她。

飽含著水氣的眼睛驀然睜大了，又緩緩合攏，眼眶中積聚的淚水從眼角滑落，悄然的沒入到鬢髮裡。

一個吻，初時是柔軟的，彷彿試探似的輕輕摩挲，不知所措地舔舐，小心翼翼。

苗苑細微地發著抖彷彿想逃，陳默將她壓得更緊，後背貼上水晶透明的牆，她被鎖住了，於是無從躲藏與逃離。苗苑在一瞬間被抽空了神志，她迷茫而困惑，睜開眼，眼前只有一團明亮的光，純淨的，透明的，屬於冬日的陽光，帶著冰涼寒氣的溫暖。

陳默終於結束了試探，用舌尖啟開她的雙唇，火熱的舌頭探進來，輕微地挑動，極其小心地挑逗著，苗苑顫抖著迎接他的進入，試著動了一下舌尖與陳默碰在一起，卻感覺到他忽然攬緊了自己的腰。

唔……苗苑低低地嗚咽著，手指抓緊了陳默的衣角。

接吻應該是怎樣的？要怎樣才算夠深入？為什麼唇與唇碰到一起的時候會有不受控制的心醉？

那應該，應該是怎樣的？

陳默忽然發現他找不到答案，所有的感覺都消失了，只有觸覺分外的明顯，那些用語言形容不出的情緒在舌尖上輾轉來去，可是你要說什麼？我還想說什麼，怎麼還不夠？

他於是繼續深入，不同角度，不同力度，在對方的口腔中逡巡，溫柔而粗暴。他捲起對方細軟的舌頭用力吮吸，舌尖掃過上齶的黏膜。苗苑在他懷中掙扎，彷彿推拒，可是手指卻絞得更緊，終於被逼出了細碎的呻吟。

陳默鬆開唇，看到苗苑茫然地睜大了眼睛，渙散的瞳孔裡找不到焦距，大口地喘氣，微細發抖的身體在他懷中溫柔而綿軟，像一隻受了驚的兔子，眼神濕漉漉的，透著初遇情事的迷茫羞澀。

陳默輕輕碰一碰她的額頭，將她攬進懷中，體溫與呼吸溫柔地攪在了一起。

苗苑忽然驚醒，拉著陳默的衣領說：「陳默，你是喜歡我的吧！」

陳默道：「當然。」

「那，那我是你女朋友吧！」

「對啊！」陳默啞然失笑，現在才問這個問題不覺得有點太晚了嗎？

苗苑低頭發愣，過了一會兒，才幽幽地說道：「陳默，那你以後叫我苗苗吧！」

陳默點了點頭，低低地叫了一聲，忽然覺得自己怎麼這麼像在養貓？

抱著那麼大個兔子走在大街上，怎麼都是拉風的，其實那兔子抱著挺重的，可是苗苑就是硬撐著不肯讓陳默幫她抱，因為如果陳默抱著兔子，那就不能抱她了。苗苑看著陳默扶在自己肩膀上的手，笑得像迎春花一樣燦爛。

苗苑答應了沫沫要給她買甑糕做孝敬，所以出了遊樂園就直奔著大皮院過去，那家的甑糕做得有名聲，隊排得老長，苗苑抱著大兔子和陳默親親熱熱地說著話，時間這麼呼啦啦的就飛過去了。甑糕到手，熱熱的甜甜的一團，就像捧著個熱乎乎的戀愛的心，晚飯也是在大皮院吃的，穆薩家的沙鍋，點了最有名的牛尾，湯很濃，牛尾煮得很爛。

陳默發現苗苑還真是挺好餵的，飯量估計著也就是約等於兩隻貓，他本來還擔心這麼吃能不能吃飽，可是轉頭一看隔壁桌上的女孩子大多約等於一隻貓或者一隻雀，他於是也就釋然了。苗苑最大的優點就是不挑食不計較，陳默記得他隊裡的三排長最近好像也在交女朋友，聽說回回吃飯都得上檔次，搞得這小子最近四處借錢。陳默這麼想著，心裡就有點憐惜，抬手蹭蹭苗苑的臉，問道：「還想吃點什麼嗎？」

苗苑轉頭笑出一口小白牙：「我飽了！」

「哦，」陳默失望：「我知道附近有家烤肉特別好吃。」

「哦……這個……」苗苑抱著肚子鄭重思考：「我剛剛整理了下，發現這胃裡的空間啊，就像海綿裡的水，擠擠還是有的。」

陳默看著她笑，付了帳，隨手把大兔子一隻手撈了起來，苗苑趕上一步堅定不移地搶了回來，陳默驚訝，我又不會搶妳的。

肉香就不怕巷子深，所以裡木烤肉的攤頭就在一個特別猥瑣的黑巷裡，苗苑看著大兔子白花花的毛皮內心躊躇，陳默站在巷子口逗她：這裡面可髒。

苗苑抬頭欲言，陳默又說，這肉可是真好吃啊！苗苑眉頭大皺，陷入了強烈的思想鬥爭中。

陳默揉著她的頭髮直笑，最後說：「我買出來給你吃啊！」

苗苑咬著嘴角看陳默的背影消失在深巷的黑暗中。真好啊！像初戀似的。

苗苑兩隻手都抱著兔子，看到肉遞過來就只能張嘴，這肉烤得嫩，漿汁入味，羊肉的腥氣一點不見，陳默忘記問苗苑的口味，買了一大把羊肉、板筋之類最常規的東西，兩個人在巷口圍著吃。

十二月的天晚得早，六點多鐘就已經是黑漆漆的一片，夜空清朗，星辰如砂。

陳默站在苗苑身前擋著風，圍出一個小小的溫暖的空間來，苗苑心滿意足地吃著肉，五感都被羊肉的鮮香所占滿，這果然是她這輩子吃過的最好的肉，她幸福地想。

神在她身後探出三角形的小尾巴輕輕地戳她，小姑娘，才多大點年紀，別隨便就說一輩子。

可惜苗苑穿得太厚，沒覺得。

回去的路上看到有人在賣黃桂稠酒，也是熱熱的甜甜的一大杯，喝下去暖洋洋的，苗苑攛掇著陳默嚐一口，陳默堅貞不屈，苗苑死纏爛打，陳默說喝醉了怎麼辦？苗苑笑瞇瞇彎了眼，喝醉了我背你回去，剛好，強暴你！

陳默轉頭笑得意味深長，苗苑心裡突地一跳，做賊心虛地乾笑了兩聲，再也不敢提了。

天太冷，陳默也不能回去太晚，於是早早地就送了苗苑回家，苗苑抱著兔子站在門口扭捏，說你們什麼時候點名熄燈啊。陳默說九點半。苗苑裝模作樣地看鐘，還有一陣兒呢，外面冷你不到屋裡來坐坐嗎？

苗苑燒了開水沖熱巧克力，GODIVA家的可可粉，超級死貴的一個牌子，苗苑當年很無厘頭的時候在網上買的，一直沒捨得喝。兩個人捧著瓷杯子坐在小沙發上，下午贏來的大兔子就放在中間，很假模假式地隔著。

苗苑說要看電視嗎？陳默說好的。於是五顏六色的畫面給房間裡的家具都鍍上了一層異色的光，電視裡在放著千年不變的青春偶像劇，三個加起來年紀絕對超過一百歲的男女在演繹著青春男女的糾結故事。故事情節總是這樣的，一個自稱很平凡，別人都當她很平凡的女孩子被兩個以上的十全好男人心痛地追求，她善良，所以她猶豫不決，她高傲，所以她一邊接受幫助一邊覺得被侮辱。

陳默有一搭沒一搭地聽著劇情，故事裡的女主角用冷若冰霜目下無塵的姿態在請求某人把一半身家送給她去救男朋友，那兩人做出痛苦的決絕的表情，吐出文雅的句子彼此攻擊。苗苑正在意馬心猿，於是看電視的姿態就裝得特別專注，陳默覺得她小鹿似的飄忽不停的受驚眼神實在可愛，忍不住逗她：「這個電視講什麼的？」

「呃……哦，那個男人嘛是個很有錢的少爺，原來很喜歡這個女滴，他們還好過一陣，然後之前他讓她給甩了，其實那個女滴從來沒喜歡過他，因為那時候生活不下去才不得不留在他身邊的……」苗苑結結巴巴地描述。

「那現在呢？」

「現在這個男主角出事了，就是那那……個，女主角的正牌男友啦！他被黑社會追殺，需要錢救命嘛，然後女主角來求他了。」苗苑感慨：「唉，其實我覺得少爺還是喜歡她的，他這就是在報復嘛，他現在怎麼會變成這樣了呢？我原來還是很挺他的，可這樣只會把女主角越推越遠啊……」

陳默忍不住想笑，傻乎乎的姑娘，他看著她的眼睛：「那個傢伙欠了她什麼，一定要幫她救人？」

苗苑張口結舌，愣了半天才不好意思地說道：「倒也是哦！或者，或者……她其實也就是仗著那人喜歡她啦。」

其實，也沒什麼，陳默想，就讓天真的姑娘們相信這個世界上還會有這樣好心的少爺，相信有人會對她毫無理由的一往情深，相信自己有權利驕傲任性，做錯什麼都會被原諒。

正所謂人不裝X枉少年，天真的小姑娘們做一點青春的夢，那真的沒什麼。

可是問題是，如果她也用這種標準來要求自己……陳默覺得他的太陽穴隱隱有點疼起來，畫面裡高大英俊家財萬貫的男二號還在拉著女人苦苦訴說。聽說成輝的老婆愛看臺灣偶像劇，成天以台偶的標準要求成輝，讓成指導員不勝其煩，可是目前看來苗苑的這本戲也好不到哪裡去，陳默痛苦地想像著，如果有一天苗苑也希望他能開著跑車穿著名牌，癡癡地凝望著她的不屑一顧，以滿足小女生的自尊心……那，那……那還真是有點情何以堪啊！

「妳，很喜歡這種電視劇？」陳默心虛地提問。

「無聊的時候就看看啊！」苗苑警惕，這片子清水無比，絕對不聲色啊。

「妳是不是特別想遇上個這樣的人？」陳默指著螢幕中某男。

苗苑絕倒：「這怎麼可能，這種人也就是電視裡演演，現實生活中怎麼可能會存在嘛！」

陳默長舒了一口氣，還好還好。

「陳默？怎麼……」苗苑心中忐忑。

「時候不早了，我要走了。」陳默伸手越過長毛大兔子按到苗苑的肩膀上。

苗苑點頭，戀戀不捨。

所以……

陳默看到苗苑的臉上流轉著變幻的顏色，嘴唇在陰影裡閃著光，剛剛好像聽到電視裡在說，男主角離開的時候是要吻別的。陳默想，好吧，其實這個我還能做到，而且似乎也並不反感，不是麼。

苗苑正專心等著他提問，一錯神，陳默已經吻了上來，這個吻比白天時來得淺，舌尖溫溫潤潤地轉過一圈，緩緩地退出來，苗苑整張臉燒得通紅，頭頂上騰騰地冒著熱氣，低了頭眼神亂飄。

「我走了。」陳默笑著說。

苗苑胡亂點頭，都忘記要送送。

大門呀呀地打開，又砰地一聲合攏，苗苑一下子虛脫般地倒在沙發上，電視裡的男女正在演繹著情節的最高潮，神情悲切地糾纏在一起，聲聲痛哭：你聽我解釋……

苗苑很不厚道地覺得這兩人演得真喜慶。

第三章

槍炮玫瑰

1

第二天，苗苑抱著甑糕去店裡討好沫沫，同時講述她夢幻般的約會經歷，沫沫聽得嘰嘰咕咕直笑，說姑娘啊妳總算是守得雲開見月明了，苗苑笑得甜甜的。

附近的辦公大廈一般趕在年前開業，咖啡店裡的生意一下子變得好起來，老闆另外又招了個小廚子來幫忙，一個二十出頭的小夥子，名叫米陸，長相文氣可愛，專做意式餐點。苗苑和沫沫起初還裝了幾天淑女，可是很快發現原來剝開斯文的虛假表相，米陸在骨子裡他就是個八卦青年，於是大家認親的認親，對暗號的對暗號，很快就結成了相親相愛、對抗老闆的統一戰線。

學校教得好，凡事都有兩面，馬克思主義哲學總是在生活中一點一滴展現著它的真理性。對於苗苑來說，過分夢幻的初次約會大大地提高了她的心理預期，於是沒過幾天，沫沫又開始聽著這姑娘抱怨……

妳說陳默為什麼從來不會主動給我打電話呢？

妳說陳默為什麼從來都不肯發個消息問問我現在在幹嘛呢？

妳說陳默看不到我的時候會不會想我呢？

妳說陳默他知不知道我成天老是想著他啊？

妳說我應不應該告訴陳默我老是想著他呢？

妳說陳默要是知道我老這麼想著他，他會不會就不拿我當回事兒了啊……

妳說……陳默……

沫沫兩眼望天，她覺得自己就快要口吐白沫了！

我說妳要是惦記他，妳就告訴他唄！

「我不要！」苗苑埋頭對手指：「我一個姑娘，為什麼老是得我主動啊，他主動給我打個電話他會死啊！」

「我覺得他不會死！」沫沫甜蜜地看著苗苑：「我就是覺得再這麼耗下去，妳會死，囉嗦死，我也會死，被妳煩死。」

苗苑幽幽地嘆了口氣，這愛情啊，還真是讓人歡喜讓人憂啊！

愛情到底是讓人歡喜還是讓人憂，這種千古迷題暫且不要去管它，沫沫倒是覺得這談戀愛吧，要麼就裝矜持到底，要麼就走死三八路線，但不能死三八還裝矜持，那就是損人不利己，大家都難受。

苗苑眼淚汪汪地問：「沫沫，那妳覺得我是個什麼路線？」

沫沫上下瞄了兩眼，熱情洋溢地握住苗苑的手說道：「親愛的，其實做個快樂的三八也不是那麼令人悲傷的事！」

苗苑咬牙！

其實沫沫說得有道理，她也知道，要麼就一直主動著下去，陳默這人脾氣其實挺不錯也挺寵她的，要麼就徹底地煞陳默一下，讓他也知道緊張緊張心疼心疼。最無奈的是她現在這種患得患失的心情，一方面她在期待，一方面她又耐不得等待，那叫一個華麗麗的糾結啊糾結……心思繞得都快成花了。

要不怎麼說少女情懷總是詩呢？

那詩不都是些具糾結又沒營養還讓人看不懂的東西？

她這邊還獨自糾結著，陳默已經陷入了年終最後的忙碌，年底了大人物們都好串個門子，走動走動以示親近，於是就苦了他們這群基層幹部，接待工作一個接著一個，跟秋後的韭菜似的，割之不盡。陳默執掌的五隊算是精銳，支隊領導手上的一張王牌，所以是個人過來都想現一現，折騰得上下都是嗷嗷的。

陳默為人畢竟不如夏明朗那麼圓滑，有些事也抹不開面子，事必躬親地跟著轉，誰也不是鐵打的，總是會累，天冷了老傷發作，跟腱上就開始隱隱地痛。晚上打電話的時候陳默正在揉腳，苗苑問到你現在在幹嘛，陳默就順著提了一句，苗苑頓時就上心了。

苗苑念書的時候生物沒學好，研究了半天也沒搞懂跟腱具體是個什麼部位，只是估摸著老話說的頭痛醫頭腳痛醫腳，大清早去菜場買了一隻豬蹄半斤牛筋，拿到店裡用一個電燉鍋開煮，當然還又加了點花生黃豆什麼的做配料。先前這個鍋子扔在店裡，一直以來也就是拿來煮點粥當宵夜吃，誰也不知道花生豬蹄熬起來會這麼香，中午來吃飯的客人都趕著問，店裡又開發什麼新品了，這個味？

苗苑不好意思承認這是私活，只能厚著臉皮胡扯，說是為耶誕節準備的例份濃湯。煮了三個多小時，湯色開始變得濃稠起來，咕嘟咕嘟冒著細碎的泡泡，像牛奶似的。剛好苗苑一盒雀巢淡奶油讓米陸不小心放進了冷凍室裡，等發現了拿出來化開，就有點油水分離的意思，苗苑突發奇想倒了一些進去，攪一攪，好像還不夠味，索性又加了一支香草豆莢，於是，事情就變得有點不可收拾了。

煮到快晚飯的時候，那鍋湯就成了進進出出的一個噩夢，一個客人實在是忍不住了，跑過來問。說到底什麼東西這麼香，甭管多少錢，先給我來一碗成不？

苗苑像個葛朗台那樣睜著綠油油的眼睛瞧著他，倍兒哀怨心酸的小樣子，沫沫作主大手一揮，硬生生搶走了小半鍋。

沫沫和米陸舔著碗底感慨萬端，沫沫說：「苗苗啊，其實我有時候瞧著你們家陳默有點沒心沒肺的，妳要不然明天也給他補補？」

苗苑陰惻惻地舉起蛋糕刀，大刀向鬼子頭上砍去！沫沫尖笑著躲到米陸身後。

苗苑眼看著這不能再煮了，這一窩裡全是狼，急匆匆地用一個保溫筒裝了落荒而逃，沫沫追到門口笑：「苗苗，妳考慮一下變個性娶我啊！」

米陸跟著起哄：「苗苗考慮一下不變性就能娶我！」

苗苑咬牙切齒，遠遠地給他們豎起一根中指，沫沫笑得喘不過氣，右手一揚，給她一個OK的手勢，苗苑登時絕倒。

今天門口站崗的是一個吃過苗苑蛋糕的士兵，嘴巴極甜地叫著嫂子，幫忙給隊長打電話。陳默的聲音在電話顯得有些匆忙，問有什麼事，我馬上要開會，大家都在等。

苗苑心裡頓時有點空，只是說我給你帶了點吃的，你過來拿一下就行，我馬上就走。

陳默說了聲好的，啰嗒一下就掛了電話。

苗苑握著聽筒愣了三秒鐘，方才一路走過來如火的熱情熄了一半。

陳默來得很快，一路跑得急，頭髮上都冒著熱氣，苗苑把保溫筒遞給他，說你要是忙就先回去吧！陳默點點頭，低聲說了句謝謝轉身就走了，苗苑站在門口伸長了脖子往裡看，一直看到陳默跑進了辦公大樓裡最終消失不見。

他沒回過頭，苗苑悵然若失。

陳默正趕著要開的是一個班排長會議，也算是年終總結承往開來，有關於廢話的鼓動工作成輝為他承擔了一大部分，可是明年的訓練計畫訓練要求這一系列實質性的問題，畢竟還是要他自己公佈。陳默把表格列出來，排長們看了卻直皺眉，說這訓練要求太重了戰士們達不到反而打擊積極性。陳默自認為他的讓步已經很大了，一番據理力爭，到最後也只能各退一步，雖然達成了最後的協定，可心裡也都留了點疙瘩。

散了會，成輝搭著陳默的肩膀往辦公室裡走，一路勸解。他是老指導員了，經驗豐富，支隊領導專門調了過來給陳默配合工作，陳默這人表面上瞧著傲氣，但其實真要相處起來人也挺不錯，成輝一直都很照顧他。

陳默聽了半天頗為誠懇地看著成輝說：「我真覺得這個訓練計畫不重。」

成輝苦笑：「你不能拿你們那兒跟這兒比，那就不是一回事，而且這訓練工作它是要講技巧講接受能力的，這就不能簡單粗暴地訂條條框框。你比如說吧，要是一個戰士他怕子彈，上了實彈射擊就想躲，你說這怎麼硬練吧，你就是得慢慢化解……」

「這好辦啊！」

成輝詫異。

「你把他綁在靶子上貼邊打一圈，一百發子彈打下來，差不多就不怕了。」陳默的神色淡淡的。

成輝不可置信地瞪著他：「你，你不要胡說八道的。」

「我沒胡說，真就是這麼幹的。」

成輝頓時傻了，眼睛眨巴了半天，忽然急得跳起來：「陳默，我可警告你，在這兒你可千萬不能這麼幹，你要知道現在的兵可金貴，都是二十掛零的小夥子，家裡是獨苗，你要是把人嚇出個好歹來，他爹媽可饒不了咱們。」

陳默苦笑著點頭：「我知道，我知道。」

成輝還是不放心，緊跟著他進了辦公室，雙手撐在陳默辦公桌上鄭重其事地交待：「陳默，你一定要按照規章制度來，你原來那一套在這裡行不通。」

「我知道，知道，真的……」陳默懊惱，一時失言捅了馬蜂窩，眼角的餘光掃到桌上一個淡藍色的保溫筒，連忙打岔說道：「老成，喝湯嗎？我女朋友煮的。」

成輝一愣：「你小子真有女朋友了？」

「對啊，上次來過隊裡的，你忘了啊？」辦公室裡沒有碗，陳默拿了個煮泡麵用的微波爐盒子出來，保溫筒的蓋子一旋開，奇香一散，兩個男人都愣了一愣。

「就上次來送蛋糕的小丫頭？」成輝咽了口湯，唏噓不已。

「是啊！」

「可以嘛，小子，我本來還擔心你這脾氣怕是不好找人，想不到很會挑嘛，模樣整齊，手藝又好。」成輝嘖嘖稱讚。

陳默找了個勺子捧著保溫筒慢慢地咽，這湯熬了一整天又燜了好幾個小時，筋肉全化了，花生和黃豆入口即化，湯汁裡帶著一股濃厚的奶香，陳默家裡是保姆做飯，關中人民熱情乾脆，燒菜做飯都講究一個實在，從來沒有人像苗苑這樣用漫長的時間凝起來給他熬一鍋湯。

「哎，這麼好的媳婦怎麼讓你給騙上手的？」成輝調笑著，把空碗還給他。

「撿的。」陳默笑道。

「哎，看把你得瑟的，我怎麼撿不到這種好事？」成輝擺擺手：「回家了，跟弟妹說，她這湯我分著喝了，算我欠她一個情，今後你要是敢欺負她啊，我饒不了你。」

陳默失笑。

陳默把手機拿在手裡有點猶豫，算算時間苗苑大概已經睡了，現在打電話過去不知道會不會吵醒她，叮咚一響，一條短消息傳了過來，陳默點開一看。

「陳默，好不好吃你也要跟我說一聲吧！」

還沒睡？陳默也懶得回覆，直接撥了回去。

苗苑已經在床上翻來翻去地氣了一個小時，氣得她怎麼想就是睡不著，氣急敗壞地就把消息給發出去了，沒想到直接電話就追過來了，苗苑心頭更是火起，你不是挺有空嗎，手機不就在你身邊嗎，你主動給我打個電話發個消息你會死啊！！

苗苑憤憤然地接電話：「喂！找誰？」

你這個死狗男人！

人家是咬人的狗不會叫，你何止是不會叫，你都死……

陳默被她那火氣沖得一愣，壓低了嗓子柔聲道：「苗苗？」

苗苑抽了抽鼻子，一下子敗下陣來：「啊，有事嗎？」

悍女苗苑在她身後探出頭，鄙視她：妳就賤吧！

淑女苗苑溫柔地瑟縮著：可是，可是……

苗苑揮一揮手，把兩個苗苑都打碎：「湯喝了嗎？」

「喝了！」

「好喝嗎？」

「好喝！」

「好喝你為什麼不跟我說一聲，發個消息能耽誤你多少工夫啊，你不知道我在這邊等著嘛，我……我還以為你嫌不好喝都扔了呢……才不肯搭理我……」苗苑覺得委屈，說到最後還是哽咽了。

陳默啞然：「我，那個會剛剛開完，剛喝完，真的，挺好的，剛才老成還說他從來沒喝過這麼好喝的湯呢！真的！」

「你分給他了？」苗苑忍不住眼淚啪嗒啪嗒往下掉，她燉了一整天，自己都沒有捨得喝，本來還打算多燉點，陳默晚上喝一點，明天還有一份，沒想到別人渾不當個事，一轉身就呼朋引伴地給分了。

「是啊，剛好他在，就分了一半給他，苗苗妳說你哭什麼呢，妳給我送東西我怎麼可能會不喜歡呢？誰給我送東西我都會喜歡的，更何況是妳，對吧？」陳默不明就裡還在試圖勸解，自然不知道自己這是火上加油。

苗苑聽著心裡頭一層一層地涼下去，掛了電話，撲進床裡哇的一聲就大哭起來。

死陳默，爛陳默，這小子分明就是拿我當路人！

第二天，苗苑眼泡腫腫地回到店裡哭訴，大清早沒什麼客人，三個人圍成一團頭碰頭，苗苑細說從頭，聽得兩人點頭不迭，唏噓不已，最後得出的結論還是苗苑在前面的追求過程中太過熱情主動，讓死狗男人產生了思維上的惰性，以致於現在他在戰略上藐視了妳，在戰術上輕視了妳，所以綜上所述還是一句話：女孩子不能太上趕著。

「沫沫，妳說陳默是不是很過分！」苗苑握著拳。

「絕對的！」沫沫跟著握拳。

「妳說我是不是應該給他一點教訓，讓他知道忽視我也是要付出代價的！」苗苑舉起手。

沫沫和米陸做狗腿狀鼓掌：女俠加油。

於是冷戰問題就這麼單方面地確定了下來。

第一天晚上陳默在看文件的時候專門把手機放在了桌子上，等他差不多看得眼睛有點酸的時候，發現已經很晚了。陳默困惑地想，難道還沒消氣？

第二天上午，陳默去監督士兵訓練，猶豫了一下還是把手機揣到了兜裡，苗苗似乎是生氣了，要是打電話再沒人接恐怕得怒，可是這一天都風平浪靜。到晚上陳默開始猶豫是不是應該給苗苑打個電話，可是一想到苗苑在生氣他就頭疼，他對生氣的人從來沒有勸解的經驗，更別說是生氣的女人，最要命的還是自己女朋友，一個從理論上實際意義來說他就得對她好的人，得哄著，寵著，不讓她難過傷心。

陳默覺得，算了吧，不會說話的還是少說兩句吧，等她氣消了自然會聯絡的。

於是，就這麼拖了下來，年底了，安全工作要抓緊，戰士們想家的情緒多，成天的大錯沒有小錯不斷，陳默最不耐煩這種瑣碎的事，可是偏偏又逃不掉，心思被雜事佔得多了，能想到苗苑的時候就更少了，三兩天的工夫，一晃就沒了。

而這個時候，可憐的苗苑已經自己把自己逼上了高臺！

她架子搭得太大，爬得太高，本想拿喬過過癮，沒想到陳默不吃她這一套，現在高處不勝寒，可是回頭一看梯子都沒了！

苗苑欲哭無淚。

2

低氣壓，絕對的低氣壓，全場！

最近整個「人間」的工作人員都感覺到了苗苑的那種哀怨的心情，沫沫每天兩次地對苗苑說丫頭啊，這天已經夠冷了，咱別雪上加霜了成不？

店裡的熟客一天無數次地提問，怎麼最近的蛋糕有點苦？

苗苑長長地嘆了一口氣，米陸和沫沫齊齊地一抖，不約而同地感覺到，這日子沒法過了。

米陸小心翼翼地溜過去和苗苑商量，說他依稀記得有個高中同學目前正在當兵，好像就是武警，在本地，要不然讓他去借線搭個橋，敲敲邊鼓？？

苗苑呆滯地看了他一眼，眼中的訊息很複雜，米陸愣了半天沒回過神，不知道這是好還是不好，求救似的回頭看了沫沫一眼，沫姑娘無奈地一攤手。

生意好，店裡的原料周轉得就快，米陸做批薩的乳酪快沒了，苗苑做提拉米蘇的原料也差不多了，原本這種採購工作男生一個人去扛一下就成，不過鑑於苗苑的心情問題，沫沫還是很大度地表示她可以一個人看店，讓苗苑跟著出去散散心，畢竟當初那個愚蠢的冷戰決定她也曾踴躍地支援過，這讓善良的沫姑娘心裡充滿了負罪感。

兩個人擠著公車去了大超市，一路上苗苑被人擠了無數次，撞進米陸的懷抱中N次，苗苑心情恍惚，暗自傷心於她居然沒有跟陳默一起擠過公車。好不容易擠到了沃爾瑪，苗苑驚訝的發現今天馬斯卡彭特價，五十九元一盒，有生以來最低價，苗苑的心情頓時好了很多，她異常豪邁地買下了十盒，決定趁著耶誕節搞個「提拉米蘇——天堂的滋味」特賣之類的。

當然，趁著東西便宜她也給自己買了一盒，可是，可是，一個人想做提拉米蘇，居然會是馬斯卡彭特價這麼不浪漫的理由……苗苑忽然地，又心酸了。

米陸嘴角抽搐地看著苗苑手裡捧著一大盒乳酪發呆，臉上似悲似喜，四十五度角純潔地望天，那叫一個明媚的憂傷。好在發呆這個事跟發情一樣，你不去搭理她，時候到了總是會結束的，苗苑手酸了也就緩過來了。兩個人大包小包地扛了東西出門，苗苑看著幾個警員往東邊不自覺眼睛就跟著走了，雖然不是一個顏色的，好歹都是制服，苗苑悲憤地意識到她現在已經成為了一個徹頭徹尾的制服控。

可是從這個角度看過去，街角的深處卻好像真的站了幾個穿深綠軍裝的人，苗苑猶豫了一下，到底還是按捺不住好奇心走過去，米陸一錯眼的工夫就跟丟了人，扛著大箱的乳酪滿廣場地找，好不容易把人給撈著了，氣急敗壞地追上去。

往裡面走，繞進大商場背後的窄巷裡，有幾個身穿武警制服的士兵在拉著警戒線，苗苑想上去打聽，被人冷淡地瞪了一眼，嚇得又縮了回來。米陸追上去一看又有點不忍心，眼睛一掃倒又樂了，他那個高中同學，剛剛上午還唸叨的，現在赫然站在面前，真是人生何處不相逢啊！

年輕小夥子都愛在姑娘面前顯擺，於是，當下的，米陸二話不說就上去套近乎了。

老同學相見當然是歡喜的，米陸寒暄了兩句開始打聽八卦，高中同學神秘兮兮地壓低了聲音說：「裡面有人綁著炸藥劫持人質。」

啊……米陸和苗苑兩個人嘴巴齊齊一張。

「沒想到吧，跟你們講，這邊地方偏，你繞到前面看看，人都堵在那邊，多得都擠不動了，全是圍著看的。不過外面幾條街都封鎖了，只進不出，消息不能擴散吶，要不然整個城都要驚動了。」高中同學頗為神氣地挺了挺胸。

「怎麼回事怎麼回事……」八男八女馬上把頭湊近了。

「我們過來得急也沒聽明白什麼的，好像是情殺吧，聽說騙財騙色的什麼的，具體也不清楚……」高中同學壓著嗓子正在附耳，就聽得後面一聲暴喝：「隋波，你在幹嘛呢！」

高中同學隋波嚇得瞬間立正，結結巴巴地回答：「沒沒，沒幹嘛！」

苗苑和米陸哀怨地看著一個一毛二慢慢地走過來，齊刷刷的對這個打擾了他們八卦的男人致以革命的鄙視，可沒想一毛二看到苗苑之後臉色突變，馬上變得親切又客氣，熱情洋溢地叫了一聲：「嫂子！」

苗苑一頭霧水地看著他，不知道自己啥時候有了個這麼威風的小叔子。

一毛二笑道：「嫂子不認識我了吧，上次您來隊裡送蛋糕，我就在旁邊幫您切來著，您還特別給我留了一大塊呢！」

「噢噢……」苗苑做恍然大悟狀：「你你，是你……」

「對啊！」一毛二欣慰地笑了。

苗苑鬆了口氣，心想，我其實還是沒認出來，然而她湊近些，做出特別關心的樣子來：「那，你們在這兒幹嘛呢？」

「是這樣的，嫂子，簡單跟您說吧，其實具體我也不太清楚，反正就是那邊樓裡一個女的，跟一男的談戀愛，那男的有老婆，家裡老婆鬧得雞飛狗跳得要自殺，然後那男的現在大概做生意也不成了吧，那女的也不要他了，反正現在就是家破人亡。」

「然後呢？」苗苑心中陡然對歹徒起了濃濃的同情之心。

「我們懷疑他就是想去幹掉她的，運氣不好人不在，他身上炸藥讓保安給發現了，現在劫了幾個人質在手上，跟瘋了似的，硬要我們把那女的送過去給他。」一毛二眉頭皺得死死的：「聽刑警那邊說已經有人快沒氣了。」

苗苑心口一涼，對歹徒的同情心煙消雲散。

「可這是刑事案件啊，你們怎麼會在這兒？」米陸不解。

「他有炸藥啊，直接啟動的就是反恐預案嘛，咱們五隊是快反，這不就拉過來了，」一毛二掩不住臉上的自豪：「隊長還在裡面跟刑警大隊的在開會呢，這年頭啊，橫的怕愣的，愣的就怕這不要命的。」

苗苑聽著愣愣的，忽然意識到她的陳默就在這條黃線裡面，莫名其妙地就緊張了起來。

兩個穿便衣的警官從巷子深處走出來，經過一毛二的時候拍了拍他肩膀，三個人草草對話了幾句，滿臉都是無奈，神色凝重，苗苑覺得緊張，在寒風中冷得瑟瑟發抖，可是卻不捨得走，跟米陸兩個抱著肩直跺腳。

一毛二忽然叫了一聲：「隊長？」

苗苑馬上抬頭看，陳默跟幾個穿警服的人從一邊巷子裡走出來，往對面的高樓裡去，苗苑急著揮手，大聲地喊叫：「陳默？！」

陳默偏頭往這邊看一眼，往前走了兩步之後與身邊的員警打了個招呼，轉身跑了過來。

「妳怎麼會在這兒？」陳默隔著黃線站立。

「我過來買東西。」苗苑把手伸過去搆他。

「嗯，待在這兒，別亂跑。」觸手冰涼，陳默呵了口氣，把苗苑的手指握到掌心裡搓了搓。

苗苑瞬間眼眶一熱，哽咽著：「你不會有事吧！」

「沒事，妳放心，就待在這兒，別亂跑。」陳默隨手指了個士兵：「看住她，別讓她亂走。」他回頭看一毛二：「正好你跟我上去一趟。」

苗苑眼巴巴地看著陳默的背影消失在樓梯口。

「我真的不能進去嗎？」苗苑哀求哨兵。

小兵對著她嘿嘿地笑，苗苑黯然神傷地蹲在牆角，等了一會兒，剛才那個一毛二像被火燒著了似的衝出來，隋波在他身後嚷：「幹嘛去，三排長！」

「去拿槍，幫隊長去拿槍。」

隋波連同身邊的幾個小兵齊齊一愣，苗苑嚇得直接從地上跳了起來。

槍？為什麼陳默需要槍？

一毛二回來的時候抱著一個長條形的盒子，苗苑的眼睛死死地盯著這玩意兒，一直到再也看不到它，苗苑急得六神無主團團轉，米陸扶著她的肩膀用力拍了兩下，苗苑嘆著氣。

不一會兒，前方傳來一聲模糊的槍響，悠長的，幾乎帶著一點愴然的回音，那是狙擊子彈劃出的風聲。

苗苑驚得整個人又是一跳。

隋波看不下去，靠過去安慰她：「你放心，隊長那槍法，跟神一樣，他開槍就沒有不中的，這事一準就解決了。」

啊……苗苑茫然地轉轉頭，所以，所以這就是說，陳默剛才，剛剛這就殺了個人？？

她忽然覺得這事特別不真實。

巷子裡來來往往的人一下子多起來，穿著各種各樣制服的人來回奔走，苗苑他們被擠到了牆邊去，她木然地看著前面一個個人影像紙片兒似的晃來晃去，救護車開進來停在巷子口上，幾個神色驚惶的男女被員警簇擁著送到救護車上，當然，也有些是被抬出來的。

苗苑聽到身邊有兩個便衣在抽著菸說話。

「就那個，就那傢伙？」

「對對，就那個，看到沒？第二個抬出來的，一槍爆頭，稀碎，帥！」

「真功夫……剛看到特警那邊，那臉色，嘿，傻了吧！」

「人家那出身就不一樣，聽說是在西邊待過的，五年……」那人頓了頓，做了個刀切的手勢：「兩百多個。」

「吹吧……唬小孩呢？」另外那人明顯不信。

「哎，你別不信啊，就給他去個零那也是人命吶！」

苗苑不自覺轉過頭去看，第二個抬出來的，剛好從她面前經過，單架上血跡斑斑，腦漿迸裂……

苗苑的臉色瞬間變得慘白，扶著牆吐得天昏地暗。

一毛二跟著清場的武警走過來，隋波連忙拽住他追問：「三排長，裡面怎麼回事？」

三排長興奮得聲音都有點抖：「你們不知道，咱們隊長，無敵了我跟你說，公安那邊派了三個狙擊手，愣是不敢開槍，人家那瘋子能等你麼？都狗急跳牆了。然後，然後咱們隊長過去，借人家狙擊手的槍瞄了瞄，當場，連個咯噔都不帶打的，就說沒問題。公安特警那個秦隊，當場就傻了，說陳隊長你不要玩笑。咱隊長那表情，你們是沒看到，那叫一個鎮定，說那把我的槍拿過來，用自己的槍絕對沒問題。然後我把槍送過去，十分鐘，最多就瞄了十分鐘，一槍！隊長開完槍就站起來了，連看都不帶多看一眼的，說沒問題了，你們過去吧！」

隋波他們幾個小兵一個個都流露出極度癡迷崇拜的神情，苗苑慘白著一張臉把手機拽出來打電話，電話通了沒兩下又被按了。

三排長見狀馬上過來解釋說：「隊長剛剛讓公安那邊拉走了，估計還有點什麼事要處理，嫂子妳別急，要不跟我們一起回隊裡，隊長辦完事一準得回來。」

苗苑腦子裡一片空白，就想見陳默，現在誰給她一個準話，她就會跟誰走，迷迷糊糊的就坐上武警的車給一起拉回了駐地。等到了門口她才醒悟了些，堅持不肯到裡面去等，寧願在哨兵崗亭裡待著，沒什麼別的理由，她就是想早點看到陳默，如果陳默回來還有別的事要幹呢？他一準就去忙別的去了，她得在大門口堵他。

苗苑坐在哨兵室裡，手指僵硬地給陳默發了一條短信：什麼時候回來，我在你駐地門口。

過了好一會兒才有消息回覆，苗苑激動得手指發抖，點開之後長長地鬆了口氣。

陳默說：馬上。

死狗男人也有死狗男人的優點，比如說，他們從來不說謊，他們從來不敷衍，所以當陳默說馬上，那匹馬總是跑得特別快，一會兒就上來了。沒過幾分鐘苗苑就看著一輛警車閃著燈從街口開過來。陳默提槍下車，跟前面駕駛座的人揮手致意，還沒來得及轉身，苗苑已經衝過來抱住了他。

陳默被她撞得一愣，張開手，緩了一下才放到她頭髮上，一下一下緩慢地撫著：「怎麼了？沒事，啊……」

陳默心想，她大概是嚇壞了，忽然發現自己的男朋友是個劊子手，是個拿槍的人，手上染著血，甚至剛剛才殺過一個人，她應該是嚇壞了。

身後的警車發出響亮的喇叭聲，警官先生搖下車窗衝著他戲謔地笑。

陳默一腳踹在車門上，發出沉重的響聲。

苗苑抬起頭來看他，眼眶裡含了淚，晶光閃爍，單純而無辜。陳默安靜地幫她擦了擦臉，苗苑按住他的手。

「陳默……」苗苑一眨不眨地盯著他。

「怎麼了？那個，有什麼事我們……」陳默覺得有點難堪，該死的公安還賴在旁邊看好戲不肯走，大門口的哨兵已經止不住地拿眼睛瞄了過來。

「陳默，我覺得，我就是覺得……你現在想吃什麼，給你做。」苗苑忽然順過了思維。

啊？！陳默莫名其妙。

「我剛剛看到那個……那個人了，太噁心了，你一定難受死了，那幫公安局的怎麼這麼沒用啊，我納稅養他們連個槍都不會開，還要你……」苗苑思路轉回來，馬上憤憤然說個不停，陳默聽到身後一陣輪胎與地面的摩擦聲，看好戲的警官先生已經黯然而去。

「陳默，你想吃什麼嗎？我剛剛買到一種特別好的乳酪，我可以給你烤巧克力蛋糕吃，我們去吃點好東西……然後就好了，你別害怕……」苗苑發現陳默一直不說話，慢慢地放低了聲音：「陳默，我是不是，說錯了什麼。」

「沒有。」

陳默低頭看著這姑娘皺著眉喋喋不休，她對他說，陳默你別害怕，多荒唐的一件事，讓他轉不過神。

她在可憐他，她說我都噁心死了你一定更難受，她說那些人怎麼這麼沒用啊，居然還要你去，她真心氣憤，心疼憐憫。陳默輕輕咳了一聲，這是陌生的情緒，他從來沒有遭遇過，這讓他不知所措。

苗苑馬上驚覺：「陳默，你冷嗎？」

「跟我走！」陳默握住她的手，拉著苗苑往宿舍樓那邊走。

這是個非常神奇的時刻，陳默在心裡想，他一隻手裡拿著槍，這支槍裡剛剛射出過一發子彈要了一個人的命，而另一隻手卻握著一個女孩，單純而美好的、乾淨的女孩子，在她的生命中可能從來沒有想像過殺戮與死亡。

而他卻用兩隻手把這兩者連到了一起，一些異常的情緒在心中翻湧，讓他有種急切的衝動想要做一些事。

苗苑被陳默拽著走，陳默走得很急，她幾乎追不上，可是手指被陳默緊緊地攥在掌心的感覺是安穩的，她跟著他奔跑起來。陳默在走進宿舍大樓的瞬間用一隻手攬住了苗苑，呼吸熱熱地打在她耳畔。

他說：「我想抱抱妳。」

苗苑震驚地轉過頭，張口結舌。

「行嗎？」陳默盯著她的眼睛。

苗苑忽然覺得整個人都暈了，腦子裡一片空白，結結巴巴地說道：「陳，陳默，你不覺得，這太，太快了點嗎？」

「不行嗎？」

神志！神志！！

苗苑在強迫自己清醒點，可是腳上在發軟，胸口蠢蠢欲動，陳默專注的眼神好像能生吞了她，苗苑虛弱地點了點頭：「可以。」

陳默把她攔腰抱了起來，苗苑嚇得差點叫出聲，雙手抱住了陳默的脖子。

柔軟的，溫熱的，輕微發抖的身體，擁在懷裡，像一隻鴿子，又或者，另一個心臟……

3

走到門口，陳默拿鑰匙開鎖，抬腳踢開門，苗苑的腳尖剛著地又被他撈了回來，抱在懷中親吻，一遍又一遍，反反覆覆。

沒有什麼理由，沒有什麼原因，彷彿除了這個再沒有別的事可幹，嘴唇還是冰涼的，於是口腔裡更顯得火熱，陳默的舌尖鑽進去，靈活而有力，糾纏輾轉，苗苑跟不上他，脫力地掙扎，而後順從，連靈魂都被吸走。

有很多的回憶都在閃，而嘴唇和舌尖傳來溫熱綿軟的觸感，帶著巧克力的香味，甜蜜無比。

陳默莫名地想起他第一次的實戰任務，走私販軍火的一群人，反抗起來比一般人要厲害得多，陳默不知道他是走運還是背氣，他被安排在邊角，可是對方被打散了，全湧到他這邊想逃命。

他一次打光了一個狙擊彈夾，初次經歷的新人回去了之後多少都有點反應，有人失眠，有人嘔吐，有人暴躁不安，只有他最平靜，鄭楷問他有什麼感覺，陳默說我不知道我應該要怎麼樣？

從那時起，夏明朗就說他心冷手黑，目的明確，天生就幹這一行的料。

偶爾回想起來，陳默發現他是真的不知道，他一向都比別人晚熟，情緒鈍感，卻更克制忍耐，因為不知道怎樣做才是應該的，所以唯有保持冷靜，冷眼旁觀。於是這麼多年來從來沒有人問過他：陳默，你怕不怕？

陳默，你怕不怕？

有人在為你心疼，有人不再當你是武器，有人不再把這當成是你理所當然的工作。

她說，我給你做點好吃的吧，然後，你一定會好點。

美好的食物，溫暖的懷抱，我們的生命還需要什麼別的嗎？

舌尖碾過光潤的嘴唇，捲起柔軟的舌頭用力吮吸，他聽到她嗚咽的細微呻吟。

真想把妳就這麼吃掉。

陳默模糊地想著。

苗苑完全頭重腳輕，腦子裡缺氧得厲害，她呼吸急促，臉紅心跳，陳默放開她的時候自己也覺得暈眩，他一手撐著牆，一手把苗苑抱在懷中。

那個嬌小的身體在瑟瑟地發著抖，房間裡沒開暖氣，屋子裡冷得堅硬，激情退去後的低溫更讓人難耐，陳默把暖氣開到了最大，貼著牆坐到地板上，他拉開大衣把苗苑包了進去。

苗苑慢慢回過神，眼神水汪汪的，拉著他的衣服低聲說：「陳默……」

陳默豎起一根手指按在她嘴唇上。

安靜，別說話，什麼都別再說。

語言是我所不擅長的，我不知道這時候應該要說什麼，不應該說什麼，我現在不想說話。

陳默把苗苑的腦袋按到自己胸口，拉嚴衣角抱緊她。

「乖，再讓我抱一會兒。」陳默說。

苗苑眨了眨眼，伸出手在衣服底下抱住陳默。

陳默閉上眼，眼前劃過一道血光。可能真的是老了，以前閉上眼睛再睜開的時候他就能忘記剛才那張破碎的臉，可是現在，他已經想了第三次。又或者是因為一年多沒有真正開過槍了，他已經開始不習慣。

苗苑安靜地靠在他懷裡，像一隻靜憩的貓，胸口貼得很近，他可以感覺到她心跳的頻率，很熱鬧地撲通撲通跳個不停，這是個缺乏鍛鍊的懶惰的小傢伙。

暖氣盡職地工作著，房間裡的溫度漸漸升高，苗苑的臉上暈開了血色，像一個糖分充足的蘋果。

「陳默？」她不安分地動了動，把臉揚起來。

「怎麼了？」陳默把手臂繞過她的脖子，挑高她的下巴親吻，陳默發現他很喜歡幹這件事，剛好，這也是他獨有的權利和義務，他對此很滿意。

「唔……」苗苑被他糾纏了一會兒，狼狽地掙脫，她臉若紅霞目光閃爍：「陳默，你不是，你不是說，你……」

「怎麼了？」陳默用手背蹭她的臉，看到外面的天色已黑才反應過來：「妳餓了嗎？要不要帶妳出去吃飯？」

呃？！

苗苑傻愣愣的看著他。

「你，你不是說你要……要抱我嗎？」苗苑一時轉不過神。

「我不是一直抱著妳嗎？」陳默笑著親親她的鼻子：「傻了啊，我把妳弄傻了？」

「不是……」苗苑錯愕：「你是真不知道，還是……」

子啊！請快點把我帶走吧！天哪，我沒臉活下去了！苗苑臉上噌的一下飆到血紅，陳默捧著她的臉，困惑不已：「妳怎麼了？很熱嗎？」

嗚……

苗苑一頭紮進陳默懷裡，天哪，地啊，我怎麼會犯這種錯誤，迎風流淚，如夢似幻，風中零亂了我！

「怎麼了，怎麼了？」陳默把手指插到她頭髮裡慢慢地順著。

「沒什麼！」苗苑悲切地強裝鎮定。

「怎麼？」

「沒什麼，一點誤會。」

「我要抱妳有什麼好誤會的？」

苗苑兩眼一黑，馬上聰明地轉了一個話題：「陳默，我餓了。」

陳默果然中計：「嗯，妳想吃點什麼？」

「我想吃樊記的肉夾饃。」

陳默無奈地望天，說：「妳可不可以有點追求？」

苗苑羞澀：「其實我主要是想喝他們家的黃桂稠酒。」

陳默警惕地看著她。

「你陪我一起喝好不好？」苗苑試圖用拋媚眼的方式誘惑。

「不行。」陳默堅定不移地拒絕。

「就喝一口，那東西其實沒什麼酒氣的。」苗苑不拋棄不放棄。

「看我暈過去很好玩嗎？」陳默故意瞪她。

苗苑低頭對手指，半晌，不要命地點個頭：「嗯！」

「這樣啊！」陳默抱著苗苑站起來，看著她笑笑：「就不給妳玩。」

苗苑眨巴眨巴眼睛，愣了半天，他他他，陳默他……他居然調戲她？？

陳默還了槍，帶苗苑出門覓食，到最後樊記肉夾饃買了，黃桂稠酒也買了，當然陳默還是堅持了原則沒有喝，不過當然還不只這些，他們又開車去一真樓吃了小炒泡饃。苗苑驚嘆於陳默無底洞似的食量，陳默淡定地咳嗽一聲，心想今時早就不如往日了。

於是，一場單方面的冷戰，在另一個單方面都沒到感受到的情況下，莫名其妙地停止了，苗苑回頭想想就覺得自己特別傻，沒事自己繞自己，天蠶絲綁了一層又一層，作繭自縛，人家還渾然不當個事，人家其實，也就是沒拿妳這點脾氣當成回事。

苗苑挽著陳默的手走在西安狹窄的小巷子裡，兩邊是興隆的生意人家，麵食和烤肉的香味裡透出最真實平凡的幸福氣息。苗苑看到前面有人在排長隊，就興致勃勃地拖了陳默過去看，原來是老字號大小的臘羊肉店，苗苑突發奇想，說買回去給米陸做批薩，反正培根和臘肉不也是一家親戚？陳默事不關己隨她去折騰，其實苗苑就是很十三點地喜歡跟陳默一起排隊。

有時候我們會發現，愛情真是個非常奇妙的東西，她會讓時間變得很長又很短，讓人忽然很聰明又忽然間笨得不可理喻。

愛情是忽然有那麼一個人，他一頭撞進來，把你的心當成他家的老房子，他在裡面動手動腳，每一下都牽著你的心尖疼。從你第一次看著他的眼睛，你就已確定自己逃不掉。

他做什麼都是特別的，隨便說一句話，你聽來就好像是天籟，只要他對著你笑，就好像這個世界都開滿了花，如果他不看你，整個世界就失去了顏色。

陳默那天晚上回去了之後，又從槍房裡把槍取了出來，他在黑暗中閉上眼，把槍拆散，一個一個零件撫摸過去，慢慢拼裝，冰冷的金屬觸到指尖的感覺異常的熟悉而安穩，那是與親吻完全不同的感覺，親吻是火熱的，慌亂的，焦躁的，貪婪而不知滿足……

陳默有點害怕那個自己。

陳默覺得這真是個奇怪的事，他把最危險的凶器當成安定的源泉，卻對最甜蜜的姑娘心懷忐忑。

苗苑和陳默分開的時候大約是晚上九點多，她看著時間還早，順便過去店裡幫忙關門，沫姑娘和米兄熱情地接待了她。收拾好店出門，苗苑眨著水汪汪的大眼睛深情地看著沫沫：「今天晚上陪我睡麼？」

米陸在背後嗷地一聲叫出來：「苗苗妳真打算變了性娶她啦！」

沫沫抬手推他：「邊兒去，咱倆在一起再怎麼著也是我比較男性化吧，有點眼力行不行？」

米陸嘿嘿一笑：「沒看出來。」

沫沫劈手刀向他一揮：「再煩，再煩上了你。」

米陸眉毛一挑，笑得異常有腔調：「NOW？」

沫沫拎著包追出去打了十米遠，苗苑站在旁邊笑瞇瞇地看著他們鬧，沫沫站在街心裡指著落荒而逃的米陸罵：「別讓我再看到你！小子！」

米陸遠遠的笑聲傳過來：「大寶明天見，大寶天天見。」

沫沫氣得七竅生煙。

「行了，妳幹嘛老招他。」苗苑笑著過去拽沫沫。

「哎，妳講點理好不好，是我招他嗎？是他招我好不好？」沫沫氣結。

苗苑咬著嘴角樂，笑得意味深長。

沫沫警惕地看著她：「苗，妳想什麼呢？一臉淫蕩的表情。」

苗苑清了清喉嚨，一本正經的：「在想，妳和米陸的，與淫蕩有關的事。」

沫沫提著包又打了過去，苗苑驚叫一聲，扭頭就跑，一路跑回家兩個人都累得氣喘吁吁的，好在屋子裡暖氣還夠，雙雙直挺挺地跳到了床上，挺屍！沫沫一手搭著床邊那隻超級巨型兔：「什麼時候買的？我怎麼不知道。」

「就是上次遊樂場裡，陳默贏的。」

沫沫嘴巴一張，噢！乖乖！

「說到陳默，妳跟他和好了嗎？米陸那小子今天回來說，你們兩個在大庭廣眾之下執手相對淚眼，竟無語而凝噎。」

「算是，和好了吧。」苗苑有些猶豫的：「其實我現在覺得冷戰這個事，現在想想，真的特別沒意義。」

「對，我也覺得沒意義。」沫沫心中哀嘆，姑娘，妳總算是回過神來了。

「其實說什麼和不和好的，也都是我自己一個人在想想罷了，其實陳默一點都沒覺得。」苗苑仰面躺著，看著天花板，語氣軟軟的帶著些南邊小女子的柔和婉約。

「我現在覺得，之前是我想錯了，妳說如果真的喜歡一個人，怎麼會不惦記呢？愛一個人，不是就得成天地想著他，想接近他，想拉著他的手，想要抱著他，想永遠都不分開，這才是愛情啊！」

「那妳覺得陳默他不喜歡妳？」沫沫說道。

「我覺得他是喜歡的，他至少不討厭吧！可是除這之外可能也就這樣了，沫沫，我想我真的不能去怪他為什麼不能老想著我，為什麼不會像別的男人追女朋友那樣一天打好幾個電話，催著她見面。人家對妳的愛就是那麼多，妳急也沒有用，他自己也沒辦法給你變多點出來，妳越著急，他越煩。我在這邊急得吃不好睡不香的，我成天想著那些亂七八糟的事，他其實一點都沒有感覺到。他今天根本不知道我生過氣。真的，我現在覺得我之前那些小心思特別沒意思。」苗苑委屈的哽咽著，抬起手擦眼角，手背上濕濕的。

半晌，沫沫嘆息：「姑娘啊，那妳現在決定怎麼辦呢？」

「也不怎麼辦，想怎麼樣就怎麼樣吧，我也不想折騰了，是妳的就是妳的，不是妳的搶也沒用。」

「其實我倒覺得陳默對妳還是挺好的。」

「是啊，」苗苑小聲地哭泣：「可是我覺得他對誰都挺好的，客客氣氣的，我想他一定是喜歡我的，我有時候就是特別搞不清楚他到底想把我怎麼樣，我們倆處得好的時候就特別開心，可是一轉眼，他就把我丟在旁邊了。」

沫姑娘按著太陽穴：「男人嘛，都這樣，一口甜一口鹹的，妳要知道他們不像咱們似的心思那麼細，誰也不是妳肚子裡的蛔蟲，他怎麼知道妳什麼時候想他了，想看看他什麼的。」

「我知道，所以我才說我現在也看開了嘛，我不想再跟他折騰了，我今天一看到他，我就知道沒用的，我跟他鬧，撈不著什麼好，我自個在這兒鬱個三天五天的一點意義都沒有，下決心的時候好像多威風呢，其實他掃我一眼，我就不行了。今天剛看到他的時候，他那眼神真冷啊，我真怕他不理我，怕得全身冷冰冰的，可是他過來了，握著我的手，我就覺得一下子活過來了，沫沫……」苗苑翻身抱著沫沫：「我是不是特別犯賤呢？」

「也不是啊，話不是這麼說的。」沫沫其實覺得她腦子裡挺漿糊的，其實愛情這個事從來都是挺漿糊的，濕乎乎黏稠的那麼一團，像堆麵漿一樣。你在外面看著多明白多豁亮的事，那兩個人就是看不清，因為他們身在其中，眼前就是白茫茫的一片，沫沫覺得她現在也被苗苑拉到了那堆麵漿裡，她現在也是什麼都看不清了。

苗苑埋著頭：「我也覺得自個兒沒出息，可我就是特別特別喜歡他，我一看到他就喜歡上了。」

沫沫輕笑，拍拍她的背。

「妳別笑，對，我知道，我以前也常常忽然喜歡這個，忽然又喜歡那個的，可是那些人都一晃就過去了，我現在回頭都想不起來他們長什麼樣。可是陳默不一樣，他居然就這麼撞過來了，妳都不知道，那天我在家裡，他敲門進來，我那是什麼感覺，跟做夢一樣，還有後來在摩天輪上面，他抱著我，我就覺得快飛起來了。多好啊，那時候就想，都找到初戀的感覺了，真幸福啊……可為什麼我現在越來越覺得沒著沒落的呢？」

「妳這叫患得患失，妳知道吧，標準的。」沫沫笑著打岔：「將來要是成語大辭典改版，患得患失這個詞，就在旁邊放一張妳的相片，啥都別解釋了，那就齊了。」

苗苑咬牙掐她，兩個人在床上扭成一團。

「哭了笑，妳丟不丟人啊！」沫沫笑話她。

苗苑抹抹眼角：「姑娘我戀愛受挫，妳都不興讓我發洩一下啊。」

「問題是我覺得陳默這人挺不錯啊。」

「妳現在開始幫他說好話了，當初誰罵他死狗來著？」

沫沫馬上舉手：「這詞絕對不是我發明的。」

苗苑歪著脖子想了一會兒：「反正也不是我。」

沫沫橫肘撞撞她：「哎，要睡覺，刷牙去？」

「不刷！」

「妳能髒死！」

「髒死算了！」

「得了啊！」沫沫一把把苗苑給揪起來，扔進浴室：「不就是一男人嘛，男人如衣服，知不知道？妳姐們我，才跟妳如手足呢，別為了一件衣服髒了妳手足啊！」

苗苑刷著牙，扭扭捏捏地探出半個頭來：「可是如今我七手八腳地裸奔了二十幾年，對穿衣服的感覺特別嚮往……」

沫沫握了握拳頭，苗苑又迅速地把頭給縮了回去。

把自己收拾乾淨了再躺回去，聊著聊著就可以直接睡了，苗苑想起她剛到西安的那一陣，一個人住著這間小屋子特別心慌，沫沫有時候就會過來陪她一起睡，兩個小姑娘東拉西扯著各式各樣的八卦，聊著聊著一個沒聲兒了，另一個也就糊裡糊塗地睡了。那個時候的生活其實也挺好的，沒什麼煩惱，沒大喜就沒大悲，沒心沒肺的，就那麼熱呼啦啦地年輕著。

可是那時候怎麼說來著，她說要尋找這個世界上獨一無二的愛情，她要找到這世界上最愛最愛的那個人，對他特別特別的好，然後過得比誰都幸福。可是為什麼現在愛情來到了，那個人出現了，她卻在幸福的同時如此憂傷呢？

難道說，這才是愛情的本來面目？

人們常常覺得自己可以改變生活，而其實生活是最強悍的，從來都只有人會被生活改變。

苗苑發現如果默認了陳默他沒事就是不會主動打電話的，默認陳默不會像別的男孩子那樣貼心，天冷了叫妳叫衣服，天氣好會問妳什麼時候出來玩，默認他在工作的時候需要全心全意，不會把個人行動通訊工具帶在身邊……然後，妳就會發現日子其實沒有想像中的難過。

其實人們對幸福的感覺是和預期有關的，有些人吃一碗泡饃小炒就很開心，有些人坐在西安飯莊裡都嫌俗，不一樣，真的不一樣。如果你相信一些事是不正常的，那麼偶爾得到的時候就會驚喜。

苗苑覺得我們應該對這個世界保留更多的驚喜，不要把什麼都當成是理直氣壯的應得的，生活就會更美好。

苗苑想，我那麼愛他，不說一輩子，起碼前半生就只有他了，那麼對他好一點，順著他一點其實我也樂意的，不是嗎？如果有些事其實我也不是真的那麼介意，真的想生氣，就別關心那什麼通常的標準了。

給他臉色看，自己也不好受，妳不高興，他不笑了，妳更傷心。

苗苑說，姑娘啊，咱都已經這樣了，就別自虐了。

陳默敏銳地感覺到苗苑對他的態度變了，不那麼彆扭，不那麼繃著，不那麼好像很想，可還是要裝不肯的，讓他猜來猜去地疑惑著她到底是要不要。當然，對於這樣的轉變陳默很欣喜，可是至於為什麼變了這樣深層次的問題就不是靠直覺可以判斷的了，陳默確定他想不出，他懷疑真的就像別人說的那樣，女孩子的心思你最好別猜，她們一時惱了一時高興，一會兒對你好得不可救藥，一會兒莫名其妙地說你欺負她。

真的，女人的思維頻率與男人從來不在一個腦區，所以對不上是正常的，對上了才是奇蹟，要不然心有靈犀怎麼會有那麼重大的意義。所以陳默決定放棄追究，他是個職業軍人，他喜歡向前看，他喜歡目標明確，他不喜歡執著於過去的迷霧，那就像是一個已經完成的任務，如果最後的結果還能差強人意，他就沒興趣為此耗費太多的時間，畢竟精力要放在未來。

如果說結婚是一個任務，陳默分析自己，他覺得他幹得挺不錯，一步一步都走得很順利，首先他挑到了合適的人，然後，他們相處融洽而歡樂，真的，比他想像中更美好，那麼還有什麼可以糾結的呢？有什麼任務會沒有風險？有什麼任務在結束之後會沒有遺憾呢？

所以一切都挺正常。

通常大家都放假的時候，就是服務行業最忙的時候，陳默覺得從某種意義上來說，他們也屬於服務行業。快要春節了，這段時間的快反準備工作抓得特別緊，過年這幾天偷塊黃土都比平常要鬧心三分，如果有人故意鬧事，全城的人心情都不會好。

陳默想，什麼叫萬一呢？萬一就是一萬天的平靜和一天的折騰，可是如果那一天讓人給折騰成了，那麼另外這一萬天就全報銷。走過士兵宿舍的時候，他抬頭看到一排火紅大字：忠誠衛士！

陳默嘆了口氣，所以得時刻準備著啊！

成輝樂呵呵地在樓上向他招手，說特警大隊的秦隊來了，在屋裡等著。自從那次陳默技驚四座，秦悅沒事的時候就會跑過來串串門子，用他的話說，原來以為你們幹武警的就是窩在地裡玩擒拿，想不到手上也是有真活的。

幹特警的人說話做事都特別牛氣，腳步帶風，眼中精光四射，往那兒一站就是個特別扎眼的存在，完全不可忽視，而且站在他十米之內就會覺得被盯著，手腳都不是地方。

男人麼，又是軍事系統的，好勝心都特別強烈，上次雖然輸得沒話說，可秦悅還是有不甘心，巴巴地打了申請，以兄弟單位互幫互助共同進步的名義，想跟五隊搞一場比武。當領導的怕什麼啊，就怕人不爭。比武這種事又不花多少錢，又提氣，訓練時也容易出效果，當然大手一揮就批了，陳默苦笑，心想你是不知道我最怕煩麼？而秦悅這趟過來，就是來送比武的具體賽事賽程和獎勵制度的。

陳默這人最不會敷衍，見面握手，隨便接過來把報告翻了兩下，隨手就交給了成輝，反正全權，你處理吧。

秦悅笑眯眯地湊過來：「到時候陳隊長也下場練練？」

「行啊！」陳默看他那神色就知道說不行一定逃不過的，他就算是拒絕了秦悅，支隊長那邊還是逃不過，所以他也懶得糾纏。

秦悅沒料想陳默答應得這麼爽快，就覺得對方好像是已經吃定自己這邊的意思，臉上就有點掛不住，說道：「那看陳隊長有什麼拿手的項目，給你報上去。」

「都可以，你們隨便看著辦吧，另外，我就不計成績了！就當是跟著玩玩。」陳默心想，他一個少校去搶士兵的獎項，沒意思。

秦悅臉上更不好看了：「你這話說得，我也不知道陳隊長擅長什麼啊！不過聽說你那老部隊和我們這兒也差不太多……」

「不，我們跟你們那兒差挺多的。」陳默打斷他，表情嚴肅。

成輝猛抬頭，瞧著那兩個人的表情就知道掐上了，只有搖頭苦笑的份。

「喲，那說說。」秦悅道。

「這麼跟你說吧，我們跟你們性質不一樣，就這像一個屋子，你們就是在門口的那條狗，要嚇唬得住人，最好就是讓人看到你們就別起什麼心思。我們嘛，就是在屋子裡面藏著的，最好就是誰都不知道有我們這群人在，最好就是都沒人發現我們已經把能料理的都料理了。」陳默不擅長打比方，這在麒麟是一條真理，他可以面不改色地把一個人氣暈過去，然後還特別誠懇地問你為什麼生氣。

所以現在秦悅的臉都白了，陳默才略帶歉意地點了個頭，說：「我也形容不好，我這人不太會說話，不過差不多就是這個意思。」

你……秦悅咬牙了。

成輝連忙走了過來，把人哄走。

不一會兒，成輝從外面溜進來指著陳默笑：「你啊，你啊！」

陳默看他一眼：「你不也沒岔開我麼。」

成輝撓撓頭發：「我是瞧他不順眼，先前咱們隊裡跟他們特警隊的比拳擊，那老小子好面子怕輸，從市體院裡借人來跟咱們打。我就想讓你嗆嗆他，可我也沒想到你能這麼嗆著他，人臉都青了，好話說了我一筐才哄回來，晚上請他們吃頓飯，大家一個系統抬頭不見低頭見的，鬧太僵了也不好。」

「氣量太小了，心理不夠穩重。」陳默道。

成輝笑得想噴：「你得了吧你，當個個跟你一樣吶？哎，對了，陳默，你有沒有生過氣？」

「當然有。」

「那怎麼沒見你變過臉呢？好壞都一個模樣，人都不知道你想什麼，你對你媳婦也這麼張臉吶？」

陳默一愣，啊了一聲：「晚上吃飯？老成你約人也問問我的時間，我晚上和苗苗約好了吃過晚飯看電影。」

成輝傻眼了：「那你跟弟妹商量商量吧，老秦真氣得臉都青了，你再放他鴿子，他就跟你沒完了。」

陳默知道事情難辦，拿了手機給苗苑打電話。

苗苑正在收拾準備幹活，晚上要出門，她得在下午就把所有的蛋糕都做出來，看到手機上陳默的名字在閃，心裡就是一涼，接了電話，輕輕喂了一聲，陳默果然就是告訴她晚上的計畫有變了。

苗苑默不作聲地點頭，忽然問道：「陳默，如果我真的今天特別想去看那個電影呢？」

「這個……」陳默算了一下電影的開場時間，他是約人喝酒開席面，又不是吃蓋澆飯，無論如何都是趕不及：「這個恐怕很難，要不然妳自己去看吧，好不好。」

「嗯，好的！」苗苑收線，握著手機發愣。

沫沫探頭過來：「姑娘，抓緊時間別發呆，要約會就得加油幹，自古忠孝難兩全。」

苗苑把玻璃碗一甩，懶洋洋地說道：「不急了，慢慢來，晚上我不用請假了，計畫有變。」

噢……沫沫知趣地把頭縮回去，鬱悶的，陳默這個男人果然很死狗。

晚飯的地點是成輝訂的，一家改良湘菜館子，裝修得很潮很時尚，包廂的牆上貼著熱情如火的革命招貼畫，陳默看到舉著紅寶書的革命小將們齊刷刷地遙望東方，下面一排大字：為了一個共同的革命目的走到一起來。他忽然想起苗苑常常興致勃勃地對他說，陳默啊，我們去革命一下吧！革命是什麼，革命就是請客吃飯啊！

陳默看看錶，電影快要開場了，也不知道她另外一張票退了沒。

因為任務上有配合，特警隊多半和刑警大隊的相熟，陳默上任了一年多，也沒個人做東請過大家吃飯，成輝知道陳默這人最怕麻煩，索性就請秦悅幫忙通知，一鍋全端了，年前請完了一年都清靜。

飯店的老闆娘是一個南方女子，長得清秀嫵媚，玲瓏剔透，透著江南人的水靈氣，特警武警刑警上這一批人雖然說起來官銜沒什麼，可是出來開門做生意的與這些人有點交情總是不壞。更何況關中人民一向悍武，黃土之下埋著三皇五帝，做事都偏硬朗火爆，萬一有小混混在店裡打起來，說咱們店裡跟穿制服的相熟，怎麼也能安生點。所以老闆娘蘇會賢親自出來招呼，熱情周到，老成還沒開口，她就主動給了七折，說早就關照了廚房了，魚頭挑大的上，肉給最好的。

說話間蘇會賢滴水不漏地敬了一圈酒，敬到陳默面前的時候，她一看就笑了，說：「陳隊長這是以茶代酒嗎？」

滿席面的男人們登時都跳了，哎呀呀，我們還當陳默那小子一聲不吭悶的是白的，原來是在喝水啊！馬上就有人不依不饒地要來換酒水。

陳默臉色不改：「我不會喝酒！」

秦悅豪邁地吆喝了一聲：「服務員，給整瓶紅酒來。」

陳默回頭按住了：「紅酒也不行。」

「得了！」對面刑警隊的牛隊長笑道：「真遇上比我還不能喝的了，行，哥哥們不難為你，分你一杯黃的，再怎麼著，咱們老爺們不能駁了美女的酒啊？大家說是不是這個理？」

四下裡一通附和。

陳默試圖給大家一點笑臉：「啤酒也不行，真的都不行，一點也不能喝。」

蘇會賢看出陳默的表情勉強，連忙插進來打圓場，找了個空杯子倒了小半杯啤酒給陳默：「意思一下吧，陳隊長。」

陳默默默計算了一下酒精值，搖頭：「太多了。」

這下子是個人都不依了，成輝再怎麼說好話也沒人信，蘇會賢道：「要是這點還多，您倒是我這輩子見過酒量最小的了。」

「我酒精過敏，我爸比我還不行，你給他一杯白酒他聞著就能醉。」

蘇會賢錯愕：「真的假的？」

陳默點頭說真的，一桌子的男人拍桌，說陳默你少胡扯，是男人就給我幹，這點酒能喝死你啊，別丟了我們公安系統的臉。秦悅插嘴，人本來就不是你們公安系統的，要丟也是丟中央軍委的臉啊……

這點酒當然喝不死人，可他為什麼就非得喝呢？就因為他們想看？憑什麼吶？

陳默心情不爽，他懶得管別人，更懶得被人管，苗苑巧笑靚兮地哄過他那麼多次，說不喝還是沒喝過，現在這樣的……

陳默低頭靜了幾秒，沉聲道：「算了，看來今天不暈一次，你們是不會信了，我喝醉了脾氣不好，大家別往心裡去。」說完，一仰頭就把半杯啤酒倒嘴裡去了。

好！爽快！

一桌子男人鼓掌起哄。

蘇會賢看陳默的眼神就不對，心裡一陣後悔，心想我捅這馬蜂窩幹嘛呢？她壓低了聲音問陳默：「陳隊長，要不然我給你煮點醒酒的湯去？」

陳默點頭：「好的。」

自然，誰都不信陳默那麼大個人會被半杯啤酒給放倒了，喧鬧過去，又各自聊天吹牛喝酒吃菜，只有成輝小心翼翼地瞧著陳默，陳默臉上慢慢紅起來，等耳根都開始發紅的時候，他苦笑一下站起來：「不行了，各位慢慢喝，我要先走了。」

頓時，全場譁然：不是吧？？

陳默去衣架上拿衣服，秦悅走過去攔他：「陳隊長，你開什麼玩笑？」

陳默反手握住他，看著他的眼睛手上用力：「別攔我。」

秦悅一愣，刀尖上練過的心神，還是被刺得一涼，旋即手上鑽心的疼痛就襲了上來。

成輝馬上跟過去按住秦悅：「真的，真的別攔他，真不行了。陳默，要送你嗎？」

陳默擺了擺手：「我自己叫車，還能撐。」

滿桌喝酒的都愣了，就沒聽說過這種事，酒到中途請客的那個先溜了，醉了，就因為半杯啤酒。

成輝苦笑：「趁他現在還能直著走你們就放過他吧，當年隊裡接風也是，他說你們不看我醉一次是不會信的，那次還慘，他喝了一兩白的，直接就掛了，三中隊長不相信啊，去招他，差點就讓他打得進醫院了，你們這群爺啊，我就知道，不讓你們見一次也不會相信，現在好了吧，付帳的人跑了。」

「誰知道會有這種事！」秦悅訕訕的。

蘇會賢端了醒酒湯出來就看到陳默在門口攔車，她連忙走過去問，居然是真的醉了，頓時懊悔不迭。

晶瑩的燈光下所有清柔俊秀的女子都長得有些相似，陳默看到她指尖微紅，捧在手裡的瓷碗上漫捲著淡淡的白煙，好像透過那一層紗似的煙霧，就能看到苗苑明悅的雙眼在發亮，心裡便有些柔軟了起來。

「給我的？」陳默道。

「是啊，是啊……要不先喝點？」蘇會賢尷尬不已，討好變成得罪，這次太失手。

陳默拿過來喝乾淨。

蘇會賢驚喜，抓住機會馬上道歉：「陳隊長，今天真是對不起。」

「沒關係。」陳默說得很淡，轉身等車。

很奇怪，對這樣柔軟的女子他沒有一點火氣，她們好像變成了一個分類，被自己從人類這一塊裡給分割了開來。陳默很疑惑這是為什麼？他以前不是這樣的，他以前對所有人都一視同仁，老人小孩男人女人，曾經在他的世界裡，只有三種人，敵人，不是敵人，兄弟。

蘇會賢讓人去路口幫忙叫車，陳默坐進車裡的時候她又低頭說了一聲對不起，陳默抬頭看她，覺得眼神清亮，笑容明媚，可是好像太亮了一點，嗯，是太亮了一點。

雖然是醉了，可也沒那麼醉，離開神志不清還很遠。

陳默走進駐地大門的時候如常地向哨兵回禮，然後徑直回到宿舍把自己扔到床上。

這似乎是一種本能，不喜歡暈眩的感覺，當眼中的物體失去了精確的距離感，這會讓他感到恐懼。所以只要有一點點這樣的苗頭他都會想從人前走開，一個人獨自待在某個地方，安靜地等待著這種感覺過去。

陳默睜著眼，天花板上是模糊的一團曖昧，窗外的燈光星光淌進來，房間裡滿是不純粹的濃稠的黑。

被酒精挑逗著的身體火熱而敏感，陳默摸到自己臉上很熱，忽然就想起那一天，他被半個蛋糕放倒，平躺在苗苑的床上，那個女孩如此小心謹慎地親近他，細膩地舔吻，舌尖上帶著甜蜜的濃香。

血液被回憶誘惑得迅速奔流，喧鬧的酒精分子在體內跳躍著，有一句老話是怎麼說的來著？

酒能亂性！

陳默心裡靠了一聲，翻過身，拉開被子把自己裹起來。

高潮襲來時，那感覺眩暈而尖銳，陳默低聲喘著氣，不知道他超出尋常的興奮是源自於酒精的催動還是被他幻想的甜美笑容。

陳默覺得他最近不太對頭，苗苑偶爾沒心沒肺的無厘頭讓他覺得女人真危險，他現在甚至有些迴避在無人的暗處與她過分親密，女孩子好像總是無知無覺，陳默有時被她無辜的大眼睛看著真是心虛，卻也困惑於這麼多年一個人都過來了，也沒覺得有什麼特別的不滿足，為什麼忽然開始變得不可克制，難道只是因為以前都沒有找到過具體的對象？

喜歡擁抱，親吻，看著她眼神迷離，手足無措。

想要更近，再近一些，想把她吃下去，抱著她，揉著她的頭髮，然後心滿意足，嗯，這是我的。

陳默被自己這樣的心情嚇到，可是陸臻卻告訴他這是正常的，戀愛中的人們總是期待著吞沒與被吞沒，他們會渴望締結非同尋常的關係，異常的緊密，獨一無二。

陳默說我沒有啊，我沒想讓她吞了我。

陸臻便笑了，他說那是你還愛得不夠深。

是嗎？陳默疑惑，那麼愛到足夠深會怎麼樣？陳默不能想像他會願意讓一個女人吞沒他，尤其是，還是那麼柔軟的一個小女孩。

陸臻說，那你就再等等吧。

陳默覺得他的確應該再等等，有些事發展的太快了，這才幾個月啊，他們都已經好像隨時應該去結婚似的。

結婚，不應該是一生一世的事嗎？

比兄弟還親密的一個人！

陸臻說陳默你太孤單，你應該要給自己找個愛人，讓她關心你，與你分享生命的意義。

陳默說好的，我會去試試。

第四章

我失戀了，我很痛苦！

過完年大家心裡都鬆弛了一點，可是新一年的訓練週期又要開始了，與特警大隊的比武領導們都特別重視不能怠慢，而同時迎新的工作也要開展起來，新兵們出了新兵連就要分配到各隊，成輝成天和新兵連的連長套近乎，指望著能多要幾個好苗子。

陳默看著窗外不知名的樹，細細的一點綠影藏在枝椏中，他給自己的杯子裡加了一把茶葉，這是苗苑過年時從家裡帶回來的。她的家鄉出產上好的綠茶，苗苑重點關照說一定要放冰箱裡，否則過不了多久味道就會變，陳默當時答應了，但其實他的辦公室裡並沒有冰箱，當然他的宿舍裡也沒有，陳默忽然發現原來沒有冰箱的日子他已經過了這麼多年。

茶葉一直放在辦公室的抽屜裡，可能慢慢的味道真的已經變了。成輝偶爾沒茶了會借他的泡一杯，據他說是變味了，老成很是唏噓，說這麼好的茶人家放在冰箱裡藏了大半年，收藏得那麼好帶過來送給你，你就這麼放串了，真是暴殄天物。陳默笑笑說我真沒喝出來，他天天都喝，是不太容易喝出來。

樓下的操場上各班班長正帶著自己的新兵搞磨合，陳默無意中轉頭，就看到一個新兵在試槍，槍口倒轉追著自己的一個戰友跑，兩個人玩得興高采烈的，陳默看得心頭火起隨手抓起桌上的釘書機就砸了下去，拿槍的士兵只聽得風聲陣陣，腳底下赫然出現一個大坑，當場嚇得一屁股坐到了地上。

陳默拍窗子：「上來！」

要造反了，新兵蛋子，槍都沒摸熟就敢這樣玩，萬一槍裡有子彈怎麼辦？

班長拎著自家惹禍的小兵爬上來，可憐巴巴地看著老成，老成同志咳嗽了一聲，把頭埋下去看檔。

陳默也沒說什麼，只是目光狙殺了幾分鐘，只看得三個士兵都縮下去，最後清了清嗓子：「出去，十五公里輕負重，死了就地埋了，沒死回來喘口氣。」

三個小兵幾乎是兩眼放光地逃了。

成輝慢悠悠地抬頭：「你小子手夠黑的啊！」

陳默拿杯子喝茶，心想，這算什麼，你還不知道我開口的時候又打了個三折呢，本來三十公里全負重是起步價。

新人，幼稚的小孩，似乎所有單純的孩子都喜歡拿槍指著人，但其實他們的膽子根本不能承受一次射擊所帶來的後果，他們只是覺得好玩，陳默討厭所有用槍來玩的人。

因為槍不是玩具，它一點都不好玩，槍是凶器，是殺人器，是兄弟，是唯一的依靠。

陳默想起有一次他給苗苑看他的槍，陳默把槍拆散，然後重新拼裝，他看到苗苑眼中驚豔的神色，心中莫名自豪。他拉著她的手撫摸槍管，青灰色的金屬與白淨修長的手指交錯在一起，那樣對比強烈的畫面讓陳默覺得恍惚。

他最愛的女孩抱著他最愛的槍，這感覺違和而又融洽。

陳默向苗苑示範瞄準的動作，苗苑興致勃勃地站到他面前做靶子，他迅速地掉轉了槍口。苗苑說從瞄準鏡看到的我是什麼樣子，陳默搖了搖頭，他不能想像苗苑的臉被打上十字，那畫面太讓人驚恐。

苗苑見他不說話，偷偷卸了瞄準器對準了陳默看著玩，陳默猛然發現她拿倒了，十字準心從她的瞳孔中間劃開，心底驀的發涼，他馬上把瞄準器從她手裡拿了回來。當時，他大概是有點兇，他看到苗苑露出瑟縮的神情，手掌握緊，後來吃飯時才看到苗苑的掌心有點血痕，是被瞄準器卡口的突起劃到的。

這些小女孩啊，陳默心想，她們隨便拿著槍亂玩，其實隨便破個皮見一點血，就會嚇得不得了。

春寒料峭，暖氣開了一個冬天，把人身體裡最後一點水分都蒸得乾淨，苗苑喉嚨發乾，說話都是啞的，陳默讓她去醫院看看，苗苑打開藥包讓他看止咳水。

喝了三瓶了，沒用！

陳默說妳這就是體質差，每天早上六點起床去跑步。

苗苑露出崩潰似的不可置信的表情，陳默心想現在的小朋友身體真差啊。他隊裡一個新兵，五公里跑了二十五分鐘，跑到終點的時候一頭栽倒，心衰，差點送命。爹媽吵到總隊那邊吵得天翻地覆，陳默當場就翻了臉，這年頭當兵又不是強制役，你兒子就那點小筋骨，你何必湊這個熱鬧？

老天爺就是這樣，給你來好事的時候都意意思思的，稍微給露個邊就生怕對你太好了，下一樁非得讓你等個天荒地老。煩心的事就是一窩接著一窩，陳默還在頭痛新兵的磨合問題，支隊長一個電話追到，說手上的事全放一放，有任務，陳默瞬間就興奮了。

臺灣那邊有個大佬最近過來內地交流感情，要去黃帝陵祭祖，安全問題著落就到地方武警身上，總隊長非常重視，像這種任務，一般不出事，出事就是上通中央的大事。陳默過去領了資料，封面上紅豔豔的就看到兩個字「保密」，裡面有全套的人員介紹及時間地點路線。

好久沒有摸到過這種質地的檔了，陳默覺得興奮，血液中渴望冒險的因數蠢蠢欲動。

五隊全員集結，有一個算一個挑精銳的上，三隊全面協助，陳默是老大，負責整個過程的安全警戒，這一下子當然就忙開了。晚上苗苑打電話的時候陳默向她提了一句，說他最近會很忙，可能會不在，苗苑好奇地問到底有什麼事，陳默告訴她是保密的，什麼時候過了保再說。苗苑便有點不以為然。

咳嗽還是一直很嚴重，春天風大，每天走在路上喉嚨口都像刀割似的，苗苑抱著一大包乳酪，把自己裹在羽絨衣裡掙扎著前行，走到路中間的時候忽然想咳嗽，她不可抑止地彎下腰咳，一股大力就這麼從背後帶過來。

那一刻的感覺很奇妙，好像時間被拉長了，畫面在放著慢動作，苗苑看到自己鬆開手，紙箱跌落，碩大的紅波乳酪球滾得老遠，然後腦袋不知道在什麼地方重重地一磕，眼前的一切都花了起來。

原來還真有眼冒金星這回事啊？

苗苑在覺得自己要暈掉之前還抓緊時間想了一下。

汽車司機在前面急煞車，跑過來看她，路人圍著她站了一個圈，臉上有各各不同的神色，然而沒有人動她，苗苑想，果然是人心不古了。司機一邊打電話報警一邊叫救護車，一圈打完了回頭盯著苗苑，說：「妳不會死吧？」

苗苑看到那個年輕的小夥子急得火上房，她努力地感覺了一下自己的身體，說：「我盡量不死。」

小夥子一下子就噴了。

苗苑暈了一會兒，神志漸漸恢復，左臂上有很尖銳的疼痛，然而除此之外好像也沒什麼特別大的問題，她於是慢慢坐起來，司機小夥一下就急了，拼命嚷著妳躺下躺下……

苗苑眨巴眨巴眼睛，可是這樣躺著很冷啊！

司機小夥過來扶她，他說求妳了祖宗哎，我一個哥們就這樣，被車撞了自己覺得沒事，還自己走，一站起來就癱了，脊椎錯位，我求求妳了姑奶奶，我不想養妳一輩子。

苗苑馬上乖乖地躺了下去，她也不想被他養一輩子。

救護車可能還在這個城市的某一個街道上呼嘯著前進，苗苑覺得寒冷，並且孤單，她把手機拿出來按下數字1，耳機裡傳來均勻的滴滴聲，苗苑心懷期待，心懷忐忑，一上一下地起伏著，到最後，一個甜美的女聲響起來：

對不起，您撥打的電話暫時無人接聽，請稍後再撥！

Sorry, the subscriber you dialed can not be connected for the moment, please redial later.

古城的天空永遠都帶著一點青灰的浮色，於是那一天，苗苑躺在地上睜著眼，莫名其妙地感慨這天怎麼能藍得那麼青，幾乎有鐵器的質感，青色的，很潤澤，濕漉漉的感覺……可是眼睛好冷啊，真冷！

不是科學已經證明人的眼睛是不會感覺到冷熱的嗎？

去TM的科學！

科學還證明了愛情只是多巴胺的一次小發放所造成的荷爾蒙變化呢！

所以說，科學真是不可靠的，什麼都是不可靠的。

司機小夥驚慌失措地看著她：喂，妳別哭啊，妳，妳是不是特別疼啊？哎妳說句話啊，天哪妳不會是被撞傻了吧？不會吧……我說妳是自己停在路中間的啊，這兒它就不是我的責任啊，各位得給我評評理……哎，兄弟，兄弟你別走啊，你剛剛有沒有看清楚，喂，……喂！

好吵啊，苗苑慢慢地合上了眼。

沫沫接到消息就飛奔去了醫院，因為很簡單，苗苑告訴她的是：「出車禍了，妳過來吧！」沫沫一下就傻了，衝得比誰都快，衝進病房裡一看又傻了，怎麼會是全乎個的，連個紗布都沒？

苗苑轉過頭給她看腦袋後面那個大紗布。

頭磕著了有點輕微的腦震盪，左臂片子拍出來有骨裂，不過也不太嚴重，醫生說不用上板子，總而言之就是一句話，沒大事。

司機小夥大大地鬆了口氣，醫藥費總共沒多少，他興高采烈地付了，苗苑覺得這事自己也有錯，所以別的就沒有再要求，交警叔叔對這兩個人的表現很滿意，心想著要全天下的人民群眾都這麼團結友愛的那得省多少事啊！這社會這不就和諧了嘛？

「妳說說妳啊，走路都不會了？妳今天是怎麼啦？妳……BLABLABLA……」沫沫是急性子，一轉眼回過神來已經開始罵了，一邊罵一邊在削蘋果，苗苑看著長長的果皮垂下來，眼眶裡慢慢凝出了淚。

沫沫把蘋果削完，一看又愣了：「哎，妳這……」

「不是，」苗苑擺擺手：「我手臂疼。」

噢，沫沫於是清清喉嚨繼續罵。

手機響，沫沫意猶未盡地停下來給苗苑找手機，遞過去的時候看了一眼，驚嘆：「不會吧，那死狗會算啊，難得主動打一個電話就掐這麼準。」

苗苑苦笑。

「換鈴聲了？我還以為你要彩虹一千年呢，這什麼歌？」

「我心似海洋。」苗苑搖了搖頭，心想，其實我沒換。

電話接通之後背景吵雜，陳默的聲音像是從遙遠的山的那一邊傳過來，斷斷續續的，苗苑不自覺集中注意力全神貫注地去聽，腦袋馬上就疼了起來。

「有事嗎？」陳默的聲音有些急躁。

「沒，沒什麼大事。」

「哦，那好的……」

「陳默！」苗苑忽然提聲，她覺得害怕，害怕陳默會就這麼掛了她的電話。

「怎麼了……有什麼事？」

「沒事，不能陪我聊兩句嗎？我有點頭疼。」苗苑看到眼淚滴到床單上，暈開一個個小小的點。

「頭疼去看醫生……最近有……很忙，手機會收起來……」

信號很差，有沙沙的雜音，時斷時續，苗苑心想，真像，真像啊，就像陳默給她的感覺。

「可是我剛才出了個小車禍，雖然不太要緊，就是頭有點疼，不過，你不能來看看我嗎……」

「妳剛才……頭疼去醫院，另外妳說話聲音響一點，我聽不清……山裡信號不好……」

耳機裡傳來波濤洶湧的雜音，苗苑費勁地在巨浪中尋找陳默聲音的片段，她用了點力氣叫出來：「陳默……」她本想說，陳默，我在路上被人撞了，頭很疼，手也疼，你有什麼事忙成這樣就是不能過來看看我呢？我只想看看你啊！可是聲音太響，喉嚨一下子就啞了，苗苑捧著手機咳個不停。

「咳嗽去醫院……有人叫我，先掛……別打過來了……要關機的……妳自己小心點……」

「陳默？！」苗苑著急叫他，可是對面已經切斷了，話筒裡只有滴滴急促的聲響。

苗苑的眼淚一下子就流了下來。

頭很疼，非常地疼，後腦勺空洞洞的，好像被什麼東西刮空了，苗苑抱著頭不停地哭，越哭頭越疼，越疼越想哭。頭部受過撞擊的病人不應該思考，不能大喜大悲，不適合哭泣，而她一下子全佔了。

沫沫坐在床邊看著她。

「苗苗！」沫沫說：「我想罵人。」

苗苑露出疲憊的神情，她說：「妳罵吧，我忽然想聽了。」

沫沫拍桌子：「我想問一下他現在在哪裡，在幹嘛？他是死了、傷了、殘了？為什麼讓妳一個人待在這裡哭個不停，就像個特傻的瘋婆子。」

苗苑按住太陽穴靠在床頭，眼角有潮濕不斷的水痕然而神色平和：「是的，其實我也想知道。」

「有句話我本來不想說的。」

「說吧！」苗苑哭得更凶了。

「妳到底什麼想法？我這人看不得女人自虐犯賤。」

苗苑愣了一會兒輕聲說：「得斷吧！」

沫沫大吃一驚：「啊？！」

2

「妳要分手？」沫沫覺得自己一定是聽錯了。

苗苑抬手捂著眼睛，用力點一下頭。

「這怎麼可能，妳怎麼捨得？」沫沫不相信。

「可是捨不得也要捨得不是嗎？我已經越來越不能忍了，今天這樣算什麼？我覺得我應該認命了，人家就不拿我當回事，我對他再好也沒用。」苗苑張開一隻手：「沫沫讓我抱一下。」

沫沫走近去讓她抱著自己的腰，心情複雜：「妳真想清楚了？我覺得妳還是應該睡一覺，睡醒了再說，我們不能在生氣和頭疼的時候給自己做決定。」

苗苑把臉埋在沫沫身上，緩慢地點了點頭。

沫沫一直等到苗苑真的睡了才走，關門離開的時候看到她側身躺著眉心微皺，那句話是怎麼說的來著，你連睡著都不快樂。如果有一個人讓你睡著了都覺得不快樂，那麼離開他似乎也真的是一個好主意。沫沫不太能分清自己此刻是什麼心情，她最近是有點瞧不上苗苑，女孩子不能太上趕著，苗苑愛得太卑微太用力，她看著都替她累。

可是真要說分手？

好像又沒到那份上，多少小情侶吵吵鬧鬧的不還是一樣的過，陳默雖然說死男人的本性一點不少，但畢竟人品也算端正，工作上進又不花心。

沫沫敲敲腦袋覺得自己也亂乎乎的，她在想說不定明天一覺睡醒苗苑就改主意了，她那麼寶貝那個男人，怎麼捨得分手。

第二天，米陸偷店裡的鍋子煮了花生豬腳牛筋奶油湯，完全就是照著苗苑當年的方子做的，用米陸的話來說，吃啥補啥，某隻軟腳蟹就是要補補腳筋。苗苑捧著湯碗被熱氣一蒸，眼眶一下就紅了，沫沫在心裡狂罵米陸抽風沒眼色。

苗苑喝完了湯，很認真地拉著沫沫的手說：「我想過了，幫我跟老闆辭職吧。」

沫沫腦子裡嗡地一聲，震得神志不清，張口結舌地啊了一聲。

苗苑於是自顧自說下去：「我想過了，我們店離他駐地太近，站在窗邊就能看到他們操場，這麼著我要怎麼忘了他啊，肯定忘不掉的，他都不用做什麼，每個星期過來喝杯咖啡，搞不好我就又貼上去了。就算，好，他同意分手，他也不說什麼，可是我這人我自己知道，沒出息，要是讓我看著他跟別的女人在一起，我一定特難受。所以我想來想去，我還是走吧，我回家去住一陣，等我徹底放開了，我再說。」

「可是陳默不一定肯跟妳分手啊。」沫沫擦汗，這姑娘看來是玩真的了。

「可能吧，可是，我真的忍不了，我覺得我現在心態都不對了，特別計較又小心眼，什麼小事都要放在心裡想半天，我們兩個再這麼下去我肯定得跟他吵，我特別害怕跟他吵架，他一瞪我，我心都抽著疼，我根本不能想像他要是罵我，我得傷心成什麼樣。妳說說看吧，我對他這麼好，他對我也就是個不冷不熱的，要是我再三天兩頭地跟他吵吵，他一定煩死了，到時候就是他甩我了。我知道我這想法特別自私，可是我寧願現在這樣，他覺得我這人挺好的，他對我還有點捨不得，這樣，我會覺得自己沒那麼失敗。」苗苑說著說著眼淚又流下來：「房子我不退了，錢交到年底了，妳幫我轉出去吧，錢先幫我收著，我想，我想先回家了。」

「其實，妳也不能說陳默就一點不愛你，他對妳，其實也還不錯。」沫沫斟酌著用詞。

「知道我們兩個怎麼開始的嗎？他媽逼著他相親，他一個禮拜甩一個，煩得要死，跟我在一塊兒了就不用相親了，他缺一個女朋友，剛好我趕上了。」沫沫覺得驚恐，苗苑現在的眼神幾乎說得上絕望。

苗苑看著她，臉上有淡淡的苦笑：「我覺得當然，他是喜歡我的，多多少少總有一點，他人不錯，有人對他好，也是知道回報的，我們在一塊兒的時候，有時候也覺得很開心。可是，可能我心態變了吧，做了人家女朋友就總想著女朋友的待遇，總覺得我這麼愛你，你為什麼不能這麼愛我呢？總是傻乎乎的想去做人家心裡的NO.1，結果就自己繞死了自己，拔不出來了。」

「我還是覺得妳應該要試一下，跟陳默溝通一下。」

「算了，我做不好的，我已經不知道應該要做什麼了，妳覺得我應該要怎麼辦呢？我去求他多愛我一點？愛是可以求出來的嗎？我咳嗽一個月了，他也就是一開始讓我有空去看醫生；他無聊了寧願去操場上跑步也不會來約我；他跟他戰友打電話都離開我很遠，不讓我聽他們說什麼；他的槍就肯讓我摸一下，我拿了他的瞄準鏡玩，他就要生氣。沫沫，我有時候想，我從小就想嫁個軍人，我覺得他們特別帥特別MAN有男人樣，可我大概是撞上了一個軍到骨子裡的人。他其實就不太需要我，他的槍，他的兄弟，他的任務……都比我重要。所以，算了，人家對妳的感情就這麼多，妳再求他，他也只會覺得累。還不如留個好形象在他心裡，讓他記得曾經有人那麼喜歡過他。」苗苑用力壓了一下手：「我已經決定了。」

沫沫無言，沈默了一會兒，問道：「陳默那邊，妳準備怎麼說？」

「我留封信給他吧，我不想當面說，我怕當面說我頂不住。」

沫沫按了按苗苑的肩膀，知道不用再說什麼了，這姑娘真的已經做好決定了，可是這麼柔軟的苗苑，這麼柔軟的苗苑居然也可以做出那樣堅決的事，所以，真的不能讓女人太傷心了。

一天以後，苗苑出院。

三天以後，一切辭職的手續辦完。好在大家都是自己人，沫沫說苗苑那份工我先幫她頂上，老闆雖然生氣，可是心裡也有同情。

四天以後，苗苑收拾好行李上火車，對於那隻巨形的大兔子，苗苑猶豫良久，最後還是留下給了沫沫。期間苗苑忍不住給陳默打過三個電話，全是關機。

苗苑仰天長嘆，天意！

一週之後陳默順利帶隊回城。

這個古老的城市剛剛下過雨，街道上還有新鮮的水跡，帶著一種清新的氣息，水一樣的溫情脈脈，春天真的要來了，陳默心想，苗苗的咳嗽應該要好起來了。兩天前他剛剛解除保密狀態，從那個時候起苗苑的手機就開始打不通，陳默從一開始的困惑到茫然到鬱悶到釋然，心思著實也轉了一圈，然後他終於明白苗苗這是生氣了。

那天她打電話過來似乎說到是頭疼，可是當時信號太差，下面又催得急，也沒說幾句話他就掛了，再後來手機都讓人收走了，苗苑這幾天應該是又打過了，打不通當然就生氣，只能怪自己沒解釋清楚，不過相信她現在看過電視就應該能明白自己在忙什麼。女孩子嘛，隨便有個頭疼腦熱的都緊張得不得了，好像天塌了一樣，苗苑雖然脾氣好，可是畢竟也還是會生氣。

別在意，陳默安慰自己，小女孩都這樣，苗苗已經是很乖的了。

部隊拉到駐地的時候天色已經黑了，陳默有種奇怪的衝動，讓他忽然想把這一大攤子都撂開，跑去人間喝一杯巧克力吃一塊蛋糕，然後把那個姑娘抱在懷裡狠狠地親吻，這種衝動真可怕，就像個毛頭小夥子似的。陳默苦笑著搖了搖頭，回去辦公室整理這次任務的總結報告，成輝和下面一個連長都在，大家都在忙，從明天開始放假兩天，大家都想趕著今晚把活幹完，忙了一個禮拜了，休息就要休息得徹底。

工作的間隙裡，陳默站在走廊的靠左邊的視窗往外看，從這個角度可以看到人間咖啡廳的一扇窗，憑藉他精細得過分驚人的眼睛他偶爾還可以分辨出苗苑在那扇窗上投下的影子，而此刻明晃晃的玻璃窗白而通透，像一塊光潤的寶石，陳默閉上眼，彷彿可以聞到巧克力飽滿的氣息，如此的滿足。

陳默計畫得很好，他好好地洗了個澡，換上乾淨的制服。本來想賠禮道歉是不是應該要買點什麼，可是買花的話，好像有點拿不出手，而且苗苑也沒說過她喜歡花；買巧克力……苗苑有一個櫃子裡全是各種各樣的巧克力磚。

於是，陳默思考來去，還是決定帶上錢，反正苗苗想要什麼都去買過來給她，她應該總會消氣的。不是苗苑調休的日子，所以白天她應該不會有空，陳默給自己帶了一本書，這樣他就可以順理成章地在人間長久地待下去，偶爾抬頭，就會看到那個女孩在咖啡與巧克力的濃香中來去，笑靨如花。

沫沫聽到門上的風鈴響，歡迎光臨說到最後一字時堪堪抬頭，嘩……敵人來了，一級戰備。

陳默已經往店裡掃了一眼，問道：「苗苗呢？」

「苗苗已經走了。」沫沫道。

「哦，去哪兒了？今天還回來嗎？什麼時候回來？」陳默道。

「沒有，是這樣的，我的意思是，苗苑辭職了，她走了，回家了……」沫沫深吸一口氣，可是忽然間她的聲音卡住了，堵在喉嚨口裡發不出來，因為陳默已經狠狠地盯住了她。

陳默道：「妳，再說一次，具體，怎麼回事？」

沫沫感覺到自己在發抖，春天不是已經來了嗎？暖氣沒關啊，為什麼她忽然覺得這麼冷？沫沫用盡全身力氣看著陳默的眼睛，咬牙開口：「意思就是，苗苑走了，離開西安了，她要跟你分手。」

陳默凝聚視線看向她，目光像鋒利的刀刃，切割血肉，像是要分辨這一切到底是真是假。

「她人在哪？我要跟她當面說。」陳默的聲音冷刻。

「她走了，不想看到你！」沫沫在他的注視下瑟瑟發抖，太可怕了，絕對不能讓他找到苗苑，苗苗會被他殺掉的，這實在太可怕了，沫沫終於能理解為什麼苗苑要選擇偷偷摸摸地走掉。

米陸走過來在櫃檯之下握住了沫沫一隻手：「苗苗留了一封信給你。」

那封信極短，三兩句話而已，苗苑花了一個晚上寫了好幾張紙，後來一點點刪最後卻只剩下幾句話。她不過是欠他一個交待而已，說再多也沒有用，沒有意義了。兩個人為什麼要分手，翻來覆去也不過是那麼幾點理由。

我們個性不合。

我們兩個在一起不合適。

我覺得你其實並不愛我。

我想我們還是分手比較好……

陳默把信紙捏成一團：「她人現在在哪？」

沫沫和米陸不自覺握緊對方的手，咬牙切齒地硬挺：「不知道，知道也不告訴你。」

陳默略一垂眸，眼睛旋即又抬起來一掃，米陸馬上拉著沫沫往後退了一步，大聲喊道：「你要幹嘛？」

大廳裡有客人疑惑地抬起頭，陳默把信紙拿起來攤平疊好，放進口袋裡，最後看了沫沫和米陸一眼，轉身離開。那兩人齊齊鬆了口氣，米陸追出去看，沫沫心有餘悸：「真走了？」

「好像是的。」

「太可怕了，苗苗怎麼會跟這種人談戀愛的？」沫沫拍著自己胸口。

「不知道，嚇死我了，跟死過一次似的，上帝保佑。」米陸在胸前劃十字。

「要不要打個電話通知一下那死丫頭，真見鬼，虧得我還幫他說好話，呼……以前沒覺得那傢伙這麼嚇人啊。」沫沫深呼吸：「把老苗老家的電話找給我，還好那死丫頭一上火車就讓人扒了手機，因禍得福了，現在那傢伙徹底找不到她。」

這是匪夷所思的事，於是陳默告訴自己一定要冷靜，因為他已經快氣瘋了，他花了一點時間去回憶自己曾經幾時有這樣生氣過，試圖找到一點解決之道，但是最後他頹然了，因為沒有，他這輩子絕對沒有被人這麼整過！

這叫什麼事？

陳默心想，還不到十天，十天前妳打電話給我，哭哭啼啼地說想見我，十天後，妳就留給我一張紙三句話，捲舖蓋走得一乾二淨。這太過分了，再任性也沒有任性成這樣的，陳默覺得他一定一定不能姑息這麼過分的行為。他一定要把苗苑拎出來好好教訓一下，讓她明白感情這種事是不能這麼開玩笑的。陳默怒氣衝天無可排解，實在找不到出口的情況下，他只能去操場上跑圈。

起初小戰士們看到都覺得欽佩又尊敬。

哇！果然不愧是隊長，明明是休息日還堅持鍛鍊。

再然後，不對了，哎，你還記不記得隊長已經跑了幾圈了？

成輝被三排長打電話催到隊裡的時候一腦門子的汗，三排長在電話裡大呼小叫，說不好了，隊長出事了，他已經在操場上跑了八十多圈了，我想過去拉他，他就瞪我，那眼神跟要殺人似的，您快點過來看看吧！

成輝到了駐地直奔操場，陳默不屈不撓地還在跑，估計那數已經快破百了，成輝站在操場旁邊大喝了一聲，陳默轉過臉看看他，豎起三個手指，成輝一頭霧水，陳默啞聲道：「等我一下。」

又過了三圈，陳默在他身邊停下來，慢慢踱著走路。

「你這是在搞什麼？」成輝莫名其妙。

「沒什麼，心情不好，跑一下。」

一開始只是單純地想跑一下，跑了十圈覺得不夠再跑二十圈，二十圈不夠就跑到了五十圈，到最後索性想，那我就跑滿一百吧！成輝過來的時候陳默還差三圈。

「有什麼事嗎？」陳默全身都是汗，他把扔在地上的衣服披上身，去辦公室找水喝，成輝跟在他身後哭笑不得，心想這話應該要我來問你才對。

「心情怎麼了？怎麼不好了？昨晚上不是還高高興興地要去找弟妹的嗎？她跟你嘔氣了？還不肯原諒你？哎，陳默，不是哥哥我說你，你有時候也要服服軟，說點好聽的哄哄……」

「她沒跟我嘔氣，她直接甩我了。」陳默發現昨天夜裡走得急，杯子裡的茶葉都沒倒，他也懶得再收拾，接了一大杯涼水直接灌下去，冰涼的茶水沖進胃裡，帶著隔夜茶的苦澀味道，一下子撲滅了身體內部的火。

「什麼？」成輝不敢相信。

「分手，她把我甩了。」陳默道。

成輝笑了：「哎，陳默，你先別急著難過，我跟你說小姑娘都這樣，成天把分手掛在嘴邊上，她其實就是想敲打敲打你，讓你聽話去哄哄她，你別自個兒就當真了，你看你啊……回來費勁跑這個圈，苗苗指不定還在哪兒蹲著哭呢。女人都這樣，她說不要的時候就是想讓你求她，你以後……」

陳默握著杯子愣愣地出神：「成哥，她沒想敲打我，她直接走了，辭職了，回家了，我剛剛打她手機，連號碼都消了，她是真的想甩我，不想再看見我了。」

陳默說出最後那幾個字的時候心口驀地抽痛，尖銳的，像是有什麼血肉被拉斷了一樣，起初他以為是劇烈運動所造成的肌肉痙攣，可是習慣性地深呼吸了之後他發現原來不是的……

原來，不是這樣的。

3

陳默覺得他一定要把事情搞清楚，無論如何，他總要把事實搞清楚，就算死去不能再回生，他也得死個瞑目。

其實，一開始成輝讓他想開點，成輝說，男人的法定結婚年齡是二十二歲，法定當兵年齡是十七歲，這說明什麼，這就說明女人比敵人還難對付，所以談戀愛輸在女人手上那是再正常也不過的事情了，古往今來折了多少英雄豪傑啊，要不怎麼說溫柔鄉就是英雄塚呢。

可是陳默仍然覺得他要把事情搞明白，要不然他不會甘心，就算是這一次木已成舟，可是他還會有下次不是嗎？他總不能這樣不明不白的就出了局，他總得知道自己是哪一塊暴露了，子彈是從哪個方向來。

他就是不相信，曾經那麼甜蜜的女孩，永遠對著他微笑，興致勃勃，讓他感覺到那樣的快樂與滿足的一個人，為什麼會這樣，在忽然之間就變了？為什麼，他需要一個解釋！苗苑欠他一個理由！

事到如今，陳默倒也慶幸他最憤怒的時候苗苑不在他面前，否則一定會嚇壞她吧，那個嬌柔得像花朵一般的姑娘，偶爾無意中給她一個略冷的眼神，都能看到她流露瑟縮的神情。苗苑家鄉的地址，他托了刑警大隊的何隊長幫他去查，關於這一點當然也遭到了廣大人民群眾的鄙視。

成輝說跟人好了快半年了，都不知道人家老家的電話號碼，你這種人啊，要我也得跟你分。

陳默苦笑，大概吧，明明被甩的人是他，失戀的人也是他，可不知道為什麼，黨和人民都覺得是他愧對階級戰友呢？

查地址的時候還出了點小插曲，陳默提供了苗苑的家鄉和她的生日，但是以這樣的範圍去查，無論如何都找不到那個人，後來何隊說，你大概是把人家生日記錯了，陳默心想不可能啊，可是偏偏，真的就不是那個生日。

為什麼要騙我？

陳默想不通，什麼時候過生日重要嗎？為什麼連這都要說謊？

何隊把苗苑家的地址抄給陳默，千叮萬囑鄭重交待，千萬要冷靜，千萬別動手，千萬，千萬！就算是退一萬步，人家真的耍你，她一個黃花大閨女陪你半年多，沒騙財沒騙物，那也是你賺了，你沒吃虧。

陳默說我知道。

我是沒吃虧，我就是難受，就是這樣，我不甘心。

千里之外的江南，春風又綠，苗苑抱著被子睡得很沉，她夢到太陽落到陳默的肩上，金黃與深綠融合在一起，是最美的顏色，她夢到冬天的摩天輪，皚皚的白雪，天地一片純淨，她夢到透明的陽光，冰涼而溫暖的，像陳默的呼吸。

她夢到陳默握起她的手，夢到陳默親吻她的嘴唇，他的擁抱有如捆綁，讓人無力只想依靠，她夢到……

苗苑忽然覺得恍惚，彷彿昨夜星辰如夢，只是持續了太久，讓她恍然間當了真。他們相遇、相戀、分手，戀愛的滋味，苦澀而甜蜜，可是睜開眼睛就知道那不過是太真實的幻覺，自己仍然是那個傻乎乎的躲藏在櫃檯後面偷偷凝望的女孩，陳默注意到她的視線，轉頭詢問，她驚慌失措地伸出手，指著他碟中的蛋糕。

故事也許就該停在那一刻，停在我心潮起伏的悸動，停在你蒙昧未知的曖昧，再完滿也不過。

苗苑感覺到清晨的陽光像金沙漫捲灑進自己的房間。

時候差不多了。

她對自己說：天該亮了。

何月笛早上起來準備上班，她最近心情不太好，女兒在外面工作得好好的忽然哭哭啼啼地回來說她失戀了，要在家裡住幾天，然後成天發呆，以淚洗面，任誰要是遇上了這種事心情都不會好。

房間的門響了一下，何月笛快速地刷著牙，苗苑慢慢地走到她面前，微笑著說道：「媽，我好了。」

何月笛把牙刷咬在嘴裡，愣了半天，說：「啊？」

哭也哭過了，傷心也傷心過了，要說折騰也折騰過了，剛剛秤了一下順帶都減肥了。然後苗苑覺得可以了，她要開始啟動災後重建工程了。於是苗苑在家裡打電話呼朋喚友，只要是有口氣的還能走的，都給我出來，晚飯我請，KTV我請，陪姑娘我去HAPPY。

KTV量販五色流彩的包廂裡，苗苑抱著話筒踩上茶几：「我現在鄭重宣佈，我失戀了，我很痛苦！」

陶迪躺在沙發上幫她吼：「苗苑，妳夠爺們就給哥哥我挺住！」

苗苑拿瓜子砸他：「你去死，女穿男是我的天雷！」

音樂下，纏綿而熟悉的曲調，陶迪看到片頭馬上靠了一聲，罵道，哪個豬頭這麼沒眼色點這種歌……他剛剛下指要切，苗苑大喝了一聲，停！

苗苑瑩亮的大眼睛裡映著電視螢幕上孤單的男女，她一本正經地說我要唱，第一天就是要唱這種苦情歌，唱得我吐出來唱麻木掉，那就不會苦了。陶迪愣了一會兒，愛憐地揉揉她的頭髮，揚揚手，去吧去唱。

前段已經過了，苗苑握著話筒在等待副歌的高潮……

明年今日未見你一年，誰捨得改變
離開你六十年，但願能認得出你的子女
臨別亦聽得到你講，再見！

陳默，你將來會愛上誰？誰會再愛上你，要對她好點，別讓她再跑了……
人總需要勇敢生存，我還是重新許願。
例如學會承受失戀。
明年今日別要再失眠。

明年今日別要再失眠，別再傷心，別再哭泣，別再……我總要學會勇敢生存，重新期待。苗苑抱著話筒唱得用力而專注，在副歌時激情的高音讓她生生又飆高半度，反反覆覆，明年今日，明年今日……
人總要開始勇敢生存……學會承受失戀，別要再失眠……
明年今日，未見你一年……誰捨得改變……
明年今日！
陶迪鼓掌叫好，指揮另外兩個死黨抓著搖鈴搖出吵雜的聲響，苗苑轉身笑笑地把眼淚擦去，最後的兩句尾聲帶著淡淡的旋律溜過去。

在有生的瞬間能遇到你，竟花光所有運氣。

到這日才發現，曾呼吸過空氣！

陶迪拼命鼓掌，跳起來鬆鬆筋骨說道：「就算是妳請客付錢的，麥霸也是要坐牢的……」

苗苑把話筒砸過去，陶迪撈住了笑道：「砸東西更是要坐牢的！」

苗苑坐回沙發裡跟初中死黨搶爆米花，陶迪站在螢幕前面向大家鞠躬示意：「下面為大家帶來一首經典老歌，」陶迪手裡握了兩個話筒做搖擺狀：「嘻唰唰～嘻唰唰～嘻唰唰～嘻唰唰～嗚嗚……」

苗苑把爆米花嗆到了喉嚨裡，身邊的榮胖子噴出一口啤酒。

那一天到後來沸反盈天，苗苑的苦情歌計畫完全沒有實現，一群囧人到最後開始唱閃閃的紅星，解放區的天是明朗的天……解放區的人民好喜歡……呀呼嗨嗨，一個呀嗨，呀呼嗨呼嗨，呀呼嗨嗨嗨……

苗苑和陶迪兩人雙聲道飆青藏高原，榮胖子在旁邊跳來跳去，做蒙古人狀，吳悠笑著罵，人那是青藏高原，你跳蒙古大戲幹什麼？榮胖子大囧，羞澀地淚奔。高音飆到後來聲帶都啞了，說話毛毛的，苗苑喝了不少的酒，啤酒搭紅酒到最後醉得厲害，整個人暈乎乎的。

回去的時候計程車只能停在社區門口，陶迪架著她走進去，苗苑腳下發軟，卻固執地要求在馬路邊上走，醉鬼發瘋折騰勁兒十足，陶迪拿她沒辦法，只能扶著她走。苗苑一邊拽著他的手，一邊嘀嘀咕咕口齒不清地在說陳默。

苗苑說：「今兒高興，我都半年沒唱歌了，所以說嘛，失戀也是有好處的，分手也是有好處的……雖然……我還是難受……」

苗苑站在自家樓下，仰頭看著陶迪說：「哥，我真的難受，特別特別難受。」

陶迪點頭說：「我知道，沒事的傻丫頭，失戀事小失格事大，失戀嘛，那也是完成妳一個人生體驗。」

苗苑用力拍著自己心口：「可是我真的特別特別難受。」

陶迪把苗苑抱在懷裡，笑道：「我知道，肯定比妳上初中學生物了知道妳這輩子不能嫁給我更難受。」

苗苑下死勁踹他。

陶迪扶著她按門鈴，何月笛開了門，口氣無奈：「你小子又把我閨女帶哪兒瘋去了？」

陶迪喊冤：「二姨妳這是善惡不分枉忠良，明明是苗苗拐我去……」

苗苑用力再踹一腳，拉開大門，歪歪斜斜地自己爬上樓去，陶迪苦笑一下，吹著口哨溜達開了。經過社區大門口的時候陶迪發現一個男人站在門後的角落裡，本來陶迪是絕對不會注意到他的，只是他莫名其妙地覺得那人看了自己一眼，很冰很冷的寒氣襲人。陶迪驚訝地看回去的時候卻又疑惑了，那個男人略帶焦慮地低頭看錶，完全是等人的樣子，與自己沒有一點關係，陶迪緊了緊衣服，心想他今天大概是喝多了，酒勁過去，一下就覺得冷了。

當陳默從最初的憤怒中冷靜下來，那麼，他畢竟還是陳默，那個夏明朗說寧惹小人不惹陳默的陳默。他按圖索驥找到了這個地方，花了一點時間去觀察背景，他跟隨何月笛上班，走到醫院，與護士們閒聊中收集有關何醫生的資料。他向樓下鍛鍊的老人問路，說何醫生是不是住在樓上，然後煞有其事地按門鈴，遺憾地表示何醫生不在家。

老婆婆說不會啊，苗苗回來了啊，她好像成天都在家。

陳默順著這個話題就聊下去了。

是的，陳默不如陸臻親和力十足男女老少通殺，也不及夏明朗妖孽橫行，套話的功夫一把一把，然而化裝偵察畢竟是基本科目，陳默的軍事技術水準一向都是很高的。

他不想貿然出擊，因為他仍然困惑。

這到底是怎麼了？出什麼事了，為什麼苗苑會忽然離開他，他想要找到最真實的那個答案。陳默安靜而耐心，他像對待一項任務那樣對待這件事，抽絲剝繭，層層分析。然而，苗苑在窩在家裡幾天之後，開始了她夜夜笙歌的狂歡，陳默忽然覺得他的平靜就要被耗盡了。

第二天，苗苑去吃了川菜魚，還是昨天的那個男人，一個胖子還在，另外換了一個女人，苗苑的興致很高，陳默發現她拿著那個男人的杯子給自己倒飲料，聽笑話笑倒時只倒向他的方向。唱完歌，他們這次沒叫車，苗苑看起來醉得不厲害，他們沿著河岸走，苗苑一直興致勃勃地跟他說著話，手舞足蹈得像一隻小松鼠，一隻興奮的小松鼠。

夜深人靜，陳默不能走得太靠近，他只看到她瑩晶的大眼睛在如水月華中閃著潤澤的光。

第三天的白天，陳默去專門觀察了那個男人，陶迪，在稅務局上班，工作不錯，風聞沒有女友，風評很花心，那天晚上苗苑喝得很醉，陳默看到陶迪捉著她的手把她抱上車。

陳默用力閉了一下眼睛，然後睜開，夠了，他想，那就今晚吧，他本來也就是想過來問一聲為什麼，他只想要一個理由一個答案，他只想了結這件事。

陳默！他對自己說，難道你還對此有別的期待？

陶迪半拖半抱地把苗苑弄到樓下，真正喝醉的人總是喜歡強調自己沒醉，苗苑不屈不撓地把陶迪推走，她堅持說自己記得開門的密碼，她能自己回去，陶迪遠遠地看到苗苑真的開了門，苦笑著搖了搖頭。

陳默站在樓道裡等她，一樓的聲控燈壞了，二樓的燈光淡淡地漏下來，讓他的臉隱藏在黑色的陰影裡。他看著那個小小的身子搖搖晃晃地走過來，心裡驀然地發軟，伸手過去扶住了她。

沒得救了，陳默心想，你還能再賤點嗎？

苗苑驚訝地轉頭看向他，迷茫的雙眼似乎凝聚不出清晰的焦點，她小心翼翼地問：「陳默？」

那聲音很輕，像是怕驚醒一場幻夢。

陳默剛想開口，苗苑忽然撲上來抱住了他，她聲音哽咽近乎囈語：「求你，別說話，求求你，別說話，讓我抱一會兒，就幾分鐘。」

陳默錯愕。

「陳默，陳默……」苗苑把頭埋在陳默的背上，太相似的味道，太相似的感覺，如果別看臉，那倒也是可以騙一騙自己的，只要別去看臉。

「苗苗？」陳默莫名其妙。

幻覺？

苗苑的腦子裡暈乎乎的，被酒精焚燒過的戰場清理不出流暢的思維，可是，無論是真是假，不要醒。

苗苑抱著陳默哭個不停，這些日子以來所有的委屈，所有被忽略的傷心，被無視的痛苦，她說起那次車禍，她說一個人躺在大街上真的很冷，可是陳默，你在哪裡？

陳默，你在哪裡？

我只是想聽你跟我說說話。

陳默，陳默，你在哪裡？

陳默感覺到大團的血堵在心口的位置流不過去，堵得生生抽痛，他轉過身把苗苑圈在懷裡，小心地撫著她的髮尾。

他說：別哭了，是我不好。

4

苗苑的哭聲漸漸小下去，陳默感覺到掛在自己身上的力道漸漸加重，他抬起苗苑的下巴，眼睛半睜半合著，滿是困頓的迷茫，臉上水光晶瑩。臉都哭花了，陳默在心底嘆了口氣，抬手幫她擦，拇指掠過柔軟的唇，火熱而潮濕，陳默忍不住捧起她的臉，深深親吻。

情人的眼是這個世界最沒有原則的東西，同樣是酒醉，有些人的氣味就讓人作嘔，而有些人身上就會有葡萄酒的果香。陳默追逐著苗苑的舌頭，他將手臂圈到苗苑的腰上，寸寸收緊，幾乎要把她勒斷。

苗苑被鬆開的時候無意識地喘著氣，她抓緊陳默的衣服不肯放開。陳默將她按在懷裡，心如潮汐起伏，有太多東西旋轉起來從眼前掠過。他看不清，亦抓不住。

這是怎麼了？他現在應該要幹什麼？誰能來告訴他？

陳默把苗苑攔腰抱起，無論如何，總要先送她回家。

苗江開門的時候嚇了一跳，自家閨女被人以一種近乎佔有的姿態橫抱在懷裡，這簡直讓他在瞬間就產生出一種想要把人搶回來的衝動。

「苗苑家是這裡嗎？」陳默問道。

「對。」苗江非常警惕地看著他。

「她喝醉了，我送她回來。」陳默發現自己非常緊張，說話前所未有地謹慎。

「哦，那謝謝啊，把人給我，你慢走……」苗江馬上伸出手去。

陳默抱著苗苑往前跨了一步：「我能進來嗎？我是苗苗的男朋友。」

何月笛聽到門口有動靜跑出來看，一時驚訝：「苗苗不是說她失戀了？」

陳默的眸光閃了閃：「以前是，讓我進來可以嗎？」

苗江和何月笛狐疑地對視一眼，這小夥子的氣勢太逼人，幾乎讓人想逃跑，最終還是那身筆挺的制服讓他們略微放心，把陳默讓了進來。

苗苑的房間裡乾淨整齊，沒有太多的裝飾，窗子下面有一個書桌，書桌旁邊放著一架不高的書櫃，床就放在房間中央，比雙人床略小一些的那種床。陳默小心翼翼地把苗苑平放到床上，幫她脫了鞋，把被子拉到脖子底下，苗苑一直握著陳默的衣角不肯放，陳默把她的手扳開，把自己的手指放進去讓她握著。

何月笛站在床邊一臉困惑：「你們這是？」

「我叫陳默，不知道苗苗有沒有向您提起我？」陳默忽然忐忑，心裡沒底，這一場戀愛，他的確談得漏洞百出。

「我知道，不過，你不是已經跟我們苗苗分手了嗎？」何月笛摸不著頭腦，一個傷心得哭天抹淚的，一個三更半夜追過來，動作溫柔照顧細心，她，她……她是真的看不懂這兩個小年輕到底在鬧個什麼勁啊！

「分手這件事情，我就是為了這個而來的，我想等她清醒了，再好好問問她。」陳默低下頭去看苗苑，呼吸深沉，她已經睡熟了，陳默看到一縷頭髮被她抿進嘴裡，伸手幫她挑出來。

何月笛霧水一頭，又生怕多說多錯砸了女兒的場子反而讓她難做，只能強壓下追問的衝動坐下來等著。夜半更深，何月笛原本是活生生從床上被拉起來的，偏偏陳默這人沒眼色，他一肚子心事，也不管丈母娘的死活，專心地就對著苗苑發呆，何月笛坐著坐著就睏了，頭一點一點的。陳默說道：「您要是睏了就去睡吧，我在這兒陪她。」

何月笛擺手，說不用不用。

就是因為你在這兒我才不能走哇，你不在這兒隨她這死丫頭睡到明天中午去，誰多餘有空陪她。

何月笛心想這麼乾等著得等到什麼時候去？她從廚房裡倒來一杯涼水。

陳默疑惑地看著她，何月笛嚴肅地說道：「喝醉了的人口乾，餵她喝點水。」

陳默站起來把位置讓給她。

一杯涼水灌下去，再怎麼迷糊的人也得清醒三分，何月笛搖著苗苑的肩膀：「醒醒，陳默來了，他來找你。」

苗苑困惑地轉了轉眼珠，視線猛然從何月笛的肩上掠過去，直勾勾地看著她身後，一下子從床上坐了起來。

「陳默？」苗苑驚叫。

陳默點頭，心想怎麼醉這麼厲害，今天要不是我在，遇上別人怎麼辦？太危險了，以後不能再讓她這麼喝。

「你怎麼會在我家？」苗苑不可置信。

「想找總是能找到的。」

何月笛見這兩個人終於算是聊起來了，想想大概也沒自己的事了，敲敲頭先去睡覺，老了老了睏了睏了，現在的年輕人啊，真的，看不懂！

「剛才真的是你？」苗苑垂著頭，雙手絞在被子上，侷促不安。

「要不然妳以為是誰？」不提還好，一提陳默就想發火：「女孩子不要喝那麼多酒，晚上一個人回家很危險。」

「我沒有一個人回家，陶迪哥哥送我回來的，不過，我怎麼會……」

「妳哥哥？」陳默一挑眉。

苗苑扶著頭回憶剛才，隨口答道：「我表哥。」

「親的？」

「啊，我媽二姐的兒子。」

陳默感覺到心裡有一塊被漿糊黏住的地方一下子就鬆了下來。

「陳默……」苗苑終於放棄了思考，轉頭看向他：「你來找我，有什麼事嗎？」

陳默在她床邊坐下，神情鄭重地說道：「妳剛剛對我說的那些話，我都想過了，是我不好，我會改的，所以我們不用分手了，跟我回去吧。」

苗苑緩緩笑開，卻是疲憊的笑容：「陳默，你會來找我，我很高興，這讓我覺得，這半年我還不是那麼一無所成。可是，我累了，陳默，我不能再和你在一起了。」

「為什麼？」陳默驚訝，為什麼，妳明明是喜歡我的！

「因為，你不愛我。我不能跟一個不愛我的人在一起過日子，尤其是，在我這麼喜歡你的情況下。」

「妳……」陳默覺得他都快要出離憤怒了：「我怎麼不愛妳了，我愛不愛妳不是聽妳一個人這麼說了算的！」

苗苑嚇得一縮，陳默連忙把視線移開，苗苑固執地咬住嘴唇慢慢把話說完：「可是，陳默你愛不愛我，不由我一個人說了算，還有誰能說了算呢？」

陳默頓時語塞。

「我覺得，我們還是分手得好，這些日子，我到頂了，我真的已經不能對你再好一點了，可是你仍然看不到我。陳默你有腦子，可是你沒有心，你腦子裡說我是你女朋友，所以你要對我好，可是你心裡從來沒有我，有我沒我你都那樣。」

「妳憑什麼這麼說我？」陳默咬牙切齒。

「你總說你忙得要死，我都不知道你在忙什麼。以前我每天都會追著問你在做什麼在做什麼，呵，可是只要我不問，你都不會主動來找我。我帶著你見我朋友，大家一起吃飯，我說這是我老公，你都不會答應我，你的反應總是那麼淡。我說等你休假了我就帶你回家，你是答應了，可是為什麼你家就在西安，你都從來沒想過要帶我回家？還有你隊裡，你的那些兄弟，你從來沒有跟他們介紹過我。」

「陳默。」苗苑的眼淚含在眼眶裡，將墜未墜地凝結著，波光瀲瀲地悸動：「現在我知道問題出在哪兒了，還是在我們的關係上。如果當初我不是死纏爛打地追你，想做你女朋友。如果我們只是當個朋友，我就不會對你有那麼強的獨佔慾。剛開始的時候我對我們的關係很有信心，那時的我相信你是我的，你都答應我了，我就是你最親最信任的人，雖然你話不多，可我還是會每天找你，哪怕只是問聲好。可時間長了我真的有點累了，你的反應總是那麼平淡，我會開始亂想，我就越來越不自信了，我知道你沒有別的女人，可是那沒有用，真的，陳默，那不一樣。你不愛我，如果我不是那個能讓你愛上的人，為什麼還要霸佔著你呢？」

陳默很艱難很嚴肅地開口：「我其實挺喜歡妳的。」

「我知道，我信，你不討厭我，我跟你聊天你也不煩我，可是，喜歡跟愛不一樣，我從來都不是一個對你來說重要的人，你明白嗎？從一開始就這樣，你覺得你年紀到了，你想找個女朋友，你這人從來沒談過戀愛，遇上個像我這麼一頭熱的，你覺得還能接受，你就覺得你喜歡了，可問題是那不夠。你只是需要個女人，我覺得我所做的事，你可以隨便找到任何人代替。所以我才會不停的去確認我在你心目中的位置！可是現在，我確認了。」

「苗苗，妳是不是已經不喜歡我了？」陳默覺得他難以形容這種感覺，心口流過的血燙得有些過分了。

「我喜歡你沒用的，現在是你不愛我。」苗苑終於著急了：「你是不是覺得我以前對你挺好的，甩了我心裡會內疚？千萬不用這麼想。做那些事的時候我很快樂，我是自願的。可能你現在覺得你也挺難受的，你覺得你在捨不得，正常的，我待在你身邊也挺久了，沒點愛情也有感情，你把侯爺養這麼大，它要是一下走丟了，你也會難過的。可是那不一樣，重要的是在你緊張的時候想找誰，你開心難過的時候想讓誰陪著你，你最危險的時候第一個想到誰，那個人，才是你會愛上的人。」

陳默一直沉默著，嘴抿得很緊，有太多問題，他順理成章地就那麼認定了，而其實他從來沒有好好想過。

比如說，什麼是愛情？

誰才是愛人？

「其實挺簡單的，就像你現在來找我，你真的完全是因為捨不得我，想我了，才會來找我的嗎？」苗苑看著陳默努力地微笑，可是眼淚不爭氣地流下來：「你其實，也不過就是因為不甘心，想找我問個明白對嗎？我要是告訴你，我不喜歡你了，我看上別人了，你肯定掉頭就走了。」

陳默張口結舌，這個問題他沒有辦法回答，因為思念與憤怒哪個更重一點他真的不知道，可是，那重要嗎？一定要分得那麼清楚嗎？陳默覺得他已經開始亂，陌生的領域，沒有經驗，不知道規則，不會應對，於是苗苑說什麼他都覺得挺有道理的，可是莫名其妙地又覺得不對，不應該這樣。

苗苑一邊擦著眼淚，聲音緩慢一字一字，而正是因為這種緩慢才透出鄭重來：「所以我覺得我們就不要彼此耽誤時間了，你看，我都快從你那個坑裡爬出來了，你就別再把我拉下去了。」

「我，不知道應該要怎麼說。」陳默想了很久，聲音變得低沉而平緩：「我可能需要想一下才能回覆妳，因為有些事真的……是我的錯，我沒有好好想過。」

苗苑柔順地點點頭。

「把妳新的手機號碼告訴我，我想好了，會聯絡妳的。」陳默異常專注地看著苗苑的眼睛。

苗苑在心底虛弱地嘆了口氣，她在想為什麼你永遠都是發號施令的那一個？為什麼你永遠都覺得你有權利決定我的去留？為什麼我好像永遠拒絕不了你？

這個男人太可怕了。

她低聲報出一串數字，陳默凝神默唸了幾遍，記在心裡。

然後……苗苑安靜地看著陳默。陳默習慣性地按住她的額頭，幫她把檯燈關暗，低聲道：「睡吧，不早了，眼睛都睜不開了。我在這裡坐一會兒，天亮了我就走。」

苗苑順著他的力道躺進被子裡，她忽然覺得恍惚，真神奇啊，命運奇蹟般地畫成了一個圈。最初的時候也是這樣，陳默坐在床邊看著她，於是，最後的時刻也是這樣，陳默坐在她床邊。

苗苑心想，我連衣服都沒脫呢，你就這麼讓我睡覺，你其實從來沒有關心過我這樣是不是會舒服。她眨了眨眼，慢慢合上，酒醉，痛哭，心力憔悴，即使心裡不想，苗苑還是慢慢睡著了。

陳默聽出她呼吸裡的變化，收回視線落到苗苑的臉上，安靜的睡顏，眉心裡有一點皺，好像睡著了也在跟誰較著勁似的。陳默心想，我都沒發現過原來她這麼累，當然，他也的確沒有好好看過苗苑睡著了是什麼樣子。

如果說他找過來的時候還曾豪情萬丈，心中想著要怎樣怎樣如何如何，那麼現在什麼想法都已經沒有了，苗苑真的沒有說錯，他有腦子，可是沒心。

陳默伸出手指小心地描畫著苗苑五官的輪廓，這麼漂亮的女孩子，這麼年輕，朝氣蓬勃，那麼愛笑，討人喜歡。

他竟會讓她哭成這樣？

陳默在一瞬間記起了很多事，他記得苗苑費勁地抱著巨大的兔子得意洋洋地在他面前走；記起冬天嚴寒時滴水成冰的日子，她把蛋糕盒子抱在懷裡，站在駐地門口轉圈圈，遞到他手上的時候，盒子裡面還是火熱的；他記起苗苑飛撲過來抱住他，他用剛剛殺過人的雙手撫摸她的頭髮，她卻問：陳默，你怕不怕？

如此美好的女孩，對他這麼好這麼體貼，他卻從來不知道珍惜和感激，讓她在午夜裡獨自忐忑不安，讓她慢慢地傷心，慢慢地灰心，一個人哭泣，沒有人陪伴。陳默感覺到那種心疼橫過整個胸腔，好像內部有什麼地方真的壞掉了，在流著血，或者在被撕扯，他的確不應該再反駁什麼，再要求什麼，他的確不配。

苗苑略略偏過頭，皺眉，舌尖無意識地舔過下唇，柔粉的唇色在陰影中閃著水光。

陳默不自覺低頭，生硬地停在苗苑唇上一釐米的地方。

不行了，已經沒有資格，她已經收回所有，一切的一切，從他的身邊走開，放棄他。陳默不能壓下去，又不想退開，苗苑的呼吸溫柔地拂過他的臉，陳默撐在枕邊的手掌握成了拳，最後還是閉上眼睛，站了起來。

算了，走吧！

陳默悄無聲息地拉開門，離開時沒有驚醒任何人。

苗苑一夢而醒，從床上坐起來，窗外還是黑的，而陳默已經離開了，就像從來沒有出現過那樣。苗苑愣了好一會兒，慢慢把外套脫掉鑽回被子裡。

她在想，我的愛情，就像穿著衣服睡覺，包得太多太厚，雖然在睏的時候也能睡著，可是畢竟不能安眠。

苗苑翻身抱住被子，合上眼。

睡吧，睡吧。天還沒亮呢，天總是會亮的。

第五章

被愛是奢侈的幸福

成輝覺得如果說陳默離開的時候是沉默的，那種沉默更像是風蕭蕭兮易水寒，帶著壯士斷腕的豪情，那麼現在的陳默就是一種徹底的沉寂了，濃黑的好像沒有光一樣的沉寂。成輝一看他那臉色就知道完了完了，這次是被甩得乾淨了。

成輝拿出一副老大哥的作派，說兄弟啊，天涯何處無芳草。

陳默點點頭說是。

成輝無奈。

雖然從本性上來說陳默是一個公私分明的人，但是客觀的事實就是造成了，陳默失戀了，整個五隊的日子都不好過了。本來大家都覺得自從陳默破天荒地奇蹟般地有了一個女朋友，神色也和緩了，說話也親切了，無緣無故的都會笑臉對人了。那是個怎樣神奇的改變啊，他們的死神隊長活回人間了。可是現在呢？情況急轉直下，直下十八層地獄。

雖說陳默在工作中沒有什麼明顯的遷怒行為，可是那種冷冰冰的像刀鋒一般的眼神不加一絲溫度地掃過去，聞者傷心，見者流淚。三排長原傑拉著成輝抱怨，最近每次跟隊長說話都跟死過一次似的。成輝按按原傑的肩膀，說小老弟啊，忍忍吧。

原本陳默每天九點半要等苗苑的電話，於是熄燈前的訓話一般在九點二十結束。原本陳默每週要休假一天去跟苗苑約會，現在全週全天候都在隊裡待著，無時無刻地存在，隨時隨地地出現，雖然他也不會說什麼，可是從此五隊全員上下的神經一刻不得鬆懈。原本陳默已經是不用跟隊訓練了，可是擋不住他無聊啊，早上五公里例操，陳默一個人衝在最前面跑了十公里，他不停下自然沒有人敢停下，從此以後五隊的早操訓練就變成了十公里。

這日子沒法過了啊！群眾的聲音在沸騰。

五隊的工作最近搞得很不錯嘛！領導們的心中很欣慰。

陳默以前總覺得自己忙，一件事連著一件事，每天忙到九點多收工，他給茶杯裡最後續上一杯水，安靜地等待苗苑的電話，這樣的模式是怎麼養成的，他都已經不太記得，好像順理成章就這麼成形了，他真的沒有想過在另一邊，苗苑其實一直期待著他能主動先聯絡。然而，現在生活裡少了一個人，那人在的時候不覺得，走了以後才看到大塊大塊的空白怵目驚心地存在，覆蓋所有的時間與空間。

陳默發現最近他一直在不自覺地思考，腦子裡翻來覆去的全是苗苑最後問他的話。

在你緊張的時候想找誰？

你開心難過的時候想讓誰陪著你？

你最危險的時候第一個想到誰？

最危險的時候他第一個能想到的只有夏明朗，如果連他都覺得危險了，那麼應該只有他的隊長能救他。

最緊張的時候總是希望一個人，因為緊張總是不應該的，要儘快地闖過去，一個狙擊手需要的是冷靜與從容。

開心難過的時候有兄弟在，當然，還有苗苑，曾經與他相伴，在一段不算短暫的時光裡。陳默想，我的心裡不是沒有妳在，只是，可能真的達不到妳要的標準，所以，妳離開我？可是我畢竟不是為妳一個人而存在的啊！

愛情是什麼？人們要怎麼去相愛？

這些問題他從來沒有好好去想過。愛情，聽著這個字眼就讓人覺得矯情，活生生造出來逗傻的，它帶著粉紅色的光霧，空虛又軟弱，是那種小女孩子玩玩的，文藝青年拿來呻吟的傻東西。傷春悲秋，脆弱敏感，陳默一向覺得只有無能的小男人才會去關心這種問題，為了這兩個字又哭又笑，自甘下賤，要死要活。

太難看了！

難道我也應該變成那樣？

陳默搖了搖頭，手機在修長的指間翻來翻去，最後停下來，在通訊錄裡尋找合適的人。

陸臻從電腦螢幕前移開頭，看著手機上跳躍的人名微微一笑。

他接通電話，笑道：「嘿，公事，私事？」

陳默說：「私事。」

「嗯，保密狀態，全程錄音，然後說吧！」陸臻笑瞇瞇的，像一個惡作劇的小鬼。

陳默沉默了一會兒：「我想問個問題。」

「嗯，問吧。」

「你覺得愛情是個什麼東西？」

陸臻愣住，半晌，哈哈大笑，說道：「這個你得讓我想想。」

「慢慢想，我不急。」陳默往後倒，靠向椅背，抬眼看過去，一線極窄的彎月掛在窗沿上。

「怎麼想起來問我這個？」

「我不問你，總不能去問方進吧？」陳默想，數數我認識的人裡面，也就你陸臻的腦子和女人最相近了。

「這個，其實也不是不能啊，正所謂一千個人一千個哈姆雷特，對於這種哲學問題，方進也會有自己的一個觀點，雖然他的觀點很可能只是一間房，幾畝地，一個老婆三個娃，但這也是代表了廣大純樸善良的勞動人民……」

「你別緊張。」陳默說道。

「嘿嘿，你有沒有先去問隊長？他怎麼說？」陸臻笑道。

「沒問，我覺得問你比較合適。」

「也對，像他那種愛情觀整個一發展不健全，你最好別問他，別被他誤導了……」

「你到底說不說？」陳默終於不耐煩了。

「說啊，說，那我不是需要思考嘛，這麼人生的，根源性的問題……」

陳默聽到對面「哧」的一聲輕響，那是火柴劃著的聲音，夏明朗妖行於世，連劃根火柴都比別人更眩目，他喜歡只用一隻手，暗紅的火光一閃而滅，菸已經被點燃。陳默看到夜空清朗，星子欲滴，玻璃窗上莫名其妙映出陸臻的樣子，用同樣的動作點燃一根菸。

「是這樣的，陳默啊，」陸臻的聲音在寂靜黑夜中緩緩響起，有如嘆息：「我覺得，剝去所有華麗的外衣，愛情不過是一個人對另外一個人的想念。」

陳默沉靜了良久，說：「哦。」

一排滾瓜爛熟的數字在腦海裡閃過，陳默用一種溫柔的姿態按下數字，耳機裡一個甜美的女聲親切友好地告訴他：對不起，您所撥打的號碼尚未啟用。從一開始就這樣，從他回到駐地，給手機充好電打回第一個電話起，就是如此，陳默不能確定是苗苑當時就騙了他，還是之後又改了主意，可是無論怎樣，那都只說明一件事。

俗話說，失戀事小，失業事大。雖然失業不像失戀那麼痛苦，可失業畢竟不像失戀那樣，是可以得到廣大人民群眾認可的，可以得到廣泛的同情與支援的正當行為。而且苗苑覺得自己很應該要找點事來幹，這也是災後重建工作的重要組成部分，要不然她每天的生活就變成了品味失戀感覺，這就完全不能貫徹她現階段「珍愛生命，遠離陳默」的指導方針。

另外陳默效應的巨大影響力在那天早上她醒來之後就已經充分地得到了展現，苗苑發現她整整一天都不能幹任何事，視線在三分鐘之內總有一秒會落到手機上，她在一天之內考察了家裡的每一寸角落，以對比信號的強弱問題，最後苗苑在筋疲力盡地入睡之前還是抓緊時間做了一個決定：明天去把手機號碼給銷掉。

這個男人太可怕了，就是這樣，太可怕了，只要讓他手裡還握著一根線，自己就逃不掉。

苗苑的家鄉是個規模不大的中型城市，苗苑花了兩天時間跑遍了全城的西點店，可惜最近大店都沒有招人計畫，有招人計畫的那幾家在規模和品質上又不能滿足苗苑的要求。

父母的傾向是，妳就別再往外跑了，家鄉有什麼不好？也是要什麼有什麼。找個工作安安心心地幹，再找個知根知底的小夥子成家過日子，人生嘛，不過如此。

畢竟是本地人根深葉茂，父母家人的關係都動用起來，觸角靈敏，沒幾天就有了新的消息，做西點的店裡不缺人，可是本城有一家新開的廣式館子招助手，專作廣式精點，首席大師傅是專門從老字號大酒店裡挖來的名廚，雖然專業不對口，苗苑聽著卻有點心動，美食這一途，首席要務不過是為了取悅舌頭，的確不必涇渭分明得那麼清楚。

苗苑被親戚拉著去試廚，她是做西點出身的，擁有精細的手指和敏感的舌頭，人又長得可愛，嘴巴甜。老師傅說得一口堅硬的廣州普通話，笑起來慈眉善目的，對苗苑很滿意。苗苑就那麼順利地留了下來，進入實習期，那雙曾經製作過無數蛋糕、慕絲、烤派的手又開始學習怎麼去捏四喜燒賣水晶蝦餃叉燒包蘿蔔糕……

苗苑對這樣的生活很滿足，每天學習新的花色，全心全意，有如另一種戀愛。

澄粉在手下揉得柔順，新鮮碧綠的蔬菜和豔色的蝦仁切碎成丁，拌入雞湯和火腿，細細地調味。食物是充滿感情的生命，它們有知覺，會呼吸，如果你愛它，它們才會鮮潤可口。中式的廚房遠比西點店來得喧鬧，四處都是切碎配拌的原料，紅紅綠綠熱熱鬧鬧，白色的蒸氣氤氳四散，苗苑掐著錶站在蒸爐前面計算出爐的時間。

陳默，如果我在水晶蝦餃裡放辣椒你會不會覺得好吃呢？

沫沫還是時常打電話過來，與她說起當地的是非，老闆體諒她的逃情行為，對苗苗的蛋糕仍然念念不忘。沫沫說老闆的店又多開了兩家，對各家的管理照顧不及，她現在已經升任店長，手下管著兩個小妹，米陸跳槽去了一家正宗的西餐館，開始奔著大廚之路在跋涉。苗苑心想這真好，大家都很努力地生活，讓自己越來越好，怎麼只有自己過得黏乎乎的，好像還有一隻腳踩在回憶裡拔不出來。

沫沫說老闆打算在鬧市區開一家專門的西點店，正在四處找店長，要有經驗手藝好，文化程度也足夠能管帳做點財務。苗苑聽著說哦，她知道沫沫是在暗示她，只是她現在還沒想好是不是要回去，雖然說做生不如做熟，可是那個城市……好像一晃眼的工夫，就已經是夏末，那個城市可怕的苦夏已經過去，持續四十多度的高溫，酷烈的陽光直射關中大地，水泥地上蒸騰著扭曲的熱氣。

陳默，有誰會給你煮綠豆湯嗎？有誰會給你買烏梅茶？你是不是曬得又黑了？

苗苑發現原來時間過得真快，她與陳默分開的時間已經和跟他在一起的一樣長了。那個人在記憶中彷彿褪去了一些顏色，變得單純而美好，苗苑心想我的記性真差啊，我已經快要忘記他的缺點了，為什麼記憶是這樣倒著來的呢？還是美好的東西總會在我們的大腦裡刻下更深的痕跡？

有時候苗苑會覺得陳默還在她身邊，還是那樣平淡地沉靜地存在著，呼吸就在她身邊流轉，好像一轉身就可以看到那抹深綠的色彩。她教會大師傅用淘寶，天南海北地去買最地道的材料，店裡的幾個學徒一起團購新疆的葡萄乾，有一種長長的有核的深紅色果子，滋味甜美非常，苗苑不小心吃了太多，到了晚上牙齒尖銳地劇痛。苗苑躺在床上翻來翻去地睡不著，無論是看書還是上網都不能緩解，她在半夜三點拿著手機翻看，圖片我的最愛裡一張張地點開，最後停在某一張模糊的影像上。

畫面裡的男人高大英俊神色錯愕，苗苑踮起腳，輕輕吻在他的嘴角。

陳默，你還記得嗎？

在那個冬日的雪後，你曾經給過一個女孩愛情最美的幻夢，即使你覺得那只是無所謂的舉手之勞，卻是她這一生最珍貴的財寶。這張照片曾經隨著她的手機一起丟失過，她尋遍了同學好友，把它又找了回來，可是圖已經不再清晰，如同她的記憶。

苗苑把手機放在枕邊。

陳默，你真像是我的蛀牙，總是在甜蜜過後，給我最尖銳的疼痛。

起初的時候我們都不懂得愛是什麼，從來不知道愛上一個人是怎樣的感覺，總是以為愛是一種很神秘的東西，我們自己在虛空中幻想愛情到來的方式，以為它會像電閃雷鳴那樣地發生，轟轟烈烈地繼續，我們做很多事，要求很多，我們患得患失，我們心酸迷茫，我們快樂痛苦，然後明白愛情並不是我們想像的樣子。

上半年對特警隊的大比武，五隊大獲全勝，總隊領導欣喜不已。總隊長抱著陳默的肩膀親切詢問，想要什麼儘管開口。陳默的表情克制而冷靜，他說我現在什麼都不想要。總隊長不高興，說年輕人別縮手縮腳的，要敢於付出敢於索取，要大刀闊斧地幹，要信任領導。陳默苦笑，表情誠懇，我現在真的什麼都不需要。

我想要時間能倒流，你是否能幫我？

對不起，苗苑。

這半年來，陳默一個人吃飯，一個人看電影，一個人逛街走過古城牆，一個人去喝巧克力，不再是原來的味道，絕不是原來的味道。聽說製作一塊海綿蛋糕需要十八道工序，而那只是苗苑會拿出來給他的極小一部分，他從來不知道，他一口咬下去，原來咽下了那麼多的心血和時間。

對不起，真的對不起，他從來不知道他看似平和快樂的生活，需要另一個人在背後那麼多安靜的付出和努力。

對不起，苗苑，請原諒我的狂妄無知。

2

當名叫秋天的那隻老虎還在耀武揚威的時候，苗苑提著行李回到了那塊古老的土地，老闆打算在粉巷旁邊開一家精製西點店，試吃了好幾個廚子總覺得不夠，不是口味不道地就是做出來的東西不好看。店子開始在粉巷，擺明了就是要做白領女人的生意，老闆有心把這家店當成招牌來做，在人員的選擇上慎之又慎，到最後，還是在沫沫的提點之下又想起了苗苑。

老闆親自打電話邀請，那效果總是不一般，苗苑忽然有了一種優秀員工的自豪感。沫沫趁熱打鐵，說就看妳那點出息，妳要還是看到了陳默就不能動腳，妳就別來了。

苗苑拍桌子，妳別太瞧不起人！

一腳踏出西安火車站，苗苑深吸了一口氣。

陳默，我又回來了，走在與你相同的土地，呼吸與你相同的空氣，在你看不到的地方生長。

西點店的地址已經選好了，正在做內部裝修，苗苑積極主動地參與設備和原材料的選購中，在初秋的豔陽中忙得揮汗如雨。古城殘酷的夏天還剩下一個尾巴，街邊的楊樹上，秋蟬正在做一年裡最後的嘶鳴，苗苑看著初具規模的小店幸福地擦著汗。

陳默雖然不擅應酬，可是在其位謀其職，有些時候有些飯也不得不去湊個熱鬧，好在大家都知道這人的脾氣，不會對他玩笑開得太過。城裡新開的西餐店，有人說好，於是就有人約著一起去，陳默推辭不掉，過去當個陪客。

這地方不錯氣氛也好，醬汁地道肉質肥嫩，陳默慢條斯理地切肉，視線略略一飛一掃，看到在座各位竭力地裝扮出優雅精英的氣質就覺得好笑。他想起夏明朗烤的山羊腿，一刀下去熱油滋滋地冒出來，撒上粗鹽和孜然就是會把舌頭都咬斷吞下的美味。同桌的一個人低低咒罵了一聲，從醬汁裡挑出一小段頭髮，馬上就有好事者叫來了領班。

陳默安靜地做壁上觀，他對這種事沒什麼興趣，得饒人處且饒人，他懶得開那個口，再說了餓到極處他什麼東西沒吞過，頭髮太小兒科了。同桌那幾個也是借題發揮，頭髮事小，面子事大，領班頂不住只能找廚房的人出來道歉，陳默看到那個小廚師的臉，眼底亮了亮，站起來笑道：「是你啊，好久不見了。」

他走過去攬住米陸的肩膀，轉身對桌上的人說道：「我朋友，算了算了啊，一根頭髮的事鬧什麼鬧？」

桌上有人知道他的脾氣，那是絕對不會輕易開口攬事的主，馬上就有人去拉另外那兩個，打著哈哈說：「陳哥既然是你朋友那就兩說了嘛。」

米陸一個新手被人推出來頂這檔爛事心裡正鬱悶著，冷不丁看到陳默居然出來救他，頓時傻愣愣地張了嘴，陳默推他，說出去陪我透個氣。米陸的腦子還沒轉過來腳底下已經跟著走了。

入了夜，太陽隱去了白天的燥熱，夜風吹到臉上時帶了絲絲涼意。

米陸跟著陳默走到門外，西餐廳的位置講究鬧中取靜大多開在主幹道的支路上，陳默看著夜色中悠閒來去的行人，彷彿不經意地問：「最近和苗苑還有聯繫嗎？」

「嗯。」米陸不太清楚陳默是否知道苗苑又回來了，說話很謹慎。

「她現在還好吧？」

「應該挺好的吧。」米陸說道，上次看到的時候說說笑笑的挺開心的。

「有……男朋友了嗎？」陳默到底還是忍不住，微微轉頭，把米陸的臉斜斜地罩進視線裡。

「這個，不太清楚。」米陸心中警惕。

「噢。」陳默淡淡地應了一聲。

米陸也算是好孩子，說了謊話騙人，看陳默的表情就有點不忍心，雖然陳默現在看起來整個就是一面無表情，可是面無表情常常會讓善良的人們聯想到隱忍啊、內傷啊，這一類又萌又讓人心疼的詞，於是米陸猶豫了一下，湊過去對著陳默說：「我覺得吧，你現在這樣不好。」

陳默失笑：「你又覺得我的人生沒意義了嗎？」

米陸頓時大囧，與中華大地上的大部分人不一樣，米陸同學是個有信仰的人，一個有信仰的人總會不自覺要渡化別人，因為他們覺得你過得苦，你沒有信仰沒有依靠。所以米陸習慣對所有他剛剛認識的人問一個問題，那就是：你覺得你的人生有意義嗎？當他第一次這麼問沫沫的時候讓沫沫給抽了一頓，苗苑則很虛弱地被他問傻了，糾結了兩天自己的人生到底有沒有意義這麼哲學的話題，只有陳默斬釘截鐵地回了他一句：有！

做為第一個如此堅定沉著地回答這個問題的人，米陸當時直接被陳默那種堅定的氣勢給震驚了，因此對他印象深刻，於是他現在訕訕地笑道：「我只是覺得你還是應該要給自己找個信仰。」

「我有。」陳默轉頭看向他。

米陸被他目光中那種沉著所吸引，好奇問道：「什麼？」

陳默想了想：「跟你說不清，但是我有。」

米陸洩氣：「好吧，就算你有信仰，可我還是覺得你需要主的指引，因為你不懂愛。」

陳默於是笑了，這年頭是怎麼了，小朋友們的日子過得真學術，情啊愛啊的成天掛在嘴邊說，都快開辯論賽了。

「那你說愛是什麼？」陳默挑了挑眉毛，逗他。

米陸的表情馬上變得嚴肅起來：「愛是恆久的忍耐，愛是……」

「不，愛不是！」陳默猛然打斷了米陸，他忽然想起那一天苗苑哭著對他說她到頂了，她再也不能更愛他一點了，她累了。

米陸驚訝地瞪著他。

「愛不是，不要忍耐，至少不要恒久地忍耐，因為忍不到，還不如不忍。」陳默感覺到心口緩緩地抽了一拍，好像血流過猛，一下子堵上了，不過血的感覺。

米陸驚詫地看著陳默忽然間沉寂，用力在自己肩膀上按了兩下，轉身走開，筆直的背影融在餐廳暖黃色的燈光裡，卻有種莫名的愴然。

「愛是恆久忍耐、又有恩慈。愛是不嫉妒，愛是不自誇，不張狂。不做害羞的事，不求自己的益處，不輕易發怒，不計算人的惡。不喜歡不義，只喜歡真理。凡事包容，凡事相信，凡事盼望，凡事忍耐。愛是永不止息。」

米陸默默背誦這段他早就銘記在心的教誨，忽然覺得，是啊，這段話不是好，是太好了，太好太好，好到做不到，反而變得不那麼好。

緊趕慢趕的，苗苑總算是趕在國慶之前開了店，正宗的歐式裝修風格，連燈光都是瑩晶的暖黃，迎街一面剔透的玻璃大窗像是糖果屋的冰糖窗子，整個西點麵包的製作過程都放在行人的眼皮底下，這是絕好的廣告，這也是絕大的挑戰，苗苑決定要給自己更多的考驗。

老闆對這家店看得很重，國慶開業大酬賓，他專門多派了三個人過來幫忙，日夜輪班。

大塊的抹茶慕絲切成丁，放在玻璃碗裡任人試吃，清苦甘爽的口味，適合這樣清朗燥熱的秋。苗苑讓人在門口用電熱的烤盤烘烤巧克力蛋酥薄片，纏綿馥鬱的甜香在空氣中濃稠之極，好像每一個空氣分子都在歡快地手拉手跳躍著，濃香醉了半條街。

門庭若市，老闆很滿意。

三排長原傑在這個國慶的末期失了戀，他的高挑的精緻的幹練的女朋友終於不耐煩再去調教他跟上自己的格調，決心要直接換個有品味的男人，鄭重其事地跟他說了聲拜拜。

正所謂男兒有淚不輕彈，只是未到傷心處。原傑做人一向比較轟動，所以失戀也失得轟動，他學陳默做操場疾走，一百圈之後讓人給抬回了宿舍。陳默站在門口嘆氣，看來隊員的體能素質有待加強，連失個戀都失不起這像什麼樣子？

士兵們看陳默來了，就都退了。原傑堅毅地看著陳默，眼中有隱約的淚光，他說，隊長你放心，我保證不會耽誤工作，我我我，我其實……

陳默拖了張凳子坐到原傑床邊，他說其實我覺得你也不用難過，那女的對你也沒什麼好，你再找個更好的不難。

原傑僵硬著滿臉哭笑不得地看著他，心想，我真傻了，這忠心表得，難道還指望隊長能說幾句暖心的話來安慰我？

原傑往床裡縮了縮說隊長你讓我緩一下，明天就能好。陳默看著他，一本正經的，明天哈？原傑想了想，一個禮拜，一個禮拜後我要還這樣，你把我綁到靶子上去打。陳默點頭，原傑忽然感覺到背後騰起一陣寒氣。

陳默說我去給你買點酒？原傑搖頭，他說我喝酒喝不醉的淨頭疼。陳默面無表情地說哦，原傑便心理陰暗地感覺到陳默在瞪他，於是他低咳了一聲試圖轉個話題，他說隊長我能麻煩你個事不？

陳默點頭。

原傑想了想，表情就有點滄桑，他說你能幫我去買塊蛋糕不？國慶那天我和小嬈去逛街，她噌了人家捧在街邊的一個抹茶味的小蛋糕就想讓我給她買，我一看那麼小一塊就得十五塊錢就說貴。結果她就不高興了，她今天打電話給我說她剛才自己給自己買了兩塊蛋糕吃了，她吃完以後決定甩了我，她跟我講，她想不出有啥事是我能幹而她不能幹的……所以我就想知道那，那玩意兒到底啥味道……

原傑只覺悲從中來，眼淚汪汪地看著陳默，陳默心想人家就從來沒想定下心來跟你過日子，其實那蛋糕好吃壞吃都不重要。

陳默說好，就這麼點要求組織上還能滿足你。

原傑撐起來補了一句，那家店就在粉巷靠南大街那個路口，名字叫人間。

陳默站在門邊愣了一下，說噢！

真神奇，挺神奇的，不是說天堂太遠，人間正好嗎？怎麼淨扯些人間悲劇啊？

下午，正是陽光最好的時候，不是夏天時那種熱辣辣的毒，秋天的陽光乾淨明快，幾乎可以感覺到光線的顆粒落在身上跳躍，陳默開了車窗吹著風，一路開到鬧市區去。

人間。

他探頭找，精細銳利的眼睛掃過街邊匆匆一閃而過的招牌，於是……到了……

陳默熄了火正要下車，手指停在鑰匙上凝住了。

看錯了嗎？那自然是不可能的。陳默頓時感覺到自己的視野被縮小了，就像是從狙擊鏡裡看到的目標，十倍放大，精準地套住苗苑的臉，他的眼睛裡只有她，別的什麼都沒有。

苗苑半低著頭在揉麵粉，額角的一縷細髮從白帽裡跌出來飄拂在腮邊，隨著她呼吸微微浮動，她轉頭去給爐子點火，髮絲抿進了嘴裡。苗苑停下來愣了愣，看著自己手上白乎乎的麵粉，揚起臉，一隻男人的手闖進陳默的視野中，用尾指挑開了那縷頭髮。

陳默迅速地擴大了他的視野，那是個乾淨修長的男人，穿著一色一樣的白廚師服和紙質高帽，眉目平和，眼角帶笑，陳默確定自己非常地不喜歡這個人。苗苑停下來看著自己的頭髮無奈地笑，男人的手指又探過來，幫她把髮絲勾到耳朵後邊去。陳默從苗苑上半身細微的動作中判斷出是她在桌下踢了那個人，那應該是一種幫忙的提示，陳默莫名地感覺到心裡舒暢了些。

天很藍，風很輕，人間的玻璃窗乾淨得好像不存在，陳默安靜地坐在車裡看著苗苑忙忙碌碌。陽光在空氣裡劃過恰到好處的角度落在苗苑的臉上，陳默看到苗苑臉頰上細微的絨毛在明亮的光線中暈染出薄淡的金色。

融化的巧克力被傾倒在潔白的大理石板上，橡膠刮刀翻炒著，順滑的巧克力漿結成半凝的固體。

苗苑將它們鏟回玻璃碗裡與原來剩下的巧克力漿攪拌在一起，固體軟化，重新融合成泛著絲光的漿液。幾個已經成形的蛋糕被齊整地擺放在工作檯上，苗苑端著玻璃碗傾斜手腕，調過溫的巧克力液流暢地淋上去，凝成光潔的鏡面。

陳默微微閉上眼，彷彿可以聞到巧克力從半空中跌落時所激起的爆炸似的濃香。

窗外是熙來攘往的人群，陳默看著車子一輛一輛地從他眼前滑過，街上的行人漸漸多起來，天色漸暗，陽光裡滲進了金與紅的瑰麗因數。人間的大門被不斷地推開，人們抱著一個方正的紙盒從裡面走出來，臉上帶著幸福甜蜜的神采。

生意很好，苗苑一刻不停地忙碌著，她把調過味的巧克力漿滴到手背上測試溫度。陳默看著她低頭舔盡那塊褐色的漿液，表情凝重，若有所思，眼中有種陌生的銳利。陳默忽然記起他其實是看過苗苑幹活的，有一次苗苑在關店之後帶著他潛進人間咖啡館的廚裡借用烤箱，製作那種帶著微酸口感的綿軟的蛋糕。那時候的苗苑不是像現在這樣的，那時她滿眼幸福而期待地蹲在烤箱前面唸唸有詞，陳默從身後抱住她，苗苑回頭揚起臉看著他笑，暖暖的身體窩在他懷裡像某種毛絨絨的小動物。

陳默在回憶中不斷地親吻那張明媚而甜蜜的笑臉，他努力回味每一點細微的感覺，苗苑迷濛的雙眼中流露的羞澀繾綣，舌尖滑嫩，溫柔地蠕動。

3

陳默在車內坐了很久，從豔陽高照到日薄西山，一直……到店家開始打烊。

他安靜地觀察著，非常地耐心而且平靜，就好像回到了幾年前，長久地觀察某一個目標，心中沒有一絲一毫的雜念。他的視線被苗苑的一舉一動所牽引，他發現原來那個男人是麵包師，在碩大的黑色鐵板上均勻碼放一個個潔白柔軟的小麵團，苗苑偶爾會去幫他刷蛋液。他們兩個再加上一個打下手的小女生，一直在忙碌著，轉來轉去，可是手上的動作有條不紊。術業有專攻，任何一項工作如果能做得好，都是優美的。

夜已深，苗苑笑著與同事打招呼道別，那個男人用鐵勾把捲簾門拉下來，發出嘩啦啦的聲響，陳默看到苗苑往自己這邊看了一眼，眼神中似乎有好奇，像是馬上要走過來的樣子，陳默心裡猝然一驚，手上的鑰匙一轉，發動車子滑了出去。他在後視鏡裡看到苗苑站在街邊愣了一下，轉頭向另一個方面走去。陳默在前面的路口折轉，繞到苗苑前面去堵她。

十點多鐘的大街上仍然很熱鬧，陳默輕而易舉地就跟上了她，這女孩仍然沒什麼憂患意識。苗苑住在一個上世紀九十年代初建造的舊式公房裡，樓很破但地段不錯，外牆上塗著新鮮的塗料，可是樓道中又髒又雜亂石灰剝落。陳默看著樓道裡的聲控燈一盞一盞地亮起來，最後在四樓的一個視窗乍開了一朵暖瑩瑩的燈花。

陳默想起苗苑曾經說過，將來有了自己的家，玄關和客廳裡的燈一定要是黃色的，日光燈雖然明亮，可只有像火焰那樣的色彩才能溫暖一個家。

一個家。

陳默想起他原本是有家的，可是他從那裡面逃了出來，再然後，他就沒家了，宿舍就是他的家。

陳默走到樓下仰起頭，呆看那朵溫柔的暖黃色的光，一直到它熄滅。

原傑那天等到熄燈都沒等著他的蛋糕，不過，以他的膽色自然不敢去追問陳默為什麼放他鴿子，於是陳默理所當然地忘記了這件事。第二天，廣大擁有著雪亮雙眼的人民群眾敏銳地發現陳默有點心神不寧，可是本著多一事不如少一事，多說多錯不說不錯的基本原則，人民群眾都不約而同地借鑑了陳爸爸給他兒子起名時的創意。

那天夜裡，陳默在午夜夢醒，看著窗外明亮的月光，他忽然想通了一件事，自己為什麼要躲著她呢？畢竟他們好歹也算是性格不合友好分手，他實在沒有必要這麼鬼鬼祟祟地好像個偷窺狂似的跟在她身後啊！

陳默拍了一下自己的腦門，心想，我果然是傻掉了。

然後，他的心裡又疼了一下，想，我果然是喜歡她的。

陳默專門準備好，他刮了鬍子，換上新洗過的乾淨衣服鄭重其事地出門……買蛋糕。

走到人間的時候，苗苑正在忙著製作巧克力葉子，她把巧克力融化，用一個小刷子把巧克力漿塗抹在洗淨的樹葉上，等到巧克力凝固之後剝開樹葉，就能得到一片栩栩如生葉脈分明的葉子，很神乎其技的創意，陳默站在視窗欣賞了一陣，走過去推開門。

櫃檯賣蛋糕的店員笑著說歡迎光臨，陳默看到她胸前的名牌：王朝陽。

「王朝（ㄔㄠˊ）陽。」陳默輕聲把這個名字唸了出來，他記得原來隊裡資訊支隊的隊長就叫這個名。

「王朝（ㄓㄠ）陽。」王朝陽固執地更正。

陳默點頭，表示他記住了。

苗苑做好了一堆樹葉無意中抬頭，目光驀然地被定住，嘴唇微張，驚愕地看著陳默。陳默敏銳地感覺到她的注視，輕輕向她點了個頭算是打招呼，苗苑想笑得從容點，可是緊張而僵硬的嘴角彎得很難看。她連忙故作忙碌地轉過身，心跳得像飛起，刷子在手中發抖，尚未凝結的巧克力液沾了一手，等到她深呼吸控制好心跳回過頭去的時候陳默已經離開了，苗苑愣在當場，滿臉悵然的失望。

「剛剛那個，那個少校買了什麼東西？」苗苑衝到外間去問。

王朝陽指著巧克力鮮奶小方說這個。

苗苑心口一下針刺似的小小抽痛，她不自覺抬起手想給自己揉揉，好好地深呼吸一下，王朝陽握住她的手腕：「哎？！」苗苑低頭看到自己滿手的巧克力漿。

陳默用買來的蛋糕當了第二天的早飯，味道不錯，也就是不錯而已，當然，平心而論比起基地食堂還是要好得多，陸臻這人太挑剔。吃蛋糕的時候陳默不自覺回想起苗苑傻乎乎驚愕的小臉，眼睛睜得很圓，漂亮的小嘴微微張開著，眼神困惑又迷茫，陳默狠狠地咬了一口蛋糕，這丫頭是不是從來都不知道自己在誘惑人呢？

同桌吃飯的毛排長們心底齊齊一寒，不約而同地恐懼起國慶假後的訓練。

陳默覺得他這個事幹得不錯，隔著幾天去買一次蛋糕於他而言也不算太麻煩，又不打擾人，又能解心火，他單方面順理成章地把這個行動固定了下來，幾天之後從指導員到士兵都覺得陳默開始正常了，經歷過夏的燥熱，開始了屬於秋日的，天高雲淡。

成指導員感慨，總算是緩過來了，你說這人吧，啊，無情的人總是多情，慢熱的人，他也慢冷。

是的，陳默他緩過來了，苗苑那邊爆了！

死狗！死狗！

苗苑憤怒地捧著碗打蛋白，下力極大，鋼質的勺子敲在玻璃碗上叮噹作響，楊維冬聽得心驚膽戰眉毛直抽，他嘆氣慢吞吞地說碗要破了。

你說什麼？苗苑惡狠狠地瞪著他。

楊維冬馬上搖頭，這個來自天府之國的男孩子身上帶著一種綠水青山的清澈氣質，脾氣很溫和，說話慢吞吞的，很得老闆的歡心，這年頭活蹦亂跳心比天高命比紙薄的小男生太多了，肯埋下頭認真做點事的人太少。

苗苑磨了磨牙，手上繼續用力，折磨她的蛋白和碗。

死陳默，爛陳默，可惡的死狗男人！！

苗苑悲哀地意識到他又在馴養她了，固定的時間，固定的地點，固定的方式！

和上次一模一樣，那個男人什麼都不說，他只是出現！

苗苑心想我又開始注意時間了，每天在晚飯之後開始心懷忐忑，我開始猜測他今天會不會出現，猜測他在哪一分鐘出現。我開始猜測他會在這裡停留幾分鐘，他會買什麼？是會改變主意還是繼續買同一個東西？

我真是個沒出息的女人，苗苑傷心的想。

我現在這樣算什麼？

陳甫洛夫的狗狗？

楊維冬憂慮地看著她，這個蛋白，快要被她打出泡了，她不是要做布丁嗎？……都快要起角了……算了，反正還可以拿來烤蛋白酥。

苗苑看到時間一分一秒地臨近節點，她的心跳在加速，掩飾不住的興奮期待與懊惱沮喪，終於，她憤憤然扔下碗衝出廚房，假裝整理貨架上的麵包。陳默看到苗苑今天居然站在店堂裡的時候眼睛亮了亮，那個瞬間，他竟然覺得緊張，好像十幾歲的毛頭小夥子那樣膽怯地看著自己心愛的姑娘，可望卻不可及，甜蜜的期待與苦澀。

陳默在推門時心想，我應該跟她說什麼？正常的開場白是否應該是……好久不見？

王朝陽熱情洋溢地招呼他，你來了啊，還是老樣子？我給你包起來？

陳默看著苗苑說，唔，好的。

苗苑鼓起勇氣轉身，「成天吃一種東西不膩嗎？」

陳默說，「還好，不膩。」

苗苑於是不知道自己還應該要說什麼。

陳默付了錢，接過蛋糕盒子，看著苗苑猶豫了一下，問道：「妳最近還好吧？」

苗苑點頭笑，陳默於是也笑了，他說那挺好的。

苗苑仰起臉看著陳默的眼睛，黑漆漆的，帶著笑意很明亮，這店裡的天花板上裝了密密的小燈，此刻全都映在陳默的眼底，滿天繁星似的一閃一閃地發著光。

我仍然不知道他在想什麼，苗苑沮喪地想，為什麼人的眼睛不像小說裡寫的那樣刻著字，可以一眼就看出他心底的事？

陳默估摸著時間說，「我先走了，妳晚上回家要小心點。」

苗苑悶聲說，「噢。」

回去的路上陳默車開得很慢，遠遠近近的車燈劃著弧光一閃而過，他經過許多燈火輝煌的街口，他在想她果然已經不喜歡我了，她原來熱鬧得像一隻麻雀，可是現在已經不想再跟我多說一句話。

陳默仍然在固定的時間出現，苗苑於是在等待的糾結中又多了一項糾結，那就是要不要出去跟他說幾句話。然而說什麼好呢？好像總是三言兩語就陷入冷場，苗苑憤憤然地鬱悶著。

幾週之後，陳默陪大領導出差去下面視察工作，那些天苗苑越來越心神不寧，楊維冬擔心她把鹽當成糖揉到麵粉裡，一直小心翼翼地留心她。

苗苑在調製巧克力，加了足量的奶油和冰糖的巧克力泛著絲質的光澤，她用勺子舀起巧克力漿滴到大理石板上飛快地移動，楊維冬探頭張望一眼，依稀是個陳字，他皺著眉頭使勁地想大家認識的人裡面有沒有姓陳的，忽然想起他們家大老闆好像就姓陳。

苗苑幽幽地嘆了口氣，把凝結成形的巧克力拗碎，慢慢地吃掉。

楊維冬試圖勸慰她，妳不要太擔心，老闆這人也挺好的，他不會虧待你的。

苗苑說不是的，是我沒有男朋友。

這樣啊，楊維冬哭笑不得。

苗苑握拳說我得儘快給自己找個男朋友。

楊維冬陪著她點頭，心想這姑娘莫不是在給我做什麼暗示？我是不是應該也給她一點回應？他偷偷地看著她糾結的眉目，心中小小的種子蠢蠢欲動。

4

出差一週，陳默一共跟著跑了四個地方，馬不停蹄地開會，看成績，看科目，看比武，連夜出評估初報，幫著做指標定方案。有時候遇到下面中隊氣質不對，太倔太傲，他還得下場去露兩手震震人，總隊長對陳默的表現非常滿意，手上有活，不驕不躁，將遇良才，將遇良才啊！

最後一天忙完，大家都急匆匆地往回趕，進城的時候天色已黑，成輝拉著陳默回家吃飯，他說你嫂子沒有別的優點，就是調得一手東北好餡，包出來的餃子打你嘴都不肯放。陳默跟去吃了，是真的好，居然有純正的酸菜豬肉餡，這讓陳默依稀想起當年鄭家娘子的美麗風采。陳默吃飽喝足地站在門口跟成輝說拜拜，成輝笑著追過去說兄弟我送送你。

成輝住的是部隊單位的宿舍樓，樓道裡乾乾淨淨的，陳默知道他有話要說，慢慢地往下走，果然，下到二樓的時候成輝終於忍不住勸，兄弟哎，你別嫌我多嘴，你也是時候成個家了。

陳默點頭說是啊。

他想到了那朵暖瑩瑩微黃的燈光。

成輝欣慰地看著他，能想開就好啊！

陳默心想我想開了嗎？或許吧！

因為成輝那個家與成家的勸告，陳默開著車在城中轉了一圈之後還是開到了苗苑的樓下，燈還黑著，人還沒下班。陳默把車靠邊停下，熄了火，閉眼半躺在車裡，似乎在等待，又好像不是……

苗苑提著包行走在夜色中，軍用的吉普車總是引人注目，她無意識地多看了一眼，停住，半信半疑地走了過去。站在窗外看進去，黯淡的街燈只照亮了陳默的半張臉，嘴唇很薄，抿得很緊，下巴剛毅，苗苑直愣愣地看了半天。

她閉了閉眼睛再睜開，仔細地看，仍然是陳默，下巴上有些鬍渣，看起來髒兮兮的，很勞累的樣子。

苗苑記得他的工作一向都是很忙的，偶爾也會要出差，三天兩天或者一週。她記得陳默從來不會好好照顧自己，或者不應該說他不會，他只是不在乎，他不在乎吃什麼用什麼睡在哪裡，他不知道他應該被關心，他不知道有人會心疼他。

苗苑覺得自己眼睛裡濕乎乎的，她在想他應該給自己好好找個姑娘疼愛他，他應該有個人，會在他累的時候幫他放一盆洗澡水；她在想，如果你能夠對我再上心一點，就一點點，說不定我就能堅持下來，就不會讓你一個人在這樣的夜晚如此憔悴疲累。

陳默毫無預兆地睜開了眼，夜空清潤，星辰如海，全在那雙眼睛裡，那是一種濃鬱而飽滿的黑，苗苑被嚇到，往後退開一步，陳默推開門下車。

「你，在這裡等人？」苗苑問得很緊張，心臟活潑地在胸腔裡跳動，好像要從喉嚨口裡蹦出來。

「也沒有。」陳默靠在車邊。

「那，那你在這裡幹嘛？」苗苑的眼睛晶瑩明亮。

陳默覺得不好解釋，然而，他也不想說謊，於是低聲咳了一下，生硬地轉過話題：「下班了？」

「嗯！」苗苑用力點頭，突如其來的悲傷讓她的眼淚流下，像星光劃過夜晚微涼的空氣。

陳默習慣性地靠近去幫她擦眼淚，指尖沾著濕意，涼涼的，與記憶中一般無二的細膩觸感。一直被努力維繫著的微妙平衡在瞬間被打破，苗苑抬起眼睛看著他，距離忽然近到了危險的地步，呼吸亂亂地攪在一起，氣息曖昧。陳默在剎那間醒悟，又困惑，雖然……雖然說是我冒昧了，可是，妳也不反感，不是嗎？

苗苑咬著嘴角退開了一步，笑道：「我還是那麼……多愁善感的讓你笑話了。」

陳默專注地看著她，眼神中有疑問，苗苑於是落荒而逃。

陳默回去想了半夜，他詳細思考整個的邏輯流程，快到天亮的時候他做出一個決定。

如果，如果說妳看起來似乎也不那麼反感的話，如果妳，其實也並不討厭我的話，那為什麼，我們不能再進一步呢？

陳默想來想去，覺得……可以！

每一個從麒麟出來的特種兵都牢記一句話：完成任務，如果不行，那麼盡可能地完成任務。

苗苑，我想達到妳的要求，如果不行，我會盡可能地達到妳的要求，所以，再給我一個機會。

陳默的反射弧雖然長，可是行動力卻不一般，於是他的效率也總是相當的不錯。第二天，成輝在晚飯之前感覺到陳默停下來充滿期待地看著他，於是試探著問了一聲有事？

陳默點頭。

成輝揮手，有事就忙你的事去吧，晚上趕不回來我頂。

陳默抓起錢包和鑰匙就走了出去，成輝看著他的背影嘿嘿一笑，桃花開了嘛，這小子。

陳默在一路開車時思考他等會兒要怎麼跟苗苑說，而苗苑又會怎麼回答他。如果苗苑同意會怎麼樣，如果她不同意，又要怎麼樣。原傑曾經向他嘮叨過一個道理，說女人嘛，都是口是心非的，所以女人說不其實就是，女人說要走，那只是希望你能留下她。陳默對這個理論抱有一定的懷疑，主要是因為他覺得這樣也太閒了點，而次要是因為原傑如此精通理論，那不是也失敗了嗎？很明顯他的女人說要走的時候，沒有期待著他說留下。

最後陳默決定，管他呢，我們總是要先看到目標，才會知道要用怎樣的角度開槍，才知道風速多少，仰角幾何，怎樣糾偏……如果一槍不中，沒關係，再打一槍。陳默覺得這世上的道理千千萬，咱總得找一條適合自己的理論當基礎。

所以，陳默想，按照標準程式他應該進去很有禮貌的邀請苗苑吃頓飯，按照標準程式他應該先問一下她最近過得好不好有沒有男朋友，按照標準程式……

按照標準程式……陳默推開門，四下張望之後，沒有找到苗苑，心中非常失落，一般說來苗苑都是在週三休息的。

王朝陽熱情地招呼他，你來了啊，老規矩嗎？

陳默擺手，說今天不要了，苗苑在哪裡？

王朝陽馬上警惕了，早說了嘛，一個男人天天上門買同樣的蛋糕，這種事怎麼看怎麼不正常，果然是來泡妞的，她搖搖頭淡定的說：「今天人不在，跟男朋友約會去了。」

可惜了，雖然是熟客，但是楊維冬昨天晚上剛剛向她討教苗苑的口味愛好，怎麼著她也不能撬自己人牆角。

陳默頓時冷下來，盯著王朝陽的眼睛咬字重複：「男朋友？」

王朝陽一時被他盯得說不出話來，僵硬地點頭，好可怕，神啊……

「她男朋友，是……？」

「我們店裡那個……就是那個……」王朝陽不自覺脫口而出，說到一半才醒悟過來我為什麼要告訴他，他算什麼人呢？

陳默發現那個麵包師果然也不在，他垂下眼略點了個頭，低聲道：「麻煩妳了。」

王朝陽嘴角僵硬地一抽，強笑：「不麻煩。」

按照標準程式，他這樣的經歷應該叫做，目標對象，忽然失去攻擊需要，他潛伏三天，追蹤千里，終於發現並鎖定目標，然後上面說：別打了回來！

陳默站在人間的門口徘徊了一下，漫無目的地隨著人流而走，這條路上走著形形色色的人，或者匆匆，或者悠閒，陳默茫然地看著他們，視線從那些無差別的臉上滑過，過去了，就是過去了。

似乎，他總是慢了一步，讓一些東西從自己的指間滑過，等到那種觸覺傳到大腦，再握緊，手中已經空空如也，只差一點點。

街上熙熙攘攘的人群與他擦肩而過，陳默被擠到一家鹿港小鎮門口，門開門關時從大廳裡飄出來一段熟悉的樂曲……

「春風再美也比不上你的笑，沒見過你的人不會明瞭……」

陳默站在門口愣了幾秒，鬼迷心竅地推開門走了進去。侍應生熱情的過來招呼他，把他引到靠窗的位置遞上menu，陳默專心在聽歌，漫不經心地說隨便，好的，就這樣。

李宗盛那把拖泥帶水的嗓音在空氣中浮動，極淡的滄桑，百轉千折的居然還有幾分豁達的味道。

是鬼迷了心竅也好，是前世的因緣也好。

然而這一切已不再重要，如果你能夠重回我懷抱。

……

雖然歲月總是匆匆的催人老，雖然情愛總是讓人煩惱。

雖然未來如何不能知道，現在說再見會不會太早。

……

一曲終了，陳默終於有心情打量店裡的環境，這家臺式飯店，背景音樂一直不停地放著滾石的老歌，帶著濃濃的懷舊味，裝修簡單明快。侍應生端了一盤冰沙放到自己面前，陳默嚐了一口，很甜，但是很冷，陳默把勺子放下，看窗外往來的人群，日暮西沉，豔色金紅的晚霞把這城市燃燒成一片輝煌的火海。

按說以陳默的年紀，他的青春已經錯過了李宗盛和羅大佑的時代，可是當年他軍校的一個室友狂迷李宗盛，陳默對音樂沒有太多感觸，他總是漫不經心地聽著，漫不經心地哼兩句，於是永遠不能理解為什麼有人會因為聽到某首歌而潸然淚下，為什麼有人會對一個歌者抱有崇敬的心理。

而此時此刻，陳默在這個色彩濃烈的黃昏一人獨坐，在人群喧囂中回味自己的寂寞，他忽然記起室友說過的一句話，他說我喜歡李宗盛，因為他試著不露痕跡，告訴我愛情的道理。

這句話很蒼老，很模糊，好像壓在記憶的箱底已經很久很久，展開看的時候滿是塵埃。

陳默記起當時的他是完全不在乎什麼叫愛情的，每一個壯志雄心的男人在二十出頭的時候都不在乎什麼是愛情，在他們看來，愛情就像麵包上的草莓，紅豔豔的，誘人的美味的脆弱的……裝飾！

對，關鍵字在最後一個，無論多麼美好的形容詞都不能抹去最後那個名詞的定性：裝飾！

所以那個時候的他對室友的喜好不置一評，如果說愛情本身就不重要，那麼，愛情的道理更不值得太關心。我們年輕的時候都曾經瘋狂地追求過某些東西，也曾經不屑一顧地放棄過很多東西，而那其實都是因為我們的無知。陳默心想，大概就是如此，他的無知讓他錯過了他生命中最好的姑娘，可是，如果沒有相遇、別離、錯過，無知的人要怎麼才能知道起來？

陳默離開那間餐廳的時候，辛曉琪激揚的嗓音在耳邊迴響。

被愛是奢侈的幸福，可惜你從來不在乎。

……

我們的愛若是錯誤，願你我沒有白白受苦。

若曾真心真意付出，就應該滿足。

……

啊！多麼痛的領悟，你曾是我的全部。

只願你掙脫情的枷鎖，愛的束縛任意追逐。

別再為愛受苦。

……

陳默記起那時苗苑看著他淚流滿面，她說她不行了，她說你不愛我。

她振振有詞理直氣壯，她邏輯分明有理有據，她其實是在等待著自己去反駁她。

陳默心想他當時應該堵上她的嘴，把她抱在懷裡狠狠地親吻，他應該牢牢地抓緊她，絕不放開，他應該斷然地告訴她……

不，你弄錯了，我愛妳！如果妳還覺得不夠，那我就加倍好好愛妳！

然而他沒有那麼做，他克制又有禮，他寬容又大度，他表現得無懈可擊，或者，那其實只是因為，當時，自己，也是有猶豫的吧！

錯過了的，總是要到錯過了之後才知道錯過。

苗苑今天挺開心的，本來老闆一早就說過要在店裡滿月的時候請大家出去HAPPY一下，只是店裡事忙沒機會，昨天在楊維冬的倡議，自己的支持，還有沫沫的附議之下，老闆終於包了一輛麵包車，請大家去秦鎮吃大刀米皮，雪白的米皮，鋥亮的大刀，米皮切得細細的，拌上酸芹菜豆芽辣椒油，那叫一個香，又酸又辣又夠味。

一開始苗苑還抱怨，專門出一次城，居然就為了個小吃，可是一吃到嘴裡才知道那是真的值，拍著桌子也不能放啊！老闆好人做到底，回城時一個個地送到了自己家裡。

入了夜，晚風送爽，老闆開了車上的電臺放歌，是首老歌，苗苑輕輕跟著哼了一路。

第六章

我愛妳了，妳回來嗎？

1

似乎是從某一天起，陳默就再也沒有出現過，苗苑回憶了很多次，確定是在那天晚上他在她社區裡出現之後。苗苑自嘲地笑了笑，她有過一些猜測，一些懷疑，可是那又如何呢，這世界其實真的存在巧合，而事後我們也無力去分辨。

沫沫打好計畫決定要和米陸同學共同創建良好的革命未來，於是退了自己那邊的房子去和米陸一起住，退房的時候才發現原來自己這些年收了那麼多雜物，所以上帝的歸上帝，凱撒的歸凱撒……各家兒子，各家親媽領走。苗苑無奈地接手了一批自己的舊物，其中就有那隻BH（彪悍）的超級大兔子。這是苗苑曾經的寶貝，但不是沫姑娘的，能看得出來這隻兔子這半年來在後媽家裡過得挺憋屈，漂亮的長毛沾了灰，灰頭土腦的一大隻，苗苑守著它看了半天，終於鼓起勇氣給澡盆裡放水……

秋色正濃，銀杏的葉子染出金黃色的風，苗苑捏著酸疼的胳膊腿兒，癱在小沙發上看著陽臺外，那兔子沾了水越發狼狽得不能看了，可憐兮兮地被苗苑栓著耳朵掛在那兒，在風裡一下一下地晃悠。苗苑看著看著，慢慢微笑起來。

被愛是奢侈的幸福，可惜你從來不在乎。
我們的愛若是錯誤，願你我沒有白白受苦。
若曾真心真意付出，就應該滿足。

苗苑想起那天她在車上聽到的那首老歌，叫什麼名字來著？當時還被老闆嘲笑毛文化來著，算了，忘了就忘了吧，不過那歌詞說得還真是挺有道理的，所以要說這歌啊，還是老的有味道！

人間的好生意引來了一些跟風者，苗苑再接再厲地打算要給店裡上檔次，開出一個系列來做純正的動物鮮奶油。這年頭人們聽到動物就覺得會發胖，捧著植物二字就以為和健康直接劃等號，其實根本不是這樣。氫化植物油裡含有大量的反式脂肪酸，壓根就不是什麼健康的好東西。

上次苗苑在店裡代王朝陽的班，某位穿著入時的小姐高傲地向她抱怨，你們店裡的東西怎麼全都是用什麼奶油啊乳酪的，為什麼不用瑪琪琳？植物性的才健康，又不會發胖。

苗苑聽得一口鮮血差點噴出來，瑪琪琳什麼價錢？動物奶油是什麼價錢？苗姑娘欲哭無淚地向她解釋了半天利弊，時髦女郎半信半疑地離開了，由此苗苑深切地感覺到，經驗主義害死人啊！

店裡賣得最好的奶油小方是草莓味的，可是選試點的時候苗苑鬼使神差地選了巧克力，廣告做得炫、夠到位，東西也實在是好吃，新產品一下就轟動了。而且是完全超出苗苑意料之外的大成功，評論網上被人打到二十六分，一天可以賣出去幾百塊，老闆樂得合不攏嘴，又給苗苑招了一個助手來幫忙。

苗家老爹的梅子酒一直都藏在酒櫃的最深處，當初苗苑就是用這個酒來釣陳默的，釣到了之後這酒就功成身退。那天苗苑看著瓶裡淡青碧色的液體再一次的鬼迷心竅，她倒出來一點，於是一批十六塊小方都帶上了淡淡的梅子酒的醉意盈然。第二天苗苑聽到王朝陽費勁地向顧客解釋說我們這兒的巧克力小方一直都是這個味啊，從來沒有放過酒，真的從來沒有過酒味。

她偷偷地抿起嘴角。

後來苗苑控制了用量，一天只做九塊混在普通的小方裡搭著賣，於是那些精心調製傾情呈獻的，曾經只打算讓一個人品嚐的青梅巧克力奶昔蛋糕，流到了這城市裡形形色色的有緣人手裡。王朝陽很快地發現了苗苑的秘密，開始神秘兮兮地誘惑顧客，她說我也不知道啊，要不然你多買幾塊，說不定就會中呢？

苗苑轉過頭，對著王朝陽眨眨眼，楊維冬感慨了一下，現在的女孩子真會做生意。

陳默後來沒有再去過粉巷，不過蛋糕倒是沒少吃，原傑因為一塊抹茶慕絲丟了個女朋友，憤恨之下把人間店裡的東西吃了個遍，吃完了氣也出了，倒吃出了感情，隔三差五地也會去順點什麼來嚐嚐。陳默就托原傑記得給他帶巧克力小方，原傑於是感慨這男人的心和胃還真是一起的，心被甩了，胃還惦記著呢。後來巧克力小方的植脂奶改換成了鮮奶油，陳默忽然發現記憶中的味道又浮上了心頭，可惜還差那麼一點，就是差那麼一點點，讓他悵然若失。

原傑習慣性地在週末出去逛個街，買點日用品，理個髮，順帶給自己和隊長買宵夜。原傑覺得自己的水準是越來越高了，那麼個小小的脆弱的小蛋糕一路拎回來居然還能一點不亂也真不容易，原傑生怕放久了東西走形，為了確保勝利果實他直接給陳默送了過去。

陳默正在準備週一去隊裡開會的發言材料，晚飯沒吃剛好也餓了，拿起來就咬下去一口……原傑便眼睜睜目瞪口呆地看著自家的冰山隊長在一瞬間變了臉色，彷彿不可置信地低頭看了一眼，衝出門去。

乖乖，咋個情況？原傑伸長了脖子看陳默消失在走道拐角。

陳默一路車開得急，胸口亂亂的悶悶的一團理不出個頭緒，一頭撞進門之後才發現失語，尷尬地隔著玻璃張了張嘴，苗苑在裡面看到人，繞出來見他。

「有事嗎？」苗苑難得看到陳默著急，覺得很受驚嚇，天塌了還是地陷了？

陳默掩飾地握起拳頭放在唇邊咳了一聲，問道：「妳現在是不是又開始做那種有酒味的蛋糕了？」

苗苑頓時緊張，她條件反射就想抵賴。

可是陳默卻忽然看定了她：「我剛剛不小心可能買錯了，妳弄給別人吃的蛋糕買走了，所以……那人買錯了東西有沒有發現？他有沒有發現不一樣？其實我覺得妳如果現在喜歡誰，別像當初那樣了，萬一他吃不出來怎麼辦，妳喜歡他還是直接說比較好，真的。」

「我跟他說過的，」苗苑笑了，「但是他不愛我，其實沒關係，我現在知道他一直都很關心我，我現在也挺高興的。」

「他不愛妳？」陳默忽然握住苗苑的手臂：「那他既然不愛妳，妳也別耗著了，沒意思的耗著也沒用，妳……能不能再考慮一下我？」

「啊？」苗苑傻眼了。

陳默看到店裡的店員顧客們正在往這邊張望，他咬了咬牙直接把苗苑拽出門去，苗苑正被那句大雷劈得腦子裡暈乎乎的，完全沒有反抗地就讓他給拉跑了。

陳默找到路邊人流稀少的地方，轉身把苗苑鎖到自己與牆壁之間。

「是這樣……」他試圖解釋。

苗苑眼巴巴地看著他。

陳默頓時覺得腦子裡一下又亂了，很多話不知道從何說起，也不知道要怎麼說，硬生生地堵在胸口，人們在被逼到極處的時候總是喜歡說要不要我把心掏出來給你看，好像那上面清楚明白地刻著字。

陳默想我真恨不得把心掏出來給妳看看。

可沒用啊！

那只是血乎乎的一團肉！

「我，我，如果……」

陳默焦慮地看著苗苑的眼睛。

「我愛妳了，妳回來嗎？」

苗苑覺得自己現在很暈乎，當然之前她更暈乎，所以陳默在問完那個問題之後，看著她明顯已經有點僵硬的表情馬上說，「妳不用著急回答我，妳可以慢慢想。」

苗苑於是鬆了口氣，「想，嗯好的，我慢慢想。」

陳默說，「我不急，我有很多時間，我可以等，所以妳不用馬上給結果，妳好好想。」

苗苑心想好，我好好想。於是，你就打算這麼等著了？

苗苑困惑地看著陳默，陳默被她看了幾眼，看毛了，忽然莫名的就緊張起來，急匆匆地撂下句話，那，那我明天再來找妳。

苗苑歪著頭看陳默落荒而逃的背影，心中無比困惑地使勁思考，難道被震撼的人不應該是我嗎？

苗苑被震撼了，被震撼到無法言語，於是她直接連線了沫姑娘，沫沫收到消息，發出了與苗苑相似的短而急促的驚呼，感慨，陳默他這次又抽什麼風？

苗苑無語。

沫沫沉吟幾秒，說我過來一下。

於是王朝陽等人就看著苗苑心神不定地看著門外，楊維冬其實很想問苗苑剛才那個人是誰，可是直覺告訴他，那就是個重量級的人物，重量級到炮灰他這麼個小透明像玩兒似的那種人物。楊維冬心情沮喪，他最近和苗苑相處不錯，正在準備更深入地發展，輸給過去式這個太慘烈了，他一邊用力地揉著麵團一邊想自個兒這回真TM冤。

沫沫到得很快，苗苑馬上兩眼放光，以革命戰士在窮途末路之際看到老區親人的熱切眼神看著她，沫沫手扶上她的肩膀，劈頭蓋臉地就是一句：「妳答應他了？」

苗苑搖頭：「還沒。」

沫沫舒一口氣：「還好。」

「不能答應嗎？」苗苑糾結了。

「不是能不能的問題！咱現在不討論這個，聽我的，慢著點，沒錯！」沫沫鄭重其事地把苗苑拉到角落裡，平常所有的嬉笑都收起，嚴肅得嚇人。

苗苑眼巴巴地看著她吞唾沫，由衷地感覺到人家可以把小米調教得這麼乖巧聽話力求上進，那就是有理由的，有水準有理論有實踐，哪像她呀，一個戀愛談得支離破碎。

「那我現在要怎麼辦？」苗苑虛心求教。

「妳，啊，」沫沫嚴肅地指著苗苑，「上次，妳車禍那次，妳說妳要斷，妳就真斷了，說真的那次我特別欽佩妳，說斷就斷了，比爺們還爺們。」

「所以，咳……我應該，就別理他？」

「這個問題先放一放，現在的問題是，妳要端正態度，解放思想！本來妳和陳默都分手了，我也懶得說妳了，可是現在陳默橫插這麼一杠子，我就得給妳翻翻舊賬，妳知道當初你錯哪兒了嗎？妳就是錯在對他太好！」

「我對他好也是錯啊！」苗苑抱怨。

「對，大錯特錯！」沫沫隨手抓了架子上一個麵包問苗苑：「這東西你們這兒賣多少錢？」

苗苑瞄一眼：「五塊八。」

「妳怎麼不賣兩塊呢？」

「那還不得虧死啊，麵粉多少錢一斤了你知道不，還得算房租……」苗苑激動了。

「行行，妳也知道東西賣太便宜了會虧啊？過日子，說穿了就是做生意，雖說不像菜場買菜吧，三毛錢就一定能拿回一把蔥，但妳不能偏離價值曲線啊。」

「我文盲沒念過大學，妳說這麼高深我聽不懂。」苗苑被那句大錯特錯深深地打擊到，哀怨地瞪著沫沫。

「這玩意兒高中就學過好吧。」

「妳欺負我沒念過高中！！」

「妳這丫頭，」沫沫憤怒地掐她肩膀，「我就不相信你們師專不教馬經？」

苗苑低頭數手指。

沫沫停了停神，心想，我這都讓她拐哪兒去了：「苗苑，妳知道你們兩個當初為什麼過不下去嗎？就是因為妳麵包賣得太便宜，妳太縱著他，明明都委屈上了還不敢說。結果到後來，妳這邊虧本做不下去了清盤走人。他呢？他沒為妳花過多少心思，他沒對妳下成本，所以妳走了就走了，他也不傷心，你明白嗎？」

苗苑無奈：「可是我怎麼知道，他不會嫌我貴了呢？」

「咱們店裡定價是怎麼定的？東西做出來，成本算好，找人吃，問問這個價錢能接受嗎？再高一點行不行，再低一點怎麼樣？我爹媽就老覺得米陸配不上我，小廚子沒前途，可我就喜歡那樣的，雖然沒別人有本事，但他肯聽我的。談戀愛這個事，貴賤就看人心，覺得值就好，覺得不值就得敢要價。」沫沫按住苗苑的肩膀：「所以，妳這次給我慢著點，矜持！懂嗎？別像以前那麼上趕著，妳得讓陳默先出點血，別他一招手妳就小心亂跳的，妳再這麼著當心我抽你。而且妳這也不是對他好，妳這麼虧本賤賣的妳要是能賣到底，我也就認了，你們倆那叫天生一對，可是問題是妳撐不住啊，到最後妳又跑了，妳這叫什麼？妳這叫害人害己。」

苗苑支著下巴若有所思，半晌，為難地問道：「那我到底應該賣多少錢一斤呢？」

沫沫無語地望了天，心想這麼個千古迷題，妳問我？

沫沫臨走的時候對苗苑說矜持，矜持那兩字會寫嗎？矜持，我真恨不得寫好貼妳腦門上。苗苑說得了得了，妳當我傻瓜嗎？沫沫在心裡罵，妳當妳不傻嗎？傻丫頭！

其實苗苑琢磨著，就算是沫沫不叫她慢著點，她現在也只能慢著點。陳默這麼沒頭沒尾地橫插一手，妳說拒絕吧，他都沒幹什麼，無從拒絕起。說接受，那什麼老話說得好：你讓我滾，我滾了，你再讓我回來，對不起，滾遠了。

苗苑心想，當初是自己說要滾的，信誓旦旦地說要滾遠，就得有個滾遠的樣子，就算是只傻瓜，也不能讓人一招手就滾回來吧。所以，苗苑深吸了一口氣，咱現在也得學學那奢侈品，得端著賣，你要研究顧客的心理，你能在二十塊給賣出去的東西，在三塊這個價位它就不一定會受歡迎。

所以說，顧客的心理是很微妙的，就像男人的心情一樣的那麼微妙，嗯，還有女人的。

那天晚上，苗苑在開始時一直留心手機，好像有根無形的線在牽著她，留心到後來忽然想起她的新號碼陳默沒有，苗苑停下來笑了笑，把手機放回到櫃子裡，工作很忙，轉來轉去的，她也就把事情拋到了腦後。到點關了門，苗苑與大家一圈道完別，習慣性地把手插進口袋裡往回走，轉過街口便看到陳默靠在街邊的路燈下面，制服被街燈昏黃發紅的光染成暗色，漆黑的雙眼裡映出霓虹的喧囂。

苗苑一時吃驚：「好巧啊，你等人？」

「等妳。」陳默站直了身體走過去。

「噢，真的啊！」苗苑感慨，士別三日當刮目相看啊，俏皮話都學會說上了，苗苑又走了兩步才發現不對，猛地一轉身對跟在自己身後的人問道：「你真的等我？」

「我送妳回家啊。」陳默低頭看向她，回答得理所當然。

苗苑頓時腳軟了，哎呀媽啊，這什麼待遇啊？

2

為了更好地對敵作戰，達到知己知彼百戰不殆的境界，陳默在下午回到駐地之後開了一個戰前小組會議，詳細地分析了一下目前的敵我形勢，深刻地剖析了一番紅方的戰略戰備。

目前正處於休假狀態的陸臻中校與目前正處於被甩狀態的原傑中尉，利用先進的通訊設備攜起手來對他進行了一番嚴肅的批評再教育。陸臻基本上已經把這個事上升到了軍人與男人的榮耀問題，大意是我就說呢，怎麼好好的就被人給甩了，這麼善良、這麼好搞定的姑娘你都搞不定，陳默你也別混了，以後出去不准穿著制服招搖，咱們中國人民解放軍丟不起這個人。而原傑的意思是，隊長你別嫌我說話不好聽，你只要有我百分之一的努力，嫂子也不會跟你說分手。

陳默面無表情地聽著這兩個人越來越不把自己當回事地埋汰，並且相互交流彼此的追人經驗，大有結成統一戰線的趨勢，心中不由得感慨萬千。

陸臻說，默爺你放心，苦不苦想想紅軍二萬五，累不累看看革命老前輩，就你這麼點困難算什麼呀，你想想兄弟我，我當年那可是珠穆朗瑪的高峰啊！不照樣讓我給征服了嗎？你就記住我一句話，一切反動派那就是紙老虎，經不起你一下戳，你要是一下戳不透，你就給我溫柔地，執著地，循序漸進地慢慢戳，總有戳破的那一天。

原傑點頭不迭，對對對，還是陸團長總結得到位。

陸臻清著嗓子謙虛了一下，然後繼續：好，等你戳破了，你千萬別認為這麼就大功告成了，不是這樣的，哄老婆那是一個長期的漫長的工程，我們男人穩定自家後院的一個根本宗旨就是，老婆基本靠哄。你得投其所好，你要溫柔體貼，你要讓她覺得沒什麼抱怨，基本上這個世界上就你對她最好……

陳默說，嗯，你老婆。

陸臻說怎麼，你對我老婆有什麼看法嗎？

陳默說我不敢。

原傑暗自心驚，我靠，什麼樣的絕色美人讓陸中校追得這麼千辛萬苦，讓他們家隊長都不敢對她下一字評語。

陸臻哼了一聲，我諒你也不敢，小傑子，來報個手機號碼給我，看好你們隊長，連個女人都搞不定，唉……陸臻長嘆氣，做辛酸無盡狀。

陳默忍不住反問我搞不定，難道你搞得定？

陸臻閒閒地回他一句，我也就是不願搭理那些小姑娘，畢竟咱也是有家室的人了。

陳默心中默默地嘔出一口血。

陸原二人組在合夥把陳默糟蹋得體無完膚之後，給他開出了一個行為準則，起初那張單子看起來幾乎有點玄幻，類似於三從四德，三綱五常。陳默看著單子嘴角抽搐，他說陸臻你當年……

陸臻截斷他的話頭，無限感慨，可不咋的啊！！

陳默心中再次默默吐血，他挑其中看起來還比較可靠的背了一下。如果說陸臻那媳婦兒算是珠穆朗瑪，那苗苑最多也就是西安城外華山的那點高度，打個五折執行，應該也綽綽有餘了，陳默這麼想著，心中頗有罪惡感。

那天晚上苗苑和陳默並肩而行，一路走回去。苗苑的神志總有那麼一點恍惚，這種恍惚不是說天上掉餡餅砸暈了，又或者是受寵若驚得不知道要怎麼辦才好，而是一種困惑，類似於，讓她想問問：陳默你到底想幹嘛呢？

苗苑思來想去，不知道為什麼腦子裡層出不窮的都是諸如「黃鼠狼給雞拜年沒安好心」，又或者「無事獻殷勤非奸即盜」這一類頗具被害妄想症的名言警語。因為苗苑的恍惚，於是他們一路無言，陳默提了幾次話頭都沒等到接話，終於切身體會到了什麼叫被人沉默的痛苦。走到樓下時，苗苑停下腳步看著陳默，遲疑地：「其實，如果你以後工作忙……」

「我如果有事忙不能來，就提前打電話告訴妳。」陳默道。

哦，苗苑點頭。

「所以，妳的手機號碼。」陳默問道。

苗苑心不在焉地應了一聲，說我等會給你發訊息。陳默看著黑漆漆的樓道堅持一定要送苗苑上樓，這個事他已經糾結了很久，他對樓道有心理陰影，總覺得那裡藏著一個面目模糊的怪叔叔，隨時會攔住天真無邪的小紅帽。苗苑仍然保持著她受驚又困惑的表情，僵硬地點頭說好。

關門時合租的女生眼尖看到一個背影，八卦地追問是否男友。

苗苑垂著頭鄭重地思考，鄭重地搖了兩下，她站在窗邊往下看，看著陳默的身影消失在夜色中，苗苑想了想撥電話給沫沫。

知心沫姐聽苗姑娘說完首尾，堪堪倒吸了一口冷氣：陳默這死狗真開竅了啊！

苗苑猶豫著問：「妳覺得我應該怎麼辦呢？」

「還那倆字兒，矜持！別跟那沒沾過腥的貓兒似的。」沫沫趴在沙發上啃蘋果，說話的聲音就像青蘋果那樣青澀爽脆：「不就是接送個上下班嘛，這算什麼啊，小米還每天接我回家呢。」

沫沫一挑下巴，對著對面的米陸飛個媚眼，米陸心裡一樂，笑出一對小酒窩。

苗苑急了：「妳那是順路一起回家，不是一回事！現在從他單位到我這兒，開車得半小時，我走回去才十分鐘。」

「沒事啊，姑娘，慢著點，妳就讓他追追，看他能生出什麼花樣來！兵來將擋，水來土掩，總而言之一句話……」

苗苑咬牙切齒地陪了她兩個字：「矜持！」

苗苑放下手機仰天長嘆：好！我矜持！

其實談戀愛能有多少花樣呢？一起聊個天，逛個街，看場電影吃個飯，也不過就是單身時的無聊消遣，只是多了一個人，才讓無聊的事變得更有滋有味。陳默那天晚上等了半夜沒等到苗苑給他消息，對照陸原泡妞組合的分析大概是苗苑還在記仇，要讓他嚐點苦頭，心中不免感慨了一下現在的小姑娘真幼稚，同時又感慨了一下原來等待的滋味是如此的忐忑與心焦。

陳默心想，一世英明盡喪，我居然也有了如此婆媽的一天，回頭想想陸臻又覺得心裡好受了一些，按比例分析，陸臻的當年應該比自己婆媽多了。第二天晚上，陳默又一次準時出現在街角，半路上裝作不經意再次提起電話的事，苗苑做如夢初醒狀，手忙腳亂地把手機從兜裡拿出來。

陳默心底一鬆，原來，原來她只是忘記了，可是這一緊一鬆的心情它應該叫什麼？這是否就是所謂的患得患失呢？

陳默把號碼輸入手機嘗試撥號，他被這丫頭黑過，一朝被蛇咬，十年怕井繩。悠長的歌聲悠悠地響起來，苗苑愣了幾秒才想起按掉，陳默隨口問了句，什麼歌，挺好聽的。苗苑笑道，忘了。

哦，陳默應聲，歌詞在腦子裡飛快地閃了一下：我的心是一片海洋，可以溫柔卻有力量……的確是很好聽的歌，溫柔卻很有力量。

陳默看著苗苑小小的身影，就像這個女孩給他的感覺，可以溫柔卻很有力量。

原傑最近正處於失戀後的恢復平臺期，感情生活空虛無聊，閒時沒事的唯一樂趣就是指點他們家隊長談戀愛。陳默偶爾也會向陸臻報告一下他目前的進度，陸臻總會感慨萬端地嘮叨：太弱小了，太弱小了……言下之意，兄弟你放心，一直往前走，勝利只是個時間的問題。陳默於是自信滿滿的，當我們全心全意為了一個註定會幸福的結果而努力的時候，總會覺得生活充滿了奔頭。

五隊的戰士們也隨之心花怒放了起來，即使訓練強度還是一樣大，訓練要求還是一樣的嚴厲，可正是因為如此，隊長臉上的笑容才顯得如此珍貴啊！

隊長結婚吧，結婚吧，結婚吧……

雖然同樣是聊天、逛街、吃飯、看電影，陳默也不得不承認原傑的花樣就是比他好得多，同時也不得不承認苗苑如果甩了他跟原傑跑了那也是人之常情無可厚非，所以他決定在婚前不讓原傑有機會和苗苑單獨相處。

而苗苑最近則老有種心慌不著靠的感覺，就好像你一直遙想某種美食而不得，忽然間有人給你鋪了一桌子，於是下筷的時候不免小心翼翼，不是說不好吃，只是半咬半吞半吐，總覺得不落胃。

苗苑偶爾會憂心，當初是我把五塊八的麵包賤賣成了三塊，最後虧損清盤關門大吉，將來可千萬別是你陳默一時衝動下血本，五塊八的麵包甩過來十塊說別找了，最後買不起，說不吃就不吃了。苗苑問沫沫，妳說會不會這樣？沫沫說妳當我神仙啊？苗苑問我要不要讓他也慢著點。沫沫橫她一眼，他現在是為妳幹嘛了啊，為妳生還是為你死了啊，我看妳當初就是被陳默欺負狠了，好日子不會過，犯賤呢。

苗苑被她罵得脖子一縮，心想，還真有點。

原來陳默就說愛她，可是她感覺不到，真的感覺不到；現在陳默也說愛她，是啊，行動是有了，姿態是做出來了，可是為什麼心裡反而更不安定呢？像假的，做出來的，學出來的。可能他一圈轉回來，發現也就你苗苑看起來還不錯，各方面也還算符合要求，於是，就是妳了。妳要什麼就給妳，哪怕他沒有。

苗苑覺得腦子裡亂亂的，不知道問題出在哪兒，也不知道到底算不算有問題。

可是什麼叫愛情呢？純潔的透明的玻璃一樣的？那啤酒瓶子一樣的算不算？苗苑有時又想，她是不是把愛情想像得太高尚太美好太風花雪月了，脆弱得像團雪似的，好像怎麼著都能弄髒了它。

迪士尼出了新片，陳默帶著兩張電影票去找苗苑，這片子是原傑介紹的，陳默事先也沒在意，開了場才知道是動畫片，3D惡搞，陳默不像某些人那樣擁有永恆的童心，他從小連貓和老鼠都不愛看。

陳默用眼角的餘光偷偷摸摸地看過去，苗苑的面孔模糊而雙目晶亮，映出大螢幕上的斑斕色彩，勃勃有生氣，她一直不停地笑，幾乎合不攏嘴，臉頰鼓鼓的像一隻飽含著水分的紅蘋果。

於是苗苑看著電影笑，他就看著苗苑笑。

這個女孩，在他還蒙昧無知的時候一頭撞過來，他將她撈住了，其實並不太明白自己手裡握住的是什麼。他將她放在身邊，她的好他不是不知道，只是那種存在，像植物，像一棵樹那樣安靜的存在。他沾過她的蔭涼，聞到暗香浮動，他為她澆水施肥，他以為這樣就足夠了。卻不知道一個女人從來都不會安心做一棵樹，她們是渴望愛撫的生物，她們需要你不時地看她一眼，將她抱在手裡，她們是貓。

陳默伸出手，在苗苑頭頂揉一揉，苗苑偏過頭不滿地瞪他一眼，固執地擺脫他，把視線投向大螢幕。陳默笑了笑，莫名其妙竟覺得安心。以前的苗苑像一棵樹，忽然間在他身邊長出來，但其實並不歸他所有，於是她來了又去，他都抓不住她，沒有人可以真正擁有一棵樹。那時候苗苑說我不欠你的。是啊，陳默想，妳不欠我的，我給過妳什麼？我什麼都沒給過妳，所以妳要走，我也留不住。可現在不一樣，妳是我一點一點拉回來的，我在慢慢地重新認識妳，我得在妳身邊織下一張網，妳才會屬於我。

陸臻說，如果你真的愛一個人，你就要學著重新認識他，去發現他的優點，發現他與別人不一樣的地方。雖然人和人都一樣，兩個眼睛一張嘴，但情人的眼睛應該要比別人發現更多的東西，只看你是不是能找到，找到她的好，獨一無二只有你能看到的好，那是專屬於你的財富。

陸臻在說這些話的時候，聲音幸福得讓人嫉妒。

電影散場時人潮洶湧，陳默總擔心苗苑那麼小一顆讓人擠擠就沒了，於是牢牢地握著她的手握在手心裡。苗苑的手不大，細滑而柔軟，握在掌心裡感覺熱乎乎的。走出電影院，冷風撲面，苗苑抽回手摸了摸臉。陳默一時握住了，忽然又被抽走，掌心連著心底一空，他轉頭去看她，苗苑已經把手插進了口袋裡，眨巴著大眼睛看著他：「吃宵夜嗎？我請你。」

陳默說：「我請吧。」聽說約會時不能讓女孩子花錢。

要是說那烤肉啊，還是裡木家的好，苗苑挨著陳默一起站在昏暗破舊的巷子裡吃烤羊肉和腰子，她想起那天抱著大兔子站在巷子口等，陳默從裡面把烤肉買出來給她，也是這樣又香又嫩的滋味。苗苑心想，他們其實有個挺不錯的開始，可是為什麼後來會分開呢？其實，可能那時候大家都有點錯吧！

窄巷的深處傳來零碎的呼痛和鈍悶敲擊的聲音，陳默的臉色一變，把剩下的烤肉塞到苗苑手裡。

「幫我拿著。」他轉身就往裡跑，攤檔的老闆連忙去攔他還是晚了一步，急得跳腳：「哎呀，那幫小混混幫派掐點呢，他一個人過去有個啥用啊！」

苗苑嚇得心臟一停，拔腳就追了上去，這賣一還送一，老闆氣結，連忙掏出手機報警，可是急歸急，畢竟不敢跟過去瞧瞧。

暗巷子往裡走，七繞八繞地轉過去，鬼影重重。

苗苑正在心急如焚時眼前卻一亮，她看到陳默筆直地站在一個巷子口，堵著，一動不動。苗苑急得大叫，陳默偏過頭略看了她一眼，眸光閃了閃，手上一甩，好像魔術師似的憑空變出根一尺多長的棍子。

巷子裡的人要往外衝，陳默卻往裡走，苗苑不放心地跟過去看，明晃晃的白刃映在月光裡發出慘白的光，她嚇得驚叫了一聲，連忙把拳頭塞到嘴裡，不敢出聲，怕影響到陳默。

陳默其實很想回頭告訴苗苑妳別怕，不會有事的，可是對方有人心太急，已經衝了過來。刀光閃閃，寒氣逼人，陳默側身躲過，一甩手，棍尖敲在那人手腕上，毛骨悚然的慘叫與令人膽寒的碎裂聲一起響起。

陳默皺眉，下手還是重了。

幾個小混混急紅了眼，顧不上宿仇一致對外，刃口砸在棍子上拖拉出瘆人的金屬摩擦聲，陳默找準關節敲過去，轉眼間又倒了兩個。

「你們別一起過來！我收不住手。」陳默把腳邊一個抱膝亂滾的傢伙踢開。

牆邊的暗處站著些面目模糊的人影，眼中發出幽光，憤怒的，敵意的，警惕的。陳默用腳尖勾起半塊磚踢到空中，揚手只用腕力砸下去，紅磚在半空中四分五裂，碎了一地。

陳默甩了甩棍上的浮灰，眼神淡漠地看著他們。

3

牆角有人撐不住強笑：「兄弟，別這樣，給條路走。」

陳默一挑眉毛：「不打了？」

那邊嘿嘿乾笑。

「那等著吧，我已經報警了。」陳默雙手一合，掌心拍在棍尖上，把棍子收了起來。對面有人懂行的，轉瞬間臉色變得非常難看。ASP（註17）不是沒玩過，這玩意兒殺傷力有多大也不全是吹的，可是空手收棍，別說沒見過，恐怕連聽都沒人聽說過。本來還打算先麻痺著，等陳默這邊鬆懈了，搶了棍子逃走，可是現在連這點心思都不敢起了，這人那一雙手，可能反倒更可怕。

「陳默……」苗苑小聲地叫他名字。

陳默轉頭看到苗苑雙手抱在胸前，小心翼翼地貼著牆根向他挪過來，昏黃的街燈照出她驚惶的眼，陳默頓時覺得心中柔軟，他努力笑得溫柔，張開手……苗苑神色一鬆，目光晶亮地只落在陳默一個人身上，再也顧不到腳下。

一個原本倒在地上呼痛的傢伙忽然貼地一滾，跳起來撲向她，苗苑只來得及看到一幢黑影，條件反射地往後退。那隻手幾乎生生懸在她鼻尖上退走，苗苑頓時嚇得尖叫，後背騰起一層冷汗。

「手腳還挺快的。」陳默掃他一眼，反手握棍卡在那人脖子上把他拎起來，直到雙腳離地，窒息時抽搐的掙扎讓他發出嘶啞的呼吸聲。

「陳默？」苗苑受驚過度，嚇得淚眼婆娑。

「別怕，沒事了。」陳默用眼神示意她站到自己身後去，苗苑飛快地閃過去，雙手抓著陳默背後的衣服，只偷偷探頭露出一隻眼往外看。

「哎，兄弟，你這……要死人咧……」那邊有人急了。

陳默手上放鬆，像扔一個破布袋似的把人踢出去，那人癱在窄巷中央，抱著脖子抽搐，咳嗽不止。

「還好，還差一點，要不然我就說不好了。都老實點，別惹我。」陳默略略抬眸一掃，又垂下去，壓抑的勁勢，與剛才完全不一樣。

打群架進局子也就是個治安管理條例，最多關上十天半個月就當是休假了，可眼前這位，幾乎一觸即發的要人命，出來混最重要的就是識時務，有人偷偷溜過來把地上那位拖走，大家收了武器分兩撥蹲好，縮在牆角。

於是，刑警大隊的何建國副大隊長到達現場時看到的基本上就是這麼個景象，一邊是陳默擁著苗苑柔聲低語細細安慰，另一邊兩群十幾個小混混腰上別著鋼棍小刀蹲在牆角瑟瑟發抖。老何失笑，走過去與陳默親切握手：「小默啊，我一聽是你報的警，嚇得我拔腿就過來了，生怕你搞個防衛過當。」

陳默笑了笑：「要不是遇上這麼慫的，可能就真過當了。」

苗苑一向乖巧，老家民風純樸，從小到大就沒看過兩個以上成年直立行走的生物持械互毆，更加從來沒遇上過直接往自己身上撲的，所以這次真是嚇得不輕。陳默抱著她哄了半天，眼淚還是劈裡啪啦地往下掉，雙手死死地握著陳默的衣服，還好武警制服的用料實在，要不然真能讓她給扯破了。

老何使了個眼色，壓低了嗓子問陳默：「你媳婦兒？」

陳默低下頭去看苗苑，發現苗苑正在專心致志地哭，完全無暇他顧，於是心安理得地擔了這個名聲，老何笑著用手肘撞他：「英雄救美啊，美不死你麼。」

陳默苦笑，心想美個頭，沒瞧見正嚇得在這兒哭嘛。

「不錯，美著呢，所以你看吧，命裡有的就是你的，原來那個不去，這個……」老何俯到陳默耳邊。

陳默失笑：「還是原來那個。」

老何一愣，鄭重地按住陳默的肩膀：「嗯，長情，小夥子不錯，我喜歡。」

說話間幾個刑警已經把肇事的混混們銬了一串，管制刀具繳獲成堆，有人拿著箱子過來裝，那個被陳默砸到手腕的小混混忍不住嚷嚷，你們當兵的就能帶武器麼？那個當兵的身上也有違禁品！他這聲一出，馬上應者如雲，叫罵聲鬧成了一團。

何建國手下一個二級警司賠著笑臉走過來，聲音很輕地壓著：「陳隊長，意思一下，別在意。」

陳默把ASP拿出來放到他手裡，警司一看就笑了，轉身揚了揚手：「看清楚了，ASP伸縮棍，這玩意不違禁！」

一夥人嘴裡不乾不淨地罵起了娘。

警司隨手把棍子打開，握在手裡玩了個花樣：「這棍子用了有年頭了吧。」

陳默說：「是。」

警司湊到路燈下細看棍身的劃痕，反手握柄在牆上用力磕了一下，把棍子收起來還給陳默。

陳默問：「玩過？」

警司笑著比了個大小：「我有一個海軍版的，二十一寸，比你這大一號，改天陳隊長有空的時候給指點一下怎麼玩啊。」

「有時間吧。」陳默把ASP收到口袋裡。

老何押人上車，一手拎著他們的領子罵，要打架要尋死去城外頭，別在城中心胡鬧，打完了直接通知環境衛生組，該燒的燒，該埋的埋。陳默和苗苑跟著一起去局子裡錄口供，苗苑聽老何操一口流利的關中方言罵得風生水起，忍不住撲哧一下笑開，陳默心裡一鬆，一手圈著她的肩，讓苗苑靠在自己胸口上。

英雄救美，嗯，似乎效果也不錯。

局子裡的人對陳默這名字依稀也有耳聞，更何況有老何領著，問話都非常地客氣，苗苑在回憶往事的時候又被嚇了一遭，怯生生地看著陳默，眼眶有點要濕不濕的樣子，陳默張開手掌遞向她，苗苑馬上牢牢地抓住了他的手。幫苗苑做筆錄的是一個年紀不大的姑娘，瞧了瞧苗苑，又瞧瞧陳默，露出似笑非笑的表情，苗苑臉上慢慢羞紅，一時忘記了害怕。

做完了筆錄員警們去上面入檔，苗苑和陳默坐在一邊等。一時無聊，苗苑就好奇上了陳默的棍子，硬要讓他拿出來給自己看一下，怎麼就像變魔術似的，忽然就有了眨眼又沒了。

陳默猶豫了一下，有些不太情願地拿出來放到苗苑手上。

「怎麼弄呢？」苗苑顛來倒去了看了好幾遍，學著陳默的樣子甩，居然沒甩開。

「別玩了。」陳默順手從苗苑手裡把棍子抽走，苗苑一愣，回想起當初的狙擊鏡事件，頓時心裡老大的不高興。

無論反應是不是能跟得上，陳默的直覺總是靈的，幾乎是馬上的他就發現了苗苑在鬱悶。剛巧，老何走過來跟他打招呼，熱情地握住陳默的手搖一搖，半開玩笑地說謝謝支持工作，不過以後下手還是得往輕裡走。

陳默不太好意思，點頭說是。

秋色漸深，夜風吹到臉上已經有明顯的寒氣，苗苑跟著陳默從警察局裡出來。

往前看，黑夜中陳默高大的身影安靜如山，這是會讓人感覺到無盡能量的一個男人，只要他在站在你面前，一切的鬼怪妖邪洪水猛獸好像都無法再逞凶。

可是……

苗苑想，為什麼他總要拿我當外人。她握了握拳，想到沫沫對她說的話：別硬撐，妳要敢於要價。

「陳默！」苗苑鼓起勇氣：「我要跟你談件事！」

「嗯？」陳默詫異地挑起眉毛。

「我想知道，你為什麼老是不讓我碰你的東西？你不是說，你喜歡我嗎？可是為什麼你的東西我連看都不能看，以前槍的事就這樣，就算是槍太危險，我拿著玩不好，可是為什麼連一個望遠鏡你都不讓我碰。還有，你現在這個棍子，我拿著能有什麼危險了。不認識的人你都隨便借給他玩，就我不能碰。」苗苑下意識地把手絞在背後握緊，越說越覺得委屈：「還有，我有一次借你的刀削梨，你就是不肯，讓我直接吃，那是梨又不是蘋果……」

「你想知道？想知道為什麼？」陳默盯著她看，專注的眼神中有種幾乎肅殺的鄭重。

苗苑被他的眼神震到，但是很努力地點了一下頭：「陳默，我想，我想知道有關於你的一切。」

「那我們找個地方，我告訴妳。」陳默轉頭向四下裡看了看，鼓樓黑色的飛簷映在蒼冥的天幕上，他握住苗苑的手：「跟我來。」

太晚了，鼓樓已經上不去，陳默穿過車水馬龍的鬧市帶著苗苑去了城牆根，在這城市裡找一個安靜無人的地方並不容易，古城牆暗色的磚沉在夜色裡，像陳默的眼神，肅殺得鄭重。

「陳默，如果，如果真的很為難的話，其實……我也不是那麼堅持要知道的。」苗苑看到陳默的表情凝重，反而先膽怯了。

「不是為難。」陳默道：「我是怕妳彆扭。」

他把ASP拿出來打開，放到苗苑手上：「這東西不是我買的，算繳獲。那次，人已經扣住了，槍也繳了，看樣子傷得也不輕，我們去綁他，他跳起來砸我的頭，我當時在跟人說話，我的觀察手撞了我一下，他這裡……」陳默的手掌在右肩上劃下：「兩根骨頭全碎了，粉碎。」

苗苑驚呼：「然後呢？」

「然後就退了，傷得太重恢復不了，我就把它留下了，提醒我永遠不要分心。」陳默低下頭去看苗苑的眼睛：「這個東西，落在我手上之前不知道殺過多少人，被我拿著以後，也不知道幹掉過多少人，所以我不想讓妳碰它。這玩意看著不起眼，可真砸下去，一條人命就是轉眼的事。」

苗苑在那一瞬間覺得自己什麼都看不到，就那麼跌落進陳默漆黑的眼眸中，她的手上在發抖，卻下意識地抓得更緊，陳默握住她另一隻手，粗糙的厚繭按在柔膩的掌心，輕輕摩挲：「我那刀也是，我其實真的不是拿妳當外人，只是妳的手這麼乾淨……」

妳的手這麼乾淨！

柔軟，溫暖，潔白無瑕，帶著蜂蜜與奶油的甜蜜濃香，永遠流淌著奶蜜的手指，是不應該去觸碰帶血的凶器的。陳默有時候會覺得，那是兩個世界，這兩個世界是不能交叉的，就像是心的兩面，白晝與黑夜。

那種穿越的錯覺會讓他感覺到噁心，或者說，恐懼！

曾經的陳默是無畏的，心如堅石，沒有什麼會讓他動搖，也沒什麼會讓他害怕，可是現在……陳默想，我可能只是單純地不想把她和危險放在一起，我害怕！

就像剛才，那麼簡單的一件小事就能讓他緊張，因為太害怕，這姑娘看起來多麼脆弱，一觸即碎。陳默幾乎不能想像如果當時他當真慢了一步會怎麼樣，讓那個人撲到苗苑身上，結果會怎麼樣？那是一種不合常理的錯覺，讓他覺得苗苑就算是被人輕輕碰一下，就會死。

這種錯覺真可怕。

「對不起。」苗苑懊惱得整張臉都皺起來：「我不該對你亂發脾氣。」

「沒關係。」陳默努力微笑，揉一揉苗苑頭頂。

「其實我受得了。」苗苑眉毛打結，看起來急切又苦惱：「雖然，雖然我……我也知道我當然……對你沒什麼用，可是我也不至於連這點事都受不了，我還沒那麼膽小。」

「我不是這個意思！」陳默心想我為什麼永遠都說不清楚？？

「我不知道，我只是，我只是在想，如果……」苗苑努力尋找合適的說法，急得眼淚在眼眶裡直打轉：「你說你愛我嘛！那我們將來，會是一家人，你明白嗎？我是說我們……我覺得我已經很沒用了，什麼都幫不了你，可是為什麼……為什麼你會覺得我連這麼點事都受不了呢！我至少也是可以接受你的啊……就是，我是說，只要是你的，我都可以接受的啊，你明白嗎？」

苗苑抓住陳默的手，急切地看著他。

陳默張了張嘴，他本想說，我其實，真的不是那個意思，可……似乎，似乎她說的也沒錯。

「陳默？！」苗苑用力拽住陳默的衣角，淚水從眼眶中跌落，帶著難以言說的氣惱、沮喪與期待。

「我知道……我知道了。」陳默匆匆擦乾苗苑臉上的水跡，輕輕拉了一下，把她的腦袋按在胸口，苗苑沒有掙扎，乖順地靠在他懷裡，手臂圈過他的腰際，扣在背後。

有些事似乎真的沒有說清楚，而有些事，似乎，已經不那麼重要。陳默有一種渺茫的直覺，好像這次真的抓到了某種關鍵的地方，不同於吃飯逛街看電影的，除此之外的人與人要如何在一起的關鍵。

苗苑說，如果，如果我們會有將來，我們會是一家人。

那天晚上陳默送苗苑回家，聲控燈隨著腳步聲一層一層地亮起來，苗苑拿了鑰匙開門，卻發現裡面一片漆黑，這才想起早上合租的女孩說今天要去男朋友那邊。苗苑猶豫著要不要請陳默進去坐一坐，沫沫要她矜持，可是今天她其實都挺不矜持的。聲控燈在她的猶豫不決中驟然熄滅，苗苑靠在門邊，抬頭看向陳默。

陳默看到苗苑的眼睛在暗處閃著光，牙齒下意識地咬住嘴唇，又鬆開，抹上一層水色。陳默往前探出一點點，手指挑起苗苑的下巴。

苗苑說你要幹嘛？她的聲音柔軟，有氣無力的樣子，陳默沒說什麼，只是吻下去。

註17：ASP警棍，全稱為ASP戰術警棍，它是美國為執法部隊專門設計製造的可伸縮戰術武器。

4

一個吻，試探著加深，舌尖相碰觸，一個瑟縮著發抖，一個溫柔地纏繞。

陳默的手掌圈住苗苑的脖子和腰，慢慢收緊，直到將她徹底地鎖進自己的懷裡。再一次觸碰陳默的嘴唇，隔著幾層布料感受他身體的火熱，苗苑心慌失措地讓他壓著親吻，一遍又一遍，從溫柔到粗暴，直至呼吸不能。

陳默喘息著吻著她的額角說苗苗……苗苑暈乎乎地說嗯？他說我們重新開始吧！苗苑說哦。

陳默把她鬆開一點，看著苗苑的眼睛問真的嗎？苗苑臉上騰騰地冒著熱氣，耳朵裡全是血液奔流的聲音，她羞澀地低下頭說「嗯！」陳默笑起來，攬著苗苑用力抱了抱說那好的，妳先回去睡覺吧！苗苑暈乎乎地點頭說好，暈乎乎地關上大門，暈乎乎地靠著門板喘氣，暈乎乎想真丟人啊，就這麼讓他親一下就受不了，全白瞎了！

也不知道過了多久，苗苑聽到電話在響，她暈乎乎地接起來問道你找誰？陳默說妳睡了嗎？苗苑含含糊糊地回答還沒呢，有事嗎？陳默說沒事，我就是想再確認一下，妳剛才說的那話是真的吧，定了嗎？

苗苑剛剛才平下去的心跳又亂了起來，臉上熱騰騰的好像全身的血都沸了，在煮著她的心臟，苗苑咬著嘴角說：「哦！」

陳默說「妳別老是嗯啊哦的，妳給我句準話行嗎？」苗苑於是更加說不出口，喉嚨上堵堵的。陳默急了，他說「妳再不出聲我就當妳是真的答應了。」苗苑於是只能繼續沉默。

房間裡安安靜靜的，就聽到話筒裡傳來一下一下的呼吸聲，沉重而雜亂，也不知道是誰亂了誰的心。

陳默忽然說，妳開門。苗苑訝異地問哪個門？陳默說我就在門外，我還沒走，開門讓我再看看妳。

苗苑一開門就讓陳默給抱住了，她在暈過去之前還拿出備份的理智唾棄了一下自己：得，別矯情了，妳不就盼著這一天呢麼？

陳默在黑暗中追逐苗苑柔軟的唇舌，溫香軟玉，甜蜜芬芳。陳默覺得自己幾乎饑渴，好像這些日子來種種有意無意的幻想都得到了真實的演繹。他在回憶與現實中不斷地親吻那張明媚而甜蜜的笑臉，努力品味每一點細微的感覺，苗苑迷濛的雙眼中流露出羞澀的繾綣，舌尖滑嫩，溫柔地蠕動。

苗苑抱著陳默的脖子趴在他耳邊喘氣，她說：「你明天還會來接我下班吧。」

陳默詫異地問，「為什麼不？」

苗苑說：「你們男人不都這樣嗎？得到了就不會好好珍惜了。」

陳默笑著說：「那麼從理論上來講我明天還是要接妳，妳這不是還沒嫁給我嗎？」

苗苑哀怨，「那嫁了是不是就不接了。」

陳默笑道：「嫁了就把妳關在家裡成天做家務事，欺負妳。」

苗苑佯怒，使勁推他，「那我不嫁了。」

陳默順勢坐進沙發裡，手扣在苗苑腰上輕輕一勾，把她抱到自己腿上。他壓著聲音在苗苑耳邊笑：「所以只要我每天都接妳下班，妳就會嫁給我了？」

苗苑雙手握拳眼睛閃閃發亮：「那當然還有別的考驗！」

陳默撥開苗苑的瀏海看著她的眼睛，輕聲問：「還有什麼？一起告訴我。」

嗯，苗苑清了清嗓子，一連串說得飛快，她說：「從現在開始，只愛我一個。寵我，不會騙我，答應我的每一件事情你都會做到。對我講的每一句話都是真話。不欺負我，不罵我。相信我，有人欺負我，你會第一時間出來幫我。我開心的時候，你會陪著我開心。我不開心的時候，你也會哄著我開心。永遠覺得我最漂亮。做夢都會夢見我。在你的心裡，只有我。」

「那個，慢點，妳說慢一點……」陳默傻眼。

「唔，你沒看過《河東獅吼》？一個老片子很好看的，張柏芝演的。」

「沒看過，不怎麼看電影。」陳默搖頭。

「呀！」苗苑轉身面對面坐到陳默腿上，雙手捧著他的臉：「你怎麼都沒什麼娛樂呢？你看你這個人，沒有幼年，沒有童年，沒有少年，沒有青年……」她一本正經地掰著手指數，眼睛裡有狡猾的笑，眨一眨眼，苗苑笑道：「所以你的中老年就交給我打理吧。」

陳默微笑著點頭，很乖巧的樣子，苗苑聽到自己心裡嘩——！的一聲，她心想，又完了，沫沫說女人最要不得的就是聖母心，可是為什麼呢？苗苑百思不解！她為什麼就是那麼要命地堅信陳默是最需要關心的，最可憐的人，是她的寶貝？

這是多麼詭異的錯覺？卻令她執迷不改。

「妳剛剛說的那個，我想了一下，別的都還可以，只是，如果妳不開心我不能保證一定能把妳哄開心。」

「但你還是要哄。」苗苑不再笑，神情溫柔而嚴肅：「你要讓我覺得自己很重要，你不能再讓我覺得……」

苗苑可能會有很多優點，但那些優點裡從來不包括所謂持之以恆，所謂堅持不懈，所謂堅定不移，苗苑看著陳默的眼睛幾乎有點恐懼，她低聲有些哽咽的：「你別再把我趕走了。」

「我不會，妳要提醒我。」陳默仰起臉親吻苗苑的嘴唇，已經被吻到紅腫的唇瓣濕潤而光潔，讓人有想要沉醉不放的衝動，陳默發現自己的手指有它們自己的意志，蠢蠢欲動地就想往深處探索，他有些尷尬地鬆開苗苑，雙手繞到她身後去扣在一起。

「嗯？」苗苑用一種迷惑不解卻意亂情迷的眼神看著他。

血液在血管裡流淌著燃燒，身體的某個部分微妙地起著變化，陳默幾乎手忙腳亂地把苗苑抱起來放到一邊，按著她肩膀狼狽不堪地解釋：「不早了，妳先休息，我明天來找妳……」

唔，苗苑聽話地坐著不動，腦子裡亂糟糟地看著陳默落荒而逃，這……是怎麼了嗎？

第二天早上天快亮的時候，苗苑忽然從夢中醒來，她看著窗簾裡透出的一點點光亮睡意全無，腦子裡不自覺地運轉著昨晚的種種，她本想是要檢討一下自己有沒有失誤，雖說矜持現在那是不指望了，但慢著點，希望還能辦到。

可是驀然間，苗苑圓圓的蘋果臉上紅透了血色，她面紅耳赤地把臉埋在被子裡，笑得直打滾。

沫沫和米陸最近正謀劃著要結婚，這件事情大大地刺激了苗苑，從小她就盼著結婚，穿漂亮的白紗裙拍照片，跟一個寵愛自己的老公在一起長長久久地過日子。苗苑拿這件事做由頭戳了陳默好幾次，陳默沒有一次領會到苗大人的背後暗示，最後甚至理解為沫沫結婚他得送禮，還一本正經地告訴苗苑全權負責禮品的挑選，反正最後找他報銷。

苗苑有種欲哭無淚的衝動，心想這江山易改本性難移，這死狗雖然他開了竅，可到底還是有狗性的！可是心頭再怎麼流淚，她也不能把話說得再明瞭一些，結婚這麼大的事，總不能讓她先開口吧！都已經這麼沒地位了，再主動求婚，那不得輸一輩子？苗同學內心堅定無比地滴著血。

第七章

我們結婚吧！

1

秋末，特警大隊和武警上按老規矩有一場格鬥比賽，這一年五隊退役了不少好手，一時間青黃不接，場面整得就有些難看。當兵的都愛贏，陳默再淡定也是個軍人，表面上看不出什麼，心裡窩火，每天晚上把人留下來開小灶。有幾天練猛了便忘了時間，苗苑打電話過去嚴肅地說：「陳默同志，不得不指出的是你最近的表現可危險啊！」

陳默握著手機低笑著賠罪，旁邊幾個年輕的士兵臉上露出曖昧的神情，鬼鬼祟祟地湊過來偷聽，陳默用腳挑起一個護具凌空踢過去，士兵們高聲驚叫：「嫂子，救命啊！」

苗苑嚇了一跳，問你在幹嘛？陳默說：「我在教人打架呢，妳過來看看嗎？我給妳報銷打的費。」苗苑頓時心動，正在旁邊偷聽的原傑馬上叫囂，他說嫂子我們都餓了。陳默似笑非笑地橫了原傑一眼，原傑馬上兩眼望天說，「哎呀真是不早了，我去幫大家催宵夜吧。」

苗苑笑著問你那裡多少人，陳默說你別聽他們的，妳帶多少來都堵不上他們那嘴。苗苑說那先墊墊唄。陳默掛了電話，忍不住嘴角還是泛著笑，揍人打人的時候都有那麼一點心不在焉的意思。

過了約摸半小時的樣子，苗苑當真跟人抬著個大紙盒子出現了，她把店裡當天還剩下的麵包裝了大半箱，三折折了價墊上，全拿了過來，王朝陽原本正要回家，聽苗苑說得驚險，心癢難耐地主動做了苦力。原傑和其他被迫留下來開小灶的士兵們歡呼著撲上去，邊吃邊說謝謝嫂子，還是嫂子知道心疼人……

正巧食堂的張師傅送包子過來，看到人手一個麵包心裡頓時不爽，說陳隊長今天晚上不用送宵夜你也早點說嘛！陳默攬著苗苑說我媳婦臨時帶過來的，我也不知道。苗苑含羞帶惱地斜了他一眼，小聲嘀咕，誰是你媳婦？

陳默忽然間想起陸臻，一個不小心就華麗麗地想囧了，他手上一緊把苗苑抱進懷裡，口氣強硬的，妳不是我媳婦，難道我會是妳媳婦？苗苑眨巴著眼睛看著他，半晌沒能回過神來，心想這人什麼邏輯？

這邊媳婦來媳婦去的，苗苑就動起了小心思，她裝作不經意地問陳默什麼時候能休假，陳默說等忙完了比賽年前就能抽出空，他眉眼笑笑地問苗苑想去哪兒玩我陪妳。苗苑在心裡對了一陣手指，終於鼓起勇氣說要不然你跟我回趟家吧，我媽想看看你。

得，事到臨頭還是得把老媽抬出來做大旗。

陳默臉上一僵，馬上嚴肅起來，他說：「這個啊，這個我得準備一下。」

苗苑以為陳默不肯去，頓時氣惱，不就是見個家長嘛，這麼推三阻四的。

陳默苦笑著說：「我就是有點緊張。」

苗苑嚴肅地反駁，「有什麼好緊張的，我爸媽不知道多親切多友好。」

陳默忙著點頭，說是是是，我就是自己亂緊張。

陳默心想，我就是一想到自己的那個媽心裡就緊張，上兩週回家吃飯的時候提了一下苗苑，他老媽那個詫異不相信的眼神真的能凍死人。陳默幾乎可以想像那種冷淡的聲調：不會吧，你真看上了這種小姑娘？

陳默覺得自己現在莫名煩躁，苗苑當初對他那麼上心，可真要是惹到她不高興了，說跑還是拔腿就跑，連一點餘地都沒留給他，而如今的苗苑就更讓他摸不到底，女人的心思像海底針總是難猜。現在好不容易能和苗苑重新開始，重拾甜蜜的好時光，陳默下意識地就想求穩，不敢讓他媽與苗苑直接面對面，那種火星撞地球的場面想想都覺得害怕。

苗苑看陳默眉頭深鎖，一副緊張兮兮的樣子，連忙安慰他說沒事沒事你放心，我爸媽肯定不會吃了你，我爸媽對人可好呢，你到時候別被他們嚇到就好。陳默笑了笑，讓她安心。

幾天之後正式比賽，王朝陽從原傑那裡得到消息說場地半公開，要不要一起去看看，原排長也是要披掛上陣的。苗苑一邊詫異王朝陽什麼時候跟原傑這麼熟了，一邊心思大動，楊維冬萬般無奈地看著這兩位姑娘齊刷刷地為了別的男人給自己狂拋媚眼，心裡呻吟著這考驗太殘忍了，這世界太殘酷了，可是到底，好男總是鬥不過惡女，楊維冬也只能無奈的同意幫她們兩個人頂班。

苗苑她們趕到比賽場的時候已經開打了，就聽著觀眾們一聲驚呼，一個人影直挺挺地倒下去，苗苑和王朝陽齊齊驚叫，心尖都跟著顫了顫。

陳默從場邊站起來說暫停，這位看起來像職業選手，真是你們特警隊的嗎？秦隊長！秦悅笑道當然是啊，這是我們隊裡聘的教官，你說是不是我們特警隊的？陳默哦了一聲。

苗苑義憤填膺地跟王朝陽咬耳朵說那個傢伙看著就不像好人，因為他居然欺負陳默。王朝陽用力點頭說是啊！就是！

陳默低頭笑了笑，從觀眾席裡走出來，一邊解開常服的衣扣，他看著秦悅說那正好，我也是我們隊裡的教官，大家一個級別的練練手，別回頭說我瞧不起你們。秦悅的臉色沒怎麼變，笑著說那也好。

陳默把鞋子脫了站上拳台，對方說你要不要換身衣服，陳默說用不著這麼麻煩，對方嘿嘿一笑，說兄弟我玩摔跤的，撕了你這身衣服還得賠。陳默點頭，哦，這樣。他就索性把襯衫也脫了扔下台，露出精壯強健的上身，深麥的膚色，肌肉均勻漂亮。

觀眾臺上有人吹口哨，聲音頗尖銳，聽不出男女，苗苑面紅過耳，羞惱地瞪向聲音的源頭憤怒不已，她心想這什麼人啊，這是！真TMD不要臉！

陳默把褲腳挽起來戴好拳套站到拳台中間，說第一場就算我們輸了。看臺上五隊的方陣馬上一陣懊惱聲，陳默抬手讓大家安靜，他說下面兩場我一個人來，你們挑好的上，咱們不玩點，趴下算數。

對方用力砸了一下拳套，眼睛發亮。裁判一揮手他就撲了出去，陳默跳躍著後退，腳步飛快。

苗苑急得心臟吊在嗓子眼裡撲通跳，就聽著前面有人一本正經地評論：哎呀，那個小武警說話這麼狂，還以為多厲害呢，看那側踢踢得，都不開跨，我都能踢過頭。苗苑憤怒地盯著他的後腦勺，試圖把他的腦袋瞪出一個洞來，忽然間卻聽到四下裡一陣歡呼，苗苑嚇得連忙掉轉視線，就看到陳默還站著，另一個已經倒下了，她長長地籲了口氣。

還好還好！苗苑拍拍胸口，心臟又落回了肚子裡。

前面那位懂行的大叔驚得搖頭晃腦語無倫次：「剛剛，剛剛……剛剛你看清楚沒，他剛剛那一下怎麼打的……怎麼，怎麼就？」

苗苑得意洋洋地看著他的後腦勺，一種智商上的優越感油然而生。

陳默並沒有真的打兩場，比賽裁判請的是市裡的專業級裁判，他拉著陳默說你這出手太毒辣。陳默看著他的眼睛語調淡然，他說我就會這個。總隊長坐在台下招手，說陳默過來我這邊，別跟小孩子鬥氣。秦悅的臉上終於變了顏色。

第三場要派上去的人總算是貨真價實棋逢對手，分勝負的最後一場，原傑心裡叫著苦，心想我怎麼就這麼背？王朝陽緊緊抓著苗苑的手臂驚叫連連，苗苑疼得訾牙裂嘴的表情扭曲，到最後王朝陽拽著苗苑的胳膊又跳又蹦，大聲嚷著原傑好帥。

苗苑的眼淚熱辣辣地流下來，是啊，好帥好帥，可疼死我了！回家捲起衣袖，就看到鮮紅的爪印赫然印在皮膚上，對比分明。王朝陽大驚羞愧不已，苗苑只能安慰她說沒事，我就這體質，天生的容易現印子。

格鬥比賽一結束，苗苑就操心上了回家探親這檔事，然而她現在的商業地位不比當年，長假實在難請，跟老闆威脅利誘了好久才請到四天假，苗苑在優秀員工的自豪與心酸中徘徊不已。苗爹不抽菸不喝酒不喝茶，簡而言之無任何不良嗜好，並且無任何良好嗜好，陳默頭疼不已，到最後苗苑終於想起她爹近來在練太極風生水起，依稀說過年底要給自己買把好劍練太極劍。陳默長籲一口氣，托人購進一柄上等長漢劍。

錦盒打開，紫檀劍鞘，青銅劍首，黃銅劍格，黑繩纏柄，透雕蟠螭紋，紋藻華麗氣勢逼人。劍身三尺三寸，刃開八面，手工煅造大馬士革花紋鋼，劍刃上黑色發亮的紋理有如流動的波濤。

苗苑看得口水滴答，雙眼冒出一顆又一顆的心，這，這個……是給我爸的？

陳默很謹慎地點頭，苗苑嘩的一下撲上去，好帥好帥！陳默很欣慰，心想這兩月工資花得值。

因為時間緊迫，苗苑很豪邁地買了機票，反正不是旅遊旺季，飛機打完折比起火車來也貴不了多少。陳默驚訝地發現在這種細枝末節上苗苑極會過日子，用她自己的話來說簡直就是有強迫症，不上窮碧落下黃泉搜羅到最便宜的那一家，她絕不甘休。陳默大略轉述了一下成指導員對她這個好習慣的讚美之詞，苗苑悲傷地分辯：「你以為我樂意這麼折騰啊，我這不是改不掉這壞習慣嘛！想當年為了兩塊錢的差價翻了一下午的淘寶，我現在已經好多了。」

陳默默默地腹誹，兩塊錢，嗯，怎麼也得是為了兩百塊錢吧……

收拾東西上路，苗苑的心情無比雀躍，臨起飛時關手機，她忽然一下笑倒在陳默懷裡。陳默一頭霧水地瞧著她，苗苑舉起手機亮給他看……

「親愛的寶寶，雞湯已經燉上，被子已經曬香，我站在陽臺上看妳回家的方向，已經等待了三個小時，還有多長時間會到家，外國的上帝咱聯絡不上，中國的玉皇大帝說我平時沒有燒香。妳老爸我現在很焦慮。」

陳默只覺一道驚雷閃電撲向面門，全身泛酸地看了三遍之後才反應過來那是她爹，陳默驚魂不定地試圖確認這個消息，苗苑樂呵呵地按下了回覆鍵。

「親愛的老爸，你女兒我尚有千山要趕萬水要跨，我還要坐飛機、坐汽車、坐計程車，請你儘管回去睡死沒關係，我會趕上回家吃晚飯。」

陳默看到自己滿頭青煙繚繞，他說，妳爹？苗苑樂滋滋地點點頭，陳默忽然強烈地預感到自己此趟旅行將會很喜感。

下了飛機轉汽車，陳默一路上聽著苗苑斬釘截鐵地對她爹吼叫：「不用做晚飯，我求你了絕對不要做晚飯，對，對……我們不餓，我要喝粥，不要，我要白粥……」

陳默摸著自己的肚子心想飛機上的午飯很好吃嗎？我怎麼不覺得？

「親愛的，算我求你了，你等會兒別嚇著陳默好嗎？他膽子很小……」陳默的眉角一抽，用一種匪夷所思的目光看向苗苑，可是苗苑恍若未覺地繼續：「嗯，別嚇他，嗯，等會兒有話讓我媽說，嗯嗯……」

陳默皺著眉頭使勁回憶記憶中的苗爹，可惜當時與他面對面的時間太短，除了一臉的戒備完全想不到別的神情，陳默閉上眼，黑暗中戒備的苗爹高舉漢劍向他的腦袋劈來，陳默後背冷汗直冒。

算了算了，人家好好地養了二十多年的女兒你說句話就想帶走，再說還有上次的糟糕亮相，人家不待見你也是完全正常的。

陳默！我黨我軍考驗你承受能力的時候到了，無論如何也就是裝上三天孫子。陳默此時此刻無比地慶幸苗苑只請到四天假，那是多麼的令人欣喜振奮，畢竟裝孫子這種功能他無論是從硬體還是軟體上都不具備啊！

然而苗爹很熱情，如果要對這種熱情加一個形容詞那就是非常，如果要對這個非常再加一個副詞那就是絕對。陳默幾乎驚愕地看著眼前這位笑起來眉目與苗苑彷彿一個模子裡敲出來的中年男人。雖然群眾們都說岳父和女婿那基本屬於情敵關係，可是如果哪位準岳父過分地大度，那也是件令人驚恐的事。那種驚恐接近於逛電腦城遇上了奸商，他說蘋果最新款的本子，我不要錢送你十台，你要不要……要不……陳默的冷汗流得更多了。

晚飯是細白的糯米粥，米湯濃稠，粒粒分明，就著青瓜小菜，還有自家醃的水鹹菜炒肉絲，吃得舒心養胃。陳默從來沒喝過這種粥，再加上飛機上的伙食不行，他一口氣就灌下了三碗。到最後陳默無意中抬頭看到苗苑神色憂慮，他忽然想起一路上苗苑千叮萬囑，千萬不要多吃，七分飽，千萬不要多吃。

呃，陳默心裡一慌，於是第一頓就露餡了嗎？不過，這都二十一世紀了，難道還擔心會把家裡吃窮不成？

他手上一停，苗爹已經把最後一勺粥加到他碗裡，方自意猶未盡地刮著鍋底，遺憾地感慨：「沒了，忘記多燒點，唉，陳默你吃飽了嗎？」

陳默馬上挺挺胸說：「吃飽了，非常飽。」

苗爹收了桌上的碗筷拎著鍋子去洗碗，苗媽與苗苑十分自然地一起去客廳看電視，陳默轉頭看看苗家母女又看看廚房裡辛勤勞動的苗爹，想起一路上苗苑反覆強調她家的家務全由她爸做。陳默當時雖然也驚訝了一下，可是耳聞畢竟不如目睹，而接下來的時段苗爹充分地表現出他強大的戰鬥力，因為此牛人在兩個小時之內洗了碗整理了廚房，洗完所有的髒衣服，拖光了家裡所有的地板。

陳默提著水桶聽苗爹言傳身教：「老婆娶進門就是要寵的，女人是不能幹家務的，手上一沾水就完了，你看苗苗她媽，我就從來不讓她沾水，那手才能保養得這麼好。」

陳默銳利的視線在一瞬間穿過客廳鎖定在苗媽細白的雙手之上，十指纖長柔白有如春蔥，陳默頓時有了一種任重而道遠，並且任重道遠到了兩眼一黑的地步。

因為缺少在別人家中生存的經驗，陳默忘記要帶睡衣，當然現實的情況就是陳默他根本就沒有睡衣，為避免穿著八一褲衩在女朋友家裡招搖的囧事，苗爹友情借出睡袍一件。陳默來者是客，推辭不過第一個先洗，同時為避免在未來的岳父岳母心中留下不講衛生的壞印象，陳默盡任盡責地在浴室裡磨了十五分鐘。

換好睡袍出門的時候陳默照了一下鏡子，純黑色，天鵝絨質地，非常非常常規的東西，不知怎麼的偏偏就是讓他穿得有點……嗯，黑社會！陳默給自己想了個詞。

總而言之就是，很不良！

客廳裡已經沒人了，主臥房露出一線光，陳默走過去正打算敲門叫苗苑去洗澡，卻從門縫裡看到苗同學異常狗腿地趴在她爹背上殷勤捏肩。苗爹舉起一隻手說：「嗯這兒……對這兒，加把勁！今天可累死我了，丫頭啊，妳爹今天表現好吧？」

苗苑狂點頭說：「好好，特別好！」

苗爹得意的，「給妳長臉了吧，震死陳默那小子了吧……」

陳默默默地收回手，默默地轉身走向客房，默默地關上門，默默地捶牆狂笑不止。

2

苗苑給她爹鬆好筋骨來找陳默，陳默攬著她的腰說：「我也累了，妳幫我按按。」苗苑一邊詫異著抬手湊過去，只覺得不會吧，坐個飛機有那麼累嗎？

陳默實在忍不住，湊在她耳低聲笑著說：「我今天表現好吧？給妳長臉了嗎？有沒有震到妳爹？」

苗苑的臉當場紅成了一塊布，滴血的水紅色，像紅領巾似的。有一個詞，叫惱羞成怒，用在這裡再適合沒有，苗苑嗔惱地反擊：「陳默你太過分了，你居然偷聽我們說話？」

「我真不是故意的。」陳默也不躲，隨她去打，反正那幾下粉拳砸在自己身上連按摩都不夠勁。

苗苑咬著嘴角幾乎想哭，陳默一看壞了，生氣了，正想著怎麼賠罪兜回來，苗媽在門外喊，讓苗苑出去洗澡。苗苑像所有的落水狗一樣，在臨走之前狠狠地瞪了陳默一眼撂下句狠話：「哼，看我洗完澡來收拾你。」

陳默微笑，眼神意味深長，嗯，我等著妳洗完澡來收拾我。

這間客房平時是苗苗的奶奶在住著的，最近這幾天去了大兒子家裡，剛好空出來給陳默睡，陳默拉開被子上床，從枕邊翻出一本佛經，人上了一定的年歲就喜歡寄託神靈。陳默隨手翻了一翻，看到一行熟悉的字句：色不異空，空不異色……

色色空空，陳默枕著胳臂不由得有點意馬心猿。苗苑怯生生地探頭進來：「陳默你睡了嗎？」

陳默抬手，非常嚴肅地說：「妳進來！」

苗苑一臉困惑地閃了進去。深秋，苗苑穿著那種兩件式的睡衣，溫柔的粉紅色雪花絨質地，髮梢上還沾著水，小臉蒸得紅撲撲的，像一團甜蜜的棉花糖。陳默指著床邊，表情持續的嚴肅：「坐？」

「怎麼了？」苗苑莫名其妙。

陳默抬手勾著她的下巴慢慢坐起身，苗苑臉上的紅暈迅速擴散綿延到脖頸裡，清黑透亮的瞳孔裡映出陳默的臉。慢慢起身是計畫好的，慢慢接近也是；苗苑的羞澀是可以預見的，苗苑的驚愕也是，可是總有一件事是陳默沒能預料到的，那就是他的衣服！

睡衣從他的肩上滑開落下去，陳默尷尬地發現自己半身全裸。

好吧，他的確是想調戲一下苗苑，正所謂自家女朋友不調戲白不調戲，那叫一個情趣，但做為我黨我軍的優秀幹部，陳默同志他倒也真的沒想過要把問題推得這麼深入。

苗苑目光盈盈地看著他，水汪汪的大眼睛流露出羞澀的戀慕，令陳默有種騎虎難下的悲哀，由衷地感覺到如果他在這個時候停下來收拾衣服，那實在是一件非常非常不男人的舉動……陳默閉上眼睛，決定當自己什麼都看不到，吻上苗苑的嘴唇。溫柔地撫摸，舌尖探入，苗苑的口腔中有薄荷的氣息，無比的溫潤而清新，陳默於是就真的什麼都看不到了。

原本隱藏在規整的制服之下的身體有強健起伏的肌肉，即使是靜止時也能感覺到那種無可抵擋的力量。

苗苑在一瞬間有眩目的光感，陳默的手握住她的脖子調整角度，越來越深入的親吻讓神志模糊，苗苑恍然感覺自己被吞沒了，熾熱的身體緊緊地貼著她，如此直接。陳默用最後一點備份理智在思考，這，嗯，真他媽的，不好！

他的生理需要告訴他，他應該不管時間地點場合地把這姑娘壓在身下，然後讓備份的理智都他媽去見鬼！可是他在長期戰鬥中磨礪出來的強悍神經在抽打他，讓他明白在別人家裡明目張膽地幹壞事，那實在太他媽找死了！

陳默用力閉一下眼睛，睜開，讓自己放開手。溫暖的燈光讓一切的美好都更加動人，苗苑緩慢地張開眼睛，睫毛上沾著細碎的水光，紅潤的雙唇帶著半透明的質感，像果凍一樣，誘人吞吃入腹。

陳默咬住牙，腦中閃過諸如「自作孽不可活」、「玩火自焚自作自受」這一類的隻言片語。他飛快地把自己彈起來貼到牆上，苗苑還沒回過神，整個人沐在燈光裡，臉上染透緋紅的血色，困惑地看過去，呼吸急促，眼中一片水色。

人，在最誘惑的時候自己總是不知道的，無心的豔麗，最讓人顛倒。

「走走走，不早了，回去睡覺！」陳默痛心疾首地把苗苑拎起來推出門。

我靠！

陳默靠在門邊唾棄自己，心跳仍然快得像飛，比跑了五公里還嚴重。苗苑忽然推開門探進半個頭，晶亮的大眼睛裡閃著狡黠卻又膽怯的光，像一隻好奇而心虛的小貓咪那樣笑著，她拉長聲調說：「陳默，我回去睡覺了噢！」

陳默忽然轉身氣勢洶洶地衝過去，苗苑驚叫一聲迅速地關上門。

砰的一聲。

陳默停在門前三寸的地方，苦笑，這丫頭是越來越不讓人省心了。他往前探出一點，把額頭貼上門板，然而木頭溫和的涼意並不足以冷卻他身體的熱度。被子上還殘留著苗苑的溫度，唇齒間有淡淡的薄荷清香，陳默在回味了良久之後才醒悟過來，那其實只是因為他們用了同一款牙膏。陳默躺在床上努力平復情慾湧動之後過分急促的呼吸，然後懊惱地發現床邊找不到手紙，而事實就是他像個毛頭小夥子那樣控制不住自己，把一切搞得亂糟糟。

愛情讓人年輕，就是這樣的，對嗎？

陳默忽然覺得自己幾乎就是回到了十六歲，那樣的年輕、騷動。回歸當年全部的優點與缺點，他充滿期待而又努力壓抑，他如此好奇又喜歡假裝不屑。那個時候有無與倫比的熱情，精力十足，永不疲憊，魯莽而膽怯，年輕的血液。好像曾經的很多事都沒有發生過，很多人都沒有經歷過，他情竇初開，有如少年。

他焦慮著微妙的嚮往，不知所措，甜蜜而苦澀；他試圖壓抑情潮洶湧，舉止笨拙無奈。

那些傳說中的，本以為塵封了多年早已失去的，只在別人的故事裡發生過，別人的書中記錄過的情感，在他的生命中忽然出現，像一朵羞澀的花，在牆角開放。

那個名叫生物的鐘在凌晨五點整準確地叫醒了陳默，他躺在床上看窗外漆黑的天空，耳邊聽到輕微的嗡嗡聲。

這麼早，會是誰呢？陳默順利地給自己找了一個起床的理由。

苗爹看到陳默很驚喜，兩個男人相互指著對方說啊，好早。苗爹得意地指著門內抱怨，懶死了，沒人叫她們能睡到吃午飯。鍋灶上生著火，雪白的汁液在鍋中滾翻，空氣裡彌漫著豆漿清甜的氣息，非常家居的清晨的味道。苗爹把煮好的豆漿分一碗給陳默當早飯，然後誠懇地邀請陳默一塊兒去公園鍛鍊身體，於是兩個早睡早起身體好的男人們並肩出門去尋求更多的健康。

天色灰明，地平線上還有殘留的冷月，公園裡已經聚了很多人。微濛的晨霧將路燈橘紅色的光洇出水色，飄浮出潮濕清涼的味道，那是最真實的江南的晨。

苗爹顯然是位受歡迎人士，隔老遠就有人打招呼：「老苗啊，這小夥子什麼人哪？」

苗江笑容滿面地回答：「我女婿！」

陳默的心臟嚴重地被震到了一拍，表情很頑強地沒有做出任何改變。等到第三聲女婿灌進耳朵裡，陳默心安理得地擔了這個虛名，並且挺直了脊背，心中暗懷竊喜。

苗江在假山前的小廣場上與人打太極，陳默習慣跑步，匯到人流裡圍著公園的環線一圈圈地跑。跑了幾圈之後，天色慢慢亮起來，環道上的人越擠越多，陳默終於認命放棄回到廣場上去找苗江。音樂柔緩，大家正在練太極劍，陳默匆匆掃過一眼，愕然，在心裡罵了一聲：我靠！原來太極有專門的練功劍，那種劍與唐劍類似劍尖偏軟，與他送的漢長劍八杆子打不著。

陳默心中非常的鬱悶！

苗江心情好，耳聰目明看什麼都尖，一眼看到陳默站在旁邊就招手叫他過去。老朋友們齊齊收了劍圍上，手執凶器三堂會審，陳默不動聲色地警惕著。

「我這劍好吧，女婿送的。」苗江撫劍得瑟。

嗯，好好，大家摸劍鞘看銘文，這劍得值不少錢吧？

還好還好，陳默含糊地應承。

哎呀，可惜好看歸好看，這練功費勁啊！終於有人搖頭，陳默強忍住回頭去瞪人的慾望。苗江滿不在乎反駁，怎麼不能練了，我剛剛就是拿這劍打的，打得不好嗎？陳默頓時心懷大慰，決定回去一定要給老爺子買把正宗的太極劍。

至於現在這個……那不是聽說還能鎮宅避個邪嗎？

苗江練完劍順道領著陳默去買菜，進了菜市場，苗江從大門口開始一個個問過來，雞吃不吃，魚吃不吃，排骨吃不吃？？陳默應著應著忽然發現不對了，怎麼問一個買一個？他幡然醒悟伸手按住苗江：「這個我不吃！」

苗江搖著手裡的素雞露出非常遺憾的表情：「怎麼，你不吃啊？唉，可惜了，我跟你講這家攤頭是我吃過最好的，跟外面絕對不一樣。」豆腐攤的老闆馬上趁機附和：「是啊，是啊，我們家的黃豆都是一顆顆挑的，一個黴的都沒，自己磨的豆腐自己用鹽鹵點的，對了，這小夥子哪裡人？」

苗江說：「西安。」

豆腐老闆搖頭做惋惜狀：「大城市的東西，也就看著好，能吃嗎？」

「要不然，嚐嚐？」苗江和豆腐老闆齊刷刷地用亮晶晶期待的目光看著他。

陳默左右看了看，認命地鬆手說沒關係，我什麼都能吃點。

大包小包中包，陳默的兩隻手上漸漸被佔滿，苗江心滿意足地轉了一圈，像個領導探視工作那樣最後欣慰地嘆一口氣，說差不多了，陳默聽著差點噎過去。

回到家裡，苗媽何月笛已經上班去了，苗苑趁機睡了懶覺，剛剛起床刷完牙。苗苑去廚房拿豆漿，看著案板上大包小包的東西黑下了臉，氣急敗壞地嚷著：「苗江同志！你怎麼又買這麼多菜？」

「耶，妳這丫頭，哪裡多？」

「還不多？你當他是飯桶啊？你想吃死他？」苗苑欲哭無淚。

「哎，我這不是為妳，吃不夠怎麼辦？」苗江據理力爭。

……

陳默坐在客廳裡看早間新聞，就聽著父女倆在廚房你一言我一語氣氛火爆，基於立場問題，他猶豫了許久還是沒過去勸解。不一會兒，苗苑端著豆漿拿著桃酥過來客廳吃早飯，陳默低聲教育她，怎麼能跟長輩這麼沒大沒小地說話。

苗苑氣呼呼地喝著豆漿說：「你是不知道，我爸這叫屢教不改！我念書那一陣，帶八個同學回家玩，八個啊，當年多能吃啊！他老人家燒了一桌菜，加我爹媽十一個人，吃了三天！」

陳默失笑：「你爸很適合到我們隊裡食堂工作。」

苗苑哼一聲：「那你們隊離破產就不遠了。唉，二十多年了，教育不好了。」苗苑唉聲嘆氣，故作成熟像個小老頭似的，陳默越看越覺得可愛。苗江簡單收拾了，趕著去圖書館上班，砰的一聲鐵門關牢，陳默便驀然有點心癢難耐。苗苑把桃酥塞了一嘴，吃得圓鼓鼓的，臉上還沾著一點碎屑，陳默抽了張紙遞過去給她，苗苑接過去把嘴角擦了擦，臉上幾點麻子依然故我。陳默忍不住笑，把紙巾拿過來幫她擦乾淨。

苗苑臉上紅起來，拎杯子衝進廚房裡佯裝要洗。

既然來了，總是要玩玩的，苗苑的家鄉是那種典型的江南小城，兩個十字路口的市中心，一條主要的商業街，護城河的水道劃分開新老兩個城區，然而都已經沒了往日的痕跡。時代的發展讓這些小城洗盡所有江南小鎮的憂鬱婉約，整個城市的氣質清爽明快，乾淨徹底，一無所有。

苗苑領著陳默穿行在家鄉的街道上，指著一個住宅社區說我很小的時候曾經住在這裡，那時候大家都住平房，屋頂上生長著一叢一叢的蒿草。到了春天的時候地面會變得非常潮濕，我在家裡玩，就不停地摔跤。陳默說那妳摔在地上會不會哭？苗苑呵呵笑得很得意，她說，我才不哭呢，我媽說我小時候特傻，摔疼了都不知道要哭，傻乎乎地爬起來繼續跑。

午飯是在苗苑曾經工作過的那家廣州菜館裡吃的，苗苑的好人緣又一次得到了證明，她順利地混進廚房給陳默捏了一籠辣味水晶蝦餃。苗苑得意洋洋地挑在筷尖上餵陳默，「好吃嗎？我那時候老是想給蝦餃放點辣椒會怎麼樣，你會不會喜歡吃。」

陳默默然無聲地咀嚼，咽下。

妳那時候，嗯，想我會不會喜歡吃……

苗苑渾然不覺地捧著臉回憶往昔，我那時候特多怪想法，還想著拿乳酪奶油去做叉燒酥……陳默打斷她，非常認真地說會好吃的。苗苑很不好意思地笑著說：「你就會哄我。」

陳默說：「不是的，我真的覺得，會好吃的，妳做什麼都好吃。」

苗苑更加不好意思了，不自覺地用手背捂著燙熱的臉頰，眼中閃爍著急切的光彩，她說：「陳默你知道嗎？我從小念書就不行，記性差，背什麼都背不下來，人家上完課單詞就會背了，我得回家抄三十遍，我一直都覺得自己特別笨。」陳默安安靜靜看著她，目光清澈，眼神鼓勵。苗苑握拳笑得很羞澀，「但是我現在挺開心的，看到店裡的東西賣得好，大家都喜歡吃，就覺得特別開心。」

陳默想了想說，「我真的，從來沒覺得妳會笨，我一直覺得妳特別聰明，手上……會變魔術。」

苗苑愣了一下，低頭非常專心努力的吃皮蛋瘦肉粥，陳默看著她圓鼓鼓紅潤的臉頰，笑得很柔軟。

中午有苗苑攔著故意沒有吃太多，下午繼續暴走，可是當天晚上陳默仍然被震撼了。苗江提前請假半小時回家製造了一桌重量級的晚餐。

清蒸白條，紅燒排骨，栗子雞塊，蟹黃蛋，清炒魷魚絲，酸辣黃瓜，醬牛肉，外加兩個時鮮素菜和一大鍋魚頭湯。陳默一邊擦汗一邊說叔叔夠了真的夠了，別忙了。苗江在廚房煎炒爆煮，忙得風生水起，爽朗地大笑，「沒事沒事，你先去吃，我再炒個菜就過來。」於是再炒一個又一個。

陳默壓低聲音問苗苑這些東西是不是得全吃完，苗苑轉轉眼珠說能吃完當然好，陳默目光一滯。當然，那是不可能的，所以……苗苑長嘆一口氣，「盡人事聽天命吧！」

陳默和苗媽聽了忍不住爆笑，苗爹最後捧了臉盆那麼大的一盆魚湯過來，困惑地掃過眾人的臉，詫異：「什麼事這麼好笑？」陳默便覺得自己的胃是真的有點疼了。

陳默長這麼大很少有吃傷的經歷，到最後咬牙切齒地在心裡發誓，有朝一日要把原來隊裡的那幫吃貨全拉到苗家吃一頓，充分地讓苗爹感受到中國人民解放軍的戰鬥力，當然這已經是後話了。

接下來的兩天是週末，苗江找朋友借了輛車，一家人開著車子去杭州遊玩一番。一方水土養一方人，苗苑全家看慣了這種綠水青山的小情小調，也不覺得有多麼出奇驚豔的地方，倒是陳默出乎意料地喜愛杭州，天堂的蘇杭，甜蜜而清澈，完全抓住他的心。酒店房間是苗江訂的，不過出入飲食能付錢的地方陳默基本都搶在了前面，苗媽苗爹對這個女婿的自覺性很滿意。

一般喜歡說話的人都欣賞能安靜的，安安靜靜的傢伙們心裡其實也嚮往話嘮，陳默跟苗江一個屋住了兩天，深得老人家青睞。苗江儼然已經把陳默當成自家人，海口誇得沒邊，未來想得極美。

苗江拉著陳默說：「你放心，將來你們生了小孩拿過來我們幫你帶，保證幫你養得白白胖胖的，早上跟我去鍛鍊身體，我找人教他練武術，我有個朋友……嘿，跟你說，很厲害的！」

陳默陪著笑直點頭，說：「好好好，一定！」他心道我倒是想呢，可是也得你閨女樂意啊！

陳默過來的時候領了八方的告誡，做了萬全的心理準備，都聽說在南方女人當家男人沒地位，家裡寵閨女，女婿都不好當。成輝臨走的時候拍著他的肩膀說，兄弟啊，無論如何都得忍啊，得表現啊，別說是人家養了二十多年的閨女，就算是頭養了兩年的豬那也不能讓人隨便給拉走啊。可是陳默兀自緊張了半天，卻發現這警惕來得全無理由，苗媽何月笛的話不太多，溫和優雅，可看得出來心裡是喜歡的，言談舉止都十分給面子，讓人舒服，苗江就更別說了，陳默自認他親爹都沒對自己這麼親熱過。

週日晚上回家吃過晚飯，陳默躺在苗家的客房裡想心事，左手邊一本佛經散漫地開著。陳默心想，這世界啊，真叫一個諸行無常，無常得都讓他心慌了，他想來想去拿了手機找陸臻。小陸中校正在食堂裡吃晚飯，嘴裡嚼著菜葉聲音含糊不清，他說你且說著，我且聽著，這菜太差勁了，正好讓我下下飯。

陳默坐起來細說從頭，陸臻聽到那頓剽悍的晚餐時「啪」的一聲筷子拍上桌，怒了，太TM過分了！

陳默有點不高興，幫苗江分辯說人家那也是好意……

陸臻舔著牙尖，聲音隨著電波緩緩地飄過千里山河，我是說，太TM過分了，咱們中國就是貧富不均勻，這人民生活水準才上不去，你看你那邊好魚好肉的吃不完，我這邊爛菜葉子裡連點油水都沒有，這世道也不帶這麼欺負人的哇！

陳默華麗麗地一囧，明智地決定繞開抽風陸的雷點，繼續說經歷。陸臻聽完全部報告安靜地沉默了幾分鐘，呼吸聲一起一伏響在耳機裡，陳默忽然有種莫名的心慌。而陸臻卻用一種慢悠悠詫異的聲調說道：「難道說，你遇上了，傳說中百年難得一見的，狗屎運？」

陳默咬牙切齒地回了一句：我靠！

陸臻抱著電話笑得心情舒暢，陳默故意追問，你當年去你老婆家的時候什麼心情。

陸臻乾脆俐落地甩下兩個字：「緊張！老實告訴你，當年，看到他媽切菜我都不敢往她身邊站，生怕那刀子一下就捅過來了。」

陳默是厚道人，一下就被說啞了，不知道再如何繼續。

陸臻輕鬆地笑笑說：「沒事沒事，我現在不是還活著好好的嗎？所以，毛主席說得好，一切反動派都是紙老虎，不要躲，不能怕。對於岳父岳母這種存在，我們要充分地發揮革命樂觀主義精神，要善於並勇於團結一切可以團結的力量，發展抗日……啊不是，泡妞民主統一戰線，要做好打硬戰苦戰持久戰的心理準備，在戰略上藐視敵人，戰術上重視敵人，要相信道路是曲折的，前途是光明的，總而言之未來是美好的，勝利必將屬於那些勤勞勇敢而又堅忍不拔的中國男人。」

陳默失笑，「我都不知道原來你這麼崇拜毛主席。」

陸臻口氣淡然地說道，「那只是因為你對我還不夠瞭解，知道為什麼我比你能幹，比你進步，娶的老婆都比你厲害一個數量級嗎？那就是因為太祖的英名一直在我等心中迴響，是我前進道路上的指路明燈。」

陳默忍無可忍地說：「我怎麼以前沒發現你有這麼貧呢？」

陸臻靜了一下，笑道，「這不挺好的嗎？兄弟，放鬆點，別緊張，將來你就會發現日子是一天一天過出來的，沒有歸宿沒有終點，沒有功德圓滿，沒有勝利的號角，我們能抓住的只有過程。所以別急，慢慢來，兵來將擋，水來土掩，生活是一場持久戰。」

陳默苦笑，「您真學術。」

「那是！」陸臻大言不慚，「皇城根是離著遠了點，咱現在再怎麼說也是在帝都十環之內了，怎麼能不沾點中央的氣息呢？」

陳默說：「與時俱進啊……現在都建造和諧社會了，你還抓著毛澤東思想不放呢？」

陸臻嘿嘿一笑，「咱思想過關，啥理論都過硬。」

陳默實在受不了，毅然決然地掛了電話，陸臻聽著耳機裡嘟嘟地響，一錯眼看到桌上青白寡油的菜，終於嫌棄地皺起了眉頭。

陳默扔了電話躺在床上心潮起伏，也不知道過了多久，房門被人敲響，陳默一個激靈跳起來，忽然意識到自己這麼一個人關在房裡是不是有點不太禮貌？陳默打開門，看到何月笛站在門外，笑容溫和說話開門見山：「有空嗎？我想跟你談談。」

「啊……哦！有有有……」陳默連忙把何月笛讓到屋裡去。

客房裡只有一張椅子，何月笛坐了，陳默迫不得已坐在床上，身體深陷到棉被之中的瞬間陳默曾經被培訓過的談判心理學在一瞬間閃過他的大腦，包括前期麻痺及後發制人，談判時的角度問題，高位向低位施壓策略……

何月笛笑著說：「你別緊張，我跟你也不熟，將來很可能要成一家人，想跟你聊聊，大家都熟悉點。」

陳默笑著說：「那當然。」

何月笛笑得溫柔大方：「我聽說你們軍人都喜歡直接點，那我也就不兜什麼圈子了，其實我就是想問問你對我們家苗苗有什麼想法。」

想法？陳默頓時警惕，企圖？圖謀？打算……？

「別緊張。」何月笛見陳默不說話，只能笑得更加親切一些：「我就想聽你說說看，你覺得我們家苗苗是個什麼樣的人？」

哦，這個……

陳默腦子裡飛轉。

「很可愛……人很好，心善……很……」

說乖巧聽話好嗎？陳默猶豫，這樣會不會讓人覺得自己很霸道？

「嗯？」何月笛向前傾身，神情專注。

「這麼說吧，我覺得苗苑她很實在，沒那麼多不切實際的想法，她想要的我應該還能滿足她。」陳默讓眼神盡量誠懇，三堂過審一般，他覺得自己目前就是個嫌疑犯。

何月笛笑起來：「就因為這個嗎？你喜歡她什麼？沒什麼特別？」

陳默想了半天冒出一句：「蛋糕很好吃。」他忽然發現優點這個東西還真是挺難總結，離自己越近的人越是說不清，行列裡隨便拉出一個士兵來，各方面的情況他都能爛熟於心，可是苗苑，他真的說不清。

喜歡她什麼呢？像個女孩子，溫柔可愛，不會有讓他為難的要求，快樂樂觀應該能算，可是這樣特別嗎？

「那缺點呢？你覺得她有什麼不足的地方。」

「缺點……」陳默於是更謹慎了：「她不太固執……」

「這是個缺點嗎？」何月笛詫異。

「我不太會形容人。」陳默此刻強烈地希望陸臻能跟他換個魂，舌燦蓮花五味，好唬得丈母娘一愣一愣的。

「好吧，那麼……」何月笛有點挫敗地放棄了，陳默不動聲色地鬆一口氣。

「陳默，我想以你這個年紀談戀愛總是奔著結婚去的，」終於開始正題，何月笛表情鄭重：「你們年輕人談感情，我是長輩，而且我們家苗苗年紀上也比你小很多，所以我接下來要說的一些事可能會比較實際，你也別太反感，畢竟過日子嘛，本來就是比較瑣碎的。」

「沒關係……」陳默本來想親切一點叫聲阿姨，張了張嘴到底沒叫出口。

「結婚嘛，就是成家，說到家，比較現實的就是房子的問題……」

「這個您不用擔心，我們隊裡有房子可以申請，兩室一廳，不算太大但是應該還夠用。」陳默來之前被成輝灌了一堆婚姻基本資料，張口就來說得很順。

何月笛想了想說道：「你們軍官有轉業的問題，隊裡的房子畢竟是借的到時候要還，所以我覺得你還是應該考慮一下自己置業？」

「可以，」凡是有關錢財的問題，陳默答應得一向爽快：「如果您對地段要求不太高的話，應該沒什麼問題。」

何月笛問道：「你們家獨資？」

「我的錢還夠。」

「這樣當然也不錯。」何月笛卻道：「不過我倒是覺得，現在都是獨生子女了，沒什麼嫁女兒也沒什麼娶媳婦的，我們也就別搞什麼彩禮陪嫁的虛來虛往，兩家人合力給你們小倆口買套房子，這樣你們將來生活的負擔也小一點，我們呢，也算是盡了心了，你覺得這個怎麼樣？」

陳默一開始沒聽清，等反應過來之後恍然覺得陸臻說得還真沒錯，他大概是真的撞上了百年難得一見的狗屎運，他連忙說：「不用不用，我真的還付得起，不用阿姨你們這麼吃力。」

何月笛擺了擺手攔住他，神色鄭重完全是一個母親看女婿的態度，她說：「其實一開始苗苗跟我說起你，我是不太同意的。」陳默馬上安靜下來，聽她說那個但是。

何月笛說：「凡是做媽的，最擔心的就是女兒會吃虧，你年紀比苗苗大了不少，社會上的事也見得多，這孩子又從小就沒心眼，被人欺負了都不知道。而且西安那麼遠的地方，說真的我們其實不想讓她嫁這麼遠，畢竟人生地不熟。」

陳默心裡打鼓一樣的忐忑，他說：「噢，也是。」

何月笛笑一下，拍拍他的肩膀，說道，「但是，我想算了，她自己喜歡。上一次你們鬧分手，後來她說她好了沒事了，可是我做媽的看得出來她不開心。其實我跟你沒情分，我對你好點，我不為難你，就是希望你能對我女兒也好一點，我很感謝你能讓我原來那個活潑快樂的女兒又回來。現在我把女兒交給你，我對你沒什麼大的要求，就是別再讓她哭著跑回來找我。」

何月笛說到動情，止不住眼眶還是濕了一半。陳默覺得心裡發堵，熱血壓在胸口漲得發疼，他憋了半天擠出來一句話：「阿姨妳放心，我不會的。」

何月笛點頭，說：「那你先休息吧，明天還要坐車。」

陳默一直把人送到門口，回頭栽倒在床上，心臟還在砰砰地跳，很有激情的感覺，壯懷激盪，好像年輕時領到了眾人眼中最挑戰性的任務，臉上聲色不動，心中慷慨澎湃。

一個母親對他說我把女兒交給你，別辜負我的期待。

陳默想，這應該是一個男人一生中所能得到的，最重要的信任了。

苗苑縮在苗江身邊心不在焉地看電視，何月笛上下看看她，苗苑馬上撐不住，小聲囁囁地問：「媽妳跟他說什麼了？」

何月笛在她身邊坐下：「什麼都談了一下，婚姻房子什麼的……」

「啊，」苗苑慘叫，「你跟他談錢了？」

「談錢怎麼了？妳媽很俗嗎？我把你養這麼大還要倒貼二十萬才能嫁出去，我都沒地方喊虧本去！」何月笛瞪她。

苗苑被她罵得一縮，小聲抱怨：「人家部隊明明有房子可以住，是妳非得讓人買一個！」

「房產證上沒妳的名字，這種房子妳敢住我還不讓妳住呢，妳當是在家嗎？！」何月笛恨鐵不成鋼，苗江很狗腿地遞個眼色，苗苑只能乖乖靠過去摟著她媽。

何月笛順著女兒的頭髮，聲調感慨：「妳也該長大了，做事多點心眼，有事呢，多跟家裡商量。」

「噢。」苗苑的聲音悶悶的：「我這還沒結婚呢，妳就開始幫我想著離婚的事了。」

「妳這丫頭沒良心啊！」何月笛忽然覺得心酸，聲音一哽。

苗苑馬上賠笑：「是是，主要是離婚這個事情，妳讓我想我也想不好。」

何月笛捏著苗苑的臉頰，眼中泛出淚光：「人是妳選的，將來再要有什麼，要哭也別給我回來哭，妳自己挑的東西，自己被扎著了，活該！」

「是是，我知道，一定！」苗苑一本正經地點頭，反倒把何月笛的眼淚給招了下來，苗苑這下沒招了，只撲上去抱著她媽的肩膀。

「嫁那麼遠，身邊一個親戚都沒有，吵起架來都沒地方躲。男方出房子，聽起來是好聽。可是裝修家電什麼的，錢花出去沒人看得到，不實際！妳以為我樂意想這麼多？我這是為誰，我還不是為妳？」何月笛很傷心，一句句數落。

「對對，媽妳說的太有道理了。」苗苑挖空腦子想詞轉話題：「不過，那個什麼，對了，怎麼我好像記得這屋房產證上是我爸的名字啊。」

「是的，」苗江笑眯眯的，「所以我一直跟妳媽說要是把我惹急了，給妳一個箱子，裝衣服走人。」

何月笛終於忍不住笑了出來。

晚上臨睡前苗苑向爸媽說晚安，何月笛到底還是不放心，「妳別覺得談錢傷感情，我和妳爸現在是不談錢了，那是多少年走過來了，我們的感情已經到這份上了，你們還年輕，對婚姻的心態放平一點，踏實一點，反而更好。」

苗苑用力握著何月笛的手說：「我會的。」

何月笛看著女兒的背影苦笑，會與不會都只是一句話，輕飄飄的，妳問她要，她就說給妳聽，其實心裡根本還是什麼都不懂。有太多的事要經歷過以後才會明白。

她明明是知道這一點的，只是，她仍然妄想把這些年所有生活的感悟與智慧都直接交給她。

因為那是她的女兒。

4

苗家人慣性的會心疼人，這是家風。苗苑走的時候苗江給她裝了一大箱好吃的，他還給陳默灌了一大瓶牛肉醬，說是晚上餓的時候可以拿來下麵條吃，比速食麵有營養。陳默看著苗江額角的皺紋胸中湧過一陣熱血，有種莫名其妙的衝動讓他當時就想叫出一聲爸，這種溫軟纏綿的好像糯米甜食一般的感情的確是他的死穴。

苗苑坐在候機大廳裡孜孜不倦地給苗江發消息：「親愛的龍王，大鳥已經準備好，就要上天，請乖乖在家裡休息不要行風佈雨。」

陳默看著窗外起落的銀鳥，說：「我媽其實是個脾氣不太好的人。」苗苑驚訝地合上手機，陳默轉過臉看著苗苑瞪大的眼睛，他的表情誠懇堅定，內心空虛無靠。他說：「我媽跟妳家裡人不一樣，她脾氣不太好，可能不會喜歡妳，當然，她看誰都不太喜歡。」

「那怎麼辦？」苗苑很著急。

陳默伸手攬住她，心中默默唾棄自己，他說：「沒關係，讓我來先想點辦法，最近我媽工作很忙心情不太好，等挑個好一點的時候再去見她。」

苗苑焦慮地握著陳默的手，很有心事地點頭，她說：「你媽喜歡什麼，我要不要現在開始準備起來。」陳默看著那張一本正經的小臉，覺得自己真他媽的混蛋。

休假的代價是回來之後會更忙碌，苗苑臉皮太薄，語言表達能力不足，在調教小妹的道路上本來就走得很坎坷，而這次休假更是把問題全暴露，事實就是她回家四天，所有的新老顧客都吃出來店裡已經換了主廚。老闆鄭重其事地把苗苑叫過去聊了聊，首先做為店裡不可缺少的優秀員工，你的待遇問題，我是會好好認真考慮的BLABLABLA。但是做工作也不能太藏私，還是要帶帶新人，店裡整體發展得好，個體才能有更好的生活云云……

苗苑很委屈，雖然歪打正著地漲了幾百塊錢工資她還是很委屈，低頭對手指，她想縮到牆角邊去畫圈圈，當然，也只是在心裡想想。苗苑很生氣地告訴陳默可氣人了，她的老闆怎麼怎麼怎麼不體諒，她的助手小妹怎麼怎麼怎麼不聽話。陳默看著她笑，妳有這工夫對我抱怨還不如擺明跟他們說去。

苗苑嘟著嘴不高興。陳默順著她的頭髮說：「沒有人天生要瞭解妳的，也沒人天生會體諒妳，也沒人天生會聽妳的話，妳得做出來讓人知道。」

苗苑惱羞成怒，她說：「連你都不幫我。」

陳默啞然失笑，「我這不就是在幫妳嗎？」他湊到她耳邊，聲音兇狠，「要不然我幫妳去把他們都給打一頓。」苗苑紅了臉笑得非常不好意思，但是很得意。她握拳說：「我自己能收拾！」

陳默慢慢地很用力的鼓掌，苗苑的臉於是就更加紅得厲害了。

苗苑手裡拿著羊肉串，勾著陳默的手指行走在幽幽深深的小巷裡，她忽然說，陳默啊，我覺得你這樣不縱容我也挺好的。陳默很詫異，苗苑低著頭，從這個角度只能看到她頭頂柔軟的髮漩。

她輕聲笑著說，「當年我們寢室一個女孩子長得可漂亮了，她男朋友就特別寵她，然後一開始我們都覺得挺羨慕的，可是上次回家看到她吧，我就覺得這人脾氣怎麼這麼大，不好不好……」

陳默把手放在苗苑腦袋上，小巧的頭顱貼合著他手掌的弧度，苗苑半仰起臉來看著他笑，彎眉笑眼，閃著星光的樣子。陳默想起何月笛當時問他，為什麼，為什麼會喜歡苗苑？她有什麼特別的？

為什麼？

陳默最近偶爾也會問自己這個問題，可是答案模糊。他從來沒有能力像個哲學家那樣生活，給自己生命中的任何人與事都做個恰如其分的形容，那不是陳默的方式。他習慣更直接一點的指令性的計畫，想要，於是去爭取，喜歡，於是在一起。

可是，為什麼？為什麼是她？

這世上溫柔可人的女孩子應該也有不少，如苗苑這般笑意盈盈的也不少，甚至也會有一雙流淌著蜂蜜的手。

這世上哪有多少與眾不同的人？有多少非他不可的愛情？

沒有！

人與人其實都差不多，如果在某個十字路口錯過，生命便會朝著另外的方向而去，愛上別人，仍然是一生。那麼還有什麼是特別的，特別到從此非你不可，只有你沒有別人？

陳默為此感覺到困惑，他晃晃頭把那些七零八碎的想法都晃開。或者那些特別是在你與我相逢之後發生的，你與我相對的這段時光讓我們之間有了聯繫，那些曾經發生過的美好，那些難過與心動讓你變得獨一無二。這世上可能還有無數個像苗苑那樣的姑娘，然而她們都是面目模糊的陌生人，她們的好壞都與他無關，只有苗苑是他的，真實的可以觸摸，可以擁抱。

這種擁有，讓她看來如此特別。

沒有擁有過的人才不會害怕失去，至少陳默是如此。如果沒去過苗苑家，他或者還不會那麼害怕，可是何月笛不動聲色地向他展示了一個強大的後方，讓他明白她的女兒有一個怎樣的家，無論如何隨時隨地都會收留自己心愛的寶貝。苗苑或者會有很多優點，然而勇敢無畏從來都不是其中之一，她從來就不是個戰士，她幼嫩的爪子劃不破一件薄衫。

陳默強烈地感覺到不能讓他媽與苗苑正面接觸，苗苑會被嚇壞，她會再一次甩開他，逃回到她安全溫暖的窩裡去。

苗苑走在陳默身邊，完全沒有發覺這個男人心底的湧動，她一邊拉著他的手，專心吃著羊肉串，嘴唇沾得油汪汪的，帶著生鮮活色的幸福味道，神色是安然的滿足。陳默安靜地看著她，細小的戰慄感從手指滾向胸口，有如每一次他試圖瞄準觸動扳機的那個瞬間。

他想，算了，老天爺，你就讓我齷齪這麼一回吧。

陳默轉身抱住她，說：「苗苗我們結婚吧。」

苗苑啞了半天，囁囁低聲地抱怨，語無倫次，詞不達意，她說：「我羊肉串還沒吃完呢？」

陳默把苗苑手上的肉串拿過去吞掉，舔著嘴唇說吃完了。

苗苑呆呆地傻眼，「吃完了也得考慮一下。」

「多久？」陳默不肯放鬆。

苗苑顧左右而言他，說：「陳默你有沒有發現今天這羊肉味道挺好的。」

陳默攔腰把苗苑抱起來，他說我沒覺得。

苗苑嚇得小聲驚叫，興奮而羞澀，像是小時候第一次坐雲霄飛車那樣心臟砰砰直跳。陳默抱著她上樓，同樓的住客下樓時與他們錯身而過，眼神驚訝中帶著善意的調侃，苗苑漲紅了臉把頭埋在陳默懷裡，說完了完了，我沒臉見人了。

陳默低聲笑，他說只能見我也挺好的。

陳默從苗苑包裡拿了鑰匙開門，背身一腳，踢得門框大響，苗苑笑著往後退，被陳默拉了回去。

「嫁不嫁？」陳默盯牢苗苑的眼睛。

苗苑被他壓在牆上幾乎兩腳離地，艱難地順著氣說：「你逼婚啊！」

陳默貼著苗苑的嘴唇吻進去，舌尖勾纏，最挑逗的吻法，苗苑肺裡的氧氣被耗盡，呼吸疼痛，腦子裡昏沉混沌，留戀地廝磨著陳默的嘴角。

「結婚吧！」

「不結！」

「嫁給我！」

「不要！」

「給我生兒子！」

「我喜歡女兒。」

「一個不夠，我要一打。」

「陳默……做你的春秋大夢！」

苗苑喜歡手感細涼而綿軟的毛衣，源於幼時對寵物兔子的深刻印象。秋深夜涼，暖氣供得早，房間裡的空氣乾燥而溫暖，把身體內部的水分抽拔到皮膚的表面。

呼吸急促，因為乾渴，饑餓，或者別的充滿了渴望的不知饕足的慾望渴求。

床就在幾步之遠的地方，陳默小心翼翼地把苗苑抱起來輕輕放到床上，絨滑的毛衣廝磨著他的手掌。陳默一手撐在床上強烈地猶豫，他是否應該要繼續，苗苑抱著他的脖子小聲囈語，陳默……

陳默在心底嘆息，手指探進衣底，品嚐到從來沒有觸摸過的皮膚的質地，那是與自己完全不同的，與那些他所熟悉的風吹日曬過後變得粗糙而堅實的皮膚完全不同的質感。如此光滑而綿軟，像絲一樣流過他粗糙的掌心。

「陳默？」苗苑緊緊地抱著他，驚慌失措地發著抖。

陳默強迫自己停下來，苗苑睜大眼睛看他，睫毛忽閃忽閃著帶出淚光，像一隻驚恐的鳥。陳默低頭親吻她的眼瞼，溫柔而濕濡的，綿綿不絕，雖然妳很怕，但，其實妳也並不抗拒不是嗎？

嫁給我……

陳默撥開苗苑的長髮，乾燥的嘴唇磨過她耳邊與頸側的皮膚，灼熱的呼吸包裹著低沉的話語，他說嫁給我，跟我結婚，給我生個孩子，我們的孩子……

苗苑用力閉著眼睛一言不發，她咬牙切齒地發著抖，心想這男人真不好，第一次求婚的時候她還有半串羊肉沒吃完；第二次求婚她雙腳都不沾地；第三次……為什麼總在她不能正常思考的時候問這種問題？

是故意的！一定是！

苗苑很生氣地抱著陳默，越抱越緊，好像要把自己收藏在他的懷抱裡。

陳默忽然想起在他很小的時候他也曾看過動畫片，故事裡有小小的拇指一樣大的姑娘，住在一個核桃殼裡，纖細柔軟，臉龐像月光那樣皎潔白淨。

我的愛人！

想把妳收藏起來，只屬於我，收在牢固的盒子裡，放進上衣左邊口袋。

5

他把苗苑的衣服一件件剝開，動作緩慢眼神專注呼吸謹慎，像是在對待細緻的瓷器，直到泛著微光的皮膚裸露在燈下起伏著細小的波紋。

苗苑緊緊地握拳，指甲嵌在肉裡，她在抗拒與順從中強烈地猶豫，於是眼中只剩下一團兵荒馬亂的驚恐。陳默拉過被子覆蓋兩個人赤裸的身體，光裸的皮膚在被下緊貼，陳默有彼此融化的錯覺，懷中溫暖跳動著的像是另一個心臟。苗苑的身體繃得緊緊的，眼中含淚，泫然欲泣，陳默緊緊地抱著她說別怕，不要怕，我不會傷害妳……他一面吻著她，一面安撫，嘴唇溫柔地吻過苗苑的嘴唇和耳朵，手掌流連在光滑的皮膚上。苗苑像溺水那樣喘息，掙扎著從陳默懷中脫出手，慌張地翻亂了床頭抽屜裡所有的東西，終於摸到她想找的，塞到陳默手裡。

陳默低頭看著手中硬質的小紙盒眸色暗沉，苗苑困惑地咬住嘴角，心想你不可能不知道怎麼用吧？陳默把紙盒扔到床邊說：「我不用這個，我保證我沒病。」

苗苑氣憤地撓他的背，「我還保證我沒病呢，會懷孕的，知道嗎？」

「那就生啊，給我生個兒子！要不然女兒也行。」

陳默看著她笑，很得意的樣子，慢慢露出的雪白牙齒在燈下閃著光。

苗苑喃喃自語說：「我覺得我是小紅帽，我遇上了大灰狼。」

大灰狼湊到她耳邊說話，口氣很無恥囂張下流，「現在才知道啊，晚了！」

在我們的生命中，有很多經歷永遠無法依靠語言和影像來類比想像，只有當真實的感觸包裹人體，才會由衷感慨，原來……原來是這樣的。苗苑雙手攀住陳默的肩膀，呼吸短促，她皺緊眉頭貼在陳默耳邊說：「我聽人講會很疼。」

陳默轉頭看著她怯生生的眼睛，他努力克制慾望的衝動說：「我一定會很輕。」

苗苑慢慢閉上眼睛，把陳默抱得更緊了一些。柔軟的手掌之下是陳默筋肉起伏的強健身體，這個男人有足夠撕碎她的力量，而她卻固執地相信他會給她以溫柔。

陳默低頭凝視苗苑的神情，驚恐的，羞澀的，眉心皺起一點點，帶著決絕的神采，然而僵硬緊繃的身體卻在他身下漸漸柔軟舒展。陳默聽到熱血奔騰衝入大腦的喧囂，好像金戈鐵馬的戰場，馬聲嘶鳴，一片硝煙。他心愛的女人在他身下打開身體，迎接他的進入，他將在她的身體裡放入一顆種子，陪著她看著她生根發芽，生長出血肉，他未來的妻子，他孩子的母親。

他於是心情激動，不知所措。

手掌留戀著另一具火熱的身體，光滑的皮膚有絲綢的觸感，每一寸都不忍放手。苗苑偏過頭去親吻陳默的嘴角，於是嘴唇被攝住，若即若離的輕吻馬上變成火熱的勾纏。陳默感覺到神志背離，苗苑細膩的喘息聲在他耳邊流連，像催情的藥。所有的五感都被佔據著只專注一件事，聲音與味道，觸感與氣息，一遍又一遍，怎樣都不夠，陳默更深地把苗苑的身體嵌進懷裡，好像要揉碎的力道。

苗苑細小的骨架上包裹著光潔柔軟的皮膚，激情燃燒的血色均勻地從皮膚深處透出來，讓她看起來像某種飽含著甜蜜水分的紅色漿果。無法抵抗的絕對力量將她的身體牢牢禁錮，呼吸艱難，苗苑模模糊糊地想我要被你捏死了，腰上忽然傳出鮮明而尖銳的痛感，苗苑全身一僵，禁不住慘叫出聲。

陳默頓時被驚醒，抬頭看到苗苑濕漉漉的大眼睛裡閃著光，嘴唇半張著，呻吟卡在喉間，像一隻被剛剛被擰斷脖子的貓咪，還僵硬在最初的銳痛中回不過神的樣子。

怎麼了？

陳默眼中的慾望在瞬間消褪的一乾二淨，驚慌失措得像個幹了壞事的孩子。苗苑終於緩過來嗞嗞地吸著氣，眉頭痛苦地擰成一團說腰，我的腰……陳默拉開被子，就著昏暗的檯燈看到雪白皮膚上暗紅色的指印，腦子裡轟的一聲，簡直，無地自容到想給自己一巴掌。

很疼嗎？陳默手足無措，捧著她，像是捧一個易碎的雞蛋，他低頭去親吻苗苑的腰側，已經腫起來了，舌尖可以感覺到皮膚凹凸的邊緣。苗苑咬著嘴角說：「還好，不疼。」大顆的眼淚止不住地滾下來。

陳默懊惱之極，他小心地吻著紅腫的皮膚說我真的沒用力。

苗苑說噢，我知道的。聲音弱弱的，有氣無力。陳默說你家裡有紅花油嗎？

苗苑搖頭，她從來不備這種東西，跌打損傷與她無關。陳默於是更加羞愧。

苗苑試圖安慰慌張無措的肇事者，她撫摸著陳默汗濕的頭髮說其實還好，已經不疼了。陳默悶悶不樂地抱住她，小心翼翼地吻過她的皮膚，討好剛剛被他的粗魯莽撞傷害到的身體。真脆弱啊！那麼軟的手腕，一掐就斷；那麼細的腰身，一雙手都能合攏；那麼脆弱的皮膚，指尖上稍微用一點力，就真的被揉碎了。

陳默看到苗苑忍著疼說沒關係，淚水在眼眶裡打著轉，忽然覺得自己實在不是個東西。

苗苑的手還合抱在陳默的背上，手指觸到皮膚凹凸的地方，她身上還疼，著急轉移注意力，小聲問這是什麼。陳默回頭看一眼，想了半天老老實實地回答忘了。苗苑沿著傷口的輪廓描下去，很長的一條，感覺應該是刀傷，頓時就心疼了，她仰頭看著陳默的眼睛說很疼吧？陳默搖頭笑著說都沒印象了應該就不太疼，他指著胸口一處圓疤說這個有印象，直接穿了肺，剛好天冷，風大，咳得我差點疼死。

苗苑水汪汪的眼睛裡含著淚光，仰頭吻一吻那塊傷疤說不疼了。

陳默低頭看她，手指順著苗苑的臉側梳進她的髮裡，溫柔地攏著她的臉。苗苑一直覺得陳默的眼神太利，尖刻生冷，讓人不敢對視，可是此時隔了一層又一層的水光，再硬的金屬都沾染了柔情，溫柔盈潤好像深山裡的潭水。

其實在床上交心是最不好的，尤其是裸身相對相貼，乾柴烈火，一引就著。陳默的呼吸裡漸漸生出火熱，眼神渴望，黑漆漆吞滅似的光。苗苑感覺到不太對，她怯生生地看著陳默說：「我們還做嗎？」陳默長嘆氣，摟著苗苑說：「算了算了，妳好好休息。」

天意啊，天意！

陳默心想，天意如此，誰讓他不安好心呢，心懷鬼胎地想就這麼把苗苑給辦了，最好再給生個娃，從此這人就是自己的，這簡直是典型的禽獸思維，果然連老天都不幫他。

可是，苗苑微微皺了眉說：「你這樣不難受嗎？」

陳默愣一下，慢慢笑開，他貼在苗苑的耳邊口氣很下流，「妳怎麼知道我會難受？嗯，妳要不要摸摸看？先打個招呼？」

苗苑漲紅了臉，痛心疾首地看著他說流氓。

陳默握了她的手腕往下引，一邊含住苗苑的耳垂嘆氣：「本來就是在耍流氓嘛！」

苗苑用力閉上眼睛，想想又不甘心，在陳默肩膀上咬一口，陳默輕聲笑得異常開心，牽住苗苑的手掌握上去。苗苑感覺掌心火熱，下意識地想往後退，卻被按住了。陳默壓了一些份量在她身上，漆黑的瞳孔近在咫尺，氣息火熱地吐字，幫我啊……苗苑終於被蠱惑，順從了那份引導的力量。

那只嬌柔的小手掌心柔膩，皮膚細軟，陳默驚喘了一聲，呼吸頓時沉重，好像自己也沒料到會這麼爽似的瞬間失神，快感如電從尾椎破出劈哩啪啦地燒進大腦皮層，引起身體的一陣戰慄。苗苑便跟著他亂了呼吸，小心翼翼地吻上陳默嘴唇，陳默微微張眼，翻身把她壓到身下，柔軟幽香的身體抱了滿懷，前所未有的滿足，從心到身。

高潮來襲時陳默感覺到眼前一片空白的眩暈，那快感太激烈，身體都有些漲得生疼。

陳默出了很多汗，整個被子裡都蒸騰著火熱的潮氣，他抽了床頭的紙巾給苗苑擦手，苗苑羞得全身透血，咬牙切齒地閉著眼睛不肯張開。

妳真好，最好的……陳默把苗苑抱在懷裡吻她的脖子和耳朵，苗苑掙扎著說你髒死了，別碰我。陳默笑著親親她的鼻子，乖乖地從被窩裡爬出去洗澡，苗苑偷偷把眼睜開一條線，只看到陳默背上紮實的肌肉，線條流暢，在燈下閃著微光，便覺得心頭悸動，毫無理由的滿足。

陳默在浴室裡對著鏡子把襯衫的扣子扣到最高一個，心臟還在砰砰地跳動，指尖殘留著滑膩的質感，整個人被一種陌生的氣息所包裹，手腳無措不知如何自處。他把額頭貼在浴室的冰涼的瓷磚上苦笑，剛才發生的一切像電影重播，在腦海中飛快地閃過，陳默詫異於自己的放肆無忌，從沒有發現過的放縱的慾望，據說每個男人心裡都住著一隻獸。

等陳默穩定好情緒出來的時候苗苑也已經換過衣服躲在被子裡裝睡，陳默隔著被子擁住她，氣息火熱地說：「苗苗……」

苗苑臉上又紅起來。

「嫁給我做老婆！」

這個世界上怎麼會有這麼不浪漫的人？？苗苑氣憤地睜開眼：「不嫁！」

陳默的眼睛瞇起來，深黑色閃危險的意味：「已經是我的人了，還敢說不嫁？」

苗苑隔著被子踹他，氣得結結巴巴的：「誰，誰誰是你的人啊……我我我憑什麼非得嫁給你啊！」

陳默忽然想起那個一直被扔在床角的小紙盒，伸長手撈過來，滿臉的若有所思：「為什麼準備這個？」

「我不準備，難道還指望你嗎？」苗苑忽然覺得委屈之極：「你們男人都會說一時衝動，完了讓女人去吃藥，那藥很傷的知不知道？」

陳默本想說我就沒想讓你避孕，可是恍然從苗苑的言語裡發現另一種訊息，一瞬間的黯然壓過所有，他撫著苗苑的臉頰說：「以前有人讓妳去吃過藥嗎？」

苗苑愣了半天才反應過來，眼神頓時變得糾結複雜，硬撐著一口氣，脖子僵硬地挺著：「有又怎麼樣？你是不是就不要我了？」

陳默被她這種戰鬥的姿態刺激到，有些無奈地嘆氣道：「妳也別這麼說，做不成第一個，還不許我當最後一個嗎？」

當一個男人想要佔有某個女人的時候，總希望能佔得十成徹底，最好我與你青梅竹馬，就住你家隔壁，幼稚園掀你裙子，國小時燒你頭髮。可是生活多莫測，那些曾經的花兒都會散落在天涯，已經過去的無法參與，人們能把握也只有眼下與未來。

苗苑擰著眉毛看他，眼淚成串地往下滾，忽然覺得自己特別委屈，明明是黃花大閨女，亂七八糟地就這麼被人拐上床，從頭到尾根本也沒容得她來說個不字，現在倒像是她私生活不檢點，正在接受陳默的審問。

她用力推開陳默說：「你怎麼可以這樣欺負我。」陳默一時錯愕不知道自己錯在哪兒了，只能抱著她不放手，他說：「我沒有欺負妳啊，我是真的特別想跟妳結婚，妳不願意嗎？我一直以為妳是願意的。」

苗苑哭得上氣不接下氣的，「哪有你這麼求婚的嘛，沒花沒戒指什麼都沒有，你這是逼婚，你根本沒誠意。」

陳默手忙腳亂地給苗苑擦眼淚，因為真的心懷鬼胎的緣故，一時愧疚不知道要怎麼安慰。手機卻在這個時刻突兀地響起來，陳默隨手按下口氣不善：「怎麼回事？」

成輝疑惑地問：「陳默你今天不回來了？幾點了？」

陳默恍然大悟，連忙說：「對對對，今天不回來了，你幫我去查下房，有要緊事。」

掛了電話，陳默捏著手機一時無言，氣氛陡然尷尬了起來，陳默心想這人啊，果然就不能起壞心。

陳默說：「苗苗，這是我第一次向人求婚我真的沒經驗，妳能不能就原諒我這一次？下次妳先教教我要怎麼做。」苗苑有種無語問蒼天的悲憤，瞪著眼睛看著陳默連哭都顧不上了。陳默心虛地咳嗽一下，說要不然妳再給次機會，我下次一定表現好點。苗苑覺得自己真無助，就像個小動物那樣被他哄著轉，怎麼就能遇上這麼個天才的男人！

陳默乘勝追擊，說：那妳先讓妳媽把戶口本和民政局的證明先開過來吧！政審要審半年的。」苗苑吃驚地問這麼久，我們一定要等到半年後才能結婚？

陳默終於安定，懸在半空的心臟又落回到肚子裡，他湊過去親親苗苑的鼻尖說：「妳要是著急的話，我去跟支隊長說讓他們審快點。」

苗苑痛心疾首地悔悟過來，氣恨地嚷著誰著急了啊！

陳默嘿嘿看著她笑，不說話。

第八章

我想要一個家

那天晚上糾纏到後來陳默說他回不去了，回去就得翻牆，雖然翻牆對他來說就像走路那麼自然，可是苗苑還是當真了，很慷慨地分了他一床被子和半張床。苗苑的床很大，大到讓陳默很怨念，當然床小更不好，床小會出事，陳默覺得自己的想法很矛盾。

那個夜晚陳默無法分辨自己到底算是睡得好還是不好，耳邊總有另外一個人的呼吸和心跳，讓他一遍一遍地醒來，又一次次地睡去。窗簾沒拉，當第一縷晨曦吻到陳默臉上，他像早就準備好了似的張開眼，看到苗苑半蜷著身體面向他熟睡。苗苑的皮膚很好，那是年輕而富有生氣的好膚色，乾淨白皙，細膩的絨毛被晨輝染成淡金色，唇色鮮潤，帶著半透明的甜美果凍的質感。

陳默怦然心跳。

一個男人到了三十多歲才情竇初開，實在是件很丟人的事，這說明了他人生之前的旅途中有一段曾經缺失，好在以陳默剽悍的人生態度他不會去關心旁人的眼光，於是他幾乎羞澀卻又坦然地心動著，像十六的毛頭小夥子看著樓下白裙飄飄的背影，陳默覺得他很幸運，因為苗苑會是他的。

他將擁有這個女孩，當然也同時被她擁有。

陳默探身過去親吻她，如果每天早上醒來都能看到陽光和你，我對這樣的未來很滿意。

苗苑在睡夢中掙扎，睡眼惺松地半睇著，困惑了半天才反應過來眼前這是為什麼，忍不住，再一次面紅過耳，苗苑心想，她的心臟可得要強壯，最近的心血管負擔太重了。

陳默趕回到駐地的時候已經錯過了早操，好在成輝很夠意思地幫他頂了過去。老成咧嘴對著他笑得意味深長，陳默難得窘迫，摸著鼻子掩了半張臉，說：「結婚到底要準備點什麼？」

成輝驚訝地張開嘴，說「兄弟成了？」陳默盡量笑得不著痕跡，但是眼中的得意掩飾不去。成輝興奮地搓著手說：「哎呀，這個我也說不好，我就只知道點隊裡的事，具體的你得跟雙方家長商量嘛。」

陳默臉上僵了一下，慢慢收去了笑意，是時候要跟母親攤牌了。

苗苑這天在店裡待得特別彆扭，她有種莫名其妙的錯覺，總以為人人都在看她，用那種曖昧的調侃的俗氣的眼神看著她，好像大家都知道她昨天晚上做了不可告人的事。

於是兩個苗苑在她心中掙扎，淑女苗苑說啊，我沒臉再見人了，悍女苗苑說媽的，看什麼看，關你們屁事啊？？

苗苑帶著這種羞澀的戰鬥激情又囧又雷地過了一天，終於忍無可忍地在沫沫過來拿蛋糕的時候爆發了，她裝作不經意地說昨天陳默在我那裡過夜了。她一邊說，一邊小心翼翼觀察沫沫的表情，用一種複雜難言的眼神，因為就連她自己也不知道她在期待著怎樣的回應。

沫沫輕描淡寫地點了頭說：「你們家陳默倒還真能忍。」

苗苑紅著臉問：「妳這怎麼意思。」

沫沫詭笑，「就妳那小白兔樣，我還以為他就把妳啃了呢。」苗苑的臉很紅，很紅很紅。

沫沫拍拍苗苑的肩膀說：「成年人了嘛，反正你們也算是定了。」

苗苑馬上很激動地說陳默向我求婚了。

沫沫裝模作樣地笑笑：「挺好的，挺好的啊！」那表情幾乎像是在看自家閨女，苗苑等人走了過半晌反應過來，氣得牙癢癢，這一氣倒是把她那莫名的錯覺給氣沒了。

最近的西點市場競爭激烈，苗苑成天動腦筋推新品，眼下她眼睛裡看什麼都是粉紅色，買了上好的玫瑰花茄醃製打漿，做玫瑰慕絲，酸酸澀澀的甜，入口即融，化開成濃鬱醉人的香，十成十戀愛的滋味。豔紅色的慕絲糕體，紅得像愛人的心，晶瑩剔透的水晶淋面裡嵌著用碎玫瑰花瓣做出來的美妙圖形，托體用了烤榛仁碎餅，活躍的香氣在舌尖上跳躍，那是戀愛中輕鬆俏皮的好時光。

楊維冬在試吃時很深地看了苗苑一眼，真誠地祝福，說他一定對你很好。苗苑笑得極甜，說哪有啊，成天惹我生氣。苗苑受到鼓勵，特意留下了兩塊晚上給陳默，陳默吃了一塊沒說什麼，眸色沉沉地在暗處閃著光，心事很重的樣子。苗苑很小心地問他你怎麼了？陳默笑笑說沒什麼，最近任務有點重。苗苑就覺得挺心疼的，馬上說那你早點回去吧，帶上這個給你明天當早飯。

陳默週末回家吃飯，飯桌上一貫的氣氛沉默無言，陳默莫名地想起苗苑家大盆小盆的菜，苗爹滿眼得意而期待的笑，苗苑氣憤而又無可奈何的那句盡人事聽天命。陳默握緊了筷子說：「媽我打算要結婚。」

韋若祺驚訝地轉過頭去看著他，她一字一字地問，「你說什麼？」

「我和苗苑談得挺不錯的，也蠻久了，我打算要結婚。」陳默冷靜地回應來自他母親的逼視，一如既往。

「那個苗苑，陳默，你沒有開玩笑？」韋若祺把筷子放下。

「沒有。」

韋若祺想了一下，又把筷子拿起來，很輕地笑了一聲：「我不同意。」

「為什麼？」

「先吃飯，吃完再說，別倒我胃口。」韋若祺給自己夾了一筷菜。

陳默馬上有了味同嚼蠟的感覺，大刀闊斧地把碗裡的飯扒完，推開碗說：「我吃完了。」

韋若祺是個做事很有姿態的人，飯後吃水果和茶，一點不會亂，陳默坐在沙發上等他媽發話，韋若祺把蘋果切好放在茶几上，陳默看了她一眼忍不住問：「媽？」

韋若祺說：「我想過了，結婚的事我不同意。」

這是意料之中的答案，陳默也不能說有多麼驚訝，失落多少有一點，可是很快就平息了，他只是問為什麼？

為什麼不同意，總得給個像樣的理由。

但是看韋若祺的神情倒像是比他還要失望，韋若祺很認真地看著陳默說：「我真的對你很失望，你在部隊很多年，與世隔絕的沒怎麼接觸過女人，現在有機會想補上這個我能理解你。所以之前我也沒管你，總覺得你自己還有點分寸，像苗苑這種小姑娘談談戀愛也就算了，要結婚你開什麼玩笑，連大學都沒念過，沒有正當工作的小姑娘，你跟我說你要娶她？你覺得我會同意嗎？」

陳默說：「苗苑有正當工作，學歷也不算很差，我不覺得她有什麼配不上我。」

韋若祺很煩躁地站起來指著陳默說：「你這是在亂搞，像這麼個小姑娘你看中她什麼？年輕漂亮？你別怪我看不起她，沒有學歷沒有思想沒有工作，她能幫你什麼，她能理解你嗎？你們能談到一起去嗎？我們家不需要這樣的媳婦。」

陳默低下頭，沉默不語。

韋若祺抱肩站著嘆了口氣，把手放在陳默肩上，聲音放柔了一些：「你本來年紀也不小了，我也不想再管你的事，但是這件事太離譜了。」

「我覺得她很好。」陳默低著頭沒有動：「我想娶她，日子是我自己過的我自己知道，我覺得她夠格做我兒子的媽。」

韋若祺的臉色馬上變得難看起來，陳正平看到氣氛太不對，推著輪椅過來拉陳默：「推我出去走走吧。」

陳默點點頭站起來與他母親面對面錯肩而過。

陳正平自從那場大病之後身體就變得非常虛弱，陳默推著他父親下樓，繞過社區的人工湖找到一塊陽光明媚的平地，扶著他站起來慢慢地走。陳默看著他爸佝僂的背總是覺得心酸，這個男人也曾有過強壯偉岸的肩膀，可是歲月如刀，切斷了他所有的驕傲。

陳默仍然記得那些日子他在麒麟基地等信，父親病危，而他做為唯一的兒子卻完全聯絡不上。等他解除保密狀態之後，一切都已經塵埃落定，但是他的母親不會這樣放過他。韋若祺把死亡拉長，一天寄一張病危通知書給他，不許任何人告訴他最後的結果。當時的陳默每天都在等待著，等待一個無可挽回的結果，而他不知道最後究竟是好還是壞。

忐忑而焦慮的等待，那是陳默這一生最厭惡的東西，他討厭不受控制的結局，讓命運宣判而自己等待。

韋若祺做事的確很絕，然而陳默並沒有怨恨過她，即使他因此失去了生命中最鍾愛的一部分，隱秘的激情與血性，不為人知的快意人生。可是那畢竟是自己的選擇，她只是給了他一段時間去思考，激出他心底的恐懼，逼著他去判斷究竟什麼更重要。自古忠孝不能兩全，魚與熊掌不可兼得。

國家其實不差他這麼一個戰士，可是陳正平與韋若祺只有他這麼一個兒子，於是，回去吧，陳默對自己說。這些年他漂泊在外，這些年他試圖逃離這個家，但其實他也一直想要做個好兒子。就像此刻他即使不抱期待，心中仍然傷感於他母親的拒絕。

陳正平嘆著氣說你母親也有她的道理。陳默淡淡笑了笑說我知道。

陳正平走了沒多遠就覺得累了，陳默把他背起來放回輪椅裡，份量很輕，輕飄飄的只有骨架的那一點重量。陳默半蹲在他身前說：「你還是得再多吃點。」

陳正平按住陳默說：「你媽從小就很驕傲。」

陳默說：「這個我知道。」

陳正平嘆氣：「其實你們兩個真挺像的，兒子像媽大概是真的。她們韋家人就是這種脾氣，硬。她小時候吃過苦，現在走到這一步也都是靠她自己……而且你看她現在這個工作吧，從來只有別人求她，她又不用求人，所以……」陳正平按住陳默有點信心不足：「你就讓著她點吧！畢竟是你媽，她真的是為了你好，你也知道她那個人，她如果不關心你，她根本不管你。」

陳默輕聲說：「那是我老婆，我沒法讓著她。」

陳正平鬆開手臉上有點愁苦，他已經很像個老人了，只希望家庭和睦，平安喜樂。疾病是非常可怕的東西，它總是如此輕易地摧毀一個人的意志。陳默推著他的父親往回走，他說：「我覺得我還是跟她不像。」

陳正平啊了一聲，倒有點急了。

「我沒她那麼閒，喜歡撈過界。」陳默說。

陳正平愣了會兒，眼神變得很黯淡，這會是一場永恆的戰爭吧，他對此很無奈。其實很早之前他就試圖勸告韋若祺不要對陳默的未來抱有太多幻想，這個兒子長大了，真的長大了，他不會再聽從她的指令生活。但是韋若祺從不妥協，這是一個固執而強硬的女人，她充滿勇氣並且手腕過硬，那是一個會把自己與身邊的一切都規劃得條理分明的女人。

陳正平嘆氣說：「其實早年念軍校你媽是不同意，可是後來看你做得好，她也是很開心的。」

陳默把人推到家門口伸手按下門鈴，他彎腰在他父親耳邊說：「所以，我會好好結婚成家，讓她也繼續開心下去。」

陳正平搖了搖頭，這麼多年了，大概也真的沒有辦法了。

陳默站在樓下，回頭看家裡廚房的窗口，他還記得苗苑家裡的廚房亮著昏黃色的燈，記得苗苑說我們家最重要的地方就是廚房。那裡其實有點滑膩膩的，有很多鍋子很多碗，不是個很讓人喜歡的地方，但是很溫暖。

陳默站了一會兒，拿出手機打電話找何隊，電話裡陳默鎮定自若地說：「真不好意思麻煩你了何隊，我丟了個包，裡面有我全部的存摺和卡，我現在自己都不知道丟了多少錢，銀行帳號……當然不記得，所以……這個事……您看我要怎麼著去銀行掛失，弄一下……」

陳默一邊忽悠何隊，一邊在想他這樣算不算是你不仁我就不義，但其實想想，也沒什麼不義的，那本來就是他的錢，只是寄放在他母親手上，如今他要成立一個自己的家庭了當然要拿回來，只是……他預想到韋若祺憤怒的臉，心情很複雜。

總隊有個政委剛好要上調，房子空出來交給隊裡分配。成輝笑瞇瞇地拿鑰匙給陳默，說你小子狗屎運啊，絕了！陳默收了鑰匙恍然想到陸臻之前也這麼說過他，於是笑道好像還真有點。

鑰匙收好材料上報，結婚這麼個遙遠的大事，忽然就有了一點近在眼前的味道，陳默挑了個空閒的時候一個人窩在辦公室裡翹腳給方進打電話，方進不用手機，分機轉了幾道才轉到他手上，小侯爺接線的時候很受驚嚇，直接吼過去：「默默你出啥事了？」

陳默被他震得一愣，莫名其妙地說道我能出什麼事？方進喘著氣說：「嚇死我了，沒事你給我打什麼電話。」

陳默頓時就囧了，怒道：「沒事我就不能給你打電話了？還真NND矯情，人家漂亮小姑娘等著我打電話，不打還生氣，老子現在抽空給你打個電話報告近況，怎麼還不想聽是怎麼的？」

方進嘿嘿笑，撓著頭賠笑說：「哪兒啊，你找我嘮嗑對吧，我高興著呢！想死你了，等哥們今年休假了，過去吃窮你。」

陳默心裡舒服了點，慢悠悠地說道：「方進啊，我要結婚了。」

方小侯在對面啊的一聲驚叫，陳默聽著話筒裡一聲爆響，估計那邊是跳起來了，他於是氣定神閒地說：

「慢著點。」

「啊啊啊，陳默你這還叫沒事？你老婆長什麼樣？漂亮不？照片吶，郵寄張照片過來！啊對了，你先等下啊……」

陳默疑惑地皺了皺眉，不一會兒，方進語氣歡快地回來說：「好了！」

「什麼好了？」

「我剛剛對著操場吼了一嗓子，估計現在半個中隊都聽到了。」方進洋洋得意的。

陳默額頭滾落一片黑線。

「照片，照片記得啊！！」方進反覆強調。

陳默警惕：「你不會打算貼到隊裡去吧。」

方進嘿嘿陰笑兩聲。

「方進……」陳默扶額。

「這大家也是為你高興嘛……」方進笑得很討好。

「不給看。」陳默斷然拒絕：「要看自己過來，你讓隊長調個假，想來的都過來，到這邊吃住我全包。」

「你要那麼多人過去幹嘛？」方進一時沒回過神。

陳默笑道：「喝喜酒啊！」

方進馬上又樂得跳了起來，一疊聲地問什麼時候，又催著問要送什麼禮，話筒對面漸漸變得吵雜起來，陳默逐一分辨那些看不到面目的各色人聲，心裡變得很暖。夏明朗送他走的時候說這裡是他永遠的家，人說鐵打的營盤流水的兵，然而在所有物是人非的過往，他的兄弟們都還在。

陳默挑了個陽光明媚的午後帶著苗苑去看房，因為苗媽之前一直埋怨部隊的分房哪裡哪裡不好，苗苑總以為會看到一個破爛的鴿子籠。沒想到大門一進，是個挺新社區，樓層有點高，是五樓，但是兩室一廳房型特別好，方方正正的，廚房和衛生間也很大，開闊豁亮。

苗苑歡呼了一聲撲進門，興奮地站在客廳裡轉圈圈，喜孜孜地說就這兒，真的就是這兒？

老政委走的時候留了不少東西下來，空調和熱水器都是現成的，牌子很主流，客廳和飯廳裡鋪著淺色地磚，房間裡是棗紅色的實木地板，臨走的時候還打過蠟，前任房客做人相當道地。苗苑在房間裡撲來撲去，拉著陳默說這裡我們買個什麼什麼，那裡我們再添個什麼什麼，撲到露臺的時候一下子就安靜了。小小的露臺邊上架著個花架，初冬時花葉都落盡了，只能看到枯藤殘綠攀在實木的格子上。

苗苑啊了一聲走過去，滿眼沉醉著溫柔如水的光。陳默走過去攬著她：「是紫藤嗎？」

「不對，是野薔薇……」傳說中不可能種不活的一種花。

「就是不知道是什麼顏色的，也可能什麼都有。」苗苑沿著藤蔓的紋理撫摸。

陳默早年出任務的時候見過野薔薇，很大的花朵，單瓣黃蕊，盛開時鋪天蓋地。人跡罕至的密林中空氣不流通，香氣浸漬在每一葉一草之間，終年不會散去。

「喜歡嗎？」

「喜歡！」苗苑仰起臉來笑，眉眼彎彎，笑容如繁花似海。

「這麼高興？」陳默積年深黑的眸色都被這笑容映亮了幾分。

「當然啊，我們有家了嘛！」

陳默怔了怔，用力攬住她，眼前的枯藤好像在一瞬間抽枝發芽，花開似錦，風過處，粉紅雪白，香如海。

起初的時候陳默也有過家，雖然一直都不如意。後來他離開了那個家走出去，以為那叫做叛逆，再後來慢慢地那個他生活戰鬥過的地方成了他新的家，可是他一直都不知道，回頭看過去才發現悵然若失。

現在，陳默想，我終於會有一個屬於自己的家了。

2

時近年末，陳默又到了一年裡最忙碌的時候，各種各樣的反恐演習與預案一套一套，每天的接送業務就被耽擱了下來，就連裝修的事宜都是苗苑在全權負責。好在苗同學宜家宜室，對自己住的地方也有點小任性，很有承擔任務的勇氣和需要。陳默只是在集中買家具的時候帶上幾個戰士出去當了幾次搬運工，剩下的就心安理得地做了甩手掌櫃。

陳默把自己的工資卡給了苗苑，卡裡面是這一兩年來的全部工作收入，他平時花錢不多，一共存了近五萬塊，反正房子原來就裝修過，現在只要改個風格，苗苑精打細算的，開支比陳默預想的少了很多，進度也快得不可思議。剛好苗苑的房東想要新年新氣象，大家來談個新價錢，苗苑一怒之下索性月底就直接退了房，同租房的女生用很羨慕的眼神看著她，苗苑心裡頓時美孜孜的。

雖然陳默的歷次求婚都漏洞百出，四六不著，狗屁不如，但是不可否認的，求婚是一個男人對女人最大的稱讚，而同意是這個女人對男人最大的信任。苗苑覺得現在真好，她與陳默，一切都好，她是如此幸福滿足，以致於眼前有明顯的巨大陰影，她都沒有注意。

搬家的那幾天陳默被隊裡拖著做反恐預案，原傑叫了幾個小戰士幫著苗苑搬了家，原傑為人靈活，生怕苗苑有什麼意見，明裡暗裡說了陳默不少好話。苗苑的個性其實再好哄不過，但凡是誇陳默的，她都覺得是好人，搬完家手一揮，請著戰士們下館子，小兵蛋子得到嫂子的青睞都很激動，沒口子的道謝。苗苑聽了半路終於忍不住說你們真的別再叫我嫂子了成不？我聽著聽著皺紋都出來了。覺得好土啊！

原傑為難說不叫嫂子叫什麼？苗苑說叫我苗苗啊！兵蛋子一個個傻了眼，原傑咳嗽一聲說那我叫你苗姐吧。苗苑哀怨了，你明明比我大你為什麼硬要叫我姐？原傑低著頭心想我要是叫你苗苗我還活不活了？隊長一槍就能狙了我。

那天晚上陳默忙完了本來是打算直接回宿舍睡的，可是臨到了樓下又讓原傑給堵了回去，原傑輕描淡寫地感慨了一句：嘿，嫂子那家佈置的，真像個家啊！這一下像貓爪子直接撓在了陳默心尖上，陳默站在門口轉了兩步，到底心癢難耐，手伸進褲兜裡捏緊了自家大門的鑰匙。

車開進家屬社區的大門，陳默第一眼就看到自己家的窗，溫溫暖暖的，晶瑩的黃，像一團柔軟的火。陳默坐在車裡眼巴巴地看過去，看了好久才恍然驚覺那就是他自個的家啊！陳默拍腦袋苦笑著，覺得自個這傻氣算是到極品了。

前兩天他往那屋裡搬東西，忙到半夜三更的拎著大包的雜物一頭撞進門，記得當時屋子已經收拾得差不多了，可是空蕩蕩的，有一扇窗子還沒關緊，吹得窗簾呼啦啦地動，陳默沒開燈，放下東西直接就走了。此刻又站在同一扇的門後，陳默捏緊鑰匙又放了回去，抬手按門鈴，如果門內有一個人會為你開門，就不用再藉助冰冷的金屬。

苗苑剛剛洗完頭，濕髮包在大毛巾裡，盤著腿坐在床上看電視啃蘋果。這是她的家她的新床，第一個夜晚，她心花怒放，正打算等這台搞笑的綜藝節目結束了就打個電話給陳默，好好地向他得意炫耀一把，順便鄙視他簡陋的宿舍。於是門鈴響起的時候苗苑分外錯愕，「不會吧，陳默？你過來怎麼不先打個電話？」

陳默站在門口不說話，目之所及的一切好像都變了模樣，其實沙發還是一樣的沙發，餐桌還是一樣的透明堅硬，可是空氣裡飄浮著一種曖昧的氣息，溫柔了所有的棱角。苗苑嘴裡咬著蘋果，伸手在陳默面前晃晃，笑道：「陳默你傻了啊？」

陳默上前一步抱著苗苑說：「我回自己的家為什麼還要先打個電話。」

苗苑臉上一紅，掙脫開去抱怨著：「髒死了，陳默你幾天沒洗澡了？」

「昨天剛……」陳默偏過頭聞了聞，摸打滾爬一整天，塵灰和汗水混合在一起浸到了皮膚裡，味道果然讓人不敢恭維。

苗苑推著他去洗澡，陳默轉頭說：「我沒帶換洗的衣服。」

苗苑抿著嘴低頭笑，她說：「我這兒有，給你準備了。」

擰開熱水，洗去一身煙塵，這其實應該是很正常的事，陳默不知道為什麼他心臟要跳這麼亂。苗苑把準備好的睡衣拿出來又疊了一次，一遍一遍的抹平袖口的褶皺，臉上的神情幸福得很夢幻。浴室裡的水聲停了，陳默的聲音衝開水氣傳出來：「衣服呢？」

苗苑匆匆忙忙地應了一聲，把浴室的門拉開一條線遞了進去，手背被沾著水的手指輕柔地拂過，苗苑在瞬間心跳過速。

其實陳默對於睡衣這種新新玩意兒還是很心有餘悸的，但是苗苑買的睡衣實在很有愛，深藍色的搖絨質地，乾淨清爽，陳默馬上覺得自己媳婦的眼光真是好。陳默推門出來看到苗苑若有所思地站在門口，房間裡的電視還在盡心盡力地喧鬧著，主持人聲嘶力竭地起哄說親一個，親一個……

苗苑低著頭，臉色很紅，聲音小小地說：「陳默，那你今天晚上怎麼睡？」

陳默伸手把苗苑的下巴抬起來看著她。

嘿！

怎麼了？

沒什麼，叫叫妳。

哦，唔……

自從上次一個不小心把苗苑捏傷了之後，關於手勁這個問題，就成了陳默一直很糾結的問題。他跟苗苑試著玩過一個小遊戲，由他捏著苗苑的手腕慢慢用力，看到底怎樣的力道就能捏疼她，而事實是，幾乎為零。陳默覺得自己根本還沒動手，可是第二天苗苑手上還是青了一圈，陳默看著苗苑轉手腕覺得很罪惡很鬱悶很不爽。

他回頭想了一圈，還是覺得這個事他似乎也只可以諮詢一下陸臻，畢竟如此私密的話題，問女人他找不到適合對象，問男人總覺得很像傻X，把自己老婆送給別人去YY（意淫）。至於陸臻為什麼合適呢……陳默心虛地想了半天，覺得大概是因為陸臻怎麼著也不會去YY苗苑吧。

陳默這頭剛剛把事件的重點說了個大概，陸臻已經笑得快要斷氣了，陳默鼓起勇氣很囧地問他關於這個問題你是怎麼解決的？陸臻大笑著說我們沒這個問題，我們可以隨便玩……

陳默滿頭黑髮如黑線，覺得自己果然很傻。

不過陸臻畢竟人品道地，他安慰陳默說這年頭時代不同了，不光男人好色，女人也好色，所以關於這種特殊運動的技術問題還是很重要的。聽說他所裡有位哥們就這麼讓老婆給飛了，為什麼啊，半年都見不上一次面啊，人民需要做愛啊！所以默爺你不要有心理障礙，要積極主動地去提高自己的技戰術水準。

陳默默默地嘔著血，心想我TMD哪裡不主動了。

然後陸臻同學非常有戰友愛地給陳默挖了個隱秘的論壇，雖然說是實踐出真知，可是沙盤推演也不能少，所以默爺啊，暫時丟開你的羞澀勁，去下幾部片子來看看吧。陳默烏雲罩頂地問陸臻我下哪部啊？

陸臻上下掃了幾眼心想果然江山代有人才出啊，各領風騷幾十年，小爺我也好久不看這玩意兒了，都不領行情了。於是他隨手給陳默挑了兩部點擊高的，反正群眾的眼光是雪亮的，大家好就是真的好。

陳默一邊嘔血一邊做賊心虛地下片子，事實證明群眾的眼睛雖然大部分時候是雪亮的，偶爾也會得青光眼。陳默下完片子關門落鎖深呼吸，匆匆拉完之後差點一口鮮血噴在螢幕上。他電話過去怒罵陸臻到底想幹嘛！小陸中校疑疑惑惑爬上論壇一看，頓時華麗麗地囧了，說真的，真的不能怪他，誰讓那兩個血紅的小字「SM」給標得那麼小呢？

陸臻馬上誠懇道歉說：「默爺我真的錯了。」

陳默這時候才想起來他被陸臻扯得都快離題萬里了，他明明一開始是很認真嚴肅地在研究手勁的問題的，怎麼……

陸臻順勢接過話題說：「陳默，搞不好你骨子裡就有暴力傾向，所以下手就特別的狠。」陳默嚇了一跳說：「不會吧，那怎麼辦？」他心想就苗苑那小身板，他根本不需要有什麼暴力傾向，拎起來抖抖就掛了。

陸臻沉吟了一下說：「也不能怎麼辦，反正你就克制點唄，大不了你別動手。」

陳默囧得嘴角直抽，他說你這也太扯了吧，我不動手還搞什麼搞。

陸臻嘿嘿一笑說：這有什麼，你不上妞，還不興妞來上你嘛！

陳默眼前炸開一道白色的閃電，他磨著牙在想如果陸臻現在在他眼前大概早就被他給捏死了。

雖然關於手勁這個話題的討論以陳默徹底的被調戲而告終，陳默覺得自己丟人丟得徹底，卻沒有得到任何有建設性意義的幫助。可是當他與苗苑糾纏擁吻漸入佳境，雙手情不自禁地攬著懷裡的人，力道加上一分，再一分……苗苑卻忽然全身僵硬地掙扎起來。陳默最近有如驚弓之鳥，馬上放開苗苑追問怎麼了，又傷著了？苗苑臉上噴血地搖了搖頭，怯生生地說現在還沒有，可是我有點怕。

陳默很囧地沉默著。

苗苑很苦惱地說：我現在去練個空手道還有用不？

陳默心中滴血仰天長嘆，陸臻同志的陰笑在耳邊迴響：你不能上妞，還不興妞來上你嗎？陳默清了清嗓子，溫柔地抱著苗苑說要不然這樣吧，我不碰妳，妳……來……

苗苑驚訝地張開嘴，手指在自己和陳默的胸口來回指。

陳默痛苦地撫額，讓咬牙和切齒逆流成河，他覺得自己真是傻了，陸臻那混蛋說的話怎麼能信？

苗苑卻忽然興奮地抱著陳默說：「真的嗎？你讓我隨便來？」

陳默歪頭認真思考了一下，笑著說：「也不能隨便來，要嚴肅點。」

苗苑看著陳默半躺在床上微笑，笑容很軟很乖的樣子，黑眸裡沉澱著細碎的燈光，笑意染透了原本犀利的眉目，苗苑慢慢坐直了身體，陳默現在這種你可以隨便摸的樣子簡直違和到死，可是又如此的動人，讓她興奮得無可覆加。苗苑伸手戳一戳陳默的胸口說：「我要強暴你。」

陳默強忍著笑說：「妳打算怎麼強暴？」

苗苑很認真地去解陳默的扣子，她說我要把你綁起來，嗯，每天都強暴你。

陳默一本正經地點頭說：「好啊好啊。」

苗苑半跪在陳默身邊，低下頭去吻陳默的嘴唇：「嚴肅點，正強暴呢！」

陳默笑得眼淚都飛出來，他瞇著眼睛看過去，苗苑漂亮的蘋果臉上洋溢著明媚的笑。陳默發現他真的需要用很大的毅力去克制自己，才能夠強忍下那種衝動，想把這姑娘按到身下狠狠親吻的衝動。

苗苑慢慢地把陳默的衣扣解開，她做得笨拙又急切，卻又試圖佯裝從容。拉開衣角，陳默的胸膛裸露在燈光下，淡淡的陰影勾勒出漂亮分明的肌肉線條。苗苑愣了一會兒，手足無措，陳默挑起眉角看著她笑，笑容很戲謔，苗苑馬上有惱羞成怒的意思，可是頭一偏，陳默已經坐起身將她吻住。陳默一手握住苗苑的脖子，火熱的舌頭鑽進苗苑口中深入地品嚐了一番方才收回，呼吸熾熱散在她耳邊。

「妳不是要強暴我嗎？」

苗苑憤怒地按住陳默的胸口把人壓下去，用力在他肩膀上咬一口，鼓著臉說：「來了！」

陳默忍不住笑，胸腔起伏，笑個不停。

這是一頭幼軟的獸，拉著虎皮想做大旗，其實完全力所不及。陳默閉上眼，感覺到苗苑綿軟的舌頭在自己身上滑過，不夠真的太不夠，完全不像是強暴倒更像是挑逗，還若有若無似是而非，好像一片輕羽在他心頭撩動，癢得難耐。

陳默嘆著氣說：「妳在幹嘛呢，我快睡著了。」

苗苑停了一會兒，張口咬下去，可是陳默腹部的肌肉太紮實，濕潤的牙尖在光滑緊繃的皮膚上劃過，卻沒有留下什麼痕跡。陳默笑著說：「妳屬貓的嗎？這麼喜歡咬人！」

苗苑於是又停了下來。

陳默等了一會兒沒等到什麼動靜，心想壞了，逗過頭，生氣了。他微微坐起身，就看到苗苑臉色乍紅乍白地愣著，陳默抬手剛剛觸到她的髮梢，苗苑卻忽然俯下了身去。

陳默一愣，整個人都僵住，前所未有的陌生觸覺，不過是略略濡濕的一碰，那種意外的尖銳快感直接把他拍暈了過去。陳默按住苗苑的肩膀呼吸急促，他想說，苗苗……

可是說什麼呢？說妳別這樣，我不需要！可是這也太TM假了，他怎麼不需要，他都快飛起來了。

苗苑停下來抬起眼看著他，眼神濕漉漉的，整個人像是在被血煮著，臉上熱騰騰地冒著熱氣。陳默不太敢動，強忍著慾望，用很辛苦的表情看著她，等待反應，苗苑漸漸露出難以置信的表情，驚叫了一聲，拉開被子把自己給蒙起來包了一顆球。

陳默被嚇了一跳，頓時什麼想法也沒了，連忙過去拉她被子，抱著哄著，這到底算是怎麼個事兒你好歹露個頭別把自個給悶死啊～

苗苑試圖縮在被子裡當駝鳥，天哪地啊……為什麼頭腦發熱會熱到這種程度？？沒臉見人了，無地自容啊，欲哭無淚，悲憤交加……我我我……苗苑在心裡哀嘆，碎唸不停。

陳默哄了半天也不見冒頭，心裡一慌倒是真怕她悶死，下了點力氣與苗苑爭奪被子，苗苑於是毫無懸念地落敗，從被角裡露出半張臉。

「怎麼了？」陳默看到苗苑臉上閃閃的還有淚光。

「你會不會瞧不起我，陳默……」苗苑幾乎又是要哭的樣子。

陳默一頭霧水：「我幹嘛瞧不起妳？」

這他媽到底什麼事，誰來解釋一下？

苗苑弱弱地又想往回縮：「你心裡一定在瞧不起我了。」

陳默一把抓住被子：「妳能不能先解釋清楚？」

苗苑眨著水汪汪的眼睛瞧著他，活脫脫一隻受了驚嚇的小羚羊，陳默深吸了一口氣，聲音盡量溫柔：「到底怎麼了？啊？好好的……」

「我剛剛，我剛剛對你……」苗苑低著頭，臉上紅得能滴下汁。

陳默一瞬間恍悟，咬牙切齒腹誹不已。苗苑心驚膽戰地看著陳默臉色發青再發白，到最後嘆一口氣，雙手攏上去隔著被子把自己抱進懷裡：「苗苗，咱別這麼一驚一乍的行嗎？妳要真把我嚇出什麼毛病來，對妳也很不好的。」

苗苑很囧地愣著，呆呆地瞧著陳默。

陳默把這大粽子剝開，湊過去親親她的臉：「妳對我這麼好，這麼喜歡我，我挺高興的。」

「可是，他們，大家好像都覺得……女孩子太，太主動……會很……」苗苑仍然侷促不安。

「妳管他們怎麼想啊……」陳默覺得自己真恨不得拆樓了，這叫什麼事嘛，老子在自己家裡跟老婆睡覺，誰他媽管得著啊！！

「你，你覺得這樣好嗎？」苗苑猶豫不決。

「我覺得這樣很好。」陳默在心裡吐血，心想我看起來不正常嗎？我看起來有那麼不正常嗎？他大刀闊斧地決定引導苗苑的思路，把這憂心忡忡的小丫頭從那個死胡同裡拉出來。陳默極盡溫柔地絞住苗苑的舌尖深吻，非常消耗氧氣的吻法，讓神志昏沉，五色迷亂。他輕輕咬著苗苑的脖子和耳朵，笑道：「說實話，我就是有點意外，妳怎麼會知道這個。」

「沒殺過豬，我也吃過豬肉嘛！我……我再怎麼說也是看過幾百本言情小說的人了。」苗苑喘息著想要掙脫。

「言情小說會說這個？」陳默很驚訝，壓低了聲音湊到苗苑耳邊呼吸火熱撩人：「那言情小說有沒有教妳具體怎麼做？」

苗苑委屈地睜大眼睛：「陳默你真流氓。」

陳默捧著苗苑的臉吻下去……那，我教妳！

陳默說我教妳，但是這句話在無論是從主觀意向還是客觀表現上來看，都更像是一種雄性的炫耀而非真實的實力表達。有一句老話叫紙上得來終覺淺，方知此事要躬行，在某些領域陳默除了身為男性在性別上佔點便宜，可以足夠不要臉之外，還真沒什麼可以教苗苑的。

然而苗苑就這麼輕而易舉地相信了，那個憂心忡忡的小丫頭看著他舒展開眉目，眼中有羞澀的柔順，低眉淺笑，預備把一切權利都交給他，這讓陳默感覺到全身的血都快燒起來了，這感覺太刺激，心臟有超過負荷的震動。苗苑用全身所有可以抱住他的部分抱住他，她的身體青澀生硬，瑟瑟發抖。她埋首在陳默耳邊說我很疼，陳默喘著氣親吻她的鼻尖說其實我也很疼。

我們的愛就是如此嗎？

最初時堅硬緊澀，輾轉廝磨，鮮血淋漓，卻因為內心不可壓抑的慾望想要融合在一起，在疼痛中捕捉快感的片段，而最後，總有圓融通轉的那一刻。

3

陳默不太能確定自己的感受，不能算酣暢淋漓，當然不算，事實上他小心謹慎之極，狂烈的慾望與焦灼的忍耐，痛並快樂著的，他與她愛的第一次。

陳默覺得自己已經很克制，而事實上苗苑似乎還是傷到了，床單上有新鮮的血跡，這讓陳默不知所措。他抱著她去洗澡，讓安靜的水流洗去身上的汗液與心中殘留的火。

苗苑好像有些站不住似的一直扶著陳默，眼神很安靜，一眨不眨地盯著他的臉。陳默被她看得受不了，撫著苗苑肩上一小塊鮮豔的吻痕問她疼嗎？苗苑愣了一會兒搖頭說還好，早就聽人說第一次會很糟，可是現在發現還不那麼糟。陳默以為自己理解錯了，疑惑地追問了一句說妳第一次？苗苑臉上一紅，嗔道：讓你佔便宜了，我虧了！陳默無語苦笑，心想妳其實沒吃虧。

苗苑仰起臉，雙手繞上去抱著陳默的胸膛，水滴濺到她的眼睛裡，清亮的瞳孔晶瑩無比。

「陳默。」她看著他問：「你會對我好吧？」

「那當然。」陳默說。

苗苑於是笑起來，笑容甜美，非常幸福的樣子。

陳默收力把她抱進懷裡，那個瞬間水聲吵雜，可是內心寧靜，陳默對天發誓，我一定會對妳好的，絕不讓妳這一刻的笑容褪色。

第二天早上陳默趕在出早操之前起床，天色昏沉，苗苑朦朧睜眼，抱住陳默的腰含含糊糊地問：「老公，今天晚上回家吃飯嗎？」

陳默心神一蕩，整個人酥掉半邊，忙不迭地點頭說回，一定回來。

苗苑睡到醒了才想起來今天她上班啊，怎麼回家做飯？不過這麼小事當然難不到苗大廚，苗苑一邊教導店裡的助手頂班一邊想也是時候找個二廚了。原來一個人過，店裡也才開業，幾個人抱成團闖蕩天下，頗有一點開山立派的革命情感，可是日子久了人也會疲累，畢竟戰爭狀態不能過一輩子。苗苑尋思著要和老闆去商量，生意越來越好了，得多招兩個人進來調配店裡的人手。

其實軍婚政審今時早就不同往日了，只不過這個事連陳默都不知道，早當年他老部隊裡的副中隊長鄭楷結婚的時候活生生真的審了三個月，急得老鄭一拿到證明資料就直接奔回家去結婚。陳默估摸著現在隊裡的辦事效率怎麼也得小半年，沒想一個禮拜就給他審好下來了，成輝笑得見牙不見眼，把文件拍在陳默桌上說請客啊！陳默樂孜孜地衝著他樂，說到時候怎麼也不會忘了你。成輝很不滿意，做兄弟的居然沒有特別福利。

好不容易打發了成輝，陳默坐下來才寫了幾筆反恐方案手機又開始拼命地叫囂起來，最近方進幾乎隔三天就給他打一個電話，陳默心中無比慶幸他沒有早點告訴方進他和苗苑談戀愛的問題，同時他也無比地懊惱自己為啥就傻了要這麼早早地報告了他要結婚的事。

陳默很鬱悶，方進很興奮，那個興奮的小孩聲音極具穿透力地穿過萬里山河：「默默啊，你到底什麼時候結婚呢？都好幾個月了……」

陳默很淡定很淡定地說：「我政審資料都蓋好章了。」

方進反應了一會兒，嘩的一下跳起來：「那你就可以結婚了？行啊！你小子，辦事有一套啊！那……對了，我得給你買點什麼禮物，禮物是一定要的對吧！你結婚還差什麼？」

陳默按著手機忍不住就想笑，眼前一個活生生的方進在眉飛色舞，他經不住感慨，胸中有五味混雜，於是聲音就變得很低沉，他說：「什麼都不要，我結婚不差什麼，人到就可以了，你們人到就可以了，有一個算一個，跟隊長說，有一個算一個，能來的都來。」

方進在電話那頭嘿嘿笑：「你結婚我們哪能不見禮呢！」

「你就算給我包一萬塊錢，到你結婚了，我還得加一千塊還你。」陳默笑道：「沒意思。你們人來就行了，好幾年了，我不能去，讓我看看你們。」

方進低聲嘀咕了一句什麼，又提聲問道：「那啥時候？」

「你們定吧，我配合你們時間。」

「你結婚配合我們時間？」方進一時轉不過彎來。

「傻了吧！」陳默嘆氣，笑容卻很沉醉：「領過證，再把人帶給你們看看，那不就是成家了嘛，至於婚禮擺酒什麼的，都是做給外人看的。」

方進是容易被感動的孩子，一下就唏噓了，聲音哽哽地問：「嫂子漂亮不，你到現在都沒給我相片看。」

「漂亮，特別漂亮，過來看真人。」陳默的口氣難得有點壞，笑得特別滿足，陽光穿透玻璃窗落在他的肩上，金星閃爍。

有家有婆有兄弟的日子，過著真夢幻。

嗯，還得再生個娃！

晚飯很家常，但是好吃，陳默一碗一碗地添飯，苗苑扒在桌上看著他說：「你慢點，讓我多看會兒。」

陳默笑著說：「妳現在是不是覺得我特飯桶。」

苗苑歪著腦袋笑，說還好，我就喜歡吃貨。陳默說：「那敢情好，趕巧兒了。」

吃過飯一起看了會兒電視，陳默看時間不多得回去熄燈查房了，苗苑從廚房裡拎了個保溫桶出來，笑眉笑眼地說宵夜。陳默伸手接了，站在門邊親親苗苑的臉頰。

這日子過得……陳默一邊下樓一邊唾棄自己，轉到背風的地方揭開盒蓋聞一下，一股濃香挾著暖意竄出來，從鼻孔鑽入，酥麻麻的，撓到心。

晚上監督那幫臭小子上床熄了燈，陳默獨自一人坐在辦公室裡寫報告，如果婚假批下來怎麼也得休息好幾天，這些亂七八糟的東西他不寫也沒人會替他寫，還不如趕個早。

老成臨走的時候過來打招呼，也不知道怎麼的，大概是曾經挨過餓的緣故，當過兵的人鼻子都特別尖，成輝一聞就覺得屋裡有料，陳默藏不住，分了他半碗，成輝咂著湯水說臭小子，走大運了你。陳默說哪裡哪裡，笑得特別得意。

這幾天西安城裡天地一片祥和太平，天也清，風也輕，陳默覺得這日子過得，那叫一個春風得意馬蹄疾。

幾天後哨兵電話進來說隊長，你媽找你！陳默猝不及防，幾乎被嚇著了，站在辦公室裡站了三分鐘，藏在眼底下的笑意都一點一點收了起來。原傑在走廊與他迎面相錯，本想打招呼，被陳默眼角的餘光殺了個半死，原傑摸著鼻子暗地裡疑惑不已。

韋若祺無意中聽到消息本來想打電話，可是電話拿起又放下，火氣一層一層往外湧，劈哩啪啦燒得她眼前金星直冒，韋若祺牙一咬，她還是喜歡當面對決。

陳默去門口接她，韋若祺包裹在深黑色的大衣中，領口的貂毛掩住了她半張臉，薄唇緊抿，有非常鋒利的氣勢。

哨兵好奇地用餘光張望，心中默默感慨，果然不愧是隊長的親媽。

母子倆初見面視線裡就全是火藥味，韋若祺冷冷地說：「找個地方，我有事跟你談。」

陳默轉身帶她回宿舍。一進門韋若祺就揚起了手，陳默條件反射地仰面滑了一步，韋若祺的手掌凝在半空中，不可置信地瞪著他，怒喝：「陳默！」

「媽！」陳默垂目看地下。

「你是不是打算把證領了再告訴我？」韋若祺握手收成拳。

「我早告訴過妳，我要結婚。」

「我說過我不同意。」

「是我要結婚。」陳默慢慢抬起眼睛：「妳同意當然好，妳不同意我也沒有辦法。」

「好！你……」韋若祺咬牙切齒，手指著陳默：「你有本事……你有本事……」

「另外還有個事一起向您說一下，我放在你那邊的錢，我掛失拿回來了。」

韋若祺當場愣住，轉瞬間爆發，拿起手提包劈頭蓋臉地砸到陳默頭上：「你給我跪下，給我……」韋若祺一手指著地面，氣得連站都站不穩。

陳默伸手扶穩她，語調平靜：「媽，我今年三十三了，不是十六歲，別拿小時候那套來對我，我不會聽了。」

韋若祺氣到極處，反而冷靜了，扭頭盯著陳默的眼睛看了半天，忽然笑道：「那姑娘很有手段嘛，把你套這麼牢？」

「跟她沒關係，是我自己喜歡她。」

「西安城裡，她一個外來人，」韋若祺冷笑：「要趕她走不難的。」

陳默安靜地聽著他母親的威脅，臉上沒有什麼表情，他忽然發現這可能是唯一一個他永遠戰勝不了的人，他所有的冰冷鋒利氣勢逼人都無法在她面前表露，在她面前他永遠只能防禦，以前很膽怯，而現在很無奈。

這就是親情，無法割捨的愛恨，這就是血緣，最暴力的聯繫。

「媽，我真的喜歡她，不就是結個婚嗎，跟誰不行，為什麼就她不行？」陳默聽到自己的聲音幾乎有點驚訝，那是不會屬於他的辛酸無奈。

韋若祺抱著肩膀看著他：「就她不行。」

「妳現在說不行也沒用了。」陳默失笑，頗有點嘲諷的味道：「我跟她上過床了，妳也知道在我們部隊裡作風問題鬧起來很嚴重的，妳也不希望看到我丟人對吧？」

韋若祺驚訝：「你用這個威脅我？」

「也不算是威脅，做男人得負責任對吧？妳也說她是小姑娘，黃花閨女讓妳兒子給睡了，妳覺得她會不會就這麼放過我？」陳默聽到自己的聲音已經恢復了，淡淡的，不太上心的調子。

「隨便你，你行，別後悔。」韋若祺與他僵持了半晌，忽然笑了笑，蹲下去把包裡的東西收拾好。

陳默站在門口，看他母親離開的背影，黑色的大衣撐出筆直的背，細窄的高跟鞋在地磚上打出均勻的聲響，他莫名地感覺到胸口有點疼，有太多的畫面翻飛著湧上來，又湮滅下去。

已經是冬天了，徹底的冬天了，苗苑很驚訝自己為什麼到現在才發現這季節的變遷，或者那只是因為她最近的生活太過甜蜜的緣故，當我們快樂的時候，永遠像五月。

苗苑蜷著手指放在描金的骨瓷咖啡杯旁邊，面對面坐著的那個女人氣勢逼人，黑色的羊呢大衣之下穿著黑色的羊絨衫，領口別著一隻鑲滿碎鑽的銀色蜻蜓。苗苑別開視線落到桌面上，她其實從沒想過會在這樣倉促的情況下與陳默的母親見面，當時這個女人出現在店裡，苗苑第一眼就認出了她是誰，聽說女兒像爸爸，兒子像母親，是真的。韋若祺有著與陳默相似的五官，內雙的鋒利雙眸與單薄的嘴唇，苗苑被她掃了一眼，沒來由的心驚肉跳，她忽然想起陳默一直說的，他的母親脾氣不太好。

陳默從來不騙人的，苗苑很絕望地想，她覺得恐懼，可是陳默你在哪裡？

「陳默是我兒子。」韋若祺淡淡開口，開場白非常直接。

「哦，阿姨好。」苗苑小心翼翼地稱呼她。

「苗苑是吧，妳跟我兒子現在是什麼關係？」

苗苑抬起眼來與韋若祺對視，可是撐不到片刻就退卻，她咬了咬牙說：「他是我未婚夫。」

「古人說不告而婚，是為偷，妳應該明白我並沒有承認妳。」韋若祺坐得很直，居高臨下的姿態。

的。」

苗苑慢慢地咬住嘴唇。

「好吧，妳可能不懂這種禮數，但是就算是按照現在的說法，你們偷偷摸摸見不得人地結婚，總是不對的。」

「其實，其實我一直是希望要見一下阿姨的，……但是陳默說……」苗苑試圖分辯。

「是他不讓妳見我們？」韋若祺挑了挑眉，卻笑了：「想知道為什麼嗎？」

「啊，因為陳默說……」

「因為陳默知道妳不適合嫁到我們家，他知道我不會同意。」

苗苑半張著嘴，臉上的血色慢慢褪去。

「妳覺得我兒子怎麼樣？好不好？」韋若祺低頭攪了一下咖啡。

「陳默很好啊！」苗苑輕聲道。

「那麼，告訴我，我養到這麼大，這麼好的兒子，妳憑什麼嫁給他？」

「我……」苗苑張口結舌，她從來都不是堅強的女孩子，而且從未真正經歷過什麼叫難堪，眼淚迅速地在她眼底凝聚，盈滿眼眶，潮濕地打轉。

「阿姨，我覺得這個問題，妳應該去問陳默。」苗苑用力咬住嘴唇，試圖不讓眼淚流下去。

「所以妳其實也不知道陳默為什麼喜歡妳，對嗎？」

「我們把陳默叫過來吧，我覺得這些事情……」苗苑手忙腳亂找手機，眼淚從眼眶裡砸下去，打濕了螢幕的一角。

韋若祺伸出手去按住她：「這是妳的習慣嗎？躲在陳默身後，依賴陳默過日子？」

「我沒有！」苗苑終於受不了。

「好，就當妳沒有，那麼說說看吧妳對陳默瞭解多少？妳對我們瞭解多少，妳知道陳默的工作是什麼樣的嗎？妳知道我是做什麼工作的嗎？妳知道陳默的父親原來是什麼職位嗎？」

韋若祺的音調很平，說話簡潔而快：「我不是一個講究門當戶對的人，但是婚姻這種事情是兩個家庭的結合，妳原來跟陳默談戀愛，很簡單的關係，妳只要知道陳默很好就可以。但是結婚是完全不一樣的事，妳對我們家根本不瞭解，妳怎麼做我們家媳婦？而且，妳覺得妳瞭解陳默嗎？妳知道他需要什麼嗎？做人不能老是想著自己的需要，妳跟他結婚，將來，妳能對他有什麼幫助？這些妳都想過嗎？」

苗苑默然無言，只是下意識地緊緊攥著手機，她只是需要一個東西來握緊。

是的，這些問題她都沒想過，結婚，結婚在苗苑美麗的夢想中，就是穿上漂亮的白紗裙和自己心愛的人在一起，接受親朋好友的祝福。而婚姻呢？如果不去想那些奇怪的問題，只是相愛，只是因為愛著那個人，所以想要跟他在一起，想每天晚上在他身邊睡著，想每天早上看著他醒來，想每天做飯給他吃，照顧他，保護他，安慰他，給他所有能給的一切……這些，都不夠嗎？

難道說，陳默需要的，不是這些嗎？

「我知道，你們已經……」韋若祺頓一下，用眼神告訴苗苑她指的是什麼，苗苑慌亂地把視線別開。

「男人嘛，你也知道，有時候衝動起來……不過陳默是好孩子，他覺得自己做過的事要負責任，所以他同意跟緊結婚，但是我覺得妳應該要想清楚，像這樣的婚姻不會牢靠。另外我不知道你們是否有避孕，如果沒有的話，最好去醫院檢查一下，費用方面，只要不太離譜我當然不會讓你這個小輩吃虧。」韋若祺把勺子扔進杯裡，慢慢收起手，最後一擊，投下去這個脆弱的姑娘就要碎了。陳默，你看看這就是你給自己挑的老婆，懦弱，膽怯無能，幾乎一無是處。

「不，不用了，不麻煩了！」苗苑終於忍不住跳起來，落荒而逃。

苗苑有個很好習慣，她一向覺得我們應該回家去哭，她的親朋好友父母家人，她在覺得委屈的時候都很好意思去麻煩，否則要不然，要親人做什麼用？苗苑撞開人間大門的時候整個人幾乎都像是浸在眼淚裡，時間像拍電影那樣定格了一秒，楊維冬手上沾著白色的麵粉，王朝陽正在給顧客打包蛋糕，沫沫登記當天領走的蛋糕量，苗苑的新徒弟小如從巧克力碗上抬起頭。

一秒鐘之後，楊維冬開始擦手，王朝陽暗示顧客快點離開，沫沫扔下本子向苗苑走過去，小如乾脆俐落地關了火。苗苑的悲傷太明顯，所有人都被她嚇到。然而這到底是怎麼了，不是一直都好好地在準備結婚嗎？

苗苑被眾人圍在中心，哭得上氣不接下氣語無倫次地陳述，沫沫慢慢咬緊了牙，眾人開始相互交換視線表達出某種名叫義憤填膺的情緒。沫沫彎下腰去拍拍苗苑的臉：「丫頭啊，先不忙著哭，想想要怎麼辦呢？」

「我想我大概不能跟陳默結婚了。」苗苑的表情有點呆：「他媽太可怕了。」

大約是忽然又意識到了相愛不能相守的這一悲慘命運，苗苑從委屈中馬上又醞釀出心酸的疼，眼淚也掉得更凶了。

大家面面相覷一番，雖說勸合不勸分，傷人姻緣毀陰德，可是任誰都沒見這麼剽悍的婆婆，在場的幾個都是女孩子，將心比心，心頭寒涼一片。沫沫嘆口氣坐到苗苑身邊抱住她：「那你也得跟陳默商量一下啊！」

「是的，我知道！我現在就跟他說。」苗苑深呼吸止住眼淚，把手機拿出來撥號。

陳默還在宿舍裡發呆，各種念頭在腦子裡飛來飛去，像一場膠著的戰事，陳默當年執行任務時最怕聽到的要求就是留活口。手機響起的時候他並沒有太在意，可是苗苑哽咽的聲音一瞬間吞沒他，陳默暴怒地對牆猛踢一腳！

靠！他早就應該想到他媽的行動力！

陳默說：「妳別走，在那等著我，我馬上過來，我們當面談。」

開門上車的瞬間，陳默站著定了一秒。真的，他自己都覺得自己太他媽鎮定了，五分鐘時間衝回辦公室拿檔，一張一張全不落空，居然還有心情讓成輝幫他過一遍。陳默一邊發動汽車一邊鄙視自己，就這演技這心態，你要說你從來沒有在心裡演習過這場面，誰信吶？？

大概也就苗苑這種傻丫頭會相信，她樂意讓他騙嘛。

大城市的交通都不算太好，平時不覺得，遇上急事的時候心就如焚，陳默腦子裡驀然開始重播當年，他興致勃勃地走進咖啡館，幻想一個美好的下午，幻想無數美好的下午，可是一張紙三行字打得他全身冰冷。

這回，不會再跑了吧，無論如何這回都不能讓她再跑了，陳默握緊了方向盤用力按喇叭，難得地煩躁。

很自然的，當陳默走進門的時候，人間西點屋裡的所有人都沒給他什麼好臉色，上上下下的鄙視目光縱橫交錯成網，陳默的神色鎮定，問王朝陽苗苗呢？王朝陽指指身後的儲物間。

儲物間裡格局極小，貼牆根放著高大的櫃子和冰箱，苗苑坐在中間麵粉袋旁邊的盒子上，垂著頭，看不清面目。陳默走過去蹲在她面前，小聲問：「妳要跟我分手？」

苗苑抽泣著分辯：「又不是我要跟你分手，是你媽不讓我們結婚。」

「我媽說不讓，妳就要跟我分手？她重要還是我重要？」陳默把她的臉抬起來看著苗苑的眼睛。淚光盈盈的，小動物似的眼神，委屈的，脆弱的，氣憤的，所有的情緒都寫在眼底。

「可是，你媽媽不喜歡我！」

「我媽誰都不喜歡，她連我都不喜歡，妳管她怎麼說。」

「可是……可是……」苗苑偏過頭，從陳默手裡掙脫出來：「沒有得到父母祝福的婚姻是沒有前途的。」

陳默頓了好幾分鐘，卻說：「說到底妳還是不夠愛我。」

「你胡說！」苗苑馬上憤怒了：「明明是你媽欺負我，你居然還敢……」

「我跟妳這麼久，求妳這麼多次妳才肯嫁給我，我媽說三句話你就不嫁了，妳就這樣很愛我嗎？」陳默慢慢站起來，有些居高臨下的意思，的確是很氣人的姿態。

苗苑跳起來踹他，眼淚又湧出來，邊哭邊罵：「陳默你這個混蛋，你沒有良心，我對你還不夠好……」

陳默伸手鎖住她：「妳愛我對嗎？那我們現在去登記。」

苗苑聽得一愣。

陳默逼視她：「不敢……」

「誰不敢？陳默你講不講理啊……」

「敢就走啊，趁民政局還沒下班。」

陳默握住苗苑的手，拖著轉身就走，店裡人看到他們出來，各自圍上，本打算截住他們幫苗苗打抱不平，被陳默的目光一掃，都下意識地就退開了一步去。

苗苑一直到簽完字從民政局裡走出來，才發現事情不對，她坐在副駕駛位上長久地發呆。

剛剛發生的一切好像夢遊一樣，她莫名其妙淚痕不乾地出現在一堆喜氣洋洋的領證人群中。陳默一手操辦所有流程，從一個牛皮紙袋裡拿出全套證明材料，結婚的手續辦得飛快。登記處的工作人員小心翼翼看著他們，一個淚眼一個黑面，怎麼看怎麼詭異的組合，辦事員欲言又止了好幾次，看著陳默的臉色還是沒敢把話說出口。

結婚很便宜，還不到十塊錢，苗苑捏著大紅的本子覺得這事太不真實，她忽然轉過身揪著陳默的領子問：「我們這就算是結婚了？」

陳默安靜地看著他，眼神溫和，笑容很軟：「是啊，從法律意義上來說，是的。」

「可是……啊……」苗苑慢慢鬆了手，坐回去繼續夢遊。

陳默靠邊停車，伸手過去順苗苑的髮尾：「嫁給我不好嗎？」

「話，話不是這麼說。」苗苑愣愣地回不過神：「那你媽怎麼辦？」

「婚都結了，她也不敢讓我離婚的。」

「你媽一定會氣死！」

「大概會。」

「她會不會打你？」

陳默笑起來：「應該會，沒關係，她打不疼我。」

「可是，可是……我覺得我們這個事！它就不應該這麼辦啊！她是你媽耶？」苗苑雙手握拳幾乎要抓狂。

「妳不要怕，」陳默傾身過去抱住苗苑，輕輕拍她後背：「我媽的事情，是我的問題，妳放心，她總不會跟我脫離母子關係的。」

「可我覺得這樣很不好！」苗苑非常不安。

「是不太好，剛剛我……是很衝動。可是，那現在怎麼辦呢？總不能馬上回去再離婚吧？」

「那當然……」苗苑舌頭打結，腦子再一次地轉不過彎來。

「回家吧，休息一下。」陳默親親苗苑的鼻尖。

苗苑垂著頭，慢慢點了兩點，她的確需要休息，她的腦袋現在就像是被一百匹馬踩過了一樣，頭疼欲裂，她需要好好先睡一下，一切都可以等到睡醒再說。

陳默坐在床邊等苗苑睡著，這一整天發生太多事，苗苑哭了太久，腦子裡昏昏沉沉的，呼吸很快就開始變淺。陳默小心地撫摸她的臉，微紅的小臉皺皺的，睡著了也不是很舒心的樣子，眼皮可憐兮兮地紅腫著，眼角邊有新鮮的濕痕。陳默知道他今天做得不對，可是他也沒有別的更好的辦法了，不是嗎？問題得一個一個解決，總有當務之急。

陳默拉開被子平躺下去，睡到苗苑的身邊。無論如何，媽都是媽，生氣，暴跳如雷、把他打出門，沒關係，這種事以前也不是沒有過，他不怕。反正一次不行兩次，一天不行一個月，到最後媽總是會讓步，總不會不認這個兒子。

可是……

陳默轉過臉去親吻苗苑的眉心。

可是妳不一樣，妳還這麼年輕，這麼漂亮，這麼討人喜歡，妳從來都不堅定，不夠執著，害怕寂寞，需要人哄，需要人陪，妳很快就會愛上別人，妳會跟著他跑掉！

苗苑一直睡得很不安穩，然而夢被魘住了，於是暈暈沉沉地睡了很久，到她醒過來的時候天色已黑，陳默不在屋裡，桌子上給留了菜，很男人的手藝，把食物弄熟，還能吃。苗苑嚼了幾口就覺得悲從中來，傷心得不得了，索性陳默人品不好，她也就分手算了。可現在這男人她是非常喜歡，那婆婆她是非常害怕，於是苗苑覺得自己非常委屈。

沙發上放著陳默當年打槍給她贏回來的大兔子，很大的一個，長毛絨絨的，看著就覺得很暖。苗苑抱著兔子蜷腿盤在沙發裡，把臉緊緊地貼著兔子的耳朵，臉上冰冰涼的，眼淚又一次湧出來。電視裡開著很熱鬧的台，各方專門要寶人士效果十足，苗苑卻越看越覺得傷心。她想不通怎麼就莫名其妙地跟陳默結了婚了呢？他媽媽這麼可怕，這將來的日子要怎麼過？

忍啊忍，實在是忍不住，苗苑把電話撥回家。

何月笛只來得及說出一聲喂，那邊就哇的一聲哭出來，何月笛嚇了一跳，連忙做手勢讓苗江把電視的音量關小。苗苑聲音哽咽地口齒不清，好在何月笛畢竟是她媽，從小聽習慣了，分辨起來也不太費勁，倒是對內容越聽越心驚，聽到最後終於忍不住吼：「妳就這麼，登記了？」

苗苑本來就心虛，被她這麼一吼更加沒主意，哭得更厲害了。

何月笛撫著額頭深呼吸：「妳等一下，妳等一下，我先想想，一會兒打電話給妳。」

苗苑很乖地掛了，像看著救星那樣看著電話機。何月笛愣了半天，轉頭問苗江：「你覺得陳默這孩子人怎麼樣？」

「挺好啊，怎麼了？」苗江很緊張。

何月笛定了定神，把電視關了，重新打電話給苗苑。

苗苑本來想說媽媽妳聽我解釋……何月笛截口斷了她話頭，先別解釋了，聽我說！苗苑很弱地答應了，發出像小貓崽一樣的嗚咽聲，苗江拿著另一個話筒在聽，真是聽得眼淚都要掉下來。

何月笛是個醫生，她有職業性思維，喜歡邏輯分明條理清晰，對症下藥有病治病。

「首先，這麼大的事，事先不通知家裡人，這肯定是妳不對，以後再有什麼事拿不定主意，馬上打電話給我。」

苗苑抽泣著說嗯。

「其次，妳想跟陳默過下去嗎？想清楚，他那個家，還有他媽全算進去。」

苗苑囁囁猶豫了良久，終於咬了咬牙，毅然決然地說：「想！」

何月笛嘆氣，心想陳默這招倒是真的狠，現在婚都結了，總不能真勸著女兒三天就離婚。

「那好，這婚是妳結的，我也不會說妳什麼，妳想跟他過下去……反正妳現在也知道他媽不好惹，妳的日子可能不會像妳想的那麼好過。」

「媽！」苗苑又想哭了。

「別哭，啊！證都領了，跑我這兒來哭，結了婚就好好過日子，這陳默這孩子吧，人是妳選的，當然我看著也還不錯，人品應該還能過得去。你們新婚夫妻本來矛盾就多，妳攤上這麼一婆婆，遇事忍著點，懂事點，別任性，結了婚就不比在家裡了，別以為誰都像你爹那麼慣著妳。」這本來就是感傷的話，何月笛說著說著眼眶開始泛紅，自己頓了一會兒，等情緒穩定下來。

苗苑哭著說：「媽，我一定會好好過的。」

「行了，最後一點最重要，妳真要好好記得，聽妳的意思陳默和他媽好像不太對盤。他那個媽我就不說什麼了，但是，妳要記住，那畢竟是他媽，這年頭只聽說過離婚不要老婆的，沒聽說還有脫離母子關係的。反正無論如何，不管他和他媽怎麼鬧，妳別插到他們中間去，別在陳默面前罵他媽，明白了嗎？就算是陳默發火了，妳也別接他那茬，明白了嗎？」

苗苑委屈地說：「記住了……」

「別覺得委屈，妳不該嘛，誰讓妳嫁這麼一男人。」何月笛掛了電話，半躺在床上臉色陰沉，過了一會兒急匆匆披衣起床，苗江追著問，妳幹嘛去？何月笛頭也不轉，我得給陳默那小子寫封信去。

那天晚上，陳默不自覺地就拖得有些晚，回去時看到苗苑臉上掛著淚痕，抱著兔子坐在沙發上已經睡著了，陳默站在旁邊看了一會兒，彎腰把她抱上床。

似乎，只有在夜深人靜的角落裡，在所有人都沉睡的時刻，陳默才會承認他其實也會有恐懼。

苗苑已經睡熟，一隻手搭在他的胸口，失而復得的恐懼，得而又失的恐懼，只有一無所有的人才會無畏，時至今日，他已經不想再做無畏的人。陳默慢慢側轉身，把苗苑抱進懷裡。

這是他的初戀情人。

即使一開始漫不經心，曾經有過反覆，有過錯失與怨懟，然而，這是他今生第一個女人。

唯一的妻子。

陳默仍然早起，苗苑伸手拉住他的衣角，迷濛的雙眼在月下閃著微光，陳默伸手撫摸她皺皺的小臉，俯身親吻她的臉頰：我晚上回來吃飯。苗苑點點頭，手上慢慢鬆開。陳默握住她的手指說妳不要害怕，我媽又不會吃人，我們家的事我會解決的。苗苑往旁邊蹭了蹭，雙手合抱圈住陳默的腰：「我告訴媽媽了。」

「嗯！」陳默不自覺握緊了苗苑的手。

「媽媽說，要我好好跟你過日子，但是你不能讓你媽欺負我。」

陳默鬆一口氣，說：「那當然。」

工作還是一如既往的忙，但是陳默莫名煩躁，怎麼說，怎麼回去開這個口，這事要儘快辦，可是要如何面對他媽，陳默完全沒有頭緒。會吵起來的，一定會吵起來，苗苑說得沒錯，他媽會氣死。

成輝見陳默難得的浮躁還以為是擔心求婚的事，忍不住笑道：「你們家那個苗苗你還擔心什麼，都三隻手指捏田螺了。」

陳默苦笑。

何月笛挑了上午十點的樣子打電話，前後不著，這會是比較空閒的時候，陳默的耳朵靈敏，一聽就能分辨出是誰，馬上直起了腰背，其恭敬的程度遠遠超過面見總隊長。何月笛在電話裡沉聲說，「給我一個可以發快遞的位址。」陳默馬上報給她。何月笛頓一下，似乎對他的態度還算滿意，聲音柔和了一些，她說我寫了一封信給你，我和苗苗的爸爸基本上就是這個意思，明天就能送到。

陳默按住手機說：「阿姨這個事情，能不能聽我……」

「不用了，直接看信吧。」何月笛打斷他，何月笛是個醫生，她喜歡直接下診斷書，她不喜歡和病灶辯論。

陳默筆筆直地坐著，慢慢軟化下來，成輝看出來苗頭不對，詫異地問怎麼了，陳默揮揮手，表示沒事。

苗苑其實是很好哄的姑娘，天生鴕鳥加不死小強個性，第二天發現危險尚不在眉睫，到晚上的時候心情就好了很多。陳默趕了飯點回家，苗苑拎著鍋鏟跑出來給他拿拖鞋，陳默呆呆地愣著看著她，小心翼翼地說：「苗苗，妳……」

苗苑大氣地一揮手，你先去看會兒電視吧，還有半小時吃飯。陳默沒去看電視，他站在廚房門口看苗苑忙碌，每個人都有自己的戰場，苗苑做飯的架勢非常的可愛。

那天夜裡他們在靜夜星光中深情接吻，苗苑抓著陳默的衣角蜷在他的胸口睡覺，她喜歡這種姿勢，她喜歡睡覺的時候能聽到心跳聲，那種很純粹的屬於男性的陽剛的氣息將她包裹，非常穩妥幸福的感覺。

何月笛用了最好的快遞，第二天大早信就到了，陳默扣著信一直等到午休時帶回宿舍裡去看，他下意識地不想把這件事暴露在人前。

打開信封裡面只有薄薄的兩張紙，陳默深吸了一口氣，把信展開到桌子上。

陳默：

你們結婚的事，苗苗跟我全說過了。怎麼說呢，你讓我很失望，當時你到我們家裡來，可以說我們全家對你都非常的照顧，我說過我絕不為難你，我只期望你能對苗苗好一點，別讓她哭著回來找我。好，結果你們結婚當天，她打電話給我幾乎哭昏了過去。

還有，結婚這麼大的事，我們雙方家長都沒有見過面，而且你母親那方面根本就是不同意，你在這種情況之下硬拉著苗苑跟你去領證，我很難不去懷疑你的動機。之前你讓苗苗跟我說你們軍區政審週期很長要半年，我完全沒有懷疑過你，戶口本，街道的證明我馬上都寄過去給你，但是我現在打聽下來完全不是這麼一回事，政審根本不需要這麼久，你可以說完全辜負了我對你的信任。

本來你們都是大人了，我們做父母的對你們的生活也不想干涉太多。我一直都認為你是個比較實在的孩子，所以雖然離得比較遠，你們年齡也相差比較大，但是苗苗說她喜歡，我並沒有多加阻攔。我對你可以說沒有一點虧待，我把女兒交給你，我就這麼一個孩子，我從小養她到大不是這樣被你媽媽刻薄的。你將來也會有孩子，將心比心，你要體諒我一個做母親的心情。

另外，你和你母親之間到底有怎樣的矛盾，我不想過問，但是我要提醒你，不要拿我女兒做你們之間對抗的武器。苗苗是什麼個性你很清楚，她沒那麼大的能耐做這種事。如果你需要一個夠厲害的老婆幫你去對抗你媽，那就放過我女兒，她還年輕，還可以有新的生活。

我就這麼一個女兒，我一個做媽的，我永遠都會覺得我這個女兒是最好的，是你過來跟我說，你要娶她，你說你會對她好。我們做家長的要求其實很簡單，只希望你們可以好好地把日子過下去。苗苗這丫頭從小就比較聽話，從來不鬧事，不知道給自己爭什麼，你既然娶了她做老婆，那也就是說，證明你是認可她的。

你是一個男人，你就應該要保護她不讓人欺負。如果你連這一點都做不到，你就沒有資格結這個婚。

你與你母親的矛盾，請你儘快的和解。

我希望你好自為之，不要再讓我們失望。

苗江
何月笛
XXXX．XX．XX

陳默仰面靠在椅背上，看著天花板，信紙攤在桌上，指間挾著一根菸。房間裡有淡淡的菸味，陳默敏感的眼睛可以感覺到那種細微的變化與壓力，菸氣，不過，沒有想像中那麼強烈。剛才他聽到走道裡有聲響，衝出去堵住了原傑問他要菸，原傑愣了三秒才反應過來，上上下下亂七八糟地摸口袋，遞給陳默一包紅塔，還很狗腿地點上了。

陳默揮揮手轉身進門，說你可以走了，原傑再愣了三秒，夢遊一樣地飄走了。

陳默忽然想到他可能是特別固執極端的那種人，只因為狙擊訓練的教官說抽菸對眼睛不好，他馬上就戒了菸，而且甚至不讓別人在他面前抽。他對精準度的追求執著得可怕，他的隊長夏明朗當年勸過他，過分的追求精確可能反而會影響到成功率，一意孤行，一枝獨秀，在某一個點上做到極致，會讓整體安全係數變低。這話是很正確的，只是，有些習慣大概真的與生俱來。

他的母親……

陳默用力吸入一口菸霧，然後成功地被嗆到，狂咳不止，他隨手把菸頭捏滅，思緒卻在視野模糊的瞬間飛起。即使從來不願意承認，也不肯去面對，韋若祺仍然在他心中刻下痕跡，偶爾強迫自己打開心門反省，他都可以看清他性格中的哪一筆源自母親，哪些源自父親，還有哪些源自他多年的經驗與閱歷。屬於母親的筆墨很關鍵，好像金字塔最底層的支撐。

這些年，他與她的對峙，他只出格反抗過兩次，第一次是高考，韋若祺替他填完了從一本到三專的所有志願，陳默自作主張地冒名去班主任手上改換了志願。消息傳回來，他考上了。

韋若祺看著錄取通知書氣得發抖，問他為什麼要這麼幹。陳默說，不這麼幹，妳會同意嗎？

後來他媽媽是怎麼回答的？陳默發現他已經記不清了，他只記得那一天，所有高三學生最開心的日子，他在客廳裡跪了半夜。再然後，當然，他還是去了，那個學校其實不太差，總不可能真的讓他去複讀。

為什麼一定要這麼做？

陳默想，為什麼？

如果當初好好說，好好請求，母親是否真的就會同意？

如果當時母親願意好好解釋她鍾情的那些學校，他是否還會堅持自己的心願？

可是為什麼，他們都喜歡把事情做得那麼硬？

陳默把臉埋進手掌裡。

陳默，別否認……

其實，你是在期待，期待總有那麼一次，她會像別人的媽媽那樣，放棄自己的意願，全心全意，只為了讓你能如願。

陳默把信很仔細地折疊起來，穿上大衣準備出門，他在門口的哨位上給成輝打電話，說他要離開一下，回來的時間不確定，成輝很歡樂地嘲笑他，說結婚的人就是事情多。陳默苦笑著說是啊。

回到家鄉這麼久，陳默這才發現他其實從來沒有去韋若祺工作的地方看過，那好像是個禁區一樣，他總會下意識地迴避。那個地方擁有一切政府機關的特徵，懶散，看似忙碌，而面目模糊。陳默挑了個看起來很年輕的女辦事員說他要見韋處長，辦事員指著屋角一張椅子說：等會兒吧，處長現在還有事。陳默並不急切地想看到她，甚至，從某種意義上來說，他還希望能緩一緩。

半小時之後，陳默看到處長辦公室的門開了，一個身材微胖，衣著整齊的男人倒退著出來，一轉身，神色上已經換了副倨傲的表情。陳默想起他爸說的，他老媽現在這個職位雖然不是太高，可地方占得好，從來都是別人求她辦事，絕不用她去求人。陳默苦笑，這真是個非常適合韋若祺的工作。

有人先進去問了一聲，出來告訴陳默可以去了，不過也別談太久，一小時之後還有別人約好。

一小時，陳默想那應該夠了。

韋若祺迎面看到居然是陳默微微愣了一下，拿杯子倒水掩飾自己的驚訝。陳默站在辦公桌前垂著手，一瞬間事先構思的各種開場白像雲煙飛過，他用一種非常平淡的聲音說：「前兩天，我和苗苑已經結婚了。」

韋若祺站在桌子後面瞪著他，完全不能置信的表情：「你再說一次。」

「我們領證了，從法律的角度來說……」

韋若祺氣結，隨手把杯子砸了過去，陳默沒有躲，粗瓷的馬克杯沉重而堅硬，與他的額頭狠狠撞擊落到地上碎開，雖然沒有明顯的破口和流血，可是那場面仍然看來驚心動魄。

「你幹嘛不躲？」韋若祺被嚇到了，她只不過是氣極了想發火，她知道她的兒子身手不凡，她並不是真的想要打中他。

「妳想打我嘛。」陳默按了按額角：「沒什麼大事，傷不著的。」

韋若祺慢慢坐下去，雙手按在桌子上：「好好，那，解釋一下，你現在什麼意思。」

「媽……」陳默與她面對面坐下，可是兩個人的視線卻全部都錯開：「我知道我這次做得不對。」

韋若祺一愣，冷笑：「我還以為你不知道呢。」

「可是不這麼做的話，妳也不會同意的，」陳默很難得在說話時搓動手指，無意識的小動作出賣了他緊張的心情：「可是我等不及了，妳再這麼堅持下去，苗苗她就……妳兒子其實沒那麼吃香，沒人非我不可。」

「呵，你是說她還挑……呵，真不知道你圖什麼……」韋若祺氣得直笑。

「我跟她在一起，我覺得很舒服，妳讓我去相親我也相了，可是真的沒感覺，我這輩子就想娶她，可妳卻不同意，」陳默盡量抬起眼看著韋若祺說：「妳也是希望我能過好的，我覺得我跟她能過好。」

從。

韋若祺沒有說話，放在桌上的手掌慢慢握成拳，這不是他們之間習慣的對話方式，她覺得意外而無所適

「我長這麼大，我已經知道我要什麼，我不會什麼事都能跟妳想成一樣，可是苗苑我喜歡她，我想讓她做我老婆，我知道妳心裡的媳婦不是這個樣子，可是……妳就當，妳就當成全我一次行不行？」

按照標準程式說到這裡的時候陳默應該要眼眶帶淚，可是他沒有，竭力維持對視的狀態已經讓他感覺非常難堪。他在乞求一種妥協，在陳默的人生經歷中很少會發生這種情況，而在他與他母親的對峙中從來沒有這樣的先例。他們從不試圖剖開自己向對方坦露心跡，他們總是硬碰硬地對撞，卻莫名地期待著某一刻對方會恍然大悟地妥協。

在這個瞬間陳默有了某種一敗塗地的感覺，好像多年以來他與她的戰役，他終於落敗。

可是又能怎麼辦呢？現在的他已經不是孤身一人了，他總不能拉著無辜的人陪他去戰鬥。

「妳想讓我怎麼樣？」韋若祺煩躁地敲著桌面。

「妳會來喝喜酒嗎？」陳默說。

「看情況，有空的話……」

韋若祺拍桌子站起來，她想送客，可是又忽然想到雖然同樣在這間辦公室裡，眼前這位卻是她唯一的兒子，一個送不走的客，是家人。然而陳默卻笑了，有些疲憊的笑容，他坐在圈椅裡，忽然覺得很累，於是腰背不再像平常挺得那麼直，他微微仰起臉，抬頭看向他的母親，那種視角與距離就像是幼時。

一眼萬年的錯覺，彼此之間深深的疲憊。陳默忽然衝動地站起來，隔開寬大的辦公桌擁抱他的母親，卻恍

然發現原來這肩膀如此單薄瘦小。

「我會好的，我會過好的。」陳默幾乎有點急切地在她耳邊說：「我們真的會好的。」

韋若祺垂著眼推開他說：「知道了。」

「我會提前通知妳的，我等妳有空。」陳默說。

韋若祺說：「知道了。」

輸就輸了吧，在關門的瞬間，陳默想。

又不是真的敵人。

苗苑在給巧克力漿調溫，巧克力可能是這個世界上最玄妙的食物之一，它來自熱情的低緯度地帶，曾經攻陷了整個歐洲皇庭，是諸神的食物。它有很多神奇的特質讓人無法理解，就像沒有人知道為什麼像這樣融化冷卻再融化巧克力磚，會改變它的某種特性，讓巧克力淋面變得光滑油亮，並且不會起霧。

可能有些什麼東西在這樣的反反覆覆中起了變化，就像我們反覆地搓揉一個麵團，於是麵粉中的蛋白質手拉起手拉成麵筋，圍住了二氧化碳不讓它離開，讓生硬的麵團變得膨鬆而柔軟。

反反覆覆，進進退退，放一點愛心，再加一點耐心。

陳默站在製作間的入口處聽苗苑教導徒弟小如，大概是因為幼師出身的緣故，苗苑教人的態度總是溫柔得讓人心疼，陳默聽得很沉醉。

小如在旁邊咳嗽了一聲，指了個方向，苗苑茫然地轉過頭去，看著陳默愣一下，把口罩拿下來問：「有事？」陳默衝她勾勾手指，苗苑一頭霧水地走出來。

陳默把她拉到一邊說：「我媽不反對了。」

「啊？」

「她說，婚禮時，她會過來喝喜酒。」

「真的啊！這麼快？」苗苑興奮得差點蹦起來。

陳默連忙攬著她說：「不不，妳聽我說，雖然我媽已經不反對了，但是她的態度可能會，會不那麼好。不會像別家的婆婆那麼親切，但是她應該不會再為難妳了。」

「哦哦……沒關係……」苗苑開心地搓著手：「反正我也不用跟她住一起。」

陳默被苗苑的寬容大度驚得一愣，苗苑頓時警覺：「我們不會要住在一起吧？」

陳默馬上搖頭：「不，當然不。」

苗苑長舒氣，跳到陳默身上抱著他的脖子：「那太好了，陳默你真能幹！」

整個店的顧客都轉頭看著他們，苗苑喜氣洋洋地揚手：「同志們，我要結婚了！」

陳默頓時覺得……嗯，有點囧。

尾聲

你有沒有興趣，死後入我家祖墳？

陳默一直覺得自己對不起苗苑，從求婚開始往後，越來越離譜地對不起，可是苗苑不在意，她好像從來沒有抱怨過他，從一開始就是。就連說分手說不結婚了，也是非常愁苦的表情，很捨不得很惋惜傷感的模樣，從來不會說陳默你怎麼可以這樣，你媽怎麼可以這樣。從來不會去想她為什麼變成如此尷尬的境地，從來不曾懷疑過他，最最害怕緊張的時候也只會問你媽媽會不會打你？

他有時會想，這個女孩可以對你非常好非常好，全無計較，百依百順，可是她對生活對幸福有自己的要求，如果你讓她不開心，她會一邊流著眼淚一邊離開你，所以，一定要緊緊的抓住她，不能讓她太失望。

陳默是比較實在的男人，關中大漢，怕辜負，怕對不起人。

於是苗苑越是覺得不當個事，陳默就越覺得自己欠了她大筆錢不還，利滾利滾得厲害，而且妄圖貪墨作風猥瑣。陳默是那種會痛恨自己佔太多便宜的人。自從他媽鬆口，小日子就像是走過了一個拐點那樣蹭蹭地往上跑，新婚燕爾，陳默覺得他甜蜜得幾乎牙疼，這日子過得，簡直需要高露潔啊！

正所謂殺人償命欠債還錢，陳默認為就算是苗苑不向他算帳，他也得自個把這筆債給還了，大男人佔小姑娘便宜算什麼？丟人現眼麼，真是！

是啊！就是！陸臻在電話裡附和他。

雖然陸臻這人不可靠，可是那可靠的人，他就不會去管這檔閒事，所以陳默尋思來尋思去，最後還是只能求助小陸中校，陸臻零零碎碎地八卦了半天，沉吟良久，說：「陳默啊，我覺得你應該再跟苗苗求一次婚。」

陳默詫異地說：「這樣就行了？」

小陸中校嘿嘿一笑，「說你不懂，一個震撼性的求婚會給人留下長久而深刻的印象，絕對比你的別的那些補償更有用。」

陳默一時心動，好奇地問：「那你當年怎麼求婚的？」

陸臻輕蔑地回說：「我跟你段位差太遠，我那招你學不來。」

陳默默默地罵了一聲我靠！

陸臻語聲歡快，興致勃勃繼續說：「陳默你這事就著落在我身上了，明天開郵箱，我把腳本給你。」於是陳默就這樣拿到了他的腳本，陳默一邊看一邊罵，看完了之後血已經吐出三斗。

陸臻很閒地打電話過來說收到了嗎？陳默聲音陰沉，你這是要我啊？陸臻說你知道什麼叫浪漫嗎？浪漫就是你願意為了某個人，去做你平時根本不會做的事！我給你寫的那些東西，我來幹，一點不浪漫，你覺得我在耍你，那感覺就對了。

陳默陰沉半天，拍桌子：死就死了！

陸臻幸災樂禍地在電話那頭鼓掌，說：爺們兒，像個男人，兄弟我支持你！

於是陳默挑了一個天氣很好的日子，當然在這之前他已經跟各方人士建立了良好的協商關係，那天早上苗苑朦朧醒來看到陳默還在，看著窗外的微光困惑了一下今天這天怎麼亮這麼早，翻身過去準備再睡，陳默於是捏住了她的鼻子把人叫醒。苗苑很困惑地看著他說陳默你今天不上班？苗苑一直覺得陳默那是上班，只是工作時段冷門了一點，從早上五點到晚上十點，出入要登記記錄。

陳默心懷雀躍，他說我請假了。苗苑嘆口氣，你請假也通知我一下嘛，你看浪費一天。

陳默不無彆扭地笑了笑，努力看牢苗苑因為剛剛睡醒還焦距失散的眼睛，他說：「我幫妳也請假了，因為……我想佔用妳一整天，給妳一個永遠也忘不了的禮物，現在是二〇一三年十一月二十四日，我把我的這一天送給妳！」

苗苑努力睜大眼睛，雲蒸霧罩地看著他，哦……唔！她夢遊一樣地去刷牙，含著滿口白色的泡泡苗苑想陳默一定是瘋掉了，不過，瘋得好可愛。

陳默扶著胃坐在床上順氣，太噁心了，太他媽噁心了，這麼噁心的臺詞那小子是怎麼寫得出手的？

早餐是陳默從王朝陽那裡套來口風，苗苑最近最愛吃的優酪乳綿紗小蛋糕。苗苑一邊小心地咽著牛奶一邊有種強烈的不真實感，好像身在夢中，於是不敢多說也不敢多動，生怕聲音大點就把陳默給驚醒了，然而這種配合的態度極大地安慰了陳默那顆尷尬難堪而忐忑不安的心，表現也慢慢開始變順暢了。

上午，他們去了駐地附近的人間咖啡館，沫沫現在已經手掌大權身兼店長之職，她專門提前半個小時開了店門。苗苑被她拉到櫃檯之後的時候滿頭都是霧水，可是門上鈴響，陳默微笑著撞門進來，穿著墨綠色的正裝常服，輪廓模糊在金色的晨曦裡，那模樣與記憶裡最美好的曾經，那個午後，那個人一頭撞入時一般無二。

苗苑呆呆地愣住，一瞬間福至心靈，臉上露出快樂得幾乎要落淚的表情，沫沫轉頭對著她眨眨眼，抄起menu引陳默入坐，苗苑找出巧克力切塊，看著它們在玻璃碗裡慢慢融化，泛出絲樣的微光，眼前瞬間模糊又瞬間清晰，她看到有眼淚滴下去，消失在深褐色的汁液裡。

醉人的香氣在空氣中飄浮，醇厚，綿軟，那是飽含著可可氣息的芳芬，是諸神的食物。

可是，有句老話是怎麼說的呢？

只羨鴛鴦不羨仙。

苗苑拿著menu過去看陳默，陳默微笑著說：「小姑娘，我不喝咖啡。」

苗苑揚起手貼在陳默臉側，含淚的雙眼像波光歷歷的湖，陽光落在陳默的肩上，氤氳出金黃色的光的霧，這一刻，從這雙眼睛裡看到的一切，都美得不會真實。

苗苑說：「我知道，所以我給你準備了一些特別的。」

用陸臻的話來說，這叫重溫記憶中的美好，於是遊樂場當然也是要去。木柱攤主第一眼就認出了陳默，旁邊的釣魚小夥子已經換了新的營生，陳默很乾脆地說給我來二十個沙包。木柱攤主呵呵一樂說兄弟你又來了啊，給，拿去玩兒，哄你女朋友去吧。

陳默很認真很得意地笑，說已經領證了，現在是我老婆了。前釣魚攤小夥在旁邊怪叫一聲：瞧瞧，瞧瞧人家這男人做的，結了婚還這麼會浪漫，看到了沒，學著點。木柱攤主放了一眼冷刀，瞥著他，你怎麼不學？你不是男人啊？釣魚小夥子嘿嘿一笑，拉著苗苑悄聲說，呵，妳老公上次打的那東西，我給拍了照，要看不？苗苑兩眼放光，馬上拿出手機對上藍牙互傳。

陳默的效率總是高得讓人害怕的，好像隨便揚手，木樁一個接一個地倒下去，圍觀的群眾開始抽氣喝采，苗苑這次站在人群的中心，覺得非常驕傲非常幸福。

雖然，好吧，這樣的驕傲很虛榮，這樣的幸福也算單薄，可是人生漫長，總也需要幾個像這樣單薄而虛榮的美妙時刻來做點綴。

等陳默轉戰到射擊攤的時候他已經有粉絲團了，這次他要了更多的子彈，最後那一顆心打得充實飽滿。釣魚小夥子丟下自己的生意跟過來起哄，大聲嚷著說：嫁給他，嫁給他……

自然，應者如雲。

苗苑兩頰飛紅，眼眶裡總是濕漉漉的，好像看什麼不太清晰，到最後還是陳默拉著她殺開血路去坐摩天輪。

這一次的西安城沒有雪，居高臨下地遠望，視野中是帶著鐵色的青鬱，這是一座厚重的城市，黃土下埋著幾千年的興衰成敗，然而恍然間苗苑卻覺得那樣的千年，那樣的巍峨城牆與鐘樓，也不過是為了有一天，讓她與他在這個城市裡相遇。

陳默緊緊地抱著她，呼吸就在她耳邊。

陳默說，「我喜歡妳，過去與將來，最喜歡妳。」

苗苑沒有回答，眼淚不斷地滾下去，陳默沒有等到應該的回應，於是只能默默地沉默了。

從摩天輪上下來，苗苑拉著陳默的手說：「我們等會兒去哪裡？」

那神情柔媚而溫婉，好像古代仕女圖中低眉淺笑的女子，最貼心的全然的交付與信賴。陳默低頭笑，說：

「我說去哪兒就去哪兒嗎？」

苗苑一本正經地點頭。

「刀山火海也跟我走？」陳默一個恍神，說出劇本裡沒有的臺詞。

「啊！」苗苑很認真地點頭：「如果有的話，不過，我怕你嫌棄我，會拖累你。」

陳默揉一揉她頭頂的髮漩兒，他說：「我不嫌棄妳，刀山火海我也帶妳走。」

天還是很藍，這城市可能已經很冷了，但是陳默不覺得。的確，這姑娘從來不知道什麼叫真正的刀山火海，所以她的承諾可能經不起現實的考驗，可是說出承諾的那份心意是真的，不是嗎？

不過，自然，接下來不會是刀山火海，接下來的環節在陸臻計畫中，叫走向未來。

陳默把苗苑送去了全城最好的美容院，當然方案計畫由沫沫同學出，沫姑娘被陳默罕見的非死狗行為震得無語凝咽，全心全力表示支持，十分熱誠。苗苑長這麼大第一次享受什麼叫貴賓級的待遇，她覺得自己像個剛從樹上摘下來的破蘋果那樣被人打光上蠟，起初時束手束腳，十分之惶恐。

美容小姐與她聊天稱讚那個送人過來的男人很年輕很帥。苗苑眉開眼笑，說是呀，我也覺得我老公最帥了。美容小姐微微發怔，說那是妳老公啊？苗苑甜絲絲地說對啊，我們剛剛結婚沒多久。

美容小姐愣了一會兒，微笑著說妳老公對妳真好！

非常羨慕的樣子。

苗苑頓時平地升出了自信，不再拘束。

晚裝自然也是沫沫選的，非常公主，非常華而不實，裙角鑲著脆弱如雲的絲綢蕾絲，苗苑摸著花邊兒說我真想哭。身邊的姑娘說妳哭吧，沒關係，連我都想哭，這男人妳將來要是不要了，馬上通知我。

相比起苗苑來，陳默要做的事就簡單多了，他只需要出門找間浴室把自己洗一下，然後換上一身西裝，只是打領帶的時候出了一點麻煩，於是這也讓他意識到，他好像從來沒有穿過這樣的正裝，忽然間就彆扭得一塌糊塗。

正常人再土，收拾一下總也能看的，尤其是平時土慣了的，忽然間上了精裝打磨，怎麼也要泛出一層蠟光。

陳默等在休息區裡，一陣一陣地糾結自己的服裝問題，苗苑拎著精緻的小手包款款地向他走過去，陳默仰頭看了她半天，小聲嘀咕：「真不習慣。」

苗苑有些失望：「不好看嗎？」

「就是太好看了點。」陳默站起身忽然發現自己不知道手應該怎麼擺，這麼個明豔動人閃閃發光的姑娘，好像碰哪兒都不合適，苗苑主動湊上去挽住他的手臂，笑眯眯地說：「陳默你穿西裝好帥。」

「哦……真的嗎？」陳默頓時便覺得這衣服好像也不那麼彆扭了。

穿著這樣的行頭，當然要有適合的場合相配，小米雖然只是個小廚子在餐廳裡沒什麼影響力，無奈八卦是國人的天性，關中人民一向喜歡成人好事，像這樣平安喜樂的遊戲大家都樂意參與一把。於是苗苑一走進餐廳就發現了情況不對，進進出出的侍應生投向她的眼神都透著詭異，苗苑小聲地拉著陳默說，你又搞什麼鬼了？

陳默很無辜地搖頭，他說真的不是我在搞鬼！

嗯，都是陸臻那小子在搞鬼。

西餐廳裡吃飯的規矩多，上檸檬水的是一個長相乾淨漂亮的女孩子，彎腰把玻璃杯遞給她，杯子下面壓著一條折過的小紙條，苗苑疑惑地打開，看到淺粉色的便條上寫著一行字：

「親愛的苗苗，陳默說他會照顧妳一輩子，妳願意嫁給他嗎？」

「陳默……」

苗苑捂住嘴，連耳根都紅透，陳默看著她笑，非常的氣定神閑，苗苑用高跟鞋在桌子底下踹他，嗔惱的：

陳默敲著杯子問：「嫁嗎？」

苗苑瞪圓了杏眼：「不嫁啦！」

然而從檸檬水開始，到前菜和湯、主菜、水果、甜點，每一道菜都會換一個侍應生，他們通通帶著一臉的神秘兮兮的笑，看起來曖昧又俗氣，悄悄地塞給苗苑一個小紙條，各色的筆，各樣的字跡，寫著同樣的句子。

拉小提琴的樂手走過來拉《今天妳要嫁給我》，他拉得非常賣力，樂曲歡樂跳躍，終於有客人發現了這一桌的特別，頻頻轉頭回望，苗苑自覺成為人群的中心，窘得幾乎不敢抬頭，陳默鼓了鼓起勇氣，心想，再難也比不過7.62毫米狙擊子彈迎面飛來，連這都不怕還怕丟點人嘛！

陳默站起身清了清嗓子，苗苑終於忍不住伸手拉住他，低聲哀求說：「我嫁了，我嫁了，我不是早嫁了嘛，求你了，別鬧了！」

陳默固執地站著，有些不情願，關於這一段他背了有兩個小時，吐了背，背了吐，他容易嗎……苗苑拉著他的手不放，臉上因為長久地退不去血色，燒得一片嫣紅，眼睛裡水汪汪的，像清晨時分帶露的薔薇花。陳默慢慢坐下去，笑著說：「好，那我就不說了！」

這種事實在太驚險太刺激太考驗心理承受力了，苗苑發現原來很多言情小說裡寫得萌點十足的情節，如果搬到現實生活中那簡直就是九天驚雷。當苗苑發現真的整個餐廳裡的人都開始討論他們的時候，她脆弱的玻璃心終於承受不住這樣壓力，用哀求的小眼神看著陳默，訴說她的渴望：陳默，我們回家吧！

陳默終於抽出錢包買單，苗苑長長地舒了一口氣，悄悄把那些小紙條仔細折好，藏進手袋裡。

終於回家了！

苗苑從站在家門口就開始止不住地笑，大眼睛彎成一條線，說：「陳默，我知道這麼說不厚道，可是我真覺得你今天不正常。」

「哪裡不正常？」陳默豁出了本去，卻沒有得到劇本中所描述的震撼深情的效果，心中很鬱悶。

苗苑笑著指指腦袋。

陳默作勢虎著臉要打她，苗苑於是尖笑著往客廳跑，客廳沙發上放著一大束火紅的玫瑰，苗苑呀了一聲，愣愣地站在一邊。

是啊，玫瑰俗，太俗，俗沒邊了，可那仍然是對熱戀最貼切的形容，那樣的火熱，明豔，燦若雲霞。

陳默從身後擁住苗苑，呼吸熱熱地吹著她：「喜歡嗎？」

「嗯！」苗苑笑著擦一擦眼角：「你別一天就把所有的好事都做盡了，我會怕的。」

「不會的！」陳默把苗苑推到沙發上坐好，單膝跪地，把花束拿過來放在苗苑手上。

火紅的玫瑰中間有一朵是粉色的，花苞裡藏著戒指，鑽石在燈下閃著光，陳默把這支玫瑰單獨抽出來捏在指間，氣氛正好，連心跳都激烈得恰到好處。

苗苑非常期待地看著他，陳默張了張嘴，眼中忽然閃過一絲尷尬。

嗯，人，如果緊張的話，其實是常常會忘詞的！尤其是當那些詞寫得非常不符合……

「先把眼睛閉上！」陳默溫柔地沉下聲說道。

苗苑完全被他奪去心神，順從地閉上眼睛，陳默馬上手忙腳亂地翻看劇本，最後一段了啊！最後一段，忘什麼不好忘最關鍵的……陳默心中咬牙切齒，迅速地翻過數張A4，可惜沒有找到需要的那張。

不會吧！陳默頓時傻眼。

苗苑偷偷摸摸地把眼睛睜開一條縫，說：「陳默，你在幹嘛？」

陳默大囧，眼睜睜看著劇本讓苗苑收走，苗苑低頭看，一頁頁翻過，陳默緊張地盯著她。苗苑疑惑的小臉繃得緊緊的，揚起手中的白紙問：「誰編的？」

陳默自覺氣勢全無，低聲說：「主要是陸臻，不過我也寫了很多的……真的……」

苗苑抿著嘴笑，烏濃的笑眼裡一閃一閃地蹦出歡樂的小精靈，她捧起陳默的臉用力親一下，笑著說：「陳默你真好。」

「妳不介意麼？」陳默驚訝。

苗苑笑得合不上嘴：「有些人吧，天生就沒這本事，可是，積極要求進步的心情，也是值得鼓勵的！不過，現在，最後呢？」

陳默不好意思地撓頭：「我忘詞了。」

「那就隨便說一點。」

「哪能隨便說呢？」

「那就不隨便地說一點。」

「那不隨便的怎麼說呢？」

「陳默！」

「哎！」

苗苑很努力地想要嚴肅一點喊出氣勢來，可惜兩個人都笑成一團，呈現出智商負值的傾向。

陳默忽然拉住苗苑說：「請問，妳有沒有興趣，死後入我家祖墳？」

「啊！」苗苑囧住，哭笑不得：「有你這麼求婚的嗎！」

「這個好，這個好，真的！」陳默一本正經地解釋：「求妳嫁給我，結婚還能離，生小孩還能不要呢，這個妳要是答應了，這輩子就交待給我了，怎麼樣？幹不幹？」

「幹！」苗苑笑眯眯地回答得乾脆，卻忽然想到一事：「陳默，你們家現在還有祖墳嗎？」

「這個啊！」陳默已經站起身，他把苗苑抱在懷裡望了會兒天：「我到時候給妳整一個！咱倆待一起，以後咱們家小子出去求婚，都得是這樣從陽間到陰間，從生到死都給訂了的！」

苗苑沉默了一會兒，很冷靜地說：「陳默，你真覺得這樣好嗎？你別坑了我兒子，為什麼我覺得，像我這麼……的人也不多啊！」

「不多也得找啊！」陳默一揮手，說得超級大氣，他攔腰把苗苑抱起來，低頭親親苗苑的臉，壓低了氣息在她耳邊說：「跟我入洞房了，媳婦！」

苗苑癢得直笑，罵他流氓。

因為快樂，很快樂，所以熱情熱烈，迫切地，想要證明什麼！陳默把苗苑合在身下，撫摸她汗濕的皮膚，呼吸繚亂而濁重，高潮時的感覺像在飛，跌落雲端，洶湧的激情衝擊著全身的血管，好像整個人都要炸裂開似的，極度沉溺而極度興奮，最深的滿足。

陳默貼在苗苑耳邊一句一句說得很慢：

我保證，從現在開始，只愛妳一個。

寵妳，不會騙妳，答應妳的每一件事情都會做到。

對妳講的每一句話都是真話。

不欺負妳，不罵妳。

相信妳，有人欺負妳，會第一時間出來幫妳。

妳開心的時候，會陪著妳開心。

妳不開心，努力哄著妳開心。

永遠覺得妳最漂亮。

做夢都會夢見妳。

在我的心裡，只有妳。

苗苑安靜的眨著眼，一下一下，睫毛像翩飛的蝴蝶。開始她以為自己在哭，但後來發現沒有，眼前的一切如此清晰而明亮，在黑暗中閃閃發光。她的男人在她耳邊說著俗爛的臺詞，一字一字，鄭重其事，儘管那樣的鄭重讓旁人看起來幾乎有些俗得可笑。

可是陳默不看電影，也不喜歡玩樂，他不知道那些句子已經被無數男女引用過千百次，他只聽她一個人說過，他只對她一個人說起。

苗苑仍然沒有哭，儘管她是那樣愛哭的女孩子。

人們在悲傷時流淚，歡樂時也是，寂寞、幸福、疼痛……人們在所有激動的時刻哭泣，用眼淚釋放自己。

然而苗苑忘記了，她睜大眼睛抵受這每一分每一秒，她聽到心臟砰然作響，眼前搖盪著金色的河。

她忽然覺得幸福不過如此，真的，人生也不過如此。

在萬丈紅塵中找到那個人，相遇相識，吵架然後做愛……於是這世界因為愛他而變得不一樣，這段生命與時間因為他的存在而變得與眾不同，不再與任何事相關。

他所做的一切都是特別的，只有他可以把惡俗變成激動人心的經典，說著第一千零一遍的臺詞卻讓她心悸到幾乎疼痛。

是啊，那不過是個平凡的男人，然而愛情，愛情是這平凡俗世中最非凡的魔法，它化腐朽為神奇。與他在一起，好像連吃飯喝水都變成浪漫的體驗。

只有他……只因為她！

苗苑睜大眼睛看著時間浩浩蕩蕩的流走，過去與未來的大門洞開連接到一起，那些曾經在她生命中出現過的各色人等向她微笑揮手致意。苗苑緊緊的抱住陳默，她是最柔弱的女子，此刻卻像一個出征的戰士那樣躊躇滿志的驕傲。

她的未來……苗苑很堅定的相信：她會幸福！

幸福是什麼。

幸福不過是貓吃魚，狗吃肉，苗苑給陳默烤蛋糕！

苗苑握起拳，我們真正需要的，從來都只有這麼簡單。

番外

天堂太遠，人間正好

1

幾天後，夏明朗的一個電話讓陳默興奮不已，他那位欠扁的隊長用一種四六不著的淡淡口吻說週末有空不，有空一起吃點啥？陳默愣了半天才反應過來，頓時激動得聲音都有點堵，他連值勤表都沒看就直接說有，夏明朗了然地笑了笑，說行，到時候找個車來接一下，人不少。

陳默心懷忐忑地問他能來多少。夏明朗故意頓了一會兒，笑聲詭詐，他說到了你不就知道了嗎？

陳默握著話筒默默無語。

週末……不算太遙遠的日子，陳默忽然也決定要把這個驚喜保留下去，他鄭重地關照苗苑那些都是他的兄弟，最好最親的兄弟，曾經無數次在槍林彈雨中救他生轉。陳默說得太過激情，以致於苗苑被過分震驚得反而沒了表情。

槍林彈雨……生轉！

晚上，苗苑翻身抱住陳默半邊身體：真好，你以後不必再經歷這些了。

週末時陳默租了一輛小客車，他心中有不切合實際的期待，總覺得車子越大，來的人就會越多，苗苑在他的要求之下精心打扮光彩照人。陳默不知道飛機的班次，站在出閘的口子上翹首等待，苗苑從來沒見陳默這麼著急過，便走過去握著他的手。陳默繞一個半圈把苗苑攬進懷裡，低頭又一次說起：「他們都是我兄弟。」

苗苑驚訝地看到陳默眼底泛出水光，雖然是極淡極薄的一層，也是奇聞異事，她伸出手抱著陳默說：「我知道的，我知道。」

陳默的視力過人，夏明朗一行人即使穿著便裝，也遠遠的剛露出個頭就被他看到了，方進像一隻小花豹子那樣在人群中靈活地穿插，氣勢極猛地撞過來，陳默張開手臂抱住他，被撞著身子一晃。

「默默，我想死你了！」方進誇張地大叫，大眼睛裡閃著光。苗苑好奇地歪著頭看他。

陳默與他的兄弟逐一擁抱，最後才輪到夏明朗，老夏隊長笑嘻嘻地抱著肩很有姿態地看著他，陳默驀然心中一動，立正敬了一個軍禮，說：隊長好。

夏明朗連忙還禮，口氣帶著親暱的抱怨：「玩什麼呢，你這是！？」

陳默低頭笑，伸手把苗苑拉過來推到夏明朗跟前：「我媳婦兒。」

苗苑笑得甜甜的，又乖巧又可人的模樣，一本正經地給夏明朗鞠了個躬，笑著說：「隊長好。」

「喲……喲喲，快別這樣……」夏明朗誇張地指著苗苑：「這麼漂亮啊？」他壓低了聲音貼到陳默耳邊笑：「好小子……老牛吃嫩草啊？怎麼拐上手的，真人不露相麼！」

陳默臉上頓時一紅，摸了摸鼻子問道：「陸臻呢？什麼時候到？」

「哦，他還在天上呢，還得有一陣。」夏明朗臉色不改。

「那，找個地方等等他吧。」陳默轉身招呼兄弟們。

來的人不算多，十餘個，可也不太少，老一輩都退得差不多了，新一代與他到底差了一層，陳默想起問徐知著怎麼沒來，夏明朗告訴他徐知著去外面受訓了，陳默點了點頭，神色略僵了一下。

他知道那個受訓機會，那是他曾經期待過的，不過，現在這樣也好，都挺好。

即使穿著最普通的便裝和運動服，像這樣十幾個身材高大精悍的男人湊在一起也仍然引人矚目，陳默領著他們在機場的咖啡廳裡隨便點了些東西，飲料沒有太多人碰，倒是把檸檬水喝了個乾淨。方進太久沒看到陳默，興奮過度，揪著他嘰嘰呱呱說個不停，其他的那些隊員們也是，海北天南，好像個個都存了一肚子的話。苗苑很乖巧地沒有插嘴，只是安安靜靜地聽著，陳默在桌下握著她的手，心裡很感謝她這樣懂事。

說話間，陸臻中校風度翩翩地從門外進來，因私出遊，他穿的也同樣是便裝，淺色的高領毛衣，藏青色薄呢短風衣，工裝褲，腳下踩著一雙黑色高統軍靴，十成十的精英模樣，十成十雅痞氣質，一推門就馬上吸引全場目光，把那些個威猛的民工襯得那叫滿地找牙（陸臻語）。

苗苑眼睛一亮，指著他說：「你你……我好像見過你……」

陸臻笑容可掬：「小姑娘，espresso，做得好喝我才會再點哦。」

「對哦！」苗苑確定自己的記憶力沒退化，很是欣喜：「你看著比原來白多了，一下子就年輕了……都不敢認了。」

「是嗎？」陸臻抬手摸摸自己的臉。

夏明朗猝然發難，從背後勒住陸臻的脖子，故作兇狠地威脅：「這麼多人等你一個，擺譜哦？有什麼表示？」

陸臻被他勒得直往後倒，馬上求饒：「我罰酒三杯！！」

眾人不屑地起哄，這算什麼表示？

「得了吧，就你，三十杯還差不多。」夏明朗鬆開手，惡趣味地擼亂了陸臻明明很有型的短髮。

陸臻顯然並不介意，仍舊笑得極為燦爛，一頭紮進老戰友堆裡問寒問暖。陳默很欣喜地發現眾人的焦點在瞬間轉移，他長長鬆一口氣從圍攻中脫身出來。苗苑拉拉他的手說：「人齊了吧，讓他們回去聊？」

陳默低聲說：「人多了點，等會喝過酒，可能會有點鬧。」

「沒事，最多砸場子嘛！」苗苑大力地推他。

按陳默的意思本來是要去館子裡吃好的，可是夏明朗卻覺得兄弟們難得聚一下，重要的是樂呵，吃什麼不是吃，誰還在乎那個，在外面地方鬧起來到底拘束不方便，陳默想想也有道理，就從相熟的飯店裡叫了幾個菜，到中午讓他們送過來。

陳默領著眾人回家，樓道裡熱熱鬧鬧地擠著在一起，剛好有樓裡其他住客要下樓，錯肩而過的瞬間，陳默一打眼看著眼熟，竟鬼使神差地主動截住了他打招呼，那人僵了一臉受寵若驚的笑，聲音發硬地衝著陳默直點頭。陳默指著夏明朗他們很驕傲地向他介紹說：「我老戰友。」

「噢噢……久仰久仰……」那人連忙做驚喜狀，雙手伸出去用力抓住夏明朗的手搖兩搖。

夏明朗滿眼天高雲淡，說：「彼此彼此。」

於是那人傻著眼飄走了，走到樓梯轉角處還忍不住回頭張望，夏明朗笑眯眯地對著他揮揮手，轉頭對陳默說：「你嚇到人家了。」

陳默愣了一秒鐘，果斷地決定把這件事忘記。

苗苑終於認定陳默這當口不正常，不能以他的常理來推斷，她拿了鑰匙先開門，招呼大家進屋。一幫長年住宿舍的男人們被「家」這種溫馨美滿幸福洋溢的東西刺激得嗷嗷直叫，發出種種強烈的豔慕及赤果果（註18）的嫉妒的目光來追殺陳默。

陳默一手搭在苗苑肩上，他笑得很有分寸很驕傲，表情平靜淡定，暗中心潮翻湧。

於是眾人不斷地叫囂著：陳默，你他媽的狗屎運……陳默，這好事怎麼就落你身上了……陳默居然連你都能有人要……陳默……

苗苑從廚房拿了果盤出來，各色的水果切得整整齊齊，邊上擺著精緻的小點心，苗苑搓著手站在旁邊笑容靦腆：「嚐嚐吧，都是我做的。」結果剛剛平靜了一些的男人們又開始起哄譁然，方進伸手過去看了半天，到了沒下得了手去拿一塊，太漂亮太精緻了，不像他能吃的東西，方進頓覺大囧，轉頭求救似的看著陳默。

陳默嘴角略挑了挑，從茶几上拿個蘋果扔過去，方進手掌一翻接住了，在衣服擦了擦直接下口就啃，苗苑急著嚷：「哎，我給你洗一下。」陸臻攔住她笑道：「算了，妳洗過他又吃不下去了，某些人就是天生的賤命啊！」他仰頭感慨，用牙籤挑起盤中一塊果肉，極為優雅而斯文地吃了下去，方進幾口啃完了蘋果溜過來，腳下使絆子，把陸臻壓倒在地。

不同的人表達歡喜與思念的方式也不一樣，有些人喜歡擁抱，有些人不喜歡，他們會有更私人的交流方式，比如說：打！

方進雖然夠猛，然而陸臻的地面功夫也相當可觀，圍觀的眾人已經開始起莊，開賠率，買定離手，不追不悔，夏明朗像個大爺一樣地坐進沙發裡，一邊欣賞雜耍一邊吃水果，神情相當悠閒享受。

苗苑偷偷拉拉陳默指著夏明朗說，這是你們老大吧。陳默點頭說是的，他是老大。苗苑頓時肅然起敬。

很快的，人群中分出了陣營，陳默與夏明朗坐在沙發一角討論關於人心變了隊伍不好帶了這一類具有學術性實踐性的大問題，無奈夏明朗就連說正事也不正經，眼觀六路耳聽八方，偶爾抓起一個什麼核砸過去，叫囂著：陸臻，壓他的腿……

小陸中校於是擦擦汗水繼續戰鬥。

終於打到衣服都皺了兩人才盡興，自然看客也舒了心。苗苑又從廚房裡切了新的水果出來補充，暗中感慨果然能吃啊，好在她是估計著十個陳默準備的東西。夏明朗聽陳默抱怨90後（註19）的通病，笑嘻嘻地拍著陳默的肩膀說：行了，想當年我們看你們，還不是一肚子的火？可現在呢？還不是接得挺好。

陳默愣了一下，有點無奈。

陸臻打完架跑去浴室裡洗臉，方進沒他那麼多的窮講究，直接撲撲身上的灰又紮進人堆裡要好玩兒的。一開始苗苑被他拉著說陳默的光榮戰史，苗苑聽得杏眼圓睜驚愕地小嘴半張，她一向覺得自己老公英明神武，天下第一，可是到現在才知道她老公原來是如此這般的英明神武，天下第一。可說了沒太久廣大人民群眾都認為這些事他們都聽過了，已經沒有新鮮感，紛紛要求新節目。苗苑被迫抱出婚紗照來獻寶，方進看著兩眼閃閃亮的，不停地：嗷，默默好帥……嗷，嫂子好漂亮……

方進壯志雄心，雙手握拳地發誓說將來他結婚也要穿禮服，說他們陸軍的禮服比武警可漂亮得多呢！旁邊有人埋汰他，說那禮服可眼跟前正在衣櫃裡掛著的，老婆呢？就憑你？

這話真是正中一腳踢到方進的心窩子裡，他眨巴眨巴眼睛，眼神無辜而哀怨，苗苑從來就同情心氾濫，眼看著方進不開心了就試圖安慰，她張口欲言，說：「方……方……」可憐這回一下子要認識的人太多，她到底沒認全，方了半天終於方出一個詞：「方小叔，你不要擔心，你這麼帥，肯定有姑娘會喜歡你的。」

「真的呀，嫂子？！」方進大喜，他對於苗苑叫他方小叔很滿意，尤其是對苗苑只叫他方小叔而不叫別人陸小叔、夏大伯之類的更為滿意，他於是在瞬間充分地認可了這位大嫂：瞧瞧，人家那眼力價？一看就知道陳默跟誰最親！

「嗯，嗯！當然是真的！」雖然苗同學對嫂子這個詞非常的感冒，可話趕話的，她也只能硬著頭皮點頭。

「那你託你嫂子給你介紹一個唄？」陸臻收拾完自己又暴帥地亮相，隨口搭一句。

方進眼前一亮，馬上拽著苗苑說：「對啊，嫂子給我介紹個女朋友吧！」

「唔！」苗苑非常有責任感地嚴肅地皺起眉頭，埋頭苦想，轉頭看陸臻笑得明亮，馬上好心地問道：「哎，你有女朋友不？要不要我幫你也一起留心？」她心想，我這真不是以貌取人啊以貌取人，不過這位看起來明顯更好推銷呀！搭著賣賣都能賣出去。

陸臻臉上僵了僵，依稀看到夏明朗目光戲謔地追過來。

「我有了！」陸臻很嚴肅很誠懇地說。

苗苑噢了一聲，開始給自己認識的所有適齡、單身、未婚女性編號。

在飯店訂的菜掐在正午時分送到，陳默開門時看到老闆娘蘇會賢親自送貨，馬上愣了一愣，蘇會賢於是笑得平和親切：「剛好有空，就幫他們開個車。」

陳默把人讓進門，看到後面跟著個穿白衣的廚師，蘇會賢看到他眼神詫異連忙解釋說：「今天店裡不太忙，我就讓小八帶著材料過來了，這菜吧，現燒的總是要好吃一點。」陳默忙不迭地點頭，心中很感動。

蘇會賢是個心思細膩的女人，她從陳默的隻字片語中聽出來今天這頓飯的意義非比尋常。世事常常如此，有時候我們為別人做很多，他們都不會太記得，因為那些事本來就不重要，可有時候偶爾盡心地幫一次忙，他們就會記長久，因為一些不足為人知的特別意義。蘇會賢是個好商人，她一向都擅長用最少的時間精力來換取最大的回報，人情是中國社會最好的投資。

苗苑跟著她們進廚房，蘇會賢領著助廚小八把材料鋪開給她看，大都是些家常菜，但都是傳統的美味，另外有幾個考功夫技巧的，小八捲捲袖子已經開始幹了起來。苗苑看到專業人士在場，聲音有點怯怯，指著切配好的幾盤素菜說這個我能做。蘇會賢馬上爽快地說那太好了，那就交給陳嫂了。

苗苑眼前一黑，用力抓住蘇會賢說：「我叫苗苑。」

蘇會賢會意地點點頭。

夏明朗抱著肩慢悠悠地踱進來問：「有什麼可以幫忙的？」

苗苑嚇了一跳，連忙擺手說：「不用不用。」倒是蘇會賢為人機變，指著長案上的材料說：「您看著辦吧！」

夏明朗一通翻找，從袋子裡拎出醬牛肉之類的冷盤菜，他洗了手，鬆一鬆五指，從刀架上抽出一把刀來繞了個刀花，直接秒殺苗苑。刀光霍霍連閃，不光是架式，那肉是真的薄，又快又薄又均，小八停了手上的活很羨慕地瞧著夏明朗：「師傅，你這手藝練多久的？」

夏明朗手下不停，隨口答道：「十幾年了吧。」

不一會兒的工夫，夏明朗已經把冷盤全切配好，苗苑與蘇會賢流水似的把菜端出來排上桌，分發了碗筷招呼大家上桌。陸臻探頭探腦地溜到廚房去張望，被夏明朗提著衣領給扔了出來：連洗個碗都能砸成八瓣的東西，還是安分點別來廚房搗亂。

苗苑被連帶著嚇到，瑟瑟地站在廚房門口看夏明朗嘴叼一根香菸拉開架式顛菜，由衷感慨老大就是老大，就連炒個菜都愣是炒出了鐵馬山河的氣概。陸臻的臉上泛紅，大概是有心幫忙卻被人攆出來有點不大好意思，訕訕的沒話找話說：「帥吧！」

苗苑點頭說：「真帥！」

「趕明兒讓妳家陳默也練一手。」

苗苑的眼睛亮了亮，回頭想想，還是……算了。

夏明朗下手炒了幾個拿手菜，不多，但是有型，得意洋洋地排上了桌。苗苑被蘇會賢推出廚房，她說妳是主人家，妳還是去陪客。苗苑於是也扭扭捏捏地在陳默身邊坐了，小眼神羞羞澀澀的。酒過三巡，方進忽然一拍腦門，從口袋裡翻出個小硬盒子來遞給陳默，異常豪邁地說：「給你的。」

陳默眉角一皺：「不是說了別給禮嘛！」

「那哪兒行哪……你結婚這麼大的事我得見禮啊！咱倆誰跟誰啊？」方進瞪圓了眼睛。

陳默無奈地笑笑，接過來拆了盒子打開，當場就愣了，挺漂亮的一個首飾盒子放著一隻火光燦燦的鑽石戒指，據肉眼觀察，比他前些日子送給苗苑的足足大了一號。陳默同志默默無語了十秒鐘，抬頭無比困惑地看向方進：「你這是想幹嘛？」

您這是想向我求婚呢，還是要撬我牆角？

「給你送給嫂子呀！」方進理所當然地回答：「默默，我跟你講結婚這東西最重要了，一定得買個大的，我就知道你想不到這……」

陳默清了清嗓子說：「這主意誰教你的。」諒你小子也想不出這麼天才的囧事。

方進眨巴一下眼睛，有點猶豫，他拿不定主意是不是要與人分功勞，陸臻忽然從座位裡竄出來溜到夏明朗身後去。

陳默拍桌子：「陸臻！」

陸臻笑得喘不上氣：「我怎麼知道他真買呀？我也就是那麼一說……」

方進或者單純無知，但從來不愚笨，他馬上敏銳地意識到自己被耍了，起身就追過去，夏明朗抬腿格住他，笑道：「得了啊！吃飯呢！你自己沒腦子啊？陸臻說的話都相信？該的你……」

方進不敢反抗，極為鬱悶地站著。陳默嘆了口氣，把東西放好還給他：「行了，別難過了，先收著吧，將來總是有用的。」

陳默這樣溫和的語調讓方進更覺得委屈，多好的表現機會啊，讓人給攪成了鬧劇。

「侯爺，我真不是故意的！」陸臻很拽地一手撐在夏明朗肩上振振有詞地為自己辯護：「是你問我結婚什麼最重要，我說結婚戒指最重要，可我也沒讓你買啊……好好……你別瞪我，我是說過要不然你給陳默買個大鑽戒吧……給他解決大問題……可我真是開玩笑的啊，我沒想到你真會買呀！」

陳默拍方進的肩膀拉著他坐回去：「行了，心意都收到了。」

「對吧……你看陳默都不介意了……」

「行了啊！」陳默殺一記眼刀。

陸臻眨眨眼睛表示收到，可是笑嘻嘻的顯然並不害怕。

苗苑不太搞得清形勢，知趣地沒有多搭話，她偷偷在桌下扯陳默的衣角，陳默拍拍她的手背給了一個安慰的眼神，說沒事，鬧著玩呢。陳默敏銳的指尖上碰到一點堅硬微涼的金屬質感，原本不玻璃的老心陡然生出一絲脆弱感，話說，當時正中他心口的不是那個戒指倒是那顆鑽，活脫脫比他買的大了一圈啊！

方進，你小子真不是故意寒磣我嗎？

苗苑手上那顆鑽石真小到讓人都看不到的地步了？那我不就是覺得錢應該要花在刀刃上，一個石頭嘛，戴著好看就成了，而且苗苑她也沒要求過，不是嗎？……啊啊！

陳默沒有說話，他不能罵方進，他知道自己吵不過陸臻，陳默很內傷。

方進覺得自己辦砸了事，他很難過，但是他不能向陳默訴苦，因為他這次砸的是陳默的事，可是他也不能去揍陸臻，因為目前夏明朗在護著他，所以方進也很內傷。而且以此事為引子，在飯桌的後半程中他的陳年囧事被大家揭發了一樁又一樁，方進深切地感覺到他在苗苑面前丟了人，非常的不開心。而很可惜的是，因為大家都覺得他是個沒心沒肺的，不高興只能維持三小時的傢伙，所以沒有人覺得有必要去關心一下他的不開心。

苗苑偷偷觀察方進的臉色，覺得他們是不是有點太欺負人了，唔……如果這個看起來特強壯的傢伙真的暴走了，她的家會很慘烈吧……苗苑很小心地犯著愁。

在這張桌面上的都不是細嚼慢嚥的主，所以飯菜雖然豐盛，吃了沒多久也就盆乾碗淨，蘇會賢笑言他們真是飯店最喜歡的顧客。陳默原本打算招呼蘇會賢和小八隨便吃點什麼，蘇會賢笑著推辭了，說不習慣，還不如讓她們早點回家。陳默也就沒有多勸，他不是喜歡客氣的人，他一向很樂意聽別人說的辦。

方進在飯後悄悄地跟上了苗苑，終於瞅了個空子把苗苑拉到無人的角落，額頭上憋著一層熱汗，聲音急切，他說：「嫂子你們現在還缺點什麼不，妳讓我表現一下。」

苗苑愣了半天，費勁兒地解釋：「我們還真不缺什麼。」

「嫂子，妳也看到了，我今天這事整的……」方進苦惱地抓頭。

苗苑想了一會兒說：「要不然你給我買個烤箱吧，一直想在家裡買一個，可是想想店裡……」

「好好……沒問題，我給妳買去！」方進等不及聽完拔腿就想跑，苗苑一把拽住他：「你知道要買什麼樣的嗎？」

「放心，我給妳挑好的大的。」方進表忠心表得很豪邁。

苗苑額頭冒汗，心想還好我把人給拉住了，要不然非得給我搬一個雙層的櫃子回來，她轉頭去找了一張紙，鄭重其事地把她要的牌子和型號都寫在了上面。對比方進的前一項結婚禮物，苗苑實在覺得結婚訛個四百多塊的電烤箱已經很厚道，相信陳默也不會說什麼。

註18：赤裸裸的一種戲謔的說法。
註19：90後是1990年1月1日至1999年12月31日出生人。

2

方進接了紙片像寶貝似的揣在兜裡，飛也似的出門去，陳默剛剛把蘇會賢他們送走，手上慢了一步沒抓到人，回頭問陸臻，方進這是幹嘛去？陸臻攤攤手表示這次真的不關他的事。方進生怕陳默會攔他，急著溜走也沒問個路，站到樓下才開始茫然四顧，思考應該去哪裡買那玩意這種實際性問題。不過，反正就是個烤箱嘛，隨便找個超市應該就能搞定了，方進信心很足地打算問路，堂堂的王牌軍，這點小事都搞不定豈不是要笑死人？

那邊蘇會賢剛剛把東西裝好車，倒車過來正要出社區，看到方進一個人走在路上便心中一動，讓小八靠過去停在他身邊，搖下車窗招呼：「兄弟去哪兒，上車我捎你一程？」

方進一眼認出那是給陳默家做飯的號稱飯店老闆娘，馬上老實不客氣爬進了車裡。

話說天下餵飽人的職業應該都是一家，方進略一尋思就覺得他可以諮詢蘇會賢，果然蘇會賢彈著紙頁說：「哦，這個呀，容易啊……等會，下一個路口我放你下來，旁邊就是家蘇寧（註20）。」

方進點頭，笑得很得意。

蘇會賢把紙頁摺好還給他，冷不丁看到方進手側一道半新不舊的傷口，不自覺脫口而出：「你這是？」

方進瞧了瞧神色淡然：「哦，前兩天劃到的。」

「哎呀，你這口子深，還是要處理的，要包起來好！」蘇會賢拉過方進的手細看，她年紀輕輕就一個人出來開店，有大阿姐心態，最怕手下人磕磕碰碰的出事，尤其是看到這種毛毛躁躁的小夥子就著急，一個不小心就是破傷風，當是好玩的啊！

方進讓她握了一會兒，眼見對方沒有放開的意思，渾身就開始不自在。對於女人，他是最葉公好龍的那一群，雖然平日裡成天閒沒事就YY漂亮姑娘姑娘漂亮，可真讓他近距離地接觸一個純正的女人，他從骨頭縫裡都能長出蟲子來爬。

蘇會賢看得精細，馬上又發現了新傷口，頓時就怒了，指著傷口數落說：「你看看你，怎麼搞的，新傷疊舊痕的……你們這種小夥子呀，我見多了，仗著年輕不當回事。」

方進黝黑的臉上顯出紅，很小聲地反駁：「我不小了。」

「不小了哦？」蘇會賢打趣他：「你有二十了嗎？」

方進臉上紅得更厲害，小聲囁囁地分辯：「我都快三十了，我八十三的。」

蘇會賢頓時吃了一驚，言行與年歲不相符的她也見過不少，但是像方進這號的也差太多了，她還真想問問他：你對得起你這個年紀嗎？方進被她盯得臉上發熱，只覺得連耳朵根都開始燙，他轉轉手掌想從蘇會賢那裡脫身，蘇會賢下意識地手上一緊，方進馬上又僵了，蘇會賢這才反應過來，這小子是害羞了。

按說蘇老闆生得嬌美，平日裡打扮好了秒殺個把毛頭愣小子也是常有的事，可是今天就是奔人家裡當小工去的，脂粉未施，破衣爛裳，就這也能秒到人，讓蘇老闆的虛榮心得到無限的滿足。

蘇會賢只猶豫了幾秒鐘，聲音就溫柔下來，輕輕放開了方進說：「你看你啊，這麼大年紀了，做事跟個小孩似的，你不說你三十，我真覺得你才十八。」

方進低著頭，無限的羞愧。

「對了，你們剛剛在外面鬧什麼？什麼戒指？」蘇會賢不自覺地就是想逗他，這年頭會害羞的男人實在太少，尤其是會害羞的猛男。方進頓時更加羞愧更加不敢抬頭，只可惜他受過無數訓練，卻從來沒人教過他怎麼對待這樣溫柔親切的人民姐妹，他憑直覺就認定他無法拒絕她，於是糾糾結結地把戒指從口袋裡拿出來：「就就，就這個，我讓人給騙了，陳默結婚嘛，我以為可以拿這送禮。」

不會吧，真的？雖然當時這兩人在廚房裡聽著就覺得應該這麼回事，可是一旦坐實了，還是笑果非凡。

小八雖然沒回頭，可是一邊開著車直接笑出了聲，蘇會賢到底功底深厚，即使忍得牙酸還是沒笑，反而同情地看著方進說：「什麼人嘛，這是，怎麼能這麼不負責任呢！」

「就是呀！」方進頓時就激動了，活脫脫革命戰士看到老區親人的感動心情。

蘇會賢隨手開了盒子看，心裡嘩了一聲：這小子是真大方。她抬頭瞧了瞧方進澄明澈亮的大眼睛，鬼使神差地把無名指戴進了戒圈裡……

「噫，剛好哎。」方進很驚喜。

蘇會賢轉了轉戒指恍惚了幾秒鐘，忽然揚頭笑道：「那送給我吧！」

「啊！？」方進愣了。

「怎麼，捨不得啊？反正你留著也沒用嘛，你看我剛好……」蘇會賢美目盼兮。

「可……可，那那，挺貴的！」方進吱吱唔唔，說到一半又覺得跟漂亮姑娘談錢挺不好意思的，於是更加窘迫地抓著頭髮說：「妳看，我還不知道妳叫什麼呢。」

「我叫蘇會賢！」蘇會賢嘴角一彎，巧笑靚兮。

「哦……啊啊，妳不會真想要吧，我我……我給妳買個便宜點的行不行？」方進是真有點急了，雖然他一貫地沒有金錢意識，可一萬多塊怎麼也不是個小事，陳默是他過命的兄弟，他送點什麼都不過份，可這姑娘，漂亮是漂亮……也不能一萬多塊錢說拿走就拿走了吧？？

蘇會賢盯著他看：「多便宜的？」

「一、一千……」方進察言觀色，猜度對方的真實意圖：「要不然兩千也行吧……可妳看，我跟妳不熟，妳說……」

蘇會賢終於忍不住笑出聲，把戒指拔下來裝進盒子裡還給方進：「行了，跟你開個玩笑的還當真了，一千還兩千，你真當自己是冤大頭啊？」

方進鬆了口氣，嘿嘿笑著說：「那妳不是想要麼。」

蘇會賢愣了一會兒，又無語了一會兒，才道：「說你冤大頭，你還真就是冤大頭，女孩子想要什麼你就給什麼，你給得起嗎？」

方進滿不在乎的：「那不是還給得起嘛，真給不起就不給了唄。」

蘇會賢低頭失笑，過了一回會兒揚手指著窗外說：「你到了。」

方進噢一聲，竄下車的動作靈活而舒展，蘇會賢扒著車窗上招手說：「哎，你叫什麼名字。」

「方進！」方進轉頭對著她笑，黝黑端正的臉，粗眉大眼的爽朗，怎麼看都是二十歲的朝氣。車子開動，蘇會賢最後向他揮了揮手，慢慢開遠，方進握著口袋裡的字條緊了緊，躊躇滿志地去準備幹他的大事。

雖然烤箱居然如此的便宜這讓方進覺得很憋悶，但是做為一個很乖的小弟，他還是很聽話按苗苑紙條上所寫的準確地把東西搬回了家。陳默在門口看著他苦笑，說你真能折騰。

基地的人請點假不容易，尤其是一下子拉出這麼多人，所以夏明朗怎麼湊也只挪出兩天的空。陳默本來打算晚上請他們去賓館住，卻被一致地否決了。搞那麼麻煩幹什麼，在哪兒不是睡，更何況也沒人想睡啊！在親眼見證了一位兄弟從此走向幸福甜蜜的康莊大道之後，同志們的心情都很激動。

晚飯主要是苗苑和夏明朗的手藝，當然，其他有手藝的同志們也跟著去亮了個相。陸臻自告奮勇地要求洗碗，打碎透明微波爐碗一隻，陸臻的解釋是：我以為這個是鋼化玻璃的呀！

夏明朗瞧著他笑得很詭異，於是陸臻就不解釋了。

臨到半夜苗苑提議說你們吃宵夜不？眾人聞言又一次對陳默進行了赤裸裸的嫉妒攻擊。於是苗苑就用新買的烤箱給大家做焦糖雞蛋牛奶布丁吃，其實那玩意兒真吃到嘴裡也還好，就是烤起來那個味實在讓人受不了，滿室子都是那種甜蜜的奶香，好像空氣裡的每一個分子都讓蜂蜜和牛奶浸得透了，一滴一滴地流出來。

陸臻抱著肚子誠懇地說：「默爺，小心身材。」

眾人點頭不迭，嫉妒的眼神更加赤裸裸。

心裡高興，就玩得瘋，什麼事都折騰過了，打牌，打賭，捉單放對地掐架。陸臻看到苗苑疲憊地坐在一邊揉眼睛，走過去坐她身邊笑著說：「嫂子，累了吧，麻煩妳了。」

苗苑連忙搖頭說：「不累，挺好的，大家開心嘛。」

「是呀！」陸臻笑得嘴角彎彎的。

苗苑偷偷用餘光打量他，不可否認，這個男人真是生得好。在陳默身上有一種先聲奪人的氣勢，合眼緣的直接就會被吸引，於是五官到底如何反而不重要。可陸臻不是的，他是當真長得帥，眉目清亮，鼻樑挺直，嘴角彎彎的好像永遠都帶著笑，在人群中一眼就能看見他，而且越看越舒服。

陸臻轉轉了眼珠對著苗苑笑：「嫂子，有事嗎？」

苗苑一陣懊惱：「不要叫我嫂子！」

「那叫妳什麼，苗苗麼？我怕默爺揍我啊！」陸臻笑得更歡了。

嗚呼，被帥哥TX（調戲）了，苗苑更加沮喪，忽然開始慶幸自己沒攬上給陸臻介紹女朋友這麼艱鉅的任務，如此狡猾又腹黑的帥哥其實也挺難推銷的，一般人不敢入貨。苗苑這麼一想，對陸臻的女朋友又更加好奇起來，她偷偷找了一下陳默，發現後者正在忙，於是大著膽子八卦：「哦，你真有女朋友了啊？」

陸臻做出個驚訝的樣子：「怎麼，看著不像啊？」

「也不是，」苗苑費勁形容，「就，就想不出來你女朋友應該啥樣，挺漂亮的吧！」

陸臻躊躇一陣，說：「還……行吧！有時候人也不是看臉的，氣質，氣質問題，還有個性相合吧！」

「對呀！」苗苑一陣激動，如遇知己：「我也覺得，氣質好才是真的好！」

「嗯，妳們家陳默氣質挺好的，就是脾氣壞點，妳平時讓著他點。」

「還好啊，我覺得陳默脾氣挺好的。」苗苑馬上反駁，她素來聽不得別人說陳默壞話。

陸臻於是只能笑，迎合著苗苑的心情往下順，盡量把自己的意思表達出來：「陳默這人吧，當然是很好的，就是有個毛病，他不愛出聲，他要是不高興他就會一個人悶著，妳反正多擔待……別跟他鬥氣。」

苗苑點點頭很有責任感地說：「我會的。」

「行，加油！」陸臻看著苗苑血氣很足的小臉心生惡趣味，壓低了聲音湊近說：「快點啊，兄弟們都看著呢，給咱們整個乾兒子出來。」

苗苑瞠目，萬萬沒想到初次相識這人就如此直接，非常乾脆的被鬧了個大紅臉，手足無措地愣了一會兒，慌慌張張地竄起來逃了。陳默注意到動靜不對，轉頭去看她，苗苑臉上紅得火燒連營地靠到他身邊去。夏明朗一手指定了陸臻問：「他欺負妳啊！」

苗苑點頭又搖頭：「也也，也沒有啦！」

「別怕，我幫妳欺負回來。」夏明朗衝著她眨眨眼睛，捲起袖子去拎陸臻，陸臻的反應倒是靈敏，馬上跳起來就往陽臺躲。

唉，苗苑在心裡嘆了口氣，我知道你們這些人都身手好，可我們家五樓呀，你應該是跳不下去了。

就這麼玩啊鬧啊，天好像呼啦一下就亮了，白天陳默開車帶著大家去城裡轉了一圈，陸臻這次帶了個碩大的黑色單眼相機，據說是從他姐夫手裡淘來的二手好貨，叫什麼無敵兔。陸臻拿著它像個專業攝影師似的狂得瑟，好像不要錢似的按快門，方進想拿來玩，陸臻就嚇唬他砸了給賠四萬塊。

方進不屑地撇著嘴說：「你就吹吧！你怎麼不說這是世界上最貴的相機來？」一拍照的要四萬塊，嚇唬誰呢？」陸臻一本正經地說：「它還真不是最貴的，最貴的那種叫大馬三，要十萬塊。」

方進懷疑地看著他，呵呵笑：「看來這馬就是比兔子要值錢啊！」

夏明朗走過來問：「什麼兔子啊，馬的？」

陸臻手忙腳亂地把相機藏好，說：「隊長沒啥，就是方進餓了，要吃兔子。」

夏明朗想了想，走到前面去：「行啊，我給你們想辦法。」

方進看夏明朗轉身就下腳踹陸臻：「憑什麼說是我要吃？」

陸臻熟練地跳開，壓低了嗓子回擊：「你敢說你不要？」

夏明朗在野地裡隨手就能烤出脂香肉滑的兔子來，到了大城市反而麻煩，他們最後去回民街邊的小巷子裡找了個攤點，夏明朗借了人家的炭爐開烤，脂香四溢引得攤主也跑過來套近乎學手藝。苗苑咬著肉口齒不清地對陳默說你們隊長可真是好男人啊！陳默大驚，幾乎失色，怔了半天沒能把夏明朗和好男人這三個字劃成等號，他於是感慨女人的思路果然是詭異的。

再怎麼捨不得分離，時間還是會一分一秒地流過，陳默開車去機場的路上幾乎一字不發，方進在閘機口上狠狠地擁抱他，聲音很傷感，他說明年請到假就來看你，到時候給我整個小子玩哈。陳默點點頭說好。

夏明朗拉著苗苑說話，很誠懇很溫柔很長輩，他說小姑娘別怕，以後陳默要是敢欺負妳，妳就來告訴我，我幫妳教訓他。

苗苑瞬間就被感動了，眼淚汪汪地說好。

機場廣播裡悅耳的女聲開始一遍一遍地催旅客登機，陸臻的班機早，先送走了。夏明朗那一行人拿著機票依次過閘機口，方進一步三回頭地對著陳默揮手，苗苑看到陳默的嘴角抽動，平時永遠泛著冷光的眼底蒙上水膜。她張開手臂抱住陳默的腰說你的兄弟們人真好。陳默低頭，臉上的笑容很複雜，說：是啊！

他攬著苗苑慢慢轉身，終於把一些東西留在了背後。

陳默想，似乎到這一刻為止，他才真正把自己與過去割開，他的青春年少，他的曾經過往，他終於有了一個交待。

他把那些人，那些曾經參與過他人生的人請過來最後審視他現在的生活，那就像一場考核，而他也不知道自己在緊張期待著什麼，好像一定要讓他們看過，讓他們認可了他才能繼續這樣走下去。

他花了幾乎三年的時間來轉過這個身，終於還是要抓住另一隻手才能坦然地前行，未來的路可能還有很多坎坷，還有會有無數的不順利，身邊的肩膀或者還稚嫩，可是至少還有一個人，會與你相扶相伴。現在，他的後半生終於變得和前半生一樣的重要了。

陳默用力地握緊了苗苑的手，苗苑揚起頭困惑地看著他，小聲抱怨，有點疼。

陳默笑了笑說：疼也不放。

苗苑直覺意識到這句話的份量，鄭重地說：好的！

偌大的機場裡塞滿了南來北往的人，像是這人世間的一個節點，在這裡有人相聚有人分離，有人繼續前進，有人轉身而去。陳默握著苗苑的手從喧囂的人群中穿過。

在他們身後，一些人各奔了東西，巨大的銀鳥向雲層中爬升，帶著人們的夢想起飛。

人們期待的天堂或者在遙遠遙遠的天之彼岸，而幸福，可能只是此時此刻握在掌心的那隻小手，或者……

就是如此……

或者天堂太遠，你我在人間正好！

註20：中國3C家電連鎖零售企業。

代後記

食愛記

所有配方由苗苑處得來，如果製作時有失敗，請找苗同學算帳（狡猾的）——

1、純愛的戀慕——青梅巧克力奶油蛋糕

這是苗苑給陳默做的第一個蛋糕，也是最重要的一款蛋糕，而讓我很高興的是，這基本上可以認為是苗苗原創的作品，淚……貌似也是唯一的原創作品。

郎騎竹馬來，繞床弄青梅……李白的《長干行》。

曾經在上海動物園附近一家看起來很破的老字號大小本幫菜館裡吃過一種青梅醬，酸酸甜甜的口感，非常的小女生，印象深刻。在一個忘記了是怎麼回事的場合喝過一種甜甜的青梅酒，也是那種兩小無猜的感覺，甜甜的，很清澈的酒氣。

有時候會想什麼叫純愛，最單純的愛應該就是我們小時候的感覺，單純的喜歡，單純的對人的喜歡，最簡單的青梅竹馬。當我們長大之後，愛情總是免不了會變質，被加入很多元素，有可能會變得更加醇厚甘美，也可能成為澀苦的毒，無法下嚥。

滋味濃厚的巧克力，清爽的梅子酒味，很初戀的感覺，甜蜜的酸澀的濃稠的。

這款蛋糕唯一的特別在於特殊的內餡和淋面，牛奶加鮮奶油打發之後再會呈現出冰淇淋的泡沫口感，另外

一開始苗苑切給陳默的時候，用的是蜂蜜蛋糕，其實蜂蜜蛋糕的口感太厚實，可能不太好，不如她後來為了店慶用的戚風蛋糕，戚風蛋糕的糕體非常的蓬鬆，不會與內餡爭奪味蕾的注意力。

戚風是最常見也最難做的蛋糕，它的英文原名「Chiffon」是指極為輕薄柔軟的絹織物，所以好的戚風蛋糕擁有絲絹一般輕柔綿密的質感。烘焙戚風蛋糕的關鍵是在製作中把雞蛋中的蛋白和蛋黃分開來打發，拌入空氣，因為蛋糕糊的含水量與空氣含量高，所以烤成的蛋糕會特別鬆軟。

材料：

戚風蛋糕體（蛋黃麵糊：蛋黃四個，砂糖35g，沙拉油50ml，低筋粉90g，牛奶50ml 香草粉2g；蛋白霜：蛋白四個，細砂糖40g）、內餡、牛奶20ml、鮮奶油300ml、細砂糖20g、純巧克力100g、奶油20g、馬斯卡彭起司20g、青梅酒15ml。

步驟：

1、香草粉溶於牛奶加熱，麵粉過篩兩次。

2、蛋黃打散，分三次加入砂糖、鹽、沙拉油、牛奶，攪勻，不必打發。

3、蛋白打發，分三次加入砂糖，打至濕性發泡。

4、取少量蛋白霜與蛋黃麵糊用打蛋器打勻，將蛋黃麵糊倒入蛋白霜，快速切拌均勻，這一步要快，而且不能太攪，要防止麵粉起筋，建議是直接上爪子。

5、把攪勻的麵糊倒入模具，抓著模具的邊在桌上磕兩下，震掉氣泡，馬上烘烤。

6、烘烤溫度與時間：預熱185度，烘烤180度，40～45分鐘，時間到插竹籤試驗是否成熟，熟了馬上拿出倒扣，冷透後脫模。

7、純巧克力隔水加熱融化，加奶油、馬斯卡彭起司。（還有一個最討巧的辦法就是直接買松露巧克力融化，這就不用加奶油了）

8、牛奶、青梅酒與鮮奶油混合，分三次加入砂糖，打至起角。

9、把融化的巧克力加入鮮奶油攪勻。

10、裝裱。

備註：

烤戚風多半是會開裂的，沒有關係，惡趣味地認為裂成五花的蛋糕才好吃。

烤戚風在一開始多半是會失敗的，最常見的失敗原因是蛋白在攪拌的過程中消泡，於是在烘烤時蛋糕糊漲不起來，烤出來的蛋糕不鬆。所以失敗了不要難過，因為失敗是正常，不失敗是奇蹟，大家都失敗過。我有過數次把蛋糕烤成死餅子的經驗，>_<！實在不行可以往麵粉裡加打泡粉，可能會好點。

如果你覺得這個蛋糕不好吃，那是因為你沒有苗老爹的青梅酒，哈哈哈，其實可以放朗姆酒和別的果酒，應該都可以的。

2、初戀時的初吻——冰鎮香橙巧克力舒芙蕾

舒芙蕾（soufflé）這種東西很像初戀中的初吻，這是一種非常容易幹得雞飛蛋打一團糟的東西，時機很難掌握，快了慢了都不好，手法也很難掌握，輕了重了也不好，而萬一成功了，那種美妙又會讓你覺得一切都是值得的。有人說舒芙蕾嚐起來就像空氣，甜蜜輕盈，在舌尖似有若無的觸感，待要品嚐時已經融化。

姜寶曾經給勖存姿做過四道菜：海鮮牛油果，紅酒燒牛肉，一個很好的沙拉，最後的甜品就是香橙蘇芙蕾。而她做蘇芙蕾的理由僅僅是，因為難做。似乎這是一個很有心意的點心，常常被她用來當成是品味的象徵。

然而在仔細研究過舒芙蕾之後，我忽然發現師太可能並不太知道她所鍾愛的美食是怎樣製作的，因為喜寶不可能這樣給勖存姿端上一份舒芙蕾。

那是一種需要一氣呵成的食物，從調粉、打蛋到裝盤烤製，分分鐘都不能離開，出爐之後更需要爭分奪秒，幾乎要把勺子握在手上等待，因為舒芙蕾會在離開烤箱的那一秒就開始回縮，兩三分鐘之後，紅顏失色，皺紋橫生……那麼快，那麼殘忍，無可挽回，有如我們的青春，初戀時的初吻。

平心而論，舒芙蕾並沒有那麼難，其實也沒有那麼好吃，她唯一難得的只是時機，就像曇花其實並沒有那麼美麗，她的美在於一現，轉瞬間開放，迅速地凋零。在正常情況下，舒芙蕾適於品嚐的時間只有幾分鐘，在法式餐廳裡常常會看到一路小跑著上點心的侍應生，因為真的很趕，差個一分鐘，落花就見流水。

這世界太大，人來人往，有時候與相愛的人相識就像品嚐一份舒芙蕾，不可早一步，不可晚一步。

苗苑做給陳默吃的是經過改進的舒芙蕾，用更多的蛋奶，加水烤，於是含水量更大，出爐即回縮，不過沒有關係，冰鎮之後會呈現出另外一番滋味，味道更像打入空氣的冰淇淋，綿密黏稠，上桌之前加輕盈的淡奶油裝飾。前面說過了，舒芙蕾是一種無法保存的甜點，正常情況下它的保質期只有不到五分鐘，而即使是再熟練的點心師製作一份舒芙蕾也需要半個小時，很顯然如此奢侈的點心不適合人間這樣小咖啡廳，可是如果苗苑需要讓要陳默嚐到她的心意要怎麼辦呢？

她想讓陳默明瞭她的心願，她的心情，她彷彿初戀的悸動，她有如初吻的羞澀……那要怎麼辦呢？

於是，不要擔心，愛情永遠會讓女人想出更多辦法。

或者保存初戀感覺的方法與保存舒芙蕾是一樣的，那就是：恰到好處的冷卻！

材料：

一個柳丁或香草粉或可可粉、糖130g（分成兩份，60g+70g）、大號雞蛋四個、低筋麵粉50g、牛奶250ml、奶油40g。

步驟：

1、少量奶油軟化成霜狀，用刷子刷在舒芙蕾杯內壁，並均勻地沾上細砂糖。

2、奶油與過篩的低粉拌勻。

3、牛奶＋香草粉（可可粉）加熱到近沸，沖入步驟2，然後過篩。
4、倒回鍋中，中火攪拌直至麵糊黏稠狀消失，可流動。
5、把蛋白與蛋黃分開，一個蛋白＋四個蛋黃混勻。
6、步驟4一關火就將蛋黃加入，充分拌勻。
7、蛋白加糖打至起角。
8、把6與7混合拌均。
9、小心地把8倒入舒芙蕾杯中，用拇指沿杯沿擦一圈。
10、200度烤10～15分鐘，看到漲起就差不多了。

備註：

1、舒芙蕾真的沒做過，網上查找了比較可靠的法子，憑大致概念上看應該是沒有問題的。
2、冰舒芙蕾當然也不是苗同學發明的，舒芙蕾在法國本來就是有甜有鹹，有熱有冰的，當然也有不烘烤直接用生蛋白做的冰舒芙蕾，可是那樣看起來更像是一種慕司。
3、據說用奶油刷碗的手法很有講究，一定要從底部開始刷出從下到上的直紋，這樣才能讓麵糊均勻地向上膨起。

3、請與我好好戀愛吧——提拉米蘇

有關於提拉米蘇的故事流傳甚廣，於是時至今日它幾乎已經成為了愛情的代名詞，而我愛它的理由卻是那麼的單純，幾乎比馬斯卡彭起司特價更加的不浪漫，我愛它，因為它如此美味。提拉米蘇是一種非常年輕的西點，它的配方真正成形只有三十多年，三十年內橫掃江湖，可見那是一種多麼年輕而富有朝氣與活力的西點，提拉米蘇是意式西點唯一的鎮店法寶。

可以說目前市面上普通西點店中的提拉米蘇全都不合格，花樣可以做在乳酪上，也可以是咖啡酒偷工減料。於是這多麼像時下人們的愛情，戀愛這個市場似乎已經壞掉了，披著傳說的華麗的外衣，卻沒有那顆最重要的誠實的真心與彷彿帶著微醺醉意的怦然情動。

其實提拉米蘇的製作非常簡單，這是一種入門級傻瓜西點，製作它的唯一難點在原料，只要原材料正宗，嚴格按照步驟稱量攪拌，幾乎不會有失敗的可能。然而它也是最難吃到正宗口味的西點，無數打著提拉米蘇外衣與旗號的點心川流不息地從我們眼前經過，即使睜大眼睛也無法分辨，唯一的辦法只有買單品嘗，舌頭或者可以告訴我們是真是假，或者不可以……。

在親手製作提拉米蘇之前我吃過無數個提拉米蘇，然後我發現原來曾經的都不對。在那一刻我很感慨，我忽然期待我的愛情也會如此，總會有一個人出現，讓我明白原來還有真正的愛，那之前的曾經的，其實都不對。

其實不是愛情出了問題，而是我沒有遇上適合的人。

愛情其實是可以很簡單的，就像很簡單的提拉米蘇，可是，我們要去哪裡尋找馬斯卡彭起司與咖啡甜酒？

我其實是可以好好與人談一場戀愛的，可是，去哪裡尋找能讓我心動的，善良的男人……

材料：

馬斯卡彭起司（Mascarpone Cheese）300g、蛋黃4個、細砂糖60g、淡奶油300ml、咖啡酒50ml、手指餅乾100g、可可粉適量。

步驟：

1、鮮奶油打至五分發，放入冰箱中備用。（手指勾起奶油會慢慢下落）

2、蛋黃和細砂糖打至濃稠變白。

3、將馬斯卡彭起司加少量打發的奶油攪開。

4、將3加入2攪均。

5、再將咖啡酒和打發的奶油加入，這是乳酪糊。

6、手指餅乾浸透咖啡甜酒。

7、將5倒入容器中，鋪薄薄一層，放一層浸過咖啡酒的手指餅乾，再加一層乳酪糊，秤容器的高度，可以放兩或三層手指餅乾。

8、放入冰箱冷藏過夜。

備註：

喜歡微酸口感的，可以放半個檸檬。指餅以浸透酒液但不滴落為度。吃的時候再灑可可粉，否則可可粉會受潮。

4、光陰凝成的禮物——花生牛筋香草濃湯

一直覺得湯是一種特別食物，最簡單最耗時，喝時小小一碗，永遠都是陪襯。記憶中只有粵人才會精心煲湯，很當成一回事地一家人圍坐著喝，我便覺得他們的家庭一定是溫情脈脈的，有湯在聯繫著彼此——用光陰凝成的禮物。

這世間有什麼才是真正可貴的？只有時間，逝去不可回頭，無法挽回只有紀念。

曾經在另外一個文裡寫過這樣的句子：

「這些年為他花費的那些心血讓他看來如此的與眾不同。是這個世界上，不能放棄的存在。」

我們所有的最後終究歸於自己，自己曾經的付出，全部的心血，心動，付出而不再回來的時間。是那些時間在漫長的歲月中為我們凝聚出一個愛人，獨一無二的只屬於我們的愛人。

愛情是一碗湯，內容不是菜蔬魚肉也不是花椒大料，是我們時時關照等待中的時間。而待到這湯出鍋了，又有一個詞叫「湯不冷」。這是一種距離，一個狀態。湯不冷的距離，恰到好處，太親密時，那湯太燙喝不下去，離開遠了，湯已經變冷，生腥難咽。

在這中間是一碗剛剛好的湯，不冷不熱，六十多度冒著白煙的暖，喝下去稍稍燙嘴，熱汗與幸福一起蒸騰出來。

要維持一份湯不冷的暖意，時間、容器、距離都要控制好，而最最重要的，是心意，可否有心，是否有

情。

聽說若斯人有心，無論幾時回去，廚中總有一碗三分鐘內可食的不冷的湯。然而有時候人們會忘記這些，在習慣中輕視心意，同時忘記的是曾經被感動過的愛情。

材料：

豬蹄250g、牛筋100g、花生50g、黃豆20g。

配料：生薑6片、蔥三顆。

調料：精鹽、味精、紹酒、糖、淡奶油、香草豆莢（雲尼拿枝）。

步驟：

1、豬蹄斬件，去毛，洗淨，氽水10分鐘，撈起過冷水。

2、牛蹄筋洗淨，切片，花生黃豆洗淨，與牛蹄筋和氽水的豬蹄一齊放進砂鍋裡，加清水適量，大火煮沸，再用文火慢煲1～2小時。

3、加鹽調味，加少量淡奶油，五分之一根香草豆莢。

備註：

豬蹄讓老闆給剁了，骨頭很硬，家裡處理不了。氽水的時候要放薑和酒，去腥氣和血水。

香草豆莢的英文名為：Vanilla，其實就是所謂的雲尼拿枝，平時說得香草精就是調出這種植物的味道，香草豆莢大概有十六公分長，用的時候可以一段一段截下來用，用刀刃切開豆莢把裡面的籽刮出來，如果需要的味道不那麼重，也可以直接把豆莢放到水裡煮，煮完可以陰乾，下次再用，如果保存得好，可以用好幾次，直到香味消失。

一個比較囧的事就是……無論是花生豬腳還是花生牛筋都是用來補血催奶的傳統老方子，嘿嘿！不過沒有關係沒有關係……滋陰即補陽，男人和女人也沒差那麼多的。

如果用苗苗那種電燉鍋來煲湯，建議先在爐子上大火把湯燒開再放進去，要不然燒開水就得半小時。

5、愛情最美的樣子——玫瑰慕司

玫瑰可能是這個世上最俗的花，從色到形到味，完全契合著花朵在人們心中應該有的樣子，然而那樣的地位，那樣的大眾接受度卻也不是別的花可以代替的。畢竟不是什麼東西都有資格俗起來的，非得要很多人喜歡，很多很多人喜歡，那才可以。

其實《天堂》最初的想法就是寫個很俗的故事，最俗最俗的，最大眾，我們身邊就會出現的人，我們身上就可能會經歷的事，每個人在戀愛中都有可能會遇到的波折，那種一見鍾情的心悸，那種兩情相悅的歡喜，那種患得患失的猶豫。

我們追索，我們錯過，我們後悔，我們在這樣的波折中慢慢長大。

當我試圖描繪過很多種特別的花後，忽然發現其實玫瑰也仍然很嬌美。

好吧，我只是想說，如果你看膩了世界五百強的男主角，看多了擁有神秘血統和離奇身世的女主角，也看了太多太多不知源起的勾心鬥角，不明緣由的愛恨情仇……

不知道是否還有興趣坐下來聽我講一個通常意義上的好男人和通常意義上的好女孩努力生活在一起的小故事。

我愛陳默，因為他穩定正直，我覺得好男人應該是一種依靠，他其實不必肩膀很寬力氣很大，然而他應該有那種可以讓人覺得安全的存在感。

我也愛苗苑，因為她善良溫暖，她是一個從來不會把日子往死裡過的女孩子，她可能黏乎，可能不堅強，可是她從來不會惡意地揣測誰，她永遠相信生活會好起來，人們都會很好，她是身上帶著陽光的女孩子。我認識這樣的女孩，她可能不太漂亮，可是她受歡迎，朋友們都喜歡她，她會遇到很好的男朋友，他們會很幸福。

在此，我真誠地祝福她會幸福，親愛的，妳知道我在說妳。

材料：

白巧克力300g、鮮奶油300ml、奶油50g、雞蛋2個、乾洛神花10g、食用級玫瑰純露50ml、玫瑰花茄醬（洛神花醬）40g、起士丁粉2g

步驟：

1、洛神花粉碎成粗粒加玫瑰純露隔水加熱，冷卻後過篩。
2、將起士丁粉加入1中，冷水泡開，隔水加熱至溶解。
3、奶油放軟，將巧克力切碎放碗內，小火隔水加熱，融化後離火，加入奶油攪拌均勻。
4、雞蛋磕開，分離蛋黃、蛋清。
5、鮮奶油打發，加入玫瑰花茄醬打勻，蛋清打至濕性發泡。
6、將鮮奶油分3次加入攪勻的巧克力中，攪均。
7、將蛋清分3次加入6，加入起士丁，攪均。

8、裝碗，冷藏4！6小時。

備註：

1、洛神花和玫瑰花茄其實是同一種東西，這是與真正的玫瑰無關的植物，是一種花果茶的原料，泡水的茶色是很美麗的玫紅色，味道酸而爽口。

2、玫瑰茄做的蜜餞較常遇到，應該可以買了自己打醬。

3、攪拌很重要，刮板要像翻書一樣由內向外翻，盡量帶入空氣，讓慕斯吃起來可以輕盈不膩。

國家圖書館出版品預行編目資料

麒麟：天堂太遠．人間正好／桔子樹著.
－－第一版－－臺北市：宇阿文化出版；
紅螞蟻圖書發行，2014.1
面　公分－－(Homogeneous novel；8)
ISBN 978-957-659-954-5（平裝）

857.7　　102027062

Homogeneous novel 08
麒麟：天堂太遠．人間正好
作　　者／桔子樹
責任編輯／安燁
美術構成／Chris' office
校　　對／楊安妮、朱慧蒨、桔子樹
發 行 人／賴秀珍
總 編 輯／何南輝
出　　版／宇阿文化出版有限公司
發　　行／紅螞蟻圖書有限公司
地　　址／台北市內湖區舊宗路二段121巷19號（紅螞蟻資訊大樓）
網　　站／www.e-redant.com
郵撥帳號／1604621-1　紅螞蟻圖書有限公司
電　　話／(02)2795-3656（代表號）
傳　　真／(02)2795-4100
登 記 證／局版北市業字第1446號
法律顧問／許晏賓律師
印 刷 廠／卡樂彩色製版印刷有限公司
出版日期／2014年1月　第一版第一刷

定價 300 元　港幣 100 元

ISBN 978-957-659-954-5　Printed in Taiwan